W0309775

DOPPELMORD

Fritz Reuters erster Fall

Stadtkarte Neubrandenburg um 1860

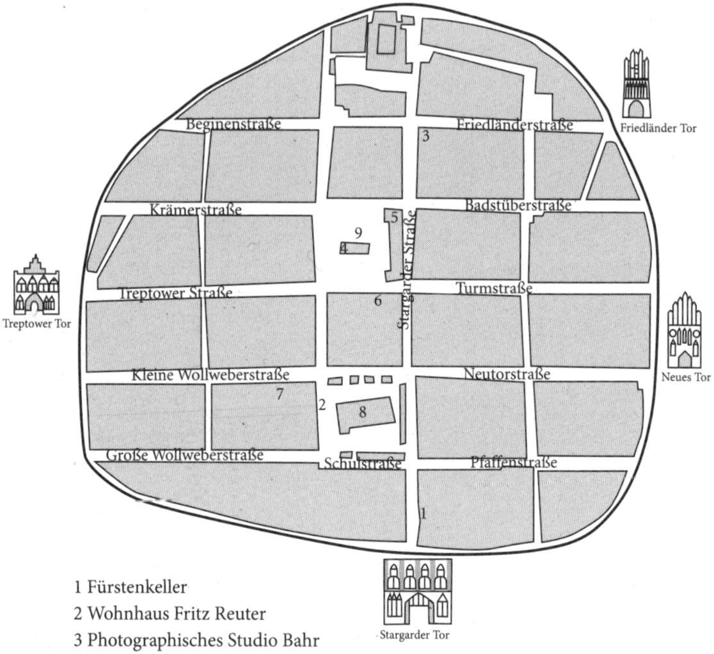

1 Fürstenkeller
2 Wohnhaus Fritz Reuter
3 Photographisches Studio Bahr
4 Rathaus
5 Großherzogliches Palais
6 Apotheke Siemerling
7 Stellmacher Kilian
8 Marienkirche
9 Markt

Frank Goyke

DOPPEL-
MORD

Fritz Reuters
erster Fall

HINSTORFF

Liebe Leserin, lieber Leser, wir freuen uns über Ihre Bewertung im Internet!

Die Deutsche Nationalbibliothek verzeichnet diese Publikation in der Deutschen Nationalbibliografie; detaillierte bibliografische Daten sind im Internet über http://dnb.ddb.de abrufbar.

Alle Rechte vorbehalten, Reproduktionen, Speicherungen in Datenverarbeitungsanlagen, Wiedergabe auf fotomechanischen, elektronischen oder ähnlichen Wegen, Vortrag und Funk – auch auszugsweise – nur mit Genehmigung des Verlages.

© Hinstorff Verlag GmbH, Rostock 2015

1. Auflage 2015
Herstellung: Hinstorff Verlag GmbH
Lektorat: Henry Gidom
Titelbild: Diana Klawitter
Druck: GGP Media GmbH, Pößneck
Printed in Germany
ISBN 978-3-356-01903-2

MIX
Papier aus verantwortungsvollen Quellen
FSC® C014496

Für *Ina Strübing*
(1961 – 2014)
langjährige Mitarbeiterin des
Hinstorff Verlages in Rostock

Erstes Kapitel

Sonntag, 12. April 1857

Die Reflexe des Sonnenlichts zitterten leicht auf der Oberfläche der durchscheinenden Flüssigkeit, die einen grünlich-goldenen Schimmer hatte. ›Sie zittern nicht auf der Oberfläche der Mosel, sondern des Mosels‹, dachte amüsiert der Mann, der sein Weinglas betrachtete. Der Mann war ein Dichter, die Niederschrift solcher Gedanken gehörte zu seinem Geschäft. Moselwein zu trinken, war sein Vergnügen, besonders während der Rast auf einem Osterspaziergang, den er mit Freunden unternommen hatte.

Fritz Reuter hob zuerst das Glas und dann den Blick. Ihm gegenüber saß der Apotheker Viktor Siemerling, vor sich einen Seidel mit in Mecklenburg gebrautem bayerischem Bier – oder sollte man besser sagen: Nach bayerischer Art gebrautes Mecklenburger? Reuters Vater kam das Verdienst zu, diese Brauart nicht nur in Stavenhagen, sondern für das ganze Land eingeführt zu haben, und unter all seinen Meriten war es zweifellos jene, mit der er sich einen Anspruch auf Unsterblichkeit erworben hatte. Bier war kein Göttertrunk, aber dem Landmann war es lieb und teuer. Was nicht bedeutete, dass nicht auch angesehene Bürgersleute und Rittergutsbesitzer mit Sitz und Stimme im Landtag dem Gerstensaft zusprachen; das nachgerade Gegenteil war der Fall.

Siemerling langte nach dem Seidel. Der neben ihm sitzende Wilhelm Bahr, Stargarder von Geburt, folgte dem Beispiel. Gemeinsam prosteten sie Reuter zu, der ihnen seinerseits ein Wohlsein entbot. Bahr war Maler und Fotograf, der erste, der sich in Neu-Brandenburg niedergelassen hatte, vor Jahren schon. Reuter selbst lebte erst seit einem Jahr in der größten Stadt des kleinen Großherzogtums Mecklenburg-Strelitz, war um Ostern 1856 von Treptow an der Tollense hergezogen. Das war mit einigem Papierkram verbunden gewesen. Ein preußischer Staatsbürger hatte das Land gewechselt, denn Treptow gehörte als vorpommersche Stadt zu Preußen. ›Wenn das alles nicht so traurig und wenn man im tiefsten Herzen nicht Patriot wäre, müsste man sich wohl wünschen, der liebe Gott möge die deutschen Lande und Ländchen von der Weltkarte lachen …‹

Auf den Gesichtern von Reuters Freunden tänzelten die Schatten, die von den Blättern der großen Eichen stammten, welche ein kaum wahrnehmbarer Windhauch bewegte. Das Gartenlokal des Gasthofes Zum Weißen Hirsch in Stargard war bis auf den letzten Platz besetzt, denn nicht nur der Ostersonntag lockte die Menschen aus ihren Stuben, es war auch das schöne Wetter. Für Reuter kamen noch zwei Gründe dazu, eine Wanderung zu wagen: Sein einjähriger Aufenthalt in Neu-Brandenburg, der gebührend gefeiert werden musste, und der Umstand, dass der Wirt des Weißen Hirsches einen guten Moselwein ausschenkte, was in dieser Gegend keineswegs selbstverständlich war.

Reuter begehrte Nachschub und wollte gerade den Arm heben, um eines der Schankmädchen auf sich aufmerksam zu machen, als er jemanden an einem Nachbartisch fragen hörte: »Was will denn der Saupreuß' hier?«

Für ein, zwei Lidschläge bezog Reuter die Frage auf sich, aber es war unmöglich, dass der unbekannte Ausflügler wusste, dass er – von Geburt ein Mecklenburg-Schweriner – aus Preußen übergesiedelt war. Dann sah er, wem die wenig schmeichelhafte Frage gegolten hatte: Am Rande der mit Tischen und Gartenstühlen bestandenen Fläche hatten sich zwei Männer erhoben, die Ausgehuniform trugen. Normalerweise war das kein Grund für eine derartige Unmutsäußerung, schließlich hätte es sich ja auch um Distrikthusaren oder um Gendarmen handeln können, die in erster Linie bei den Ganoven unbeliebt waren. Der Mann am Nebentisch sah nicht wie ein solcher aus. Er trug ein mittelbraunes Sakko, ein helles Hemd mit umgeschlagenem Kragen sowie ein Halstuch und balancierte eine runde Brille mit dünnem Rahmen auf der Nase. ›Obwohl‹, dachte Reuter, ›er könnte natürlich ein Advokat sein, und vom Advokaten zum Ganoven ist es kein großer Schritt.‹

Die beiden Männer trugen keine Uniformen Mecklenburg-Strelitzscher Provenienz, sondern eindeutig preußisches Tuch, durch das sie als Rittmeister und Gefreiter der Kavallerie zu erkennen waren. Der Offizier war eine durchaus stattliche Person, jung, vielleicht dreißig, und recht groß gewachsen; den Subalternen an seiner Seite überragte er um Haupteslänge. Er schien unbewaffnet zu sein, vielleicht, weil auch er einen Sonntagsausflug machte, für den es sich nicht schickte, einen Dolch oder gar den unpraktischen Kavalleriesäbel mit sich herumzutragen. Was die beiden preußischen Militärs in das Großherzogtum verschlagen hatte, war ihnen natürlich nicht anzusehen. Hatte der Preußenkönig sie geschickt, um seinen Verwandten, den Großherzog Georg für irgendeine gemeinsame Sache zu gewinnen? Denn Serenissimus waren zwar der Onkel von Friedrich Wilhelm IV., aber von übergroßer Liebe konnte man kaum sprechen. Für Georgs Geschmack gab es bei den Borussen zu viel neumodischen Kram, den er in seinem mikroskopisch kleinen Land nicht haben wollte, zu viel »Reformerei« und »Abgeordnetenhausieren«, was er so gar nicht verknusen konnte. Nur, einen Rittmeister würde man wohl kaum mit einer militärisch-diplomatischen Mission betrauen …

Der Rittmeister und sein Begleiter zogen, während sie sich durch den Garten mit den Sitzmöbeln und den Ausflüglern schlängelten, keineswegs nur feindselige Blicke auf sich. Dass die jungen Mädchen sie ebenso verstohlen wie interessiert anschauten, war wenig überraschend, schließlich ließen sie sich von fast jeder Uniform blenden. Aber es gab auch ältere Frauen, die ihnen ihr Wohlwollen durch ein Lächeln bekundeten. Wenn man die gutbürgerlichen Bäuche ihrer Ehemänner betrachtete, verstand man sehr wohl ihre Aufmerksamkeit für den schlanken und ranken Offizier. Unter den Männern Reiferer Semester hingegen mochte die Erinnerung an die Befreiungskriege, die zugleich eine Erinnerung an die Jugendzeit war, dahin wirken, dass sie keine antipreußischen Ressentiments zuließen. Immerhin hatten sie an der Seite Preußens gekämpft oder kannten jemanden, der es getan hatte. Die Befreiungskriege waren inzwischen eine allgemeine Erinnerung von Leuten, die nicht an ihnen teilgenommen hatten. Sie wussten auch am besten über sie Bescheid, genau wie Menschen, die niemals in der Politik tätig gewesen waren, genau wussten, wie man Politik zu machen hatte.

Der Gefreite hakte die Gartenpforte auf und ließ seinem Vorgesetzten den Vortritt. Reuter hatte einem Schankmädchen gewinkt und orderte noch ein Glas Mosel. Den beiden Biertrinkern warf er einen fragenden Blick zu, doch sie schüttelten den Kopf. Außer dem Mann, der den Ausdruck »Saupreuß'« benutzt hatte, sah man hie und da in den Gesichtern, dass mancher dieses Wort zumindest dachte. Laut wurde es nicht wieder, und dann waren der Rittmeister und der Gefreite auch schon fort.

Reuter wollte die Freunde nicht zu lang warten lassen, also leerte er das Glas in Windeseile und zahlte dann. Seine Freunde lud er ein, auch wenn dies einen gewissen Unmut bei seiner Frau Louise hervorrufen würde. Jede zusätzliche oder in ihren Augen unnötige Ausgabe schmerzte sie, und zwar zurecht. Nicht, dass sie am Hungertuche nagten, doch üppig war ihr Portemonnaie auch nicht gefüllt. Aber es gab nur einen Ostersonntag im Jahr, da durfte man schon einmal in die Spendierhosen schlüpfen!

Fritz Reuter steckte das Wechselgeld ein. Wilhelm Bahr reckte und streckte sich, Viktor Siemerling griff nach dem Wanderstock und befleißigte sich fremder Zunge, indem er fragte: »On y va?«

»De Herr Apteiker is aber man wedder vörnehm«, meinte Bahr grinsend.

»Sind«, korrigierte Siemerling sofort. »Der Herr Apotheker sind vornehm!« Und er wiederholte: »On y va?«

»Jo«, sagte Reuter und stand auf. »Stoßen wir nicht mehr an, sondern ins Horn: On y va – torück nah Nigen-Bramborg!«

Zurück nach Neu-Brandenburg benutzten die drei Männer den gleichen Weg, auf dem sie nach Stargard gekommen waren. Er führte durchs Lindetal. Die Linde hatte wohl einmal auch Stargard geheißen, so wie die Stadt mit der Burg. Sie war mehr

Bach als Fluss und mäanderte von ihrer Quelle nahe den Helpter Bergen bis zur Mündung in den Tollensesee durch Strelitzer Land. Beschwingt vom Sonnenlicht und vom Wein, schritt Reuter weit voraus. Siemerling und Bahr folgten. Sie unterhielten sich leise, als würde ein lautes Wort den Vogelgesang stören. An Reuters Ohr drang nur Gemurmel dieser Unterhaltung.

Als der Weg wieder einmal eine Biegung nahm, gesellte sich Siemerling zu Reuter. Anscheinend hatte der Apotheker etwas auf dem Herzen, und nach einer Weile begann er zu sprechen: »Hast du die neue Revue de Paris schon gelesen?«

Reuter schüttelte den Kopf. Als Mann von Welt und Bildung hatte Siemerling das französische Blatt abonniert, das allerdings erst mit wochenlanger Verzögerung in Neu-Brandenburg eintraf. Zuerst las er es selbst, dann machte es im Freundeskreis die Runde, um schließlich, schon etwas zerfleddert und mit Eselsohren, bei den Reuters zu landen. Louise las es gern und meinte, die Lektüre halte ihr Französisch flüssig. Das war nicht ganz unwichtig, trug sie doch nicht nur mit Klavier-, sondern auch mit Französischunterricht zum Lebensunterhalt bei. Reuters Französisch, die Sprache der früheren Besatzer, war nicht das Beste. Er hatte sich zwar Anfang der Fünfzigerjahre als Turn- und Fremdsprachenlehrer in Treptow an der Tollense niedergelassen, aber er musste zugeben, dass seine Sprachstunden wohl eher langweilig für die Schüler gewesen waren, hatte er doch nur Lehrbuchwissen weitergegeben. Reuter verschwieg es Freund Siemerling, dass er in der Revue de Paris, wenn er sie überhaupt in die Hand nahm, nur blätterte.

»Es steht etwas über einen deiner Genossen drin«, sagte der Apotheker, der sich im Übrigen auch als Großkaufmann und

Bankier betätigte und Reuter schon des öfteren aus einer finanziellen Klemme geholfen hatte.

Reuter legte die Stirn in Falten: »Einen Genossen? Was meinen der gnädige Herr Apteiker? Einen Erzdemagogen und Demokraten oder sogar jemanden aus den unseligen Burschenschaftszeiten?«

Die Bäume gaben den Blick frei auf eine große Wiese, auf der unter der Aufsicht eines barfüßigen Hütejungen ein paar Kühe grasten. Der Junge nahm seine Aufgabe eher auf die leichte Schulter, oder er kannte das Hornvieh gut genug und wusste, dass es der Aufsicht nicht bedurfte. Er lag, einen Grashalm kauend, auf dem Rücken; ein Anblick, der Reuter unwillkürlich an »Des Knaben Wunderhorn« erinnerte.

»Der gnädige Herr Apteiker meinen einen Schriftsteller«, erklärte Siemerling. Wilhelm Bahr, der nach wie vor ein paar Schritte hinter ihnen ging, hatte leise zu pfeifen begonnen, eine Melodie, die er sich wohl ausdachte, die zumindest Reuter unbekannt war. »Einen Pariser Schriftsteller natürlich … namens … etwas mit Floh …«

Reuter verlangsamte den Schritt und schaute seinen Freund von der Seite an. Siemerling schüttelte den Kopf, weil ihm der Name nicht einfiel. »Es war ein Debütroman, den dieser Schriftsteller … ah ja: Flaubert! Gustave Flaubert!« Er schlug sich an die Stirn. »Dessen Roman ›Madame Bovary‹ war doch im letzten Herbst in der Revue de Paris veröffentlicht worden. Erinnerst du dich nicht?«

Doch, Reuter erinnerte sich. Er hatte auch den einen und anderen Absatz überflogen, sich aber weiter nicht mit dem Romanwerk befasst – inquisitorischen Fragen zu dessen Inhalt war er nicht gewachsen. Aber Viktor stellte solche Fragen nicht, er gab sogar zu, den Roman selbst nicht gelesen zu haben; umso mehr hatte er sich mit dem Skandal beschäftigt, den dieser offenbar ausgelöst hatte.

»Stell dir vor, die Staatsanwaltschaft hat vor dem Pariser Gerichtshof Anklage gegen den Herausgeber, den Drucker und gegen diesen Flaubert erhoben«, berichtete er. »Der Vorwurf lautete, gegen die öffentliche und religiöse Moral und gegen die guten Sitten verstoßen zu haben.«

»Das Paris des dritten Napoleon ist eben auch kein Paradies«, meinte Reuter und kalauerte, »Kein Paris-Paradies.«

»Wo gibt's schon Paradiese«, seufzte Wilhelm Bahr, der nähergekommen war und gelauscht hatte.

Siemerling fuhr fort: »Allerdings waren die Vorwürfe des Staatsanwaltes wohl dermaßen absurd, dass die Angeklagten freigesprochen werden mussten.«

Reuter nickte vor sich hin. Die Wiese mit den Kühen lag hinter ihnen, die Linde floss nun durchs Mühlenholz. Wie der Name unschwer erkennen ließ, trieb der Bach hier insgesamt fünf Mühlen an, deren erste bald auftauchen musste. Es war die Papiermühle des »Juden Davidson«, wie man immer noch sagte, obwohl bereits der Vater des jetzigen Besitzers zum Christentum übergetreten war. Vielleicht eine Achtelmeile weiter nördlich und somit näher an der Stadt Neu-Brandenburg lag eine weitere Papiermühle, die sich im Besitz der Familie Krüger befand; wie man hörte, war der alte Papiermüller schwerkrank, sodass es nur noch eine Frage von Wochen sein sollte, bis der Sohn sie übernehmen musste. Die »Hinterste Mühle«, wie sie von den Ansässigen landläufig genannt wurde, war von Neu-Brandenburg aus schon nach einem kurzen Fußmarsch vom Stargarder Tor zu erreichen. Auf dem Weg waren noch die Lohmühle unmittelbar vor dem Stadttor und die Heidmühle zu passieren. Der Hintersten Mühle galt Reuters besondere Sympathie. Hier wurde keine Papierfabrikation betrieben. Es handelte sich um eine dreigängige Getreide-, Schneide-, Öl-, Walk- und Lohmühle, »eine Mühle für fast alles«, wie er scherzhaft zu sagen pflegte. Vor allem jedoch gab es eine Gastwirtschaft, in der er gern einen Morgen- oder Abendschoppen nahm und manchmal auch ein paar um die Mittagszeit. Sie war sozusagen sein kleines »Hinter-Paradies«.

Die Linde machte einen weiteren Bogen, dann kam der durch ein Wehr aufgestaute Teich der »Judenmühle« in Sicht, wie sie auch mitunter genannt wurde. Hier verlief ungefähr die Grenze zwischen der Stargarder und der Neu-Brandenburger Feldmark.

»Nanu!«, rief Siemerling aus. Am rechten Ufer des Teiches, das auch die drei Wanderer in Kürze passieren würden, hatte sich eine Handvoll Leute versammelt. Sie bildeten einen Halbkreis um etwas, das auf einer grauen oder dunkelgrünen Plane auf dem Boden lag. Den Ausdruck in den Gesichtern der Leute konnte man aus der Ferne nicht erkennen, aber eine der Personen gestikulierte energisch und wies den Weg entlang sowohl in Neu-Brandenburger als auch in Stargarder Richtung. Es war der preußische Rittmeister, neben dem links sein Adjutant und rechts der Mühlenbesitzer standen. Letzteren kannte Reuter nur flüchtig. Daniel Davidson schüttelte abwechselnd den Kopf oder nickte. Seine Hand ruhte auf der Schulter eines Halbwüchsigen, der den Blick abgewandt hatte. Die übrigen Personen, nach der Kleidung zu urteilen Mägde und Knechte oder andere Bedienstete, hielten ihre Köpfe gesenkt.

Fritz Reuter, Viktor Siemerling und Wilhelm Bahr gingen langsam und schweigend näher. Die Haltung der Leute deutete darauf hin, dass etwas Unerfreuliches geschehen war. Zuerst war die befehlsgewohnte und etwas schneidende Stimme des Rittmeisters zu vernehmen. Er schien seinem Adjutanten eine Anweisung zu erteilen, deren Wortlaut Reuter allerdings entging. Der Adjutant machte sich daraufhin, vorbei an Reuter, Siemerling und Bahr, die er nur eines kurzen Blickes bedachte, auf den Weg. Die eingeschlagene Richtung machte klar, dass der Rittmeister ihn nach Stargard geschickt hatte. Schließlich war auch das »Zügig, zügig!« seines Vorgesetzten zu vernehmen, was den ohnehin eilenden Adjutanten seinen Schritt abermals beschleunigen ließ. In diesem Tempo würde er wohl für den Weg nicht einmal eine halbe Stunde benötigen.

Nicht nur der Rittmeister schaute dem Adjutanten hinterher, auch Daniel Davidson tat es sowie noch ein weiterer Mann, der sonntäglich gekleidet war, ein Sakko trug, einen weichen Filzhut sowie eine recht farbenfrohe Krawatte. Der Rittmeister beäugte die Neuankömmlinge ziemlich kritisch, so als befürchte er von ihnen irgendein Ungemach. Davidson erkannte Reuter und seine Begleiter und nickte ihnen zu, bevor er sich an den Offizier wandte und ihm etwas mitteilte. Die anderen Anwesenden wirkten nach wie vor wie erstarrt.

Als Reuter sich auf die Länge von etwa fünf, sechs Schritten genähert hatte, erkannte er, was sie so erschütterte: Auf der grauen Plane lag ein nacktes Kind. Es war ein Neugeborenes, höchstens ein paar Tage alt, und es war ein Junge.

Reuter blieb sofort stehen. Der leichte Rausch und das beschwingte Gefühl waren verschwunden. Stattdessen stellte sich sofort ein Druck in der Magengegend ein, eine leichte Übelkeit und ein steigender Puls.

»Um Gotteswillen!«, stöhnte Wilhelm Bahr, der links von Reuter stehen geblieben war. Siemerling hielt sich hinter ihnen auf, aber Reuter hörte seinen heftigen Atem.

Bei einer der Frauen, wohl einer Magd, löste sich die Erstarrung. Ein Zittern fuhr durch ihre Glieder, sie schluchzte laut auf, dann rannte sie los. Sie lief über die Uferwiese auf das Wohngebäude neben der Mühle zu, verlor dabei die Pantinen, achtete aber nicht darauf. Sie wollte nur fort. Eine Tür schlug zu, dann wurde die Stille förmlich spürbar. Nicht einmal die Vögel waren zu hören, obwohl die Sonne noch so hoch stand, dass sie sich keineswegs zur Ruhe begeben haben konnten.

Reuter hielt sich selbst nicht für zimperlich, aber der Anblick des kleinen Wurms auf der Plane setzte ihm doch gewaltig zu. Trotzdem zwang er sich, genauer hinzuschauen. Er war Journalist und Schriftsteller, es war seine Pflicht, die Dinge gründlich in Augenschein zu nehmen und auch vor den bösesten und widerwärtigsten Umständen nicht zu kneifen – ›En tous cas‹, konnte man wohl sagen.

Die Umstände hatten es in sich: Es bestand kein Zweifel, dass der Knabe tot war. Der Leib war schon aufgedunsen, und er war feucht, wie Reuter erst jetzt bemerkte. Hatte man das Kind aus dem Mühlenteich gezogen? Es sah ganz danach aus. Um das winzige rechte Bein war etwas gebunden, eine Schleife oder eher doch … ein Hanfseil? Warum denn das? Lag hier ein Kindsmord vor? Der Junge war viel zu klein, es war ausgeschlossen, dass er durch einen Unfall in den Teich geraten war.

Aus den Augenwinkeln nahm Reuter wahr, dass es einen kurzen Wortwechsel zwischen Davidson und dem Rittmeister gab, woraufhin sich beide in Bewegung setzten und auf Reuter zukamen. Es hatte jedenfalls zunächst den Anschein, denn erst als sie ihn bereits mit ausgestreckten Armen hätten berühren können, wurde ihm klar, dass sie es auf Viktor Siemerling abgesehen hatten.

»Rittmeister von Ritzerow«, stellte sich der Offizier vor. »Leider lernen wir uns unter bedauerlichen Konstellationen kennen. Können Sie den … ähm … den Leichnam untersuchen?«

»Ich bin Apotheker, kein Arzt«, wies Siemerling das Ansinnen empört zurück. Seine Stimme klang aber doch sehr belegt, auch ihm ging der Tod des Knaben nahe. »Und um den Tod festzustellen, braucht es keinen Arzt. Das sieht man doch. Wichtiger wäre wohl, nach den Gendarmen zu schicken.«

»Schon geschehen«, sagte Davidson. »Der Herr Rittmeister waren sehr umsichtig und haben seinen Untergebenen nach Stargard gesandt, zur Behörde auf die Burg …«

»An einem Sonntag?« Reuter runzelte die Stirn. »Und warum nach Stargard? Ist Neu-Brandenburg nicht näher?«

»Ich denke, es hält sich die Waage«, meinte der Mühlenbesitzer. »Da wir aber auf der Grenze der Feldmarken liegen … der Herr Rittmeister kennt sich mit unseren Amtsbezirken gut aus …« Davidson warf einen eher skeptischen als bewundernden Seitenblick auf von Ritzerow. Der zuckte mit den Schultern.

»Ich meine, dass wir trotzdem einen Arzt holen sollten«, meldete sich Wilhelm Bahr zu Wort. »Für die …«, er schluckte, »… die Leichenschau. Wenn Sie mir vielleicht ein Pferd zur Verfügung stellen würden?«, wandte er sich an Davidson. »Ich reite nach Neu-Brandenburg und versuche, Doktor Brückner aufzutreiben.«

Und so geschah es dann. Daniel Davidson winkte den Herrn mit dem sonntäglichen Filzhut herbei, von dem die Männer erfuhren, dass es sich um Papiermüllermeister Paul Börner handelte. Er war also der wichtigste Mann auf der Papiermühle. Er nahm Bahr unter die Fittiche und führte ihn zum Stall, während endlich ein barmherziger Knecht seine Jacke über das tote Neugeborene gebreitet hatte. Das Gesinde mochte sich aber nicht zerstreuen, denn irgendwie zog die Anwesenheit des Todes alle in seinen Bann. Manche setzten sich ins Gras, andere vertraten sich die Beine, ohne sich aber allzu weit vom Teich zu entfernen. Auch Siemerling suchte schließlich einen Platz zum Sitzen und fand ihn auf einem Baumstamm. Wieder fiel Reuter die Stille auf, und nun wurde ihm auch bewusst, dass weder das Wasser rauschte noch das Mühlrad klapperte – das Mahlwerk war abgeschaltet worden.

»Herr Rittmeister«, wandte er sich an von Ritzerow, »verzeihen Sie meine Neugierde, aber was verschafft unserem Land die Ehre Ihres Besuches? Sie tragen volle Montur, aber sie werden ja keine Soldaten ausheben wollen. Oder droht ein Krieg?«

»Nicht dass ich wüsste. Nein, ich hebe keine Soldaten aus, sondern Pferde.« Rittmeister von Ritzerow schaute sich um, vermutlich ebenfalls nach einer Gelegenheit zum Sitzen. Davidson bemerkte dies und rief nach zwei seiner Angestellten, Knechte vielleicht oder aber Papiermacher, die er »Hinnerk« und »Fritzing« nannte. Er trug ihnen auf, Stühle aus dem Haus zu holen und die Hausfrau zu bitten, für Erfrischungen zu sorgen.

»Meine Frau«, erklärte er, »ist nach dem Aufruhr sofort aus dem Haus gelaufen, aber als sie … Wir haben ja selber Kinder … Ob es wohl ein Mord ist?«

»Wie sieht's denn aus?«, fragte von Ritzerow.

»Wie ein Mord«, erwiderte Davidson mit gesenkter Stimme.

Frau Davidson hatte Limonade zubereitet und brachte sie selbst in einem großen Glasgefäß, in dem eine hölzerne Kelle steckte. Sie war sehr bleich. Ihr Mann wartete ab, bis sie wieder fort war, und begann zu berichten, was am Nachmittag geschehen war – ein Bericht, den er wohl noch viele Male würde wiederholen müssen.

Am Ostersonntag wurde auf der Papiermühle nicht gearbeitet, damit die Leute zum Gottesdienst nach Neu-Brandenburg gehen und sich am Nachmittag amüsieren konnten. Das Mahlwerk war also wegen des Festtages außer Betrieb und nicht wegen des Leichenfundes, wie Reuter es erwogen hatte. Das Besitzerehepaar und ihre Kinder waren kurz nach neun Uhr mit dem Wagen zur Marienkirche gefahren und nach der Predigt zurückgekehrt, weil sie den Papiermühlenbesitzer Lemelson aus Wanzka und dessen Familie zu einer österlichen Gasterei erwarteten; auch bei den Lemelsons handelte es sich um konvertierte Juden, mit denen man freundschaftlich verkehrte. Die anderen Mühlenleute, der Papiermüller Börner, die Papiermacher und die Lehrlinge sowie das Hofgesinde hatten nach dem Frühstück das Mühlengelände verlassen und waren ihrer Wege gezogen, wohin sie wollten. Bis auf die Mägde Marthe und Hannah hatten alle frei bekommen. Die beiden mussten Frau Davidson bei der Zubereitung der Mahlzeiten und beim Servieren zur Hand gehen.

Daniel Davidson deutete über den Teich auf zwei junge Frauen, die mit angezogenen Beinen ganz nah beieinander im Gras hockten; die linke der beiden war ziemlich drall, die rechte schlank wie eine Gerte. Er selbst, der Rittmeister, Siemerling und Reuter saßen inzwischen auf Korbstühlen. Ein Baumstumpf diente ihnen als Tisch. Auf ihm standen das Limonadengefäß und fünf Becher. Der übrige Becher wie auch der fünfte Stuhl waren für den Meister Börner bestimmt, der just von den Stallungen zurückkehrte. Wilhelm Bahr hatte man schon vor vier, fünf Minuten davonreiten sehen, viel zu schnell für die schlechten Wege, wie Reuter befunden hatte.

»Das sind sie«, erklärte Davidson, »Marthe Kliefoth und Hannah Jungblut. Sie gingen also meiner Frau zur Hand, bis Lemelson und seine Familie sich verabschiedet hatten. Dann wollten sie eigentlich auf den Tanzboden nach Groß Nemerow, und das hatten sie sich ja auch verdient. Wann wird das gewesen sein? Vor einer Stunde?« Er zückte seine Taschenuhr und ließ den Deckel aufschnappen. »Ja, so gegen drei. Die ersten Angestellten kamen gerade zurück … Sie ja auch, Börner«, sagte er zu seinem Müllermeister, der sich soeben in seinen Stuhl fallen ließ.

»Ich war noch auf dem Weg, als ich den Schrei hörte«, sagte er. »Ein Schrei, der mir durch Mark und Bein fuhr.« Er schüttelte sich, als ob er die Erinnerung an den Schrei loswerden wollte. »Ich kam vom Kirchgang aus Neu-Brandenburg«, erklärte er den übrigen Anwesenden. »Danach habe ich ein Glas Wein im Ratskeller genommen und mich auf den Rückweg gemacht, so wie ich es jeden Sonntag halte.«

»Allein?«, wollte Reuter aus reiner Neugierde wissen.

»Zuerst ja. Ich bin unverheiratet, hoffe jedoch, dass sich das bald ändert.« Börner lächelte versonnen, wurde aber, als er spürte, wie unangemessen dieses Lächeln war, sofort wieder ernst. »Ich traf dann auf Höhe der Hintersten Mühle unseren Hausknecht Harms mit seiner Tochter. Er ist Witwer. Dort steht er.« Der Müllermeister zeigte zu einem Baum in der Nähe des Stauwehrs, an dem ein Mann lehnte, der höchstens vierzig Jahre war. Zu seinen Füßen hockte ein junges Mädchen von vielleicht sechzehn, siebzehn Lenzen, das zu ihm aufschaute. Wie es aussah, sprachen sie miteinander. »Sie hatten in der Wirtschaft einen Imbiss eingenommen und wollten ebenfalls hierher, also legten wir den Weg gemeinsam zurück. Auch sie haben einen gewaltigen Schreck bekommen, als der Schrei …« Börners Miene hatte einen Ausdruck von Erschütterung angenommen, und er atmete tief ein und aus.

»Welcher Schrei?«, wollte Viktor Siemerling wissen. Reuter spürte bei ihm eine gewisse Atemlosigkeit.

»Jetzt wissen wir, dass Hannah und Marthe geschrien haben.«

»Also waren es zwei Schreie«, bemerkte Rittmeister von Ritzerow.

»…, die wie ein Schrei klangen«, sagte Börner.

»Das kann ich bestätigen«, fügte Davidson an. »Meine Frau und ich haben es auch gehört. Martha und Hannah haben …«, er verstummte für zwei, drei Lidschläge, musste dann noch einmal tief durchatmen, bevor er fortfuhr: »Sie haben den kleinen Leichnam entdeckt, wie er auf dem Teich schwamm. Die Fäulnisgase …« Er schüttelte den Kopf und ließ ihn sinken.

»Furchtbar«, meinte Börner. »Wer tut nur so etwas?«

Die Frage konnte ihm keiner beantworten. Für eine Weile kehrte Schweigen ein, welches Reuter schließlich brach: »Die beiden Mägde haben also das tote Kind gefunden?«

Davidson nickte. Er betrachtete seine Handflächen, als ob ihm die Linien irgendeinen Hinweis auf das Geschehene liefern könnten. Börner setzte seinen Bericht fort: »Wir stürzten alle herbei … also Harms, seine Tochter und ich … und aus dem Haus kamen Herr und Frau Davidson sowie deren großer Sohn. Gott, waren wir alle erschrocken!«

»Wohl wahr«, pflichtete ihm Davidson bei.

»Harms handelte am vernünftigsten. Unsereiner blieb wie angewurzelt stehen, er holte sofort den Rechen, mit dem er den Teich sauber hält; wir wollen ja nicht, dass Unrat ins Mühlrad gerät. Tja, mit dem Rechen hat er dann das Kind ans Ufer gezogen.« Er seufzte und verdrehte die Augen: »Armes Balg!«

»Hm«, machte der Rittmeister.

»Die Plane?«, fragte Reuter.

»Die brachte ich«, sagte Davidson. »Genauer gesagt, Philipp und ich holten sie. Meine Frau musste sofort kehrtmachen. Sie konnte den Anblick nicht ertragen.«

Davidson, der den Kopf längst wieder erhoben hatte, deutete mit dem linken Zeigefinger nach links. Aus Richtung Stargard näherte sich in zügigem Tempo ein offener Landauer, der von einem vornehm wirkenden Herrn gelenkt wurde. Es handelte sich offenbar um jemanden von der Stargarder Behörde, denn neben ihm saß der Adjutant des Rittmeisters. Der Herr trug einen hochgeschlossenen schwarzen Gehrock und darunter, nur als Andeutung erkennbar, ein blendend weißes Hemd sowie einen eng geschnürten schwarzen Binder um seinen dünnen, faltigen Hals. Reuter befürchtete, der arme Mann müsse jeden Moment ersticken. Auf seinem Haupt prangte stolz ein Zylinder, der natürlich ebenfalls schwarz war.

Daniel Davidson erhob sich. »Der Stargarder Oberlanddrost von Kamptz«, sagte er. Daraufhin standen auch Reuter, Siemerling, Börner und selbst der Rittmeister auf: Dieser Herr, der die Fünfzig längst überschritten hatte, war immerhin ein Vertreter des Großherzogs! Da war es geraten, auf die Etikette zu achten. Reuter kannte den Oberlanddrost nicht persönlich. Er wusste, dass »Kamptz« der Name einer alten mecklenburgischen Adelssippe war, deren Stammbaum sich inzwischen in viele Linien und Äste verzweigt hatte, und die sich nicht immer grün waren. Der Urahn, Christoph Albrecht von Kamptz, hatte es immerhin zum Herzoglich Mecklenburg-Strelitzer Oberkammerherrn, Minister und Kammerpräsidenten gebracht, war aber wohl seit vierzig oder mehr Jahren tot. Ein weiterer aus der Ahnenreihe, Karl Christoph Albert von Kamptz, hatte vor einigen Jahren als Königlich Preußischer Geheimer Staats- und Justizminister das Zeitliche gesegnet. Mit diesem Herrn von Kamptz war Reuters Lebensweg sogar verknüpft. Der Herr Vater hatte sich während der Festungszeit des Sohnes Fritz an diese hochstehende Persönlichkeit gewandt, um für eine Freilassung des Sohnes aus der Haft zu bitten. Obwohl von Kamptz ein Mitglied der Ministerial-Kommission war, von der die Untersuchung gegen die sogenannten Demagogen geleitet wurde, hatte der Minister nichts ausrichten können oder vielleicht auch nicht wollen; nach und nach hatte sich während der Festungszeit in Reuter die Überzeugung gefestigt, der Mann sei nichts weiter als ein Heuchler. Wie es in dieser Hinsicht um den Oberlanddrost von Kamptz bestellt war, vermochte er nicht zu sagen. Der Mann wirkte auf den ersten Blick streng und unnahbar, aber das gehörte wohl zu seiner Stellung und seiner langen Titulatur.

Reuter seufzte innerlich: ›Was bin ich selbst? Großherzoglich Mecklenburg-Strelitzer Oberplattdeutschdichterling?‹ Denn man war ja seit 1815 Großherzogtum, der Herr mit dem strengen Antlitz und dem kantigen Kinn, der soeben aus seinem Landauer gestiegen war, musste also Großherzoglich Mecklenburg-Strelitzer Oberlanddrost zu Stargard sein und wer weiß, was noch: Kammerherr und Ehrenritter und was diese Leute so alles dafür wurden, dass sie möglichst wenig taten, was irgendeine Veränderung der Verhältnisse bewirkte. Sie folgten stets getreu dem Großherzoglichen Prinzip: »Alles muss bleiben, wie es ist, damit es besser werden kann.«

Auch der Adjutant sprang aus dem Wagen, während Daniel Davidson dem Oberlanddrost eilig entgegenschritt. Er ging dabei an Marthe und Hannah vorbei, zu denen er etwas sagte, woraufhin beide aufstanden. Auch dem Knecht Harms rief er etwas zu. Dieser löste den Rücken vom Baumstamm und stellte sich aufrecht. Papiermachermeister Börner folgte seinem Chef, auch Reuter, Siemerling und der Rittmeister schlossen sich an. Ohne Frage, sie wurden alle von der Neugierde getrieben. Dem konnte sich auch ein noch so tadelloser preußischer Offizier nicht entziehen.

Dass sich ein Oberlanddrost an diesen Ort bemühte, war schon verwunderlich; Reuter hätte eher mit einem Vertreter der vor zwei Jahren frisch gegründeten Mecklenburg-Strelitzer Landgendarmerie gerechnet. Vielleicht war in Stargard keiner anzutreffen gewesen, sodass sich der Adjutant gleich an die höchste Instanz gewandt hatte. Wie auch immer, man würde den Grund sicher irgendwann erfahren.

Doch bevor man überhaupt irgendetwas in Erfahrung bringen konnte, tauchte von rechts ein mit drei Männern besetzter Wagen auf. Reuter kannte sie allesamt. Als Kutscher betätigte sich Wilhelm Bahr, auf dem Doppelsitz hatten Medizinalrat Doktor Brückner, Reuters Hausarzt, und der Neu-Brandenburger Stadtrichter, Hofrat Doktor Müller Platz genommen. Dass Bahr beide so rasch hatte auftreiben können, ließ in Reuter die Vermutung aufkommen, sie könnten im Ratskeller gesessen haben. Das Pferd, das sich Bahr vom Mühlenbesitzer ausgeliehen hatte, war mit lockerem Zügel am Wagen befestigt und trabte hinterdrein. Über den Wagenrand ragte ein großer kastenförmiger Gegenstand: Wilhelms Kamera. Der von der Kunst der Fotografie nahezu besessene Bahr hatte doch tatsächlich rasch seine Ausrüstung geholt.

Der Oberlanddrost betrachtete die Neu-Brandenburger Honoratioren, zu denen man alle drei zählen konnte, mit gerunzelter Stirn. Reuter war ihm inzwischen so nahegekommen, dass die perfekte Rasur des Amtmanns auffiel. Man konnte förmlich die Schärfe des Rasiermessers sehen – und die Schärfe des Rasierwassers riechen.

Reuter musste schmunzeln, als ihm bewusst wurde, dass er und seine Freunde im Unterschied zu dem Stargarder Herrn Bärte trugen, und zwar solche, die diesen Namen auch verdienten. Damals, in seiner Burschenschaftszeit, hatte der Bart als Zeichen von Opposition gegolten. Heute war er nur noch eine Mode oder Gewohnheit. Was von Kamptz über Bärte und ihre umstürzlerische Bedeutung dachte, konnte Reuter nicht wissen, aber die scharfe Rasur bedeutete womöglich etwas.

Das Schmunzeln verflog rasch aus Reuters Gesicht, denn er erinnerte sich, wo er sich befand und warum ein Arzt, ein Richter und ein Landrat überhaupt anwesend waren. Von Kamptz blieb stehen und wartete zweifellos darauf, dass man ihn genauer unterrichte, als es der Adjutant des Rittmeisters getan hatte. Bahr und die Doctores waren inzwischen ausgestiegen, Doktor Müller hatte einen Blick in die Runde geworfen, dann streckte er seinen Oberkörper und schritt auf von Kamptz zu.

»Guten Tag, Exzellenz«, sagte er mit einer angedeuteten Verbeugung. Als Hofrat hatte er selbst Anspruch auf die Anrede »Exzellenz«. Reuter hatte das Gefühl, dass Müllers Förmlichkeit übertrieben oder gar Ironie war.

»Guten Tag, mein lieber Doktor«, erwiderte der Oberlanddrost mit einer so falschen Liebenswürdigkeit, dass einem kalt werden konnte. Die beiden Herren waren ersichtlich keine Freunde, und dass von Kamptz nur den akademischen Titel benutzte, zeigte womöglich eine gewisse Verachtung. »Sie haben einen Arzt mitgebracht?« Er brauchte keine hellseherischen Fähigkeiten, um das festzustellen. Brückner hatte seine Arzttasche dabei. »Sehr umsichtig. Allerdings Ihre eigene Anwesenheit … Ich will doch meinen, dass die Judenmühle zum Amt Stargard gehört.«

»Ich möchte darüber jetzt nicht streiten, Exzellenz. Es ist schon vor Jahren von der Großherzoglichen Kammer festgestellt worden, dass sich die Papiermühle auf der Feldmark der Vorderstadt Neu-Brandenburg befindet, worüber es Brief und Siegel gibt. Exzellenz kennen den Vorgang und all die Dokumente. Aber wie gesagt, ich möchte diesen Streit nicht wieder aufleben lassen, schon gar nicht bei einem solch traurigen

Anlass. Hier wird jede Hand und jeder kluge Kopf gebraucht, und Herr Bahr«, Müller deutete zum Maler und Fotografen, der gerade die Kamera aus dem Wagen wuchtete, »hat nun einmal auch uns gerufen. Ihm schien es zu Recht geboten, nach Neu-Brandenburg zu kommen, auch wenn der Weg nach Stargard kürzer sein sollte, was auch erst festgestellt werden müsste. So, was ist denn nun eigentlich geschehen?«

Daniel Davidson – Reuter hatte gesehen, wie er bei dem Wort »Judenmühle« zusammengezuckt war – nickte allen zu, deutete in Richtung des von einer Jacke bedeckten Opfers und schickte sich an, die Männer dorthin zu führen. Alle folgten, bis auf Wilhelm Bahr natürlich, der sein Stativ aufbaute. Von Kamptz machte eine ausholende Handbewegung über den Teich und zum Stauwehr, dann sagte er wie nebenbei: »Es wäre ja auch denkbar, dass der Leichnam auf Stargarder Gebiet in die Linde geraten und dann in den Teich gespült worden ist.«

Niemand antwortete. Aber selbst Reuter, der sich bei Mühlen vor allem für die Gastwirtschaften interessierte, sofern sie eine hatten, kam sofort darauf, dass die Leiche niemals durch das geschlossene Wehr hätte gelangen können. Dass es geschlossen war, hatte er bereits festgestellt: Man konnte es gar nicht übersehen.

Schließlich wandte sich von Kamptz an den Rittmeister, behielt aber aus den Augenwinkeln auch Reuter und Siemerling im Blick, die nebeneinander gingen.

»Rittmeister, Sie waren als erster Auswärtiger an diesem Ort?«

»Ja«, bestätigte von Ritzerow. »Also ich und mein Gefolgsmann. Wir kamen aus Stargard und wollten nach Neu-Brandenburg, wo wir ein Zimmer reserviert haben.«

»Sie kaufen gute mecklenburgische Rösser für die ruhmreiche Armee Preußens?«

»Sie sagen es, Exzellenz.« Der Rittmeister strahlte, so sehr fühlte er sich als Angehöriger dieser »ruhmreichen Armee« geschmeichelt.

Bahr hatte inzwischen die schwere Kamera auf das Stativ geschraubt, was nach einer schweißtreibenden Tätigkeit aussah. Davidson, Müller und Brückner hatten Jacke und Plane erreicht, von Kamptz, Reuter, Siemerling und der Rittmeister waren ein paar Schritte zurückgefallen. Von Ritzerow schickte sich soeben an, dem Oberlanddrost zu berichten, was er beim »Annähern an die Mühle«, wie er es nannte, wahrgenommen hatte, da ging Doktor Brückner in die Knie und schlug die Jacke zurück. Genau in diesem Moment traf den kleinen nackten Leichnam ein Sonnenstrahl.

»Oh mein Gott!«, entfuhr es dem äußerlich so unnahbar wirkenden Oberlanddrost. Reuter blickte zu ihm und sah, dass er blass geworden war.

Nachdem Doktor Brückner das Kind betrachtet und abgetastet hatte, konnte er auch nicht mehr sagen, als dass es tot sei. Er erbot sich, in seiner Neu-Brandenburger Praxis eine Obduktion vorzunehmen, und schaute fragend zu Hofrat Müller, der zustimmend nickte. Weil der – obwohl doch gar nicht zuständige – von Kamptz sich offenbar übergangen fühlte, trat dieser seinerseits direkt neben das tote Kind; fast wirkte es, als wolle er es mit den Augen obduzieren.

»Die Frage ist natürlich, ob eine gerichtliche Untersuchung überhaupt notwendig ist«, sagte er.

»Wie meinen?« Doktor Müller schien aus allen Wolken zu fallen.

»Es könnte sich um eine Totgeburt handeln.«

»Das kann ich nicht ausschließen«, sagte Brückner und rückte seine Brille zurecht. Er trug keinen Bart, aber seine Rasur war nicht mehr so exakt wie die des hohen Beamten; man sah bereits ein paar Stoppeln am Kinn. »Nicht jetzt, sondern erst durch eine Leichenöffnung.«

»Selbst bei einer Totgeburt fragt man sich aber, wer die Mutter ist und warum sie das Kind dem Teich übergeben hat – so will ich das mal ausdrücken. Mir scheint eine gerichtliche Untersuchung en tous cas unerlässlich.«

»Bitte!« Von Kamptz runzelte die Brauen. »Sie sind ja verantwortlich. Was ist im Übrigen das?« Er deutete auf das Bein des Säuglings.

»Ein Hanfseil mit einem Knoten«, meinte Brückner irritiert.

»Nein, nein, daneben!«

Alle beugten sich nun tiefer über den Wurm, dessen Leib inzwischen getrocknet war und einen üblen Geruch zu verströmen begann, alle außer Davidson, dem die Sache ersichtlich immer stärker an die Nieren ging. Aber tatsächlich, vom Seil fast verborgen, war da noch etwas: ein winziges Silberkettchen mit einem Kruzifix als Anhänger.

»Ein Christussymbol«, bemerkte von Kamptz.

Die Männer richteten sich allesamt rasch auf. Reuter versuchte in ihren Gesichtern zu lesen und hatte den Eindruck, dass sie alle unwillkürlich an ein und dasselbe dachten: An die Legende von den christkindermordenden Juden.

Die erste Frage, die Doktor Müller nach der Inaugenscheinnahme an den zurückgewichenen Davidson gestellt hatte, war die, ob jemand vom Mühlenpersonal schwanger gewesen sei.

Dem Mühlenbesitzer war dergleichen nicht bekannt, er meinte aber, das hätte er ja sehen müssen. Von Kamptz machte ein nachdenkliches Gesicht, schwieg jedoch. Der herbeigerufene Papiermüllermeister Börner wusste ebenfalls nichts von Schwangerschaften.

Brückner hatte die kleine Leiche wieder zugedeckt, Börner rief den Knecht Harms herbei, damit dieser dem Arzt half, das Bündel zum Wagen zu schaffen. Hofrat Müller bat Davidson, alle Personen, die auf der Mühle arbeiteten und lebten, ins Haus zu rufen, damit er sie befragen könne. Inzwischen waren zwei junge Gesellen von ihrem Sonntagsausflug zurückgekehrt, die sich in der Nähe von Wilhelm Bahr beziehungsweise in der Nähe der Kamera aufhielten, denn von dem Fotografen waren nur die Beine und das Gesäß zu sehen; sein Oberkörper steckte in dem Entwicklungszelt, das er sowohl an der Kamera als auch am Stativ befestigt hatte. Davidson ging herum und zitierte alle ins Haus. Müller meinte zum Oberlanddrost, dass er ihn als erfahrenen Staatsbeamten gern bei der Befragung dabei hätte. Das war mehr als eine versöhnliche Geste, und von Kamptz lehnte nicht ab.

Weitere Personen durften bei der Interrogation selbstredend nicht anwesend sein, also schickten sich all diejenigen, die nichts mit der Papiermühle und ihrem Betrieb zu tun hatten, an, ihrer Wege zu gehen. Als Davidson, von Kamptz und Hofrat Müller an Bahr und seiner unhandlichen Apparatur vorbeikamen, konnte sich der Oberlanddrost eine Bemerkung nicht verkneifen: »Die Daguerreotypomanie gehört auch zu den maux de siècle!« Dass er die Fotografie für ein Gebrechen des Jahrhunderts hielt, zeigte deutlich, dass er kein Mann des Fortschritts war, was bei seiner Karriere nicht überraschte.

Bahr rief unter dem Zelt hervor, wo er sicher gerade mit Entwicklerflüssigkeiten hantierte: »Ich praktiziere die Daguerreotypie seit Jahren nicht mehr! Man kann keine Abzüge machen, und silberbeschichtete Kupferplatten sind nicht so billig wie Glas und Papier!«

Von Kamptz zuckte mit den Schultern. Die Feinheiten des Fotografier-Geschäfts waren ihm sicher nicht bekannt, ganz im Gegensatz zu Reuter, der sich nicht nur einmal Vorträge über die verschiedensten Verfahren hatte anhören müssen.

Während Oberlanddrost, Stadtrichter und Mühlenbesitzer zum Wohngebäude der Papiermühle zogen, kam Freund Malabar, wie Reuter den Maler Bahr getauft hatte, unter dem schwarzen Zelt hervor. Sein kragenlanges dichtes Haar stand nach allen Seiten ab, die Augen waren gerötet. Er schüttelte sich: Seitdem Reuter ihn kannte, ja schon länger wandte er das sogenannte Nasskollodiumverfahren an. Dies hatte am Anfang der Fünfzigerjahre ein Engländer namens Frederick Scott Archer erfunden, und Bahr benutzte es, weil es eine kürzere Belichtungszeit und eine größere Detailschärfe ermöglichte. Dafür musste man allerdings nicht nur schwere Glasplatten mit sich herumschleppen, sondern auch etliche Chemikalien. Trotz Malabars Erklärungen wusste Reuter nicht mehr genau, um welche Substanzen es sich handelte: Brom und Jod waren irgendwie dabei, Gallussäure und Eisenvitriol – diese Bezeichnungen hörte er immer wieder, weil Bahr diese nach Giftmord klingenden Stoffe bei Viktor Siemerling bestellte. Die namengebende Substanz war Kollodium, ein Stoff, den nicht die Natur hervorgebracht hatte, sondern die menschliche Kunst. Reuter wusste nicht genau, worum es sich handelte, und er wollte es auch gar nicht wissen. Eines stand felsenfest, und man sah es Wilhelm Bahr an der gerümpften Nase an: Kollodium stank fürchterlich.

Jedenfalls mussten beim Nasskollodiumverfahren die Glasplatten vor Ort beschichtet und auch entwickelt werden, sodass Reuter, wenn er wollte, sofort die Resultate in Augenschein nehmen konnte. Inzwischen hatte es aber schon zu dämmern begonnen, und es war unübersehbar, dass Brückner zum Aufbruch drängte; der Rittmeister und sein Adjutant hatten sich unlängst verabschiedet und befanden sich bereits auf dem Weg zwischen Davidsonscher und Krügerscher Mühle. In der Kutsche warteten Brückner und Siemerling, und der Arzt schien ungeduldig zu werden, wollte er doch rasch an den Seziertisch.

Bahr begab sich also zum Wagen, um einen Holzkoffer zu holen, in dem er die belichteten Platten zu verstauen gedachte. Dabei fiel sein Blick auf den in die Plane gehüllten Leichnam. Er erschauerte.

»Mit diesem Wagen fahre ich nicht!«, sagte er entschieden.

»Mein Gott, Bahr, haben Sie sich nicht so«, Medizinalrat Brückner zog die Brauen hoch. »Sie wollen doch nicht bis Neu-Brandenburg auf Schusters Rappen reiten.«

»Lieber doch. Sie können die Apparaturen und den Koffer mitnehmen.«

»Könnten wir, könnten wir …« Brückner hantierte an seiner Brille, obgleich sie tadellos saß. Das war eine Angewohnheit von ihm, mit der er in schwierigen Fällen seine Verlegenheit gegenüber den Patienten überspielte. »Sie können sich Ihren Kram aber auch auf die Schultern laden.«

Bahr seufzte, steckte die Platten in den Koffer und schloss diesen. Reuter war ihm beim Lösen des Zeltes von Kamera und Stativ behilflich, eine rein mechanische Tätigkeit, bei der er sich zugleich umschauen konnte. Alle Beschäftigten der Mühle waren im Haus, der Weiher lag friedlich. Ein paar Stockenten waren aufgetaucht und nahmen ein Abendbad, ein schmaler Streifen Sonnenlicht teilte den Teich in zwei ungleiche Hälften. Der Himmel hatte ein dunkles Blau angenommen, in das sich etwas Violett mischte. War das denn nicht das Paradies, ein kleines irdisches Paradies, in das der Tod eingeschlagen hatte wie ein Blitz?

Reuter wandte sich ab und nahm den Koffer, der tatsächlich ziemlich schwer war. Aber er war Turner, es sollte ihn nicht verdrießen, ein solches Gewicht ein paar Ruten weit zu tragen. Dabei musste er am Landauer des Oberlanddrosts vorbei und entdeckte an dessen Tür das Wappen derer von Kamptz: eine rote Lilie, eingefasst in Silber. Der Wappenhelm hatte rot-silberne Helmdecken und wurde gekrönt von drei rot-silber-roten Straußenfedern. Das war schon ein elegantes Emblem, und auch wenn man diese Wappenvernarrtheit des Adels albern finden mochte, irgendwie imponierte sie auch. Warum sollte er es nicht zugeben, manche Wappen waren einfach schön! Trotzdem blieb er natürlich ein mehr oder minder eingeschworener Gegner des Adels, denn das war er seiner Vergangenheit als »Revolutschonähr« schuldig.

Die Kamera und das Zubehör waren im Wagen verstaut, Reuter öffnete den Schlag und schickte sich an, hineinzuklettern.

»Wie kommt eigentlich der Hofrat nach Nigen-Bramborg?«, wollte er wissen.

»Ich schicke einen Dienstboten mit dem Wagen zurück«, sagte Brückner. Reuter nickte, dann schwang er sich hinein und ließ sich in die Polster fallen.

»Wird ja ziemlich eng«, meinte Bahr, der immer noch nach einem Vorwand suchte, um zu Fuß nach Hause zu wandern.

»Fritz zieht den Bauch ein und wir rücken zusammen«, entgegnete Siemerling mit einem leichten Schmunzeln. »Übrigens eine brillante Idee, Aufnahmen vom Ort des Geschehens zu machen.«

»Nur eine idée reçue, eine übernommene Idee«, sagte Bahr, der als gebildeter Mensch auch sein Französisch gelernt hatte. Er überwand seine Scheu, stieg ein und setzte sich neben Reuter, der ihm Platz machte. Brückner war es, der die Zügel nahm. »Gewachsen ist sie, wenn ich es so zu formulieren mir erlauben darf, auf dem Mist des Hofrates. Er meinte, für ein modernes gerichtliches oder auch Kriminalverfahren dürfe man sich der modernen technischen Mittel nicht enthalten. Überall bringe der Fortschritt Neues, das solle nun endlich auch im Gerichtswesen Einzug halten und so weiter und so fort.«

»Was für ein kluger Mann!«, sagte Brückner, dann rief er »Hüh!« und nochmals »Hüh!«, bis sich der gelangweilte Braune endlich in Bewegung setzte, und zwar mit mecklenburgischer Gemächlichkeit.

Einen solchen Klepper würde Rittmeister von Ritzerow wohl für keine Armee der Welt erwerben. Aber auch mit einem solchen Gaul kam man schließlich in Neu-Brandenburg an.

Fritz Reuter lehnte sich zurück. Aus Seiten einer alten Neubrandenburger Zeitung hatte er einen Fidibus fabriziert, mit dem er nun seine Pfeife in Brand setzte. Während er sie anrauchte, schloss er die Augen.

Vor etwa einer Viertelstunde hatten sich Siemerling, Bahr und Reuter von Doktor Brückner vor dessen Praxis getrennt, und da sie festgestellt hatten, dass sie noch nicht nach Hause gehen mochten, waren sie, wie sich Malabar ausdrückte, dreimal umgefallen und in den Fürstenhof eingekehrt: Das ehemalige Gästehaus der Mecklenburger Herzöge gehörte neben dem Ratskeller, der Goldenen Kugel sowie dem Schützenhaus vor dem Neuen Tor zu Reuters Stammwirtschaften, wohin ihn die Freunde gern begleiteten. Den Fürstenhof hatte heute der Zufall gewählt.

Da die Aprilabende noch kühl waren, es auf dem Lande hie und da sogar noch Frost geben sollte, hatte der Wirt den Ofen mit etwas Holz beschickt. Reuter sog tief den Pfeifenrauch ein und hielt die Augen noch eine Weile geschlossen, aber ein Gefühl von Behaglichkeit mochte sich nicht einstellen. Noch ein Zug, dann öffnete er die Augen.

Der Tisch war rund, ein »demokratischer Tisch«. Links von ihm hatte Viktor Siemerling Platz genommen, rechts saß Malabar.

Der Wirt kam herbei: »Wat wullt ji?«

Reuter wechselte Blicke mit seinen Freunden. Üblicherweise war er Weintrinker, aber dieser Tag verlangte zum Ausklang etwas Stärkeres. ›Etwas stärker Stärkendes‹, dachte er und gab seine Order auf: »Schenk mi en Bittern in!«

Der Wirt verzog keine Miene, also war er entweder nicht überrascht oder er verbarg sein Erstaunen. Niemand konnte sich erinnern, wann Reuter zuletzt einen Bitter bestellt hatte.

Der Wirt schaute zu Bahr, der nickte: »Mi ok.«

»Un mi ok«, sagte Siemerling.

»Aber auch einen Schoppen Weißen«, rief Reuter dem Wirt hinterher.

Kaum waren die Bestellungen erledigt, betraten zwei Männer in dunklen Paletots den Raum, die von den Anwesenden sofort mit großem »Hallo!« begrüßt wurden. Wenn man genau hinschaute, mochte man wohl gewahr werden, dass sie Brüder sein mussten, aber Brüder, die unterschiedlicher kaum sein konnten. Vor allem die breite Nase mit den großen Nüstern und die hohe, haarlose Stirn verrieten die Verwandtschaft. Trotz eines gewissen Altersunterschieds konnten sie nicht Vater und Sohn sein; die Gebrüder Ernst und Franz Boll.

»Was treibt euch denn von Haus und Hof?«, begehrte Reuter zu wissen.

»Man hört so schreckliche Geschichten von toten Kindern, in die ihr involviert sein sollt«, antwortete Franz Boll, der ältere. Er war wohlbeleibt und hatte Hängebacken, auch war er glattrasiert. Derzeit versah er das anstrengende Amt eines Pastors an Sankt Johannes, außerdem das eines Lehrers an der Stadtschule. An jedem Sonntag musste er den Frühgottesdienst an der Johanneskirche halten, hatte Vertretung an Sankt Marien zu leisten und war so mit Unterrichtsstunden überhäuft, dass sich Reuter oft fragte, woher er die Zeit für seine Gelehrtentätigkeit nahm. Denn Forscher war er auch noch. Er beschäftigte sich mit der Geschichte des Christentums ebenso wie mit der Geschichte Mecklenburgs, hier vor allem des Landes Stargard und seiner Heimatstadt Neu-Brandenburg. An diesem Abend bemerkte Reuter Zeichen einer starken Erschöpfung.

»Es handelt sich um ein totes Kind«, erklärte Siemerling. »Und davon, dass wir in irgendeiner Weise involviert wären, kann keine Rede sein.«

Franz Boll setzte sich neben ihn. Der Wirt brachte die Liköre, was Boll mit einem Stirnrunzeln bemerkte.

Sein Bruder Ernst nahm, vielleicht weil er einen Sinn für Ausgewogenheit hatte, neben Wilhelm Bahr Platz. Er war hager, wirkte sogar ausgezehrt, was allerlei Krankheiten geschuldet war, die ihn immer wieder plagten; schon als Kind sei er kränklich gewesen. Ernst Boll trug einen Kinnbart und war ebenfalls ein Gelehrter mit vielfältigen Interessen.

»Wir hören gern euren Bericht von den Ereignissen bei der Davidsonschen Mühle«, sagte er.

Reuter hatte inzwischen auch seinen Wein bekommen, aber erst einmal hob er das Schnapsglas und prostete den Freunden zu: »Dörch de Kähl geht väl.«

»Jo«, erwiderte Siemerling. »›De Wien was got‹, sär de Bur to den Apteiker, as he na acht Dach betahlt, ›ik föhl em noch.‹«

»Den Wein«, meinte Reuter, »hab ich noch gar nicht probiert.« Er nahm einen Schluck. »Ja, er ist gut, aber ich hoffe nicht, ihn morgen mehr zu spüren.«

Nach Vollzug des Trinkrituals erstatteten Reuter, Siemerling und Bahr Bericht, wobei Reuter der Wortführer war. Ernst und Franz Boll, die selbst Wein bestellt hatten, begleiteten den Vortrag mit Bekundungen des Entsetzens. Als Reuter den Wortwechsel zwischen von Kamptz und Hofrat Müller bezüglich der Feldmarkgrenzen beschrieb, platzte Doktor Brückner in die Runde. Er war mit den Gebrüdern Boll verwandt. Ihre Mutter war eine geborene Brückner. Es handelte sich bei den Brückners um eine alteingesessene und weitläufige Neu-Brandenburger Familie.

Brückner setzte sich, bestellte stilwidrig ein Bier, zündete sich langsam und umständlich ein Pfeifchen an und genoss die quasi atemlose Aufmerksamkeit, die ihm zuteil wurde. Draußen vor dem Fenster war es stockdunkel, und niemand bezweifelte, dass er die Obduktion beendet hatte.

Genüsslich zog er am Mundstück, nahm einen großen Schluck Bier, machte »Ah!« und »Oh!« wie der erstbeste Knattermime am Neu-Brandenburger Schauspiel, und endlich sagte er: »Es ist tot, das Kind.«

»Je, nun!« Reuter runzelte die Stirn und winkte zugleich dem Wirt.

»Wie ist es denn …?«, fragte Bahr zögernd.

»Auf jeden Fall war es eine Lebendgeburt. Es hat geatmet. Und nach meiner Einschätzung dürfte es nur ein paar Stunden alt geworden sein.«

»Mein Gott!«, rief Franz Boll. »Wurde es denn – getötet?«

»Ich fürchte.« Brückner klopfte mit dem Pfeifenkopf leicht auf den Boden. »Es hat den Anschein, dass es ertränkt wurde, … jedenfalls ertrunken ist. Da es noch nicht selbst zum Mühlenteich hätte krabbeln können, wird wohl jemand nachgeholfen haben. Ein Kindsmord, meine Herren! Ein Kindsmord in unserem schönen Nigen-Bramborg. Und das nur ein paar Tage, bevor der Großherzog kommt. Uns steht ein unruhiges Frühjahr bevor.«

»Weiß der Stadtrichter schon Bescheid?«, wollte Siemerling wissen.

Brückner nickte. »Und auch der Bürgermeister. Ich musste beide sofort unterrichten. Ja, und dann ist da noch etwas Merkwürdiges. Der Knabe hatte Wasser in der Lunge, was nicht überrascht. Aber da war auch noch eine Art Brei.«

»Das ist in der Tat ungewöhnlich«, meinte Familienvater Siemerling.

»Wieso?«, fragte Reuter. »Für mich gehört Brei zur Kinderzeit.«

»Ach, Fritz«, seufzte Brückner, »man sieht, dass du wenig von Kindern verstehst. Ein so kleiner Wurm bekommt noch keinen Brei.«

Es war zwar bei einem Bitter, aber nicht bei einem Schoppen Wein geblieben. Erst als der Wirt des Fürstenhofes die Rechnung stellte, war Reuter bewusst geworden, dass er eine ganze Flasche getrunken hatte. Und so fühlte er sich auch: heiter, beschwingt, glücklich trotz des furchtbaren Ereignisses. Sein Weg war nicht weit, er musste nur den Marienkirchplatz überqueren, wobei er allerdings der Hauptpfarrkirche ausweichen musste. ›Beim Queren kommt mir eine Kirche in die Quere‹, dachte er belustigt.

In der Stadt war es dunkel. Es gab zwar ein paar trübe Rüböllampen, die aber weniger Licht spendeten als die Leuchten am Himmel, wie etwa der seit drei Tagen abnehmende Mond und allerlei Gestirn.

Reuter wollte nur noch ins Bett. Trotzdem ging er sehr langsam. Er tat es nicht, weil er befürchtete, mit dem schönen Backsteinbau von Sankt Marien zusammenzustoßen und dabei den Turm zum Einsturz zu bringen. Er tat es auch nicht, weil er Angst hatte, zu stolpern, da er den Weg kaum sah. Er fürchtete sich vor dem verkniffenen Mund seiner lieben Louise, vor den Vorwürfen, vor dem Furor des bis in die Nacht wartenden Eheweibs.

Die Kirchturmuhr schlug zwölf. Reuter wünschte sich inständig, dass seine Frau schon zu Bett sei, doch als er das westliche Ende der Marienkirche erreicht hatte, wusste er, dass dieser Wunsch nicht in Erfüllung gegangen war. Seit ihrer Übersiedlung von Treptow an der Tollense nach Neu-Brandenburg, also seit ihrem Staatenwechsel vor einem Jahr, wohnten Reuters im Hause des Tischlermeisters Willebrandt. Die Wohnung im ersten Stock hatte sich in einem fürchterlichen Zustand befunden, aber Louise hatte nach dem ersten Schrecken wacker angepackt. Sie hatte Schmutz und Staub entfernt und nach und nach ein gemütliches Heim geschaffen, in dem sich Reuter wohlfühlte. Hinter den Fenstern der Wohnstube brannte noch Licht. Louise hatte die Übergardinen nicht zugezogen, das ebenso verlockende wie beängstigende Licht fiel durch die Stores, deren Ränder Louise eigenhändig mit Spitze versehen hatte.

Reuter bemühte sich, die knarrende Stiege leise hinaufzugelangen, damit seine Frau nicht den Eindruck bekäme, er könne zu viel getrunken haben – dann war sein Schritt nämlich oft schwer und polternd. In der kleinen Diele legte er Wanderrock und Stiefel ab, entledigte sich auch des Hutes und trat bangen Herzens durch einen nicht gerade großen Alkoven in die Stube.

Louise saß bei Kerzenschein über einer Stickarbeit und hob langsam den Kopf. Ihr Mund war sehr spitz.

›Sie wird sich die Augen verderben‹, dachte Reuter. Die Taschentücher, die sie mit Monogrammen bestickte, waren als Hochzeitsgeschenk für ihre Schwester Caroline gedacht, die sie auch »Carre« oder »Linchen« nannte. In einigen Tagen sollte diese im väterlichen Pfarrhaus von Roggenstorf einen Ferdinand Schliemann heiraten, einen Auswanderer, der eine Farm in den Vereinigten Staaten besaß. Carre würde ihm über den Ozean folgen, was Louise sehr traurig machte. Vier ihrer

Brüder waren bereits nach Amerika oder Australien ausgewandert. Aber im Moment war sie eher wütend.

»Ach, Fritz!«, sagte sie nur und beugte sich wieder über die Stickerei. Bereits die Anrede zeigte ihre Gefühle, denn wenn sie zärtlich empfand, nannte sie ihn »Tücking« oder gar »mein altes Tücking«; Vorbild für dieses Kosewort war der dicke Mönch Tuck aus Walter Scotts Roman »Ivanhoe«, den sie beide liebten. »Fritz« zeigte einen mittleren Grad von Ärger an, doch wenn sie ihn »Friedrich« hieß, kochte sie innerlich.

»Ach, Fritz!«, wiederholte sie. »Es ist bannig spät für einen Osterspaziergang, möchte ich meinen. Führte er denn gar nicht nach Stargard, sondern nur vom Ratskeller zum Schützenhaus?«

Reuter setzte sich in den Sessel neben seiner Frau. Er hätte gern eine Schlummerpfeife geraucht, wagte es aber nicht.

»Ich muss dir erzählen«, begann er, »was uns widerfahren ist.«

Und das tat er dann. Louise unterbrach schon bald ihre Arbeit und legte sie schließlich ganz aus der Hand. Ihre Augen weiteten sich vor Entsetzen, auch schlug sie einige Male die Hand vor den Mund – ein Kindsmord, sozusagen vor der eigenen Haustür, war keine alltägliche Sache und würde das Stadtgespräch wochenlang beherrschen.

Reuter, der spürte und auch sah, dass ihm seine Frau längst wieder gut war, wagte nach einem Glas Wein zu fragen.

»Nein, Tücking«, sagte sie, »Wein kannst du nicht bekommen, wir haben keinen im Haus. Außerdem kann ich riechen, dass du schon genug davon gehabt hast. Ich verstehe, dass du mit deinen Freunden noch bei einem Schoppen über diese schreckliche Angelegenheit reden musstest, aber nun lass uns ins Bett gehen. Denn du solltest früh aufstehen und arbeiten.«

Reuter nickte und erhob sich mit einem langen Seufzer. Seine Frau hatte gesprochen – da war nichts zu machen.

Zweites Kapitel

Montag, 13. April 1857

Reuter fühlte sich nicht wohl. Er war nicht mit einem Katzenjammer erwacht, aber mit diesem flauen Gefühl im Bauch, das manchmal tagelang anhielt und oft sogar stärker wurde. Das Frühstück schmeckte ihm nicht, der Kaffee kam ihm fade vor, die Morgenpfeife wollte ebenfalls nicht munden. Louise, die diese Stimmung kannte, versuchte gar nicht erst, ihn aufzuheitern. Sie saß wieder über ihrer Stickerei, diesmal am Fenster, durch das allerdings kein Strahl der Morgensonne fiel, sondern nur der Schatten der Kirche. Erst wenn die Sonne höher gestiegen war, würde es anders sein.

Reuter hielt den Pfeifenstiel mit der Faust umklammert und starrte vor sich hin. Auf seiner Agenda stand eigentlich der Besuch bei dem Stellmacher Walter Kilian, der in Neu-Brandenburg bekannt war als der »Amerikaner«. Er war 1849 von Stargard nach Amerika ausgewandert, hatte dort aber nicht Fuß fassen können und war daher vor einiger Zeit in die Heimat zurückgekehrt, um sich in Neu-Brandenburg niederzulassen. Sein Schicksal und die Gründe für die Rückkehr interessierten Reuter, hoffte er doch, von Kilians Erzählungen für sein Versepos »Kein Hüsung« profitieren zu können. Sein Held, Jehann Schütt, sollte schließlich nach dem Mord an seinem Gutsherrn ebenfalls nach Amerika auswandern, am Ende aber noch einmal zurückkommen, um seinen Sohn über den »Großen Teich« zu holen. Reuter arbeitete seit fast einem Jahr an dem Werk über die Not mecklenburgischer Hoftagelöhner, welche durch die Heimatgesetzgebung der Willkür der Gutsbesitzer ausgeliefert waren; in einem Land, in dem es immer noch die Patrimonialgerichtsbarkeit gab und 1852 die Prügelstrafe wieder eingeführt worden war – im Jahrhundert des Telegrafen und der Eisenbahn! Reuter legte mit einer abrupten Geste die Pfeife auf den Tisch und stand entschlossen auf. Sein Ziel war es, den Zwängern und Drängern die Wahrheit zu sagen, den Schimpf von dem Nacken des geknechteten und geächteten Volkes zu nehmen und ihn denen ins Angesicht zurückzuschleudern, die in ihrer Gesamtheit verdienten, mit Schimpf vor dem deutschen Volke genannt zu werden: vor allem die Gutsherren und ihre Standesvertretung, die Ritterschaft.

Die »Sociale Frage« beschäftigte nicht nur Reuter, sondern auch etliche seiner Freunde, vor allem natürlich seine demokratischen Gesinnungsgenossen. Und auch die Gebrüder Boll hatten ihn angeregt, sich mit der Frage zu befassen. So hatte er Ernst Bolls im letzten Jahr erschienene »Geschichte Meklenburgs unter besonderer Berücksichtigung der Culturgeschichte« gelesen und hier vor allem das Kapitel »Die Bauern und die Landwirtschaft« gründlich studiert, dass Bruder Franz beigesteuert hatte. Auf seinem Nachttisch lag John Brinkmans 1855 als Flugblatt herausgebrachte »Fastelabendpredigt för Jehann«, in dem der Dichterkollege die mecklenburger Tagelöhner vor der Auswanderung warnte; er selbst war 1839 nach Amerika gegangen und nach zwei Jahren tief enttäuscht heimgekehrt. Aber neben diesen quasi papiernen Stimmen wollte er auch eine echte einfangen, eben die des Walter Kilian, den er an einem geselligen Abend im Schützenhaus kennengelernt hatte.

Reuter beugte sich über seine Frau und küsste sie sacht auf die Stirn. Sie blickte ihn glücklich an: Er würde arbeiten! In diesem Fall nicht am Schreibtisch, aber das Sammeln von Material gehörte auch zur Arbeit, und so war sie zufrieden. Vielleicht, so mochte sie hoffen, verflog draußen auch seine düstere Stimmung.

Der Stellmacher wohnte als Untermieter beim Waagenbauer Siebert in der Kleinen Wollweberstraße, wo er auch seine Werkstatt betrieb. In diese Werkstatt brachte man aber nur Handwagen, da auf dem Hof des Hauses nur wenig Platz war; größere Gefährte reparierte Kilian entweder auf der Straße oder in den Remisen ihrer Besitzer. Für gute Arbeit hatte er sich einen guten Ruf erworben, doch ansonsten wusste man in der klatschsüchtigen und gesprächigen Vorderstadt nicht viel von ihm. Nur dass er ein Amerika-Rückkehrer war, war allgemein bekannt.

Vom Kirchplatz zur Kleinen Wollweberstraße hatte Reuter es nicht weit, er musste nur ein paar Schritte in nördliche Richtung machen. Doch kaum hatte er sich auf den Weg gemacht, wurde er aufgehalten. Der Bäckermeister Kießling, der seinen Laden an einer Ecke des Platzes betrieb, sah ihn vorübergehen und kam sogleich herausgestürzt.

»Guten Morgen, Herr Reuter!«, grüßte Kießling überschwänglich und wischte sich die mehlbestäubten Hände an der weißen Schürze ab. »Was wird das wohl wieder für ein schöner Tag!« Nun passte das überhaupt nicht zu dem als maulfaul bekannten Bäcker, und Reuter fühlte sich sofort unbehaglich. Als dann auch noch die Bäckermeisterin erschien, wurde ihm vollends klar, dass nur die Neugierde die beiden aus der Backstube getrieben haben konnte.

Obwohl niemand in der Nähe war, schaute Kießling sich um und senkte die Stimme: »Man hört, dass Sie gestern bei dieser schrecklichen Begebenheit an der Judenmühle dabei waren?«

»Nein, bei der Begebenheit war ich nicht dabei«, konterte Reuter unwirsch.

»Aber es wurde doch ein totes Kind gefunden?«, fragte die Meisterin. Inzwischen waren auch die beiden Töchter im Backfischalter vor das Haus getreten, aber sie wurden sofort mit einer herrischen Geste der Mutter zurückgeschickt; diese Angelegenheit war nichts für halbwüchsige Mädchen.

»Ja, aber das ist das Ergebnis einer gewissen Begebenheit, nicht die Begebenheit selbst. Ich war nicht dabei, als das Kind ums Leben kam. Einen guten Tag!« Reuter lüftete den Hut, aber so schnell wollte man ihn nicht davonkommen lassen.

»Das Kind soll ja unbeschnitten gewesen sein«, sagte Kießling.

»Worauf wollen Sie hinaus?«

»Nun, als Bäcker erfährt man, was die Leute so reden. Es war ein Christenkind, das im Teich der Judenmühle starb. Heißt es.«

Reuter hatte nicht übel Lust, mit dem Fuß aufzustampfen, weil ihn diese Dummheit aufregte. Aber er blieb scheinbar ruhig und sagte: »Das Kind war noch viel zu klein. Ein paar Stunden nur weilte es unter uns. Selbst wenn es Eltern mosaischen Glaubens gehabt hätte, wäre es noch nicht beschnitten gewesen. Kurzum, niemand kann beweisen, dass es ein Christenkind gewesen ist.«

»Aber es wurde doch wohl ermordet?«, wollte die Meisterin wissen. Ihr Blick war nicht nur ängstlich oder besorgt, er war auch lüstern. Eine von Reuter bestätigte Mordgeschichte ließ sich wunderbar beim Kaffeekranz mit den Freundinnen breittreten.

»Das weiß ich nicht«, erwiderte Reuter. »Und nun entschuldigen Sie mich, ich habe eine wichtige Verabredung.«

»Oh, natürlich. Verzeihen Sie, wir wollten Sie nicht aufhalten, aber als Bürger nimmt man ja Anteil an den Geschehnissen in seiner Vaterstadt.« Bäckermeister Kießling verbeugte sich, was er sonst nur vor Höhergestellten tat, zu denen einer wie Reuter, der seinen Lebensunterhalt mit zwielichtigen Dingen nur knapp verdiente, nicht zählte. »Einen angenehmen Tag und bitte, mich der Frau Gemahlin gehorsamst zu empfehlen.«

›Kriechling solltest du heißen‹, dachte Reuter, aber auch er dienerte, dann setzte er seinen Weg fort. Er kam nicht weit. An der Ecke zur Kleinen Wollweberstraße stieß er auf den Dritten Stadtsekretär Möllenhaupt, den er eigentlich nur vom Sehen kannte; umso überraschter war er, als dieser ihn sogleich am Ärmel packte. Möllenhaupt war in der ganzen Stadt dafür bekannt, dass er sich gern wie ein Geck kleidete und täglich damit rechnete, für seine Verdienste zum Zweiten Stadtsekretär befördert zu werden. Schon seit Jahren wartete er, obwohl niemand so recht zu sagen vermochte, worin seine Verdienste um das Wohl der Stadt eigentlich bestanden. Er führte zwar das Kataster der städtischen Liegenschaften außerhalb der Stadtmauern, aber das tat er auf Befehl des Kämmerers. Wenn also hier Verdienste zu erwerben waren, gebührten sie diesem.

Möllenhaupt hob seinen Spazierstock mit dem elfenbeinernen Knauf dramatisch in die Höhe: »Herr Reiter, sagen Sie nur, entspricht es der Wahrheit, dass ein Jude einen christlichen Knaben gemeuchelt hat, wie es weiland die Juden auch mit unserem Heiland getan?«

Der Mann redete geschwollen, aber auch das war bekannt. Er schrieb Verse, hatte ein schmales Bändchen im Eigenverlag publiziert, aber Reuter hatte nie auch nur eine Zeile gelesen. Er verkehrte mit Möllenhaupt nicht, und dessen plötzliche Vertraulichkeit fraß an seinen Nerven. Rasch zog er seinen Arm zurück.

»Mein Name ist Reuter«, sagte er. »Und von dem, was Sie sagen, weiß ich nichts.«

»Aber Sie waren dort, bei der Mühle, das weiß die ganze Stadt.«

Die ganze Stadt, das war sicher übertrieben, aber die halbe mochte es schon sein, und wenn das so weiterging, würde Reuter nie bei Walter Kilian ankommen. Er speiste Möllenhaupt mit ein paar Nichtigkeiten ab, schützte Verpflichtungen vor, nannte ihn sogar heuchelnd »mein lieber Möllenhaupt«, um ihn schnell loszuwerden. Kaum war ihm das gelungen, entdeckte er die nächste Falle: Vor einem alten Weberhaus, in dem längst kein Wollweber mehr wirkte, standen sage und schreibe fünf Weiber, die in ein Gespräch vertieft waren. Ihren Adlerblicken war nicht entgangen, wer da soeben mit dem Dritten Stadtsecretarius gesprochen hatte, und es war völlig klar, dass sie Reuter den Weg verstellen würden. Er wechselte rasch die Straßenseite. Zum Glück hätte er das sowieso tun müssen, er brauchte keinen Vorwand. Die Frauen schauten ihm zu. Er spürte auch, dass sie ihm nachblickten, aber sie wagten nicht, ihn über die Straße hinweg anzurufen; vielleicht wirkte er einfach zu geschäftig. Und er war ja auch, wenn man so wollte, in Geschäften unterwegs.

Als er seine Wohnung verlassen hatte und die Treppe hinunterstieg, hatte Reuter so etwas wie Freude auf eine menschlich interessante Begegnung empfunden, aber nun war ihm der Tag wieder verleidet. Trotzdem würde er sich mit Kilian treffen, schon weil er dessen Wohnung fast erreicht hatte. Eigenartigerweise stand vor dem Haus ein offener Landauer mit einem Wappen an der Tür, das Reuter noch nicht erkennen konnte. Dennoch kam ihm der Wagen sehr bekannt vor. Und wenn er noch Zweifel gehabt hatte, schwanden diese im Augenblick: Der Oberlanddrost von Kamptz, so hochgeschlossen wie am Vortag und wieder mit einem Zylinder auf dem Haupt, verließ das Haus. Ihm folgte ein Gendarm, der sich nach dem Austausch weniger Worte in Richtung der Stadtmauer entfernte. Von Kamptz bestieg den Landauer, nahm sofort die Zügel, ließ die Peitsche einmal kurz durch die Luft fahren, was einen trockenen Knall erzeugte, und sofort setzte sich der Wagen in Bewegung. Ein Mann in der Position eines Landdrosts hatte ohne Zweifel einen Kutscher oder einen Bediensteten, der den Wagen lenkte; dass von Kamptz es selbst tat und allein unterwegs war, ließ beinahe die Vermutung aufkommen, er sei in einer geheimen Mission unterwegs. Dagegen sprach allerdings die Anwesenheit des Gendarmen, der soeben in der 2. Ringstraße verschwand. Von Kamptz fuhr an Reuter vorbei in Richtung Marienkirchplatz, ohne den Dichter zu sehen oder ohne ihn zu beachten. Eilig schien er es zu haben, aber vielleicht wollte er nur rechtzeitig zum Mittagsmahl in Stargard eintreffen.

Was er im Haus des Waagenbauers oder womöglich auch beim Stellmacher Kilian gewollt haben konnte, war Reuter schleierhaft, zumal sich Neu-Brandenburg außerhalb seiner Kompetenzen befand. Aber das ließe sich ja gleich in Erfahrung bringen.

Reuter zog am Klingelstrang. In den Tiefen des Hauses ertönte ein sanfter Glockenton. Wenig später öffnete das Mädchen der Waagenbauerfamilie die Haustür und blickte den Besucher erschrocken an. Bevor es etwas sagen oder fragen konnte, erschien in der Diele Waagenbauer Siebert höchstpersönlich, mit Paletot, Hut und Gehstock gerüstet zum Ausgehen. Sein Ziel war vermutlich ein Frühschoppen. Auch er wirkte verwirrt, aber als er Reuter erkannte, atmete er erleichtert auf.

»Ach! Sie sind es«, sagte er. »Sie wollten ja wohl zum Kilian?«

Reuter nickte.

»Der ist heute ein gefragter Mann«, bemerkte Siebert, »aber Sie erwartet er wohl …«

»Ja«, bestätigte Reuter.

»Führe Herrn Reuter in den Hof!«, befahl der Hausherr, dann lüftete er seinen Hut und schlüpfte auf die Straße. »Gehaben Sie sich wohl, mich rufen die Amtsbrüder«, erklärte er und machte sich eilig auf den Weg in Richtung Kirchplatz.

Das Mädchen tat, wie ihm geheißen. Der Hof war winzig und ungepflastert, nach einem Regenguss watete man hier mindestens knöcheltief im Morast. Klein und niedrig war auch das Nebengebäude, in das sich Walter Kilian eingemietet hatte. Im Gegensatz zum Vorderhaus mit seinem kleinbürgerlichen Stuckzierrat – Girlanden haltende Engel und ein Atlant neben der Tür, der eine Weltkugel trug – war es unverputzt, sodass man das Fachwerk sehen konnte. Reuter klopfte an die niedrige Tür, die einen frischen Anstrich verdient hatte. Niemand antwortete. Er klopfte abermals – mit demselben Resultat. Da er mit Kilian verabredet war, erlaubte er sich schließlich, einfach die Tür aufzuklinken. Er betrat sofort den Wohnraum, der auch zum Schlafen diente, wie das Bett mit dem zerwühlten Laken an der gegenüberliegenden Wand verriet. Die Möblierung war spärlich, bestand aus zwei Stühlen, einem Tisch, einer niedrigen Kommode, zwei Truhen und einem Schaukelstuhl mit zerschlissenem Polster, der in dieser Umgebung, wie ein Luxusgegenstand wirkte. An der Wand hing eine Pendeluhr, die stehen geblieben war, rechts und links von ihr je einen gerahmte Fotografie und über dem Bett eine in Öl gemalte Ansicht der Stargarder Burg.

Reuter machte einen Schritt in den Raum hinein. Links neben dem Bett führte eine Wandtür in eine Kammer, aus der Geräusche drangen.

»Herr Walter Kilian?«, sagte Reuter laut, um auf sich aufmerksam zu machen.

Der Stellmacher, ein Mann von Mitte dreißig, musste den Kopf einziehen, um durch die Wandtür zu gelangen. Walter Kilian war ein südländischer Typ. Er hatte schwarze krause Haare, in die sich überraschenderweise bereits ein Hauch von Grau geschlichen hatte, insbesondere an den Schläfen. Er trug keinen Bart, war aber schlecht rasiert, sodass er mit den Stoppeln einen fast verwahrlosten, ungepflegten Eindruck machte. Seine dunklen Augen waren tief in den Höhlen versunken, die ein Kranz ausgeprägter Falten umgab. Um seinen Mund lag ein verbitterter Zug – jedenfalls fand Reuter das.

»Bedaure«, sagte Kilian, der in jeder Hand ein Buch hielt. »Ich kann heute nicht mit Ihnen sprechen. Tut mir leid!« Er legte die Bücher auf das Fensterbrett, ging wieder in die Kammer und kehrte mit weiteren Scharteken zurück.

»Ist Ihnen nicht wohl?«

»Ein anderes Mal, ich bitte Sie!« Der Stellmacher wirkte nervös, seine Bewegungen waren fahrig. »Morgen vielleicht. Oder übermorgen.« Noch zwei Bücher holte er, die er ebenfalls auf dem Fensterbrett platzierte, dann schloss er die kleine Tür und setzte sich auf das ungemachte Bett. Er sah sehr müde aus. »Ich lasse Ihnen einen Nachricht zukommen.« Er rang die Hände. »Bedaure, bedaure!«, wiederholte er, dann bedeutete er Reuter mit einer Kopfbewegung, er möge gehen. Das war zwar unhöflich, aber was blieb diesem übrig, er musste der Aufforderung folgen. Natürlich zweifelte er nicht, dass Kilians eigenartiges Verhalten mit dem Besuch des Oberlanddrosts und des Gendarmen zu tun hatte, aber er wollte nicht in den Mann dringen, dessen Taten ihn nichts angingen; nur für »Kein Hüsung« hatte er mit ihm über seine Eindrücke aus Amerika sprechen wollen, aber das konnte er auch zu einem späteren Zeitpunkt noch.

So fand er sich also unverrichteter Dinge auf der Kleinen Wollweberstraße wieder, wo er einen Augenblick ratlos herumstand. Er beschloss, Freund Malabar einen Besuch abzustatten und sich die Aufnahmen von der Papiermühle anzuschauen, vorausgesetzt, die Abzüge waren fertig. Daran zweifelte er aber nicht. Wie er Wilhelm Bahr kannte, hatte dieser sie schon in der Nacht oder am frühen Morgen angefertigt. Und falls nicht, so wollte er wenigstens eine gepflegte Pfeife mit ihm rauchen.

Vom Haus des Waagenbauers in der Kleinen Wollweberstraße zu Bahrs Atelier in der Friedländer Straße war es nicht weit in dieser Stadt der kurzen Wege, die um die sechstausend Einwohner hatte und noch nicht, wie andere größere Städte über ihre Stadtmauer hinausgewachsen war. Er ging zurück zum Kirchplatz und bog an dessen östlichem Ende nach links in die Stargarder Straße, die ab der Turmstraße Palaisstraße hieß, benannt nach dem Großherzoglichem Palais, an dessen Rückseite sie entlang führte. Wenig später, linker Hand hatte Reuter längst die Kirche des ehemaligen Johannisklosters im Blick, zweigte nach rechts die Friedländer Straße ab. Nach ein paar Schritten hatte er sein Ziel erreicht.

Malabar saß noch beim Frühstück. Der Tisch in der Nähe des Fensters, das zur Friedländer Straße hinausging, glich einem niederländischen Stillleben – mit dem bis auf den Kopf abgenagten Räucherfisch auf einer versilberten Platte, mit der Orangenschale, die sich über das Tischtuch aus grünblauem imitierten Brokat schlängelte, mit der Weinkaraffe, in deren gläsernem Bauch die Reflexe des Sonnenlichts spielten, mit der Kaffeekanne aus Kupfer und der Mokkatasse mit dem chinesischen Drachenmotiv. Alles sah aus, als ob Bahr sogleich aufstehen und an eine Staffelei treten würde, um es zu malen. Auch trug er seinen samtenen Schlafrock, an dessen Ärmeln Farbe klebte. Die Mahlzeit hatte er wohl vor Kurzem beendet, aber er trank noch Kaffee. Eben war er im Begriff, sich eine Pfeife zu stopfen, und zwar mit den goldgelben Tabakblättern des »Rostocker Stadtwappens«, eine von Reuters Lieblingssorten.

Malabar deutete zu einem Pfeifengestell: »Nimm dir eine, Fritz!«

Das ließ sich Reuter nicht zweimal sagen. Er musste keine Auswahl treffen, sondern er griff nach der Pfeife, die er immer benutzte, wenn er mit dem Freund rauchte. Auf einer Etagere, die eigentlich für Pflanzen bestimmt war, hatte Bahr ein paar Zeitungen abgelegt. Adolf Ahlers, der Ratskellerwirt, hielt für seine Gäste drei Blätter, natürlich die Neubrandenburger Zeitung, dann die Neustrelitzer Zeitung und für all jene, die gern einmal über den Mecklenburg-Strelitzer Tellerrand blicken wollten, auch den Rostocker Anzeiger. Freunde des Wirtes wie Bahr und Reuter durften sich alte Ausgaben mitnehmen, um mit ihnen ihre Pfeifen oder in der kalten Jahreszeit auch die Öfen anzuzünden, wenn kein besserer Feueranzünder im Haus war. Reuter nahm die zuoberst liegende Gazette – es handelte sich um den Rostocker Anzeiger vom 13. Februar 1857 – und wollte gerade ein Blatt herausreißen, als sein Blick auf einen Bericht aus Neustrelitz fiel. Er setzte sich in einen der Stühle mit der halbrunden Lehne und las halblaut vor: »›Wir vermelden, daß vor einigen Tagen dem Kaufmann Säfkow aus Anklam für Neustrelitz die Concession zur Erbauung einer Gasbereitungsanstalt ertheilt und ihm die Beleuchtung der Straßen mittels Steinkohlengases übertragen wurden. Der Bau der Anstalt soll, sobald die Witterung es erlauben wird, angefangen und noch im Herbste dieses Jahres vollendet werden.‹ – Nun geht es also auch in unserem beschaulichen Großherzogtum los mit der Gasmacherei.«

»Wusstest du das noch nicht?« Wilhelm Bahr blies einen mächtigen Ring in die Luft. »Wenn sich ein Anklamer Kaufmann, also ein Preuße, aufmacht, den Segen der Gaserzeugung nach Mecklenburg-Strelitz zu bringen, wird sich keiner verweigern. Außerdem haben in unserem Zwillingsstaat schon einige Städte Gasanstalten. Güstrow und Rostock, wenn ich nicht irre? Rostock weihte im letzten Jahr eine ein … Ja, und Schwerin! Wie konnte ich es nur vergessen! Seit 1855 hat die Residenzstadt Schwerin auch ein Gaswerk.«

»Dann darf unsere gigantische Residenz natürlich nicht fehlen«, bemerkte Reuter und griff nach der Tabaksdose.

Bahr grinste. »Sie reiht sich damit ein unter die Weltstädte, mein lieber Fritz. Wenn die Gasanstalt steht, wird man Neustrelitz in einem Atemzug mit London, Paris, Hannover, Berlin oder Neapel nennen.«

»Neapel? Wie kommst du ausgerechnet auf Neapel?«, wollte Reuter wissen. Er hatte den Pfeifenkopf gestopft und begann, aus dem Artikel über die geplante Neustrelitzer Gasanstalt einen Fidibus zu drehen.

»Die Stadt … die Residenzstadt Neapel rühmt sich, 1837 die erste Stadt Italiens und nach London und Paris die dritte in Europas gewesen zu sein, die mit Gas beleuchtet wurde.« Wilhelm Bahr drehte sich zu der Etagere um und wühlte in deren unterem Fach, bis er eine Revue de Paris zu Tage förderte. »Ich habe in dem einzigen Weltblatt, das dank Freund Siemerling in Nigen-Bramborg kursiert, etwas über die gar schröckliche Historia der Gasbeleuchtung in Neapel gelesen. Warum, denkst du, ausgerechnet in der Revue de Paris? Weil Franzmänner in Bella Napoli ihre Hand im Spiele hatten. Warte!« Malabar schlug das Journal auf, während Reuter mit Feuerstahl und Feuerstein Funken schlug. Wenig später brachte er ein Stück Zunder zum Glimmen. Bahr hatte den Aufsatz gefunden und übersetzte recht flüssig: »›Der junge Herrscher des Königreiches beider Sizilien, der 1830 den

Thron bestieg, Ferdinand II., liebte den Fortschritt‹ – Oh, glückliches Neapel! Ein fortschrittsliebender Herrscher! Ein Märchen! Nun, also weiter: ›Ferdinand II. liebte den Fortschritt, wie er‹ – Un instant, Monsieur! – ›wie er bewies, als er das von Gaslaternen illuminierte Paris besuchte, wovon er so begeistert war, dass er die Wünsche des französischen Cavaliere De Frigiere besonders begünstigte und ausdrücklich eine Probe bezüglich der Beleuchtung mit Gas verlangte. Vor den Augen des Königs, der Autoritäten und des enthusiastischen Volkes fand am 10. September 1837 das erste Experiment mit der Gasbeleuchtung am Portikus der Basilika San Francesco di Paola statt.‹ – Vor zwanzig Jahren, mein Gott! Da lag unser Stargarder Land noch in tiefem Schlaf, und jetzt rekelt es sich gerade einmal … C'est intéressant? Non? Ich sehe dir an der Nasenspitze an, dass dich die Geschichte der Gasbeleuchtung in Neapel heute Vormittag nicht gerade zu Begeisterungsstürmen hinreißt. Mich deucht sogar, sie ist dir gleichgültig? Na ja, diese Ignoranz ist typisch für den Landstrich, in den uns Geburt oder Schicksal verschlagen haben. Ich schweige also!« Malabar schlug die Revue zu und warf sie mit großer theatralischer Geste auf den Boden. »Ich schweige wie ein Homme de lettres in einem Dorf voller Analphabeten!«

Reuter hatte gerade einen tiefen Zug aus der Pfeife genommen und die Augen halb geschlossen, während der Rauch die Lungen füllte und in den Beinen ein Gefühl der Schwerelosigkeit erzeugte. Langsam ließ er ihn erst durch die Nase entweichen, dann durch den Mund. Die Schwaden waberten durch den Raum, strebten zum Fenster und zur Decke. Auch Bahr rauchte. Für einen Moment wurde nicht gesprochen. Dann jedoch brachte Reuter die Frage vor, die ihn überhaupt zu seiner Visite veranlasst hatte: »Hast du deine Aufnahmen von gestern auf Papier gebannt?«

»Was meinst du wohl, warum ich noch den Schlafrock trage? Ich gestehe, die Sache ließ mir keine Ruhe, also bin ich vor Tagesanbruch aufgestanden und habe, wie du dich so schön auszudrücken beliebtest, die Bilder auf Papier gebannt. Auf Albuminpapier, wir wollen genau sein. Dieses Verfahren, bei dem feines Schreibpapier mit einer Schicht aus Albumin, also Eiweiß, Kochsalz und Silbernitrat bestrichen wird, verdanken wir dem großen Louis-Désiré Blanquart-Evrard, der es im Jahr des Herrn 1850 der Akademie …«

»Ich möchte die Abzüge sehen«, unterbrach Reuter, um einem längeren Vortrag zu entgehen.

Sie stiegen die Treppe hinab ins Laboratorium, einen dem Atelier benachbarten Raum. Die Papierabzüge hingen wie Wäsche auf mehreren Leinen, die kreuz und quer durch den Raum gespannt waren, und die Dünste, die Reuter entgegenschlugen, kamen ihm nicht gerade vor, als wären sie der Gesundheit dienlich. Auf einem langen Tisch standen Flakons mit Chemikalien, die an Siemerlings Apotheke erinnerten, aus der sie sicher zum großen Teil stammten. Neben einer besonders großen Flasche mit der Aufschrift »Lapis infernalis« lag aufgeschlagen und mit den Seiten nach unten ein Buch; Reuter konnte sowohl den Verfassernamen »Anton Martin« als auch den Titel »Handbuch der Photographie« erkennen, ebenso die Jahreszahl 1852. Malabar war Autodidakt, vielleicht hatte er sich seine Kenntnisse in der Lichtbildnerei aus diesem Buch angeeignet und schöpfte aus ihm auch das Wissen für seine Vorträge, in denen er dann mit den Namen »Archer« oder »Blanquart-Evrard« jonglierte.

»Nehmen wir nachher einen Frühschoppen?«, fragte Bahr.

Reuter dachte an seine Frau und war unschlüssig. Einem Gläschen in Ehren war er nie abgeneigt, auch zu früher Stunde nicht. Wenn es bei dem Gläschen nicht bliebe, wäre Louise nicht nur enttäuscht, es würde wohl ein häusliches Donnerwetter geben.

»Ich bin Strohwitwer«, fuhr Bahr fort. »Hermine ist über das Fest mit den Kindern nach Hohenmin gefahren, zu ihren Eltern. Ich sollte mitreisen, aber ich musste ja unbedingt mit Freunden einen Osterspaziergang machen.« Er verdrehte scherzhaft die Augen.

Reuter umging eine Antwort, und während er an die erste Reihe von Fotografien herantrat, fragte er: »Was ist ›Lapis infernalis‹? Höllenstein, soweit reicht mein Latein. Aber was genau verbirgt sich hinter dem Stein der Hölle?«

»Silbernitrat. Das brauche ich …«

»Ja, das hast du schon erklärt!« Reuter betrachtete die Bilder, bei denen es sich um Aufnahmen von der Papiermühle und ihren Nebengebäuden handelte, fast ohne Menschen, denn nur auf einem Lichtbild war außer einem Stück von der Wiese und vom Teich der junge Davidson zu sehen, wenn auch nur zur Hälfte – er sah wie durchgeschnitten aus. Sein Gesichtsausdruck, jedenfalls was davon zu erkennen war, deutete darauf hin, dass der Jüngling schockiert und auch traurig war.

In der zweiten Reihe sah man dann Aufnahmen vom Teich und den Personen, die sich an seinem Ufer aufgehalten hatten: Mühlenbesitzer Davidson und Papiermachermeister Börner, die Mägde Marthe und Hannah, der Hausknecht Harms mit seiner Tochter. Das Bündel auf dem Boden, Ursache all der gestrigen Aufregung, war auf zwei Abzügen sichtbar, aber Malabar hatte aus gehörigem Abstand fotografiert. Man konnte eigentlich gar nicht erkennen, worum es sich handelte.

»Frühschoppen, Fritz?«, insistierte Bahr.

Reuter zuckte mit den Schultern, zog den Kopf ein und schlüpfte zur nächsten Leine, die quer zur vorigen gespannt war. Hier bekam er den Oberlanddrost zu sehen, jedoch nur von hinten. Dieser führte gerade ein Gespräch mit Davidson und Börner. Der Adjutant des Rittmeisters war zweimal vertreten, immer in der Nähe seines Herrn und im Profil. Rittmeister von Ritzerow schaute auf beiden Aufnahmen in Richtung des Teiches, den man selbst aber nicht zu Gesicht bekam, und damit auch in Richtung der Kamera.

Reuter betrachtete die Bilder eher gedankenverloren. Er erinnerte sich an den Tag, der so schön begonnen und so grausam geendet hatte, dann stutzte er.

»Malabar!«, rief er.

Der Künstler tauchte unter den Leinen durch, bis er neben Reuter stand. Dieser deutete mit dem Zeigefinger auf eine der Aufnahmen, die von Ritzerow zeigten. Der Finger zitterte leicht.

»Was ist denn?«, wollte Bahr wissen.

»Schau genau hin!«, verlangte Reuter.

»Was hast du nur? Ich sehe den Preußen und seinen Adjutanten, den einen en face und den anderen von der Seite.«

»Fällt dir beim Rittmeister nichts auf?« Reuter spürte, dass sein Herz immer stärker klopfte.

»Nein.« Malabar beugte sich noch weiter vor und kniff die Augen zusammen. »Doch.« Er schluckte. »Der Rittmeister lächelt.«

Reuter hatte sich für einen Schoppen im Fürstenhof entschieden, weil er hoffte, dort vielleicht etwas Neues aus dem Munde jener Leute zu erfahren, die immer etwas wussten, manchmal allerdings auch etwas Falsches. Malabar hatte sich rasch umgekleidet, trug jetzt Sakko, Hemd, Weste und Krawatte, auch eine goldene Uhrkette und ein Einstecktuch, denn schließlich ging man aus. Der breitkrempige weiche Hut war so etwas wie ein Markenzeichen, Bart und Haar waren gebürstet, die Stiefel glänzten von frischer Schuhwichse. Vom Atelier zum Fürstenhof in der Stargarder Straße war es nur ein Katzensprung. Die beiden Männer gingen auch wieder durch die Palaisstraße, wobei ihnen auffiel, dass eine Menge großherzogliches Gesinde damit beschäftigt war, die Fenster zu säubern sowie Gardinen und Teppiche zu lüften. Diese Tätigkeiten deuteten darauf hin, dass Großherzog Georg in nächster Zeit erwartet wurde.

»Was mag dieser Rittmeister nur für ein Mensch sein?«, sinnierte Reuter. »Er lächelt angesichts eines toten Säuglings? Ich kann so eine Herzenskälte nicht verstehen.«

»Vielleicht lächelt er einem der Mädchen am gegenüberliegenden Ufer zu?«, gab Malabar zu bedenken. »Sie befanden sich schließlich in seinem Blickfeld, als ich die Aufnahmen machte.«

»Du meinst, er kokettiert mit Mägden – in dieser Situation? Spricht auch nicht für ihn …«

»Na ja, außerdem wird ein preußischer Offizier so etwas wohl kaum vor aller Augen tun.«

»Zumal du fotografiertest«, ergänzte Reuter. »Ich finde sein Lächeln äußerst seltsam.«

»Fürwahr!«, bestätigte Bahr.

Die Glocke von Sankt Marien schlug zwölfmal, als Reuter und sein Freund den Fürstenhof betraten. Es war Mittagszeit, die meisten Neu-Brandenburger saßen jetzt zu Tisch, und so befanden sich nur drei Männer in dem Lokal, allesamt Bekannte. Da war Franz Boll, der sich eine Pause zwischen Schreibtischarbeit und Seelsorge gönnte, rechts von ihm saß Medizinalrat Brückner, ihnen gegenüber rückte sich Stadtrichter Müller auf seinem Stuhl zurecht, als wäre er gerade gekommen. Der Wirt eilte herbei. Müller bestellte eine Tasse Mokka. Wie es aussah, hatte Boll ein Glas Sodawasser vor sich, während sich Brückner mit einem winzigen Glas Wein erfreute, das wie ein Probierglas aussah. Die Neuankömmlinge wurden von Boll und Brückner erfreut, vom Hofrat eher distanziert begrüßt, zählte er doch nicht zum Freundeskreis und war auch seiner Würde schuldig, nicht überschwänglich zu werden. Reuter und Bahr legten Überzieher und Hüte ab und setzten sich.

»Fritz süht ut, as wenn he väl to vertellen hett«, stellte Franz Boll fest. Er kannte seinen Freund und wusste, wann ihm das Mundwerk überlief.

»He hett«, erwiderte Reuter, um dann von seinem Gang durch die vormittägliche Stadt zu berichten, den er als Spießrutenlauf durch die Reihen der Neugierigen charakterisierte. Der Wirt des Fürstenhofs unterbrach ihn einmal, um die Orders aufzunehmen, und ein zweites Mal, als er ihm und Bahr die bestellten Schoppen Rheinwein brachte.

»Kommt das so unerwartet?«, fragte Stadtrichter Müller, als Reuter sich die Kehle netzte. »Wir gebildeten Leute wissen, dass Davidson ein Christ ist und dass auch sein Vater – Gott hab ihn selig! – ein solcher war.«

»Wir gebildeten Leute«, warf Franz Boll ein, »wissen auch, dass die Juden kein Blut von Christkindern in die Matze backen.«

»Ja, natürlich.« Müller nahm einen Schluck von dem starken Türkentrank, der ihm offenkundig mundete, denn für einen Moment leuchteten seine Augen. Reuter bemerkte erst jetzt, dass er in der Hand, die auf dem Tisch lag, das Silberkettchen mit dem Kreuzanhänger hielt. »Schon die Vorfahren der Davidsons, die noch dem mosaischen Glauben anhingen, waren ›weiße Juden‹, wie man sie oft nennt. Mit anderen Worten: keine Schacherjuden.«

»Es waren angesehene Bürger«, bemerkte Brückner.

»Sind es noch«, sagte Boll.

»Aber weiß das auch das gemeine Volk?« Der Hofrat begann unwillkürlich, das winzige Kreuz zwischen Daumen und Zeigefinger zu reiben. »Weiß das ein Dritter Sekretär? Und vor allem: Wissen es die Klatschweiber?«

Die Männer machten bedenkliche Gesichter oder zuckten mit den Achseln, Reuter leerte sein Glas.

Wilhelm Bahr deutete auf die Hände des Stadtrichters: »Ist das die Silberkette vom Bein des Knaben?«

Müller nickte. »Ich habe sie bei sämtlichen Neu-Brandenburger Gold- und Silberschmieden herumgezeigt. Für diese Arbeit kommt natürlich ein Silberschmied infrage, aber ich habe auch die Goldschmiede nicht ausgelassen. Keiner von ihnen hat sie gefertigt – oder will sie gefertigt haben. Fast übereinstimmend meinten die Herren, das Kettchen müsse schon fünfzig, sechzig Jahre auf dem Buckel haben. Es wurde also gegen Ende des vorigen oder am Beginn des jetzigen Jahrhunderts hergestellt. Das heißt, ich kann nicht ausschließen, dass es trotzdem aus Neu-Brandenburg und von einem der Altvorderen unserer jetzigen Preziosenmacher stammt. Es gibt keine Marke, die in irgendeine Richtung weist. Im Übrigen ist es wohl kein großes Kunstwerk.« Er versenkte die kleine Kette in der Tasche seines Rockes und trank seinen Kaffee aus. Dann winkte er dem Wirt.

»Was weiß man eigentlich von diesem Rittmeister?«, erkundigte sich Reuter bei der Runde.

»Nicht viel«, sagte Boll.

»Dass er im Mecklenburgischen Pferde kauft«, sagte Brückner.

»Und das schon seit Jahren«, fügte Hofrat Müller hinzu. »Ist etwas mit ihm, das Sie zu dieser Frage veranlasst?«

»Ich würde Ihnen gern eine Fotografie zeigen, die Freund Bahr aufgenommen hat. Der Rittmeister von Ritzerow …«

»… sehr angenehmer und stiller Gast«, sagte der Wirt, der gerade an den Tisch getreten war, um für den Kaffee zu kassieren.

»Bitte?« Alle Blicke richteten sich auf ihn. Stadtrichter Müller hatte gerade seine Taschenuhr gezückt, hielt aber inne und ließ den Deckel nicht aufspringen.

»Wenn er in unserer Vaterstadt ist, nimmt er sein Absteige-Quartier stets bei mir«, sagte der Wirt nicht ohne Stolz. »Er meint, der Fürstenhof sei das beste Gasthaus weit und breit.« Bescheiden schlug er die Lider nieder.

»Dann ist er jetzt hier?«, begehrte Malabar zu wissen.

»Er ist ausgeritten. Jeden Tag verlässt er nach dem Frühstück unsere Stadt und schaut sich auf den Gütern der Umgebung um. Vorausgesetzt natürlich, man betreibt dort Pferdezucht.«

»Ist er oft in der Stadt?«, fragte Reuter.

Der Wirt kratzte sich am Kinn.

»Ein- oder zweimal im Jahr. Meistens kommt er im Frühjahr oder Sommer und dann noch einmal im späten Herbst. Seit fünf oder sechs Jahren ist er bei mir zu Gast.«

»Und wann war er letztmalig hier?«

»Ja, das kann ich Ihnen auf den Tag genau sagen.« Der Wirt lächelte. »Er machte nämlich nur deshalb in Neu-Brandenburg Station, weil ich Namenstag hatte. Und da ich Johannes heiße …«

Reuter wollte nicht Rätsel raten, daher sagte er sogleich: »Also am 24. Juni?«

»Richtig. Er kam am 24. Juni von Prillwitz und wollte eigentlich nach Mallin, aber er hat sich gesagt: Nein, ich muss meinem Freund, dem Fürstenhof-Wirt zum Namenstag gratulieren. Da nehme ich auch einen großen Umweg in Kauf. Er reiste übrigens ohne seinen Gehilfen, der wohl mit einer Sommer-Influenza daniederlag. Na, ich war fürbass erstaunt und sehr erfreut. Natürlich durfte er die Nacht gratis im besten Zimmer verbringen. Er ritt dann am nächsten Tag nach Mallin und wollte wohl insgesamt zwei oder drei Wochen in der Gegend verbringen.«

»Zwei bis drei Wochen?«, vergewisserte sich Reuter und tauschte einen bedeutungsvollen Blick mit Wilhelm Bahr. »Das heißt, bis Mitte Juli?«

»Ja«, bestätigte der Wirt. »Vor den Hundstagen wollte er wieder in Potsdam sein. Dort liegt er wohl in Garnison.«

Reuter hatte schnell gerechnet und Malabar auch, wie dessen Miene verriet: Die letzte Visite des Rittmeisters in der Region lag neun Monate zurück.

Der Stadtrichter hatte als erster den Fürstenhof verlassen; weil er im Rat Rede und Antwort stehen musste, würde er sich die Fotografien, die Reuter ihm zeigen wollte, erst zu einem späteren Zeitpunkt anschauen können. Ihm war Franz Boll gefolgt, der im Hause eines Todkranken in der Nähe des Stargarder Tores erwartet wurde, wofür er sich im Fürstenhof gestärkt hatte. Schließlich ging auch Doktor Brückner, der nach dem Mittagessen noch ein paar Patienten zu besuchen hatte: »Den ersten kann ich bald an Boll überweisen«, hatte er gesagt, bevor er von dannen gegangen war.

Reuter und Malabar nahmen noch einen letzten Schoppen; für Reuter war es der dritte. Dass der Rittmeister vor neun Monaten durchs Stargarder Land gezogen und angesichts des getöteten Säuglings gelächelt hatte, bot den beiden Männern genug Raum für allerlei Spekulationen über die fleischlichen Gelüste preußischer Offiziere und die Verführbarkeit der hiesigen Weibsleute, wobei der gute Rheinwein das Seine dazutat. Am Ende wurden sie sich trotz ihres leichten Rausches bewusst, dass ihre Fantasie ins Kraut schoss, wobei auch der Wunsch eine Rolle spielte, im beschaulichen Neu-Brandenburg oder in seiner noch beschaulicheren Umgebung möge einmal etwas Aufregendes passieren, das über die alltäglichen Friktionen hinausginge. Die Wanduhr zwischen den Fenstern, die zur Stargarder Straße hinausgingen, zeigte halb zwei, kurz darauf schlug auch die Kirchturmuhr die halbe Stunde, und die Freunde beschlossen, zu zahlen und ihrer Wege zu gehen. Wilhelm Bahr hatte vor, die Abzüge, die inzwischen getrocknet sein durften, von den Leinen zu nehmen und zu glätten, Reuter war unschlüssig. Nach dem Abschied vor der Marienkirche fühlte er sich plötzlich mutterseelenallein, obwohl natürlich andere Leute unterwegs waren. Dieses Gefühl vollkommener Einsamkeit bewog ihn, noch nicht nach Hause zurückzukehren, weil ihm in dieser Stimmung häufig die Decke auf den Kopf fiel. Außerdem wollte er die Begegnung mit Louise noch etwas hinausschieben, um ihrer Weinspürnase und ihren vorwurfsvollen Blicken wenigstens eine Zeit lang zu entgehen.

Vielleicht sollte er es noch einmal bei Walter Kilian versuchen, der sich mittlerweile vom überraschenden Besuch des Oberlanddrosts und des Gendarmen erholt haben mochte. Er fragte sich, ob die Visite für Kilian wirklich überraschend gekommen war. Reuter wusste wenig über ihn, wenig auch über die Absichten und die Tätigkeiten des Herrn von Kamptz. Nur dass er auf Neu-Brandenburger Gebiet keine Amtshandlungen vornehmen durfte – da bestand kein Zweifel.

Als er sich endgültig dafür entschied, dem Stellmacher auf den Zahn zu fühlen, hatte er den Marienkirchplatz bereits fast überquert. Wieder ging es in die Kleine Wollweberstraße, wieder läutete er am Haus des Waagenbauers Siebert. Das Dienstmädchen öffnete, doch bevor er etwas sagen oder fragen konnte, beschied es ihm: »Der Kilian ist ausgegangen.«

»Ausgegangen?«

»Ja. Er hat seinen Ranzen geschnürt und das Haus verlassen.«

»Wann?«, fragte Reuter, dann ertönte eine verschlafene Männerstimme aus den Tiefen des Hauses: »Wer ist da?«

Das Mädchen wandte sich um: »Der Herr Schriftsteller, Herr …?«

»Reuter. Fritz Reuter«, rief der Nämliche.

»... der zu Walter Kilian will?« Es war Waagenbauer Siebert selbst, der nun an der Tür erschien, nur mit Hemd, Hose, Hosenträgern und Pantoffeln bekleidet und mit unordentlichem Haar. Die geröteten Augen und ein säuerlicher Mundgeruch verrieten, dass er nicht nur geschlafen hatte, sondern dass es während des Treffens mit seinen Amtsbrüdern auch zu einem zünftigen Umtrunk gekommen war. Reuter fragte sich, zu welchem Amt ein Waagenbauer wohl gehören mochte? Das war immerhin ein illustrer Beruf, zweifellos weniger verbreitet als Schneider oder Barbier. Ein Gewand, einen Haarschnitt oder wohl auch mal einen Aderlass brauchte jeder Mensch, während eine Waage nicht unbedingt zum Lebensnotwendigen zählte. ›Aderlässe auch nicht‹, dachte Reuter, dann sagte er: »Er sei ausgegangen, meinte das Mädchen?«

»Das ist er wohl. Als ich heimkehrte, war er schon fort.«

»Er verließ das Haus«, sagte die Bedienstete, »gleich nachdem der Herr Reuter fort war. Also keine Viertelstunde später. Mit seinem Ranzen und einem Wanderstock, Lederhose und Stiefeln. Und seinem Hut mit der breiten Krempe und der Feder.«

»Na, dann wird er wohl wandern gegangen sein«, meinte Siebert. »Er hat ja nie viel zu tun ...«

Reuter fragte: »Wohin könnte er wandern?«

»Ganz sicher nach Stargard. Das macht er öfter, aus alter Anhänglichkeit und Verbundenheit mit seiner Heimatstadt. Kilian ist ja ein eher wortkarger Mensch, aber ein bisschen bekommt man schon mit von seinem Leben.« Siebert fuhr sich durchs Haar, benutzte die Finger als Kamm, was nicht viel nutzte. »Manchmal bittet meine Frau unseren Aftermieter zum Sonntagsbraten, und da wäre es sehr unhöflich, wenn er nur schweigen würde. Ich weiß daher, dass er immer noch gern zum Stargarder Gesangsverein pilgert, dem er seit dessen Gründung im Jahre 1845 angehören will. Vielleicht singen sie heute.« Er hob die Schultern und ließ sie abrupt wieder fallen. »Und dann gibt es da einen Lehrer, den er sehr verehrt. Wenn er von ihm spricht, wird er regelrecht redselig. Warten Sie!« Der Waagenbauer rückte seine Hosenträger zurecht und stopfte das Hemd tiefer hinter den Bund. »Der Mann ist nicht nur Lehrer, sondern auch Kantor und Chorleiter.«

Einen Lehrer, Kantor und Chorleiter aus Stargard kannte Reuter flüchtig, sodass er sich erkundigte, ob dieser vielleicht Blanck heiße. »Friedrich Blanck?«

Waagenbauer Siebert bestätigte es.

Damit war ihr Gespräch beendet. Reuter musste erneut unverrichteter Dinge abziehen, was ihn aber keineswegs zu sehr schmerzte, da er ja jederzeit einen weiteren Anlauf unternehmen konnte. Außerdem konnte er sich die Informationen über das Leben der Auswanderer in Amerika auch anderswo verschaffen, Informationen, von denen er im Augenblick noch nicht einmal wusste, ob und in welchem Umfang er sie für »Kein Hüsung« brauchte. Ihm war aber wichtig, gerade bei dieser Arbeit, das Beste zu geben, da er für dieses Werk einen Verleger gefunden hatte: den Greifswalder Theodor Kunike. Alles Bisherige, die »Läuschen un Rimels« wie »De Reis' nah Belligen« hatte er selbst herausgebracht, wobei ihn die Freunde Viktor Siemerling oder der Treptower Justizrat Schröder finanziell unterstützt hatten. Jetzt endlich in einem richtigen Verlag zu erscheinen, machte Reuter stolz und weckte seinen Ehrgeiz, stellte aber ebenso eine besondere Herausforderung dar. Ende des letzten Jahres hatte Kunike die ersten Seiten des

Manuskripts erhalten, die ihm anscheinend gut gefielen. Dass ihm auch das gesamte Opus gefalle, war selbstredend für den Autor kein unwichtiges Ziel. Allerdings wartete er just nicht ohne innere Anspannung darauf, dass bei Kunike erst einmal seine Stücke »Der 1ste April 1856 oder Onkel Jochen und Onkel Jacob« sowie »Blücher in Teterow« erscheinen würden, denen er eine atemberaubende Bühnen-Carrière zutraute.

Wie dem auch sei, da im Moment nichts weiter zu tun war, kehrte Reuter nun doch nach Hause zurück. Es ging auf zwei Uhr, als er die Stiege in den ersten Stock unter die Sohlen nahm, und kaum dass er die Wohnungstür geöffnet hatte, schlugen die Kirchturm- und kaum wahrnehmbar später auch die Wanduhr im Wohnzimmer.

Die zweite Nachmittagsstunde des Montags gehörte einer Schülerin, die bei Louise sowohl Französisch lernen wollte als auch Klavierunterricht nahm, obgleich es der Kaufmannstochter Gesine Pohl in beiden Künsten an Talent fehlte. Ihr Vater, Hermann Pohl, betrieb in der Stargarder Straße einen Kolonialwarenladen, in dem die Reuters ihren Kaffee und Zucker sowie gelegentlich auch Tabak erwarben. Weder der Vater noch die Tochter waren adelig; Louise hatte ihr das Prädikat »von« verliehen, weil es sich bei Gesine um ein besonders hochnäsiges Exemplar einer Tochter aus guter, wenn auch bürgerlicher Familie handelte, noch dazu um ein junges Frauenzimmer mit Ambition.

Als Reuter eintrat, saßen Louise und ihre Schülerin am Teetisch, tranken Kaffee und aßen dänische Biskuits, die Gesine mitgebracht hatte; sie hatte die besondere Begabung, den Beginn der Stunden möglichst hinauszuschieben, weil sie ihre Aufgaben sowieso nicht gemacht hatte. Nachdem Reuter sie höflich begrüßt hatte – schließlich brachte sie Geld ins Haus – gebärdete sie sich als Hausfrau und lud ihn zu Tisch. Obwohl er ahnte, dass sie nur etwas Bestimmtes von ihm wissen wollte, und er sich aus dänischen Biskuits nicht viel machte, setzte er sich zu den Frauen. Die Anwesenheit der ungelehrigen Kaufmannstochter hatte den Vorteil, dass Louise ihn nichts fragen und ihm vor allem keine Vorhaltungen machen würde, falls sie seine Weinfahne bemerkte.

Gesine Pohl nahm von dem Backwerk, schaute es sich von allen Seiten an und schüttelte den Kopf.

»Unglaublich, dass die Juden ihr rituelles Gebäck mit Christkinderblut würzen«, sagte sie. »Das tun sie doch, Herr Reuter, nicht wahr?«

Reuter hatte mit etwas Derartigem gerechnet und bemühte sich, seine Miene unter Kontrolle zu halten, während seine Frau das Gesicht verzog und rasch den Blick senkte.

»Mir ist Dergleichen nicht bekannt«, murmelte Reuter. Franz Boll musste über hellseherische Fähigkeiten verfügen, oder es lag einfach in der Luft, dass die Leute uralte Vorurteile wieder ausgruben: Vielleicht wurde schon an jeder Neu-Brandenburger Ecke davon gesprochen, »dass man in der Judenmühle Christkinder schlachtet.«

»Aber Sie haben über die Juden geschrieben«, meinte Gesine, dann schob sie endlich den Keks in den Mund.

Reuter fühlte sich beinahe wie ein ertappter Sünder, und obwohl er genau wusste, worauf die junge Frau anspielte, fragte er nur: »Wo?«

»Im Unterhaltungsblatt.«

Ja, sie hatte Recht. Zwei Jahre lang, vom hoffnungsvollen Beginn am 1. April 1855 bis zum eher schmählichen Ende am 30. März 1856, hatte er von Treptow aus das »Unterhaltungsblatt für beide Mecklenburg und Pommern« redigiert und eine Vielzahl von Artikeln selbst verfasst, so auch den in Fortsetzungen erschienenen Aufsatz »Handelsvölker der Gegenwart«. Er hatte sich mit den Orientalen, Chinesen und Russen, den Armeniern, Griechen und eben den Juden befasst, doch auch mit europäischen Völkern, selbst mit den Dänen. Biskuits aus Dänemark standen auf dem Tisch, Gesine Pohl verdrückte gerade eines – sollte man lachen oder weinen?

»Der Verfasser war ein Herr Franz Löher«, unternahm Reuter den wahrscheinlich sinnlosen Versuch, sich hinter dem Pseudonym zu verbergen, das er für die Veröffentlichung gewählt hatte.

Gesine machte eine wegwerfende Handbewegung: »Aber man weiß doch, dass Sie das sind.«

Reuter warf seiner Frau einen vernichtenden Blick zu, aber Louise zuckte nur mit den Schultern.

»Vielleicht«, sagte er unbestimmt. »Worauf wollen Sie hinaus, Fräulein Gesine?«

»Dass Sie die Wahrheit geschrieben haben. Mama hat das Unterhaltungsblatt nämlich gesammelt, und als ich mich an Ihre Schrift erinnerte, habe ich nachgelesen. Der erste Satz gleich: ›Auch der Jude heißt in Europa arglistig und betrügerisch …‹«

Reuters Gesichtshaut überzog sich mit einer feinen Röte. Man musste als Schriftsteller immer damit rechnen, insbesondere von schlichten Gemütern missverstanden zu werden.

»Mein liebes Fräulein«, sagte er, und es klang zu seinem Bedauern fast wie eine Rechtfertigung, »das ist der Ruf des

Juden in Europa. Ich … Herr Löher hat nicht behauptet, dass die Juden so sind.«

»Wir sollten jetzt aber mit dem Unterricht …«, brachte Louise den Anlass der Zusammenkunft in Erinnerung, aber davon wollte Gesine nichts hören. Sie nahm ein weiteres Biskuit, beäugte es, schüttelte wieder den Kopf und sagte: »Aber jedermann weiß es, dass sie so sind: arglistig und betrügerisch. Mein Vater meint, es ist ein Segen für unser Heimatland, dass wir kein Emanzipationsedikt für die Juden haben, so wie Preußen.«

»Nun, sogar in Mecklenburg-Schwerin haben die Juden weitgehende Rechte«, warf Reuter ein.

»Ja, vielleicht.« Es war Gesine anzusehen, dass sie davon zum ersten Mal hörte. »Aber nicht bei uns. Unser Großherzog achtet sehr darauf. Das sagt mein Vater: Wenn Juden erst einmal Grund und Boden erwerben können, werden sie frech. Und am Ende gehört ihnen alles.«

Reuter wollte und konnte das Gerede des Fräuleins nicht länger anhören. Außerdem standen ihm sicher noch einige inquisitorische Fragen zur Auffindung des kleinen Leichnams bevor; dass er dabei gewesen war, hatte sich vermutlich in der ganzen Vorderstadt herumgesprochen. Er mochte aber nicht Rede und Antwort stehen und fand schnell einen Vorwand, sich von dannen zu begeben, also stand er auf.

»Ich will den Unterricht nun nicht länger stören«, sagte er – nicht ohne schlechtes Gewissen, denn er würde seine Frau mit der Schwätzerin allein lassen. An Französisch und Klavier war sicher nicht zu denken. Louise nickte jedoch: Sie würde die Stunde mit Gesine Pohl unbeschadet überstehen, so wie sie alle vorherigen überstanden hatte, und am Ende winkten blanke Taler.

»Ich hatte bisher kein Glück bei Walter Kilian und versuche es ein letztes Mal«, erklärte er ihr, was aber nicht der Wahrheit entsprach. Sein Ziel war abermals der Fürstenhof. Auch wenn ihm die ganze Angelegenheit schon jetzt übel aufstieß, so war er doch selbst nicht weniger neugierig als jeder andere Neu-Brandenburger, und so hoffte er in seinem Stammlokal Gesprächspartner zu finden, mit denen er den Casus bekakeln konnte. Er hätte zu diesem Zweck sowie zur Abwechslung auch einmal den Ratskeller aufsuchen können oder eine andere der von ihm bevorzugten Lokalitäten, doch es gab noch einen Hintergedanken, der ihn den Fürstenhof ansteuern ließ: Er wollte mehr über den Rittmeister in Erfahrung bringen, er hoffte sogar, ihn vielleicht selbst zu treffen.

Doch in der Gaststube des Fürstenhofes stieß er auf keine Bekannten. Nur zwei Reisende weilten dort, deren Gespräch Reuter entnahm, dass sie aus Friedland stammten und in die Residenz wollten, um irgendwelche Geschäfte zu erledigen. Reuter hätte sie ansprechen können. Immerhin hatte er als Jüngling – wenn auch mit eher bescheidenem Erfolg – vier Jahre lang die berühmte Friedländer Gelehrtenschule besucht. Doch weder über die Stadt noch über seine Gymnasiastenjahre mochte er sich unterhalten. Er betrog sich mit einem Kaffee, wechselte bald zum Wein und plauderte mit dem Wirt, um ihn ein bisschen über den Rittmeister auszuhorchen. Viel bekam er nicht heraus. Er brachte in Erfahrung, dass von Ritzerows Adjutant Altmann hieß und nie mit im Fürstenhof abstieg, der Kosten wegen. Wachtmeister Altmann pflegte Logis bei einer Handwerkerfamilie zu nehmen, die Zimmer vermietete. Der Wirt wusste nur, dass diese Familie in der

Badstüberstraße lebte; wie sie hieß und welchem Handwerk sie nachging, war ihm nicht bekannt.

So verrann die Zeit. Die Friedländer verließen das Lokal. Der Wirt rief zwei seiner Mägde und trug ihnen auf, sich an einen Tisch beim Fenster zu setzen. Sie sollten die Flaute nutzen, um das Zinngeschirr zu putzen, das besseren Gästen vorbehalten war. Vielleicht eine Stunde waren sie damit beschäftigt, dann gingen sie mit den glänzenden Tellern, Bechern und Kannen wieder hinaus.

Reuter war nun allein, trank seinen Wein und ließ die Gedanken schweifen. Er dachte an »Kein Hüsung« und an den Stellmacher Kilian, er erinnerte sich seiner Arbeit als Redakteur des Unterhaltungsblattes, doch immer wieder kehrte er zur Papiermühle, zum Mühlenteich, zu dem armseligen Leichnam zurück. Diese Bilder verließen ihn nicht, so sehr er sich auch bemühte, etwas anderes zu denken oder sich etwas anderes vorzustellen.

Reuter warf nur selten einen Blick zur Wanduhr, aber als sie ein Viertel nach fünf zeigte, wurde ihm klar, dass er nach Hause zurückkehren musste. Er wollte sich nicht Louises Gunst für die nächsten Tage verscherzen. Gesine Pohl war inzwischen zweifellos gegangen. Louise würde bald mit den Vorbereitungen des Abendbrotes beginnen, und er sollte auf keinen Fall versäumen, diese Mahlzeit gemeinsam mit ihr einzunehmen. Reuter zückte bereits die Börse, als die Tür der Gaststube geöffnet wurde und der Rittmeister eintrat. Er entbot sowohl dem Wirt als auch dem einsamen Gast einen abendlichen Gruß, nickte Reuter obendrein zu und nahm in der Nähe der Küchentür Platz; anscheinend hatte er großen Hunger und wollte der Bedienung den Weg verkürzen. Von

Ritzerow hatte einen kleinen Reisesack aus Leder dabei, den er aufschnürte. Der Wirt trat zu ihm und bat um die Orders. Der Gast bestellte er ein kühles Bier.

»Der Anschein trügt«, sagte er mit einem breiten Lächeln, »mag meine Uniform auch tadellos sitzen und kein Stäubchen aufweisen, inwendig bin ich eine Wüste.«

»Wo sind der Herr Rittmeister denn gewesen?«, erkundigte sich beflissen der Wirt.

»Ach, so weit war ich nicht fort. Aber die Wege sind manchmal gar zu schlecht.« Er schüttelte sich. »Da braucht es schon einen guten Adjutanten, um nach getaner Arbeit wieder menschlich auszusehen. Was empfehlt Ihr mir?«

»Den gefüllten Kalbsbraten«, kam es wie aus der Pistole geschossen.

Der Rittmeister nickte. Während der Wirt hinausging, um die Bestellungen zu besorgen, zog er ein Buch aus dem Reisesäckchen, legte es vor sich auf den Tisch und betrachtete versonnen den Einband. Dann hob er abrupt den Blick und schaute zu Reuter hinüber, der ihn die ganze Zeit beobachtet und gerade sein Glas an die Lippen geführt hatte; er fühlte sich ertappt, konnte vor Schreck nicht trinken und setzte das Glas wieder ab.

»Zum Wohle!«, rief von Ritzerow.

Reuter musste husten, dann presste er ein »Danke!« hervor. In diesem Moment brachte eines der Mädchen eine anscheinend schon gestopfte Pfeife und ein Tachypyrion, ein Feuerzeug, dass mittels Kompressionshitze einen Feuerschwamm entzündete; Reuter wusste gar nicht, dass der Wirt des Fürstenhofes ein solches Gerät besaß. Aber vielleicht gehörte es auch dem Rittmeister, der es auf seinen Reisen mit sich führte und sich abends vom Personal in die Gaststube bringen ließ. Das abendliche Rauchen schien ein festes Ritual zu sein; der Rittmeister hatte die Pfeife nicht bestellen müssen. Das Mädchen hatte auch bereits einen Fidibus gedreht, den es neben das Tachypyrion legte, dann ging sie hinaus. Nicht einmal eine Minute später trug der Wirt einen Bierseidel voller Gerstensaft herbei.

»So schön kann das Leben sein«, meinte von Ritzerow behaglich. Er erzeugte mit dem Feuerzeug Glut und setzte zuerst den Fidibus und mit diesem dann den Tabak in Brand. »Ein Pfeifchen, um den Appetit anzuregen – was heute eigentlich nicht nötig ist – und dann ein Pfeifchen zur Verdauung. Was will man mehr?«

»Wohl bekomm's!«, sagte der Wirt und ging in die Küche, um sich um den Braten zu kümmern.

Reuter wollte die Gelegenheit nutzen und hob sein Glas: »Ich schließe mich den guten Wünschen an.«

Der Rittmeister prostete ihm seinerseits mit dem Bierseidel zu, öffnete den Zinndeckel und ließ den goldgelben Trunk durch die Kehle rinnen, bis er das recht große Trinkgefäß fast geleert hatte. Er hatte einen enormen Zug, wie Reuter nicht ohne Bewunderung feststellte. Aber wahrscheinlich war auch sein Durst gewaltig.

Nachdem er den Seidel abgesetzt hatte, widmete er sich dem Buch. Er betrachtete es von allen Seiten, schlug es aber nicht auf. Nach einer Weile wurde Reuter gewahr, warum nicht: Der Buchblock war noch nicht aufgeschnitten.

Reuter grub in seiner Hosentasche nach dem Messer, das er auf Wanderungen immer mitnahm, um sich einen Stecken schnitzen zu können. Auch gestern hatte er es dabeigehabt, und tatsächlich, er hatte es am Abend nicht herausgenommen. Das Messer steckte in einem schützenden Lederfutteral, triumphierend präsentierte er es dem Rittmeister. Von Ritzerow lächelte und bat ihn mit einer einladenden Geste, an seinen Tisch zu kommen. Reuter hatte, was er wollte.

»Sie sind ja Schriftsteller«, meinte der Rittmeister, »da wird es Sie wohl interessieren, was ein preußischer Offizier auf seiner Reise durch beide Mecklenburg liest. Dieses Werk ist druckfrisch, aber in Neu-Brandenburg schon zu bekommen.« Er drehte das Buch so, dass Reuter die Aufschrift lesen konnte. »Mecklenburgische Vaterlandskunde. Erster Theil«, so lautete der Titel. Der Verfasser war Wilhelm Raabe, ein Advokat aus Ludwigslust, der Reuter zwar nicht persönlich, aber als Autor bekannt war, gab er doch auch »Mecklenburg. Ein Jahrbuch für alle Stände« heraus und hatte ein »Allgemeines plattdeutsches Volksbuch« verfasst. Dieses war, wie auch die »Vaterlandskunde«, in der Hinstorff'schen Hofbuchhandlung Wismar und Ludwigslust erschienen.

»Sie haben von diesem Raabe gehört?«, erkundigte sich von Ritzerow.

»Ich habe schon etwas von ihm gelesen.« Reuter reichte seinem Gegenüber das Messer. »Ja, ich erinnere mich sogar an einen Satz aus einem seiner Jahrbücher für Mecklenburg.«

»Ich auch.« Von Ritzerow zog das Messer aus dem Futteral. »Aber zuerst Sie!«

»›Denn wer kein guter Deutscher ist, kann auch kein guter Mecklenburger sein.‹«

Der Rittmeister schmunzelte, wandte sich zur Küchentür und rief nach einem frischen Bier. Dann drehte er sich zurück, schaute auf Reuters fast leeres Weinglas, sagte »Pardon!« und orderte auch noch neuen Rebsaft.

»Das könnte man auch auf Preußen anwenden«, meinte er dann. »Wer kein guter Deutscher ist, kann auch kein guter Preuße sein. Ja, ja, die Idee der Nation und des nationalen Staates … Aber nun kommt mein Zitat, ebenfalls aus einem der Jahrbücher. Ihnen wird es vielleicht nicht gefallen, aber ich habe mich köstlich amüsiert. Es lautet: ›Mecklenburg erscheint dem Vaterlandsfreunde als das Kabinettstück irgendeines kuriosen Altertumsvereins und nicht als ein Staat des 19. Jahrhunderts.‹«

»Warum sollte es mir missfallen?« Reuter leerte sein Glas, denn in der Tür war der Wirt mit einem neuen erschienen. »Ich bin zwar Mecklenburger durch und durch, aber kein solcher Lokalpatriot, dass ich nicht sehe, was hier geschieht und vor allem, was nicht geschieht. Aber glauben Sie mir, Herr Rittmeister, die neue Zeit in buntem Groschen-Kattun und Gamaschenstiefeln kommt auch immer mehr in unser altbackenes Mecklenburg. Früher wusste ich genau, was Nachbar Schröder zu Mittag aß, und nahm teil an seinem Mahle, wenn's mir schmeckte. Was kümmert mich jetzt Nachbar Schröder? Jetzt habe ich etwas anderes zu tun: Ich muss die Küchenzettel des europäischen Gleichgewichts studieren.«

»Oh, ich verstehe Sie nur zu gut. Pardon, Sie rauchen?« Reuter bejahte. »Wirt, bringt dem Herrn auch eine Pfeife!«

»Aber gleich ist der Braten fertig«, erwiderte der Wirt.

»Dann nach dem Mahle! Sie haben doch gegen ein gemeinsames Pfeifchen nichts einzuwenden?«

»Nein, keineswegs«, sagte Reuter, überrascht von der unerwarteten Leutseligkeit des Rittmeisters. Was mochte sie zu bedeuten haben? Gestern noch erschien der Offizier eher zugeknöpft, jetzt konnte man fast annehmen, dass er um Reuters Freundschaft buhle. Absichtslos geschah das sicher nicht, aber einen Reim konnte sich dieser auch nicht darauf machen.

»Es überrascht mich, dass Sie sich so teilnehmend dem Land widmen, in dem Sie doch nur eine Pflicht für ein anderes erfüllen«, sagte er, »denn nicht allein, dass Sie sich belesen, Sie erwerben auch eine der allerneuesten Publikationen. Sie wollen sicher mehr in Erfahrung bringen als die Grenzen der jeweiligen Amtsbezirke?«

»Wie kommen Sie …? Ach ja, der Papiermüller machte eine diesbezügliche Bemerkung. Wie Sie schon längst wissen, erwerbe ich in Mecklenburg Remonten für die preußische Kavallerie. Ich habe die Erfahrung gemacht, dass die Herrscher über die Ämter, ob sie nun Landrat, Drost oder Amtmann heißen, sehr empfindlich sind, was ihre Kompetenzen betrifft; je kleiner der Herrschaftsbereich, könnte man sagen, desto engstirniger und engherziger der Gebieter. Daher empfiehlt es sich, immer zu wissen, in welchem Amt man sich befindet«, ein kurzes Grinsen überflog sein Gesicht, »und wo die Grenzen zwischen den Ämtern, aber auch zwischen den Staaten verlaufen, denn es kommt nicht selten vor, dass man sich noch in Strelitz wähnt, in Wahrheit aber schon im Ausland ist – mir ging das einmal so, als ich von Neustrelitz nach Penzlin reiste. Man passiert eine Grenze!«

»In Bezug auf die Papiermühle gingen Sie gestern jedoch fehl«, stellte Reuter fest. Damit war dieses Thema auf dem Tapet. Aber nun brachte der Wirt den Kalbsbraten, sodass der Rittmeister sich dem Essvergnügen widmen konnte. Es waren riesige Portionen sowohl an Fleisch als auch an Kartoffeln, die den Magen einer einzelnen Person eigentlich überfordern mussten. Von Ritzerow runzelte denn auch die Stirn, griff aber beherzt zu Messer und Gabel und meinte augenzwinkernd: »›Leiwer den Darm verrenken, as den Wirt wat schenken.‹ – Ich weiß gar nicht, wo ich das aufgeschnappt habe.«

»Klingt eher pommersch«, sagte Reuter. »Aber beschwören möchte ich es nicht. Da habe ich auch etwas beizusteuern: ›Leiwer tau väl äten, as tau wenig drinken.‹«

»Sie sagen es.« Der Rittmeister nickte. »Wirt, tut etwas gegen den Durst!«

Während von Ritzerow Braten, Kartoffeln und Soße in sich hineinschaufelte und ab und zu mit Bier nachspülte, trank Reuter langsam und schweigend seinen Wein. Nach und nach füllte sich die Gaststube mit anderen Quartiersgästen, aber auch mit einigen Neu-Brandenburgern, die Reuter nur vom Sehen kannte; es handelte sich, so glaubte er, um eine Gruppe von Handwerksmeistern, deren Gespräch auch um den Mord an der Papiermühle kreiste. Da sie leise sprachen, konnte er nur das eine und andere Wort verstehen, darunter das anscheinend unvermeidliche: »Judenmühle«.

Der Rittmeister ließ sich Zeit. Er lobte den Braten, nannte ihn »zart von Beschaffenheit« und »kräftig von Geschmack«, während Reuter darüber nachdachte, was er eigentlich davon erwartete, seine Stunden mit dem preußischen Offizier zu verbringen. Irgendetwas an dem Mann kam ihm zweifelhaft vor, aber das war ein vages Gefühl, auf das sich kein Verdacht gründen ließ. Und was ging ihn der Casus überhaupt an? Die Untersuchung von Verbrechen war Sache des Gerichts, und Stadtrichter Müller war durchaus fähig, Mörder und andere Bösewichter zur Strecke zu bringen, ohne dass sich ein Schriftsteller in irgendeiner Weise einmischte.

Doch dann hatte Reuter urplötzlich eine Idee. Es war, wie er sogleich dachte, eine echte Weinidee, aber an diesem Abend würde er ohnehin nichts Gescheites mehr zustandebringen. Er konnte also getrost versuchen, den Rittmeister zu übertölpeln.

Reuter beugte sich ein wenig vor und gab seiner Stimme einen beinahe verschwörerischen Klang: »Sie kennen vielleicht das ›Unterhaltungsblatt für beide Mecklenburg und Pommern‹?«

Der Rittmeister ließ sich Zeit mit der Antwort, musste auch erst einmal einen Bissen herunterschlucken. Schließlich sagte er: »Ich denke, dieses Blatt schon hie und da gesehen, ja es sogar in der Hand gehalten zu haben. In einem meiner Quartiers, nehme ich an.«

»Ich bin der Redakteur.«

»Ja, so?« Von Ritzerow kniff die Augen zusammen. »Sind Sie's noch?«

Reuter war auf diese Frage nicht vorbereitet. Er musste sich kurz sammeln, was seinem Gegenüber zweifellos nicht entging.

»Wie meinen Sie?«

»Nun ja, ich dachte, das Unterhaltungsblatt hätte sein Erscheinen eingestellt?« Der Rittmeister hatte sein Mahl beendet und griff nach der Serviette. Zu Reuters Überraschung war er ziemlich gut informiert über Dinge, die einen Durchreisenden eigentlich kalt ließen. Aber da er sich, wie das Buch verriet, mehr als üblich für die Gegenden interessierte, in die er Jahr für Jahr zur Besichtigung und zum Kauf vom Militärpferden reiste, hätte man damit rechnen können. Dieser Herr war schon ein Phänomen.

Reuter griff zu einer Lüge, fürchtend, dass von Ritzerow sie durchschauen könnte: »Ich erwäge, es wieder erscheinen zu lassen, vielleicht noch in diesem Herbst. Und da kam mir soeben der Gedanke, dass ein Bericht von Ihren Reisen doch für den hiesigen Leser und namentlich auch für die Leserin von einigem Interesse sein könnte. Der Blick eines Außenstehenden, der nicht in die kleinlichen Angelegenheiten des Alltags involviert ist, hat doch oft etwas Belebendes.« Reuter sah, wie der Wirt gerade den Tisch verließ, den die anderen Gäste des Fürstenhofes okkupierten, und fragte rasch: »Nehmen Sie zur Verdauung einen Bittern?«

Rittmeister von Ritzerow betupfte sich die Lippen. »Da sag ich nicht Nein.«

Reuter winkte den Wirt herbei, bat um einen Kräuterlikör, berichtigte sich umgehend und bestellte zwei. Der Wirt erkundigte sich, ob es dem Herr Rittmeister gemundet hätte, was dieser bejahte. Zufrieden lehnte er sich zurück und griff nach der Pfeife. Ein Dienstmädchen erschien, das ihm eine Tabaksdose brachte und zugleich Teller, Besteck und Serviette abtrug. Damit wurde abermals der Beweis erbracht, dass man die Gewohnheiten des Rittmeisters hier gut kannte.

Den Bittern kredenzte der Wirt persönlich.

»Eine Überschrift hätte ich schon«, meinte von Ritzerow, nachdem dieser verschwunden war.

»Für den von mir vorgeschlagenen Reisebericht?«, fragte Reuter – schon wieder verblüffte ihn sein Visavis.

Der Rittmeister nickte. Der Schalk nistete in seinen Augenwinkeln, als er sagte: »Hier ist alles Vergangenheit.«

Wenn Fritz Reuter auf dem nächtlichen Kirchplatz die Drehung der Erde spürte, wusste er, dass seine Frau ihn »Friedrich« nennen würde. Möglicherweise war sie schon im Bett

– hatte es nicht soeben elf geschlagen? Oder zwölf? Oder war das schon eine Weile her?

Mühsam Fuß vor Fuß setzend, tastete er sich über das Pflaster. Den Heimweg von all seinen Lokalitäten fand er auch im bezechten Zustand.. Vom Fürstenhof kommend, musste er ohnehin nur schräg über den Platz gehen. Das mächtige Bauwerk der Marienkirche warf im Mondlicht einen riesigen Schatten; diesen Schatten galt es zu durchqueren.

Er vermochte nicht zu sagen, wie viele Gläser Wein durch seine Kehle geronnen waren, aber es musste eine stattliche Anzahl gewesen sein. Der Rittmeister hatte mitgehalten. Er hatte zwar keinen Wein getrunken, sondern Bier und den einen und anderen Bitteren, aber das hieß ja nicht weniger trinken, sondern nur etwas anderes.

Und gepafft hatten sie. Reuter hatte eine taube Zunge von den vielen Pfeifen, die sie miteinander geraucht hatten. Der Rittmeister hatte viel erzählt, aber es bereitete Reuter in diesem Moment einige Beschwernis, sich ihres Gespräches zu vergegenwärtigen. Von Pferden war natürlich die Rede gewesen, vom Mecklenburger Warmblut und seinem Charakter, aber auch von den schweren Holsteiner Kavallerie-Remonten, auf die der Rittmeister zu sprechen gekommen war. ›Warum eigentlich? War der Ritzerow für die preußische Armee durch Holstein gereist? Nein, nein, er sprach nur allgemein über Kavalleriepferde‹, überlegte Reuter. ›Dass sie gute Handpferde sein mussten, hatte der Rittmeister erwähnt. Dass sie keine Einzelgänger sein durften, sondern sich mit anderen Pferden verstehen mussten – das war ja klar. Im Krieg konnte man auch keine menschlichen Einzelgänger gebrauchen. Sie durften auch nicht zu schreckhaft sein, denn ein Waffengang mit dem Donner von Kanonen und dem Krachen von Schüssen sollte sie nicht in die Flucht schlagen.‹

Reuter geriet plötzlich ins Straucheln, konnte sich aber aufrecht halten. Er trat aus dem Schatten des Kirchenschiffs, aber viel heller wurde es nicht. Er sah nun schon das Haus, in dem er wohnte. Wenn er sich nicht täuschte, drang noch ein schwacher Lichtschein aus einem Fenster im ersten Stock. Es war das Fenster des Schlafgemaches, in dem sich Louise gern vor dem Zubettgehen aufhielt, um zu stopfen, zu sticken oder auch, um zu lesen.

›Hatte man über Frauen gesprochen?‹ Reuter tastete die Taschen seines Gehrockes ab, stieß in der linken Tasche auf das Messer, in der rechten auf die Börse – wo war der Haustürschlüssel? Er wollte auf keinen Fall die Glocke betätigen, denn das würde Tischlermeister Willebrandt wecken, der ganz sicher schon schlief.

Reuter atmete auf, als er beim Durchsuchen seiner Kleidung den Schlüssel in der Hosentasche fand. Auch fiel ihm ein, dass er dem Rittmeister von Louise erzählt hatte, denn dieser hatte ihn nach Frau und Kindern gefragt. In diesem Zusammenhang war dann auch deutlich geworden, dass es keine Frau Rittmeister gab, ja nicht einmal eine Verlobte. Von Ritzerow war ein Hagestolz, aber deshalb noch lange kein Weiberfeind; auch Reuter hatte sich erst mit 36 Jahren verlobt, in dem kleinen Giebelzimmer des Pfarrhauses von Rittermannshagen, in dem Louise die Kinder des Pfarrers Augustin beaufsichtigt und ihnen auch die Urgründe der Schulweisheit vermittelt hatte. Er seufzte. Auf die Hochzeit hatte er dann noch vier Jahre warten müssen. Das war eine schwere Zeit gewesen, sowohl für sie als auch für ihn, denn mehrmals hatten ihn die Dämonen seines Herzens überwältigt: Einmal war er sogar wegen Säuferwahnsinns ins Schweriner Krankenhaus eingewiesen worden, aber daran dachte er gar nicht gern zurück.

Reuter sperrte die Tür auf, betrat das Treppenhaus und zog die Stiefel aus. Auf Strümpfen stieg er hinauf und bemühte sich, jedes zu laute Geräusch zu vermeiden. Als er Alkoven und Wohnzimmer durchschritt, fühlte er eine starke Sentimentalität im Herzen, die von den soeben heraufbeschworenen Erinnerungen an die Verlobung und an die Hochzeit rührte, und auch melancholisch war ihm zumute. Er liebte sein »Lowising«, wie er sie nannte, liebte sie, auch wenn sie keine glanzvolle Schönheit war, liebte sie vielleicht gerade deshalb. Sogar ihre spitze Nase, die er augenblicklich küssen wollte, als er die Tür zur Schlafkammer öffnete, war ihm einen verliebten Seufzer wert.

Heute war die Nase allerdings besonders spitz. Sie ragte hinter einem anscheinend neuen Exemplar der Revue de Paris hervor und schien den Eintretenden aufspießen zu wollen. Auch wenn Louise schwieg, die Nase sprach für sie und sagte: »Friedrich«!

Reuter senkte schuldbewusst den Blick. Er wurde gewahr, dass er noch im Gehrock steckte, also ging er wieder hinaus, um ihn an der Garderobe zu befestigen. Er entledigte sich auch seiner Weste, löste den Binder, warf beides über einen Sessel und erschien vor seiner Frau in Hemd und Hose wie ein Büßer. Louise gab sich ganz in ihre Zeitschrift vertieft und beachtete ihn nicht.

»Warst du bei Apteikers?«, erkundigte er sich. Seine Stimme war ziemlich rau.

»Ottilie Siemerling hat mich heute besucht.«

»Dann hattest du ja noch angenehmere Gesellschaft als Gesine von Pohl.«

»Hm.« Louise blätterte um.

Reuter knöpfte das Hemd auf.

»Wiesing, es tut mir leid.«

»Hm?«

»Dass ich so lange ausgeblieben bin. Ottilie hat also die neue Revue gebracht?«

Blättern und »Hm!«

Reuter schlug sein Deckbett zurück und nahm das Schlafgewand, und dabei fiel sein Blick auf den Nachttisch, wo schon seit einigen Wochen ein dickleibiger Roman in drei Bänden seiner Beachtung harrte: »Soll und Haben« von Gustav Freytag, vor zwei Jahren bei Hirzel in Leipzig erschienen. Reuter fühlte sich nicht so recht in der Lage, ausgerechnet jetzt mit der Lektüre zu beginnen, aber Louise schien noch lesen oder wenigstens blättern zu wollen. Um zu verbergen, wie bezecht er wirklich war, zündete er gleich zwei Kerzen an. Er entledigte sich rasch des Hemdes und der Hose, schlüpfte ins Nachthemd und zog dann die Unterwäsche unter dem Schlafgewand hervor. Da er im Liegen sofort eingeschlafen wäre, setzte er sich auf die Bettkante, nahm den ersten Band und schlug ihn wahllos auf. Die Passage, die er zu lesen bekam, reizte empfindlich seine Lachmuskeln, weil er sofort an seine neben ihm liegende Gattin denken musste, auch wenn sie in den Augen der Welt vielleicht nicht als elegante Dame galt – es reichte ja, wenn sie für ihn eine war. ›Unterdes saß die Baronin in einer Gartenlaube und blätterte in den neuen Journalen, welche der Buchhändler aus der nächsten Kreisstadt zugeschickt hatte. Sie betrachtete prüfend die Modekupfer und genoss die kleinen Nippes der Tagesliteratur: Geschichten von Menschen, welche auf außerordentliche Weise reich geworden, und von andern, welche auf schauderhafte Weise ermordet worden sind, Tigerjagden in Ostindien, ausgegrabene Mosaikböden, rührende Schilderungen von der Treue eines Hundes, hoffnungsreiche Betrachtungen über die Unsterblichkeit der Seele und was sonst das flüchtige Auge eleganter Damen zu fesseln vermag.‹

Reuter schaute über die Schulter nach Louise, die sich offenbar in einen Artikel vertieft hatte: »Was fesselt gerade dein flüchtiges Auge, Lowising?«

»Bitte?« Sie vermied nach wie vor, ihn anzuschauen.

»Was liest du gerade, mein liebes Wiesing?«

»Etwas über Hysterikerinnen«, lautete die, ein wenig schrille Antwort.

Drittes Kapitel

Dienstag, 14. April 1857

Reuter erwachte mit einem fiebrigen Gefühl im ganzen Körper und einem heftigen Druck auf den Schläfen, der kaum auszuhalten war. Nur mit Mühe gelang es ihm, die Augen zu öffnen, die ihm dermaßen geschwollen zu sein schienen, dass sie kaum mehr Platz in ihren Höhlen hatten. Er drehte den Kopf, was ihm erhebliche Schmerzen verursachte, und stellte fest, dass Louise das Bett verlassen hatte. Die Geräusche von der Straße, Rufe, Schritte und das Rollen von Wagenrädern, kündeten davon, dass es hoher Tag war und die Neu-Brandenburger ihren täglichen Verrichtungen nachgingen. Reuter würde kaum zu irgendetwas anderem in der Lage sein, als mindestens eine Flasche Wein zu leeren, denn erst dann würde es ihm besser gehen. Ein Anfall kündigte sich an.

Trotz seines Leidens richtete er sich auf. Er sah auf dem Boden neben dem Bett zwischen den Pantoffeln den ersten Band von »Soll und Haben« liegen, was er nicht verstand. Erst nach einer Weile erinnerte er sich, dass er in der Nacht noch nach dem Buch gegriffen und eine beliebige Seite aufgeschlagen hatte, dann war es ihm wohl aus der Hand geglitten. Allmählich entstand in ihm auch das Bild seiner in der Revue de Paris blätternden Frau, und als er die Beine aus dem Bett baumeln ließ, wusste er auch wieder, dass er mit dem Rittmeister von Ritzerow gezecht hatte.

Reuter schlüpfte in die Pantoffeln und stand langsam auf. Für einen Moment schwankte er, aber er fing sich und es gelang ihm, zum Fenster zu treten, wo er die Übergardine ein wenig zur Seite schob. Ein mit Fässern beladener Wagen, gezogen von zwei Brauereipferden, rollte vorbei, ein Schusterjunge lief, je ein Paar zusammengebundener Stiefel über den Schultern, in Richtung Große Wollweberstraße, Tischlermeister Willebrandt stand zwischen Haus und Kirche auf der Straße und klönte mit einem Zunftgenossen, von dem Reuter wusste, dass er Pinkert hieß. Allem Anschein nach ein gewöhnlicher Tag in der Vorderstadt; nur nicht für Reuter: Dem ging es schlecht.

Er schlurfte ins Wohnzimmer, wo sich Louise aber nicht aufhielt, und tappte dann weiter in die Küche, doch auch dort war sie nicht. Erst jetzt fiel ihm ein, dass es Dienstag war, und das bedeutete: Einkaufs- und Waschtag. Dreimal in der Woche ging ein Mädchen seiner Frau im Haushalt zur Hand. Es war anzunehmen, dass die beiden sich auf den Markt begeben hatten, um für die kommende Woche einzukaufen. Das brauchte seine Zeit, denn zu einer Visite auf dem Markt gehörte ausgiebiges Schwatzen; Louise mochte Klatsch und Tratsch eigentlich nicht, aber er wurde einem von den Marktfrauen geradezu aufgenötigt. Die Händlerinnen waren Quellen vielerlei Gerüchte und oft auch übler Nachreden, aber sie hatten auch immer etwas zu berichten, das von mehr oder minder allgemeinem Interesse war, aber nicht in der Zeitung stand.

Reuter starrte auf den Küchentisch, wo ein Brotkorb, eine Butterglocke und eine Kaffeekanne standen, neben der Kanne auch eine saubere Tasse. Weder nach einem Frühstück noch nach Kaffee stand ihm der Sinn, mochte der Kaffee auch in der Lage sein, Tote zu erwecken; was er im Augenblick nötiger hatte, war Wein. Er schaute zur Tür der Speisekammer, die zum Heiligtum der Hausfrau führte und wo noch einige Flaschen Mosel- oder Rheinwein auf dem kühlen Boden stehen konnten. Eine Flasche sollte erst einmal reichen. Reuter ging die paar Schritte und drehte am Knauf. Die Speisekammer war verschlossen.

Aber er brauchte wirklich dringend Wein! Es blieb ihm nur eines: Er musste sich ankleiden und in den Fürstenhof, den Ratskeller oder eine andere Lokalität – gleichgültig welche! Hauptsache, sie hatte geöffnet.

Louise hatte einen Krug mit kühlem Wasser bereitgestellt, sodass er wenigstens eine Katzenwäsche machen konnte, bevor er in seine Kleider schlüpfte. Er kämmte Haupthaar und Bart, band sich sorgfältig die Krawatte, und als er im Alkoven in den großen Spiegel schaute, fand er sich adrett. Niemand würde bemerken, wie es in ihm aussah – zu Beginn eines Anfalls war sein Leiden unsichtbar.

Reuter fühlte eine leise Fröhlichkeit in sich aufsteigen und nahm Hut wie Spazierstock, um sein Äußeres zu vollenden. Mit schon fast leichtsinnig zu nennendem Schwung griff er nach der Türklinke, drückte sie nieder und stutzte. Die Tür ging nicht auf. Auch nicht beim zweiten und beim dritten Versuch: Louise musste sie beim Verlassen der Wohnung von außen abgeschlossen haben. Sie hatte mit einem Anfall gerechnet, und dann war ihr jedes Mittel recht, den Griff nach der Flasche zu unterbinden.

Nicht zum ersten Mal hatte sie ihn eingeschlossen.

Nun war guter Rat teuer. Nach seinem eigenen Schlüssel brauchte er nicht zu suchen, sie war gewitzt genug, ihn gut zu verstecken oder gar mitzunehmen. Da er aber nicht aus dem Fenster klettern konnte, ohne sich der Lächerlichkeit preiszugeben oder gefährlich zu stürzen, überlegte er dennoch, welches Versteck ihr womöglich eingefallen sein könnte. ›Es ist Waschtag. – Ganz sicher hat sie am Morgen schon die Wäsche zurechtgelegt, die in den Zuber soll. – Das wäre fürwahr ein gutes Versteck!‹ Reuter konnte sich durchaus ihr Kalkül vorstellen, dass er gerade dort niemals suchen würde, also tat er genau das.

Obenauf im Wäschepuff lagen die Manschetten, die er am Vorabend getragen hatte. Sie waren beschrieben; wie es aussah nicht mit ganzen Sätzen, sondern mit einzelnen Wörtern. Und da fiel es Reuter wieder ein: Er hatte mit dem Rittmeister auch über die Güter und Dörfer gesprochen, auf denen dieser während seiner Akquisitionstour Station machte, um sich die Bestände an Pferden anzuschauen. Während er austreten war, hatte er die Namen dann mit dem Bleistift auf die Manschetten geschrieben. Glücklicherweise waren sie noch nicht gewaschen worden.

Reuter nahm sie mit ans Fenster, um die heimlichen Notizen besser lesen zu können. Er hatte ganz schön gekritzelt, auch waren einzelne Buchstaben oder ganze Wörter ziemlich verschmiert, sodass es einige Anstrengung kostete, sie zu entziffern. Rödlin, Cammin und Groß Nemerow, hatte er sich aufgeschrieben, auch Prillwitz, Quadenschönfeld, Cölpin und Sponholz sowie Ihlenfeld und Trollenhagen. Orte, die westlich des Tollensesees lagen, kamen nicht vor, also hatte sie Reuter entweder nicht vermerkt oder sie hatten nicht über sie gesprochen. So genau erinnerte er sich nicht an ihr Gespräch, vor allem zum Ende hin wurde sein Geist schwach. Wie auch immer, etwas im Laufe ihrer Zecherei musste seinen Verdacht gegen den Rittmeister oder auch nur sein Unbehagen bezüglich dieser Person angestachelt haben, aber er besann sich nicht darauf, was es gewesen war; vielleicht nur ein eigenartiger Augenaufschlag, ein Blick, eine Geste.

Reuter verstaute die Manschetten in einer Lade seines Schreibtisches und schickte sich an, weiter nach dem Schlüssel zu suchen, aber in diesem Moment hörte er leichte Schritte auf der Stiege, und wenig später machte sich jemand an dem Schloss der Wohnungstür zu schaffen. Reuter lugte in die Diele: Die Tür wurde geöffnet. Marie, das Mädchen, eine ranke Person von gerade achtzehn Jahren, schleppte einen großen Flechtkorb herein. Als sie Reuters ansichtig wurde, zeigte ihre Miene eine gewisse Verlegenheit. Rasch setzte sie den Korb ab, knickste und sagte: »Guten Tag, Herr Reuter!«

»Guten Tag, Marie!«, erwiderte er. Aus dem Treppenhaus ertönte ein »Ach, Fritz ist wach!«, dann erschien seine Frau, die zwei kleinere Körbe in den Armbeugen trug. Aus dem linken ragten drei Laibe grobes Brot, aus dem rechten Kohlköpfe, Erdäpfel, ein paar Zwiebeln und etwas Lauch.

Reuter nahm seiner Frau die Körbe ab, um sie in die Küche zu schaffen, während er dem jungen Ding, das sie ja bezahlten, nicht zur Hand ging. Marie ächzte denn auch demonstrativ, als sie den großen Korb hinterhertrug. Louise setzte sich an den Küchentisch, um zu verschnaufen, und schickte das Mädchen los, die Wäsche in den Hof zu bringen und dort in Seifenlauge einzuweichen. Später würde sie ihr dann mit dem Waschbrett folgen.

Marie tat, wie ihr geheißen, Louise schenkte sich nach einem kritischen Blick auf ihren Mann den kalten Kaffee ein. Dass Reuter nicht gefrühstückt hatte, entging ihr nicht.

»In der Stadt herrscht eine dräuende Stimmung«, sagte sie, nachdem sie die Tasse geleert hatte, »fast könnte man sagen, eine Gewitterstimmung bei hellem, klarem Himmel. Ich weiß nicht, was vorgeht, Tücking, allüberall ist von den Juden und der Judenmühle und dem toten Christkind die Rede. Beim Bäcker, beim Schlachter, bei der Gemüsefrau, alle haben etwas von dem angeblich uralten mosaischen Brauch gehört, zum jüdischen Osterfest das Blut christlich getaufter Kinder in ihre Küchlein zu backen. – Die bösen Worte quellen mir aus beiden Ohren!« Sie seufzte und schüttelte die Kanne, aber sie war leer.

»Es gibt doch gar kein jüdisches Osterfest, Wiesing«, sagte Reuter und setzte sich ihr gegenüber. »Wie auch? Wie sollten die Juden die Auferstehung des Heilands feiern, an den sie nicht glauben? Das wäre très absurde!«

»Ja, wir wissen das. Wenn die Leute vom jüdischen Osterfest sprechen, meinen sie natürlich Pessach. Die Heilsereignisse, an die wir Christen glauben, fielen laut Bibel aber nun mal in eine Pessachwoche, also setzen die weniger gebildeten Leute beide Feste gleich. Wobei sie natürlich das christliche für gut und das jüdische für teuflisch halten. Christkinderblut in Küchlein! Und das im 19. Jahrhundert!« Louise schüttelte heftig den Kopf.

»Ja, was erwartest du? Ernsthaft, Louise, was erwartest du in einem Kleinstaat, in dem die Gutsbesitzer das Patronat über die Landschulen ausüben und die Lehrer nach Lust und Laune entlassen können? Haben die Landstände nicht sogar den

Rechen- und Schreibunterricht zu verhindern versucht, weil weder die Obrigkeit noch die Eltern der Kinder einen Nutzen davon hätten? Die Kinder sollen den Eltern in der Landwirtschaft helfen, mit anderen Worten, sie sollen für den Gutsherren schuften, da brauchen sie doch keine Bildung.« Reuter redete sich in Rage und sprang auf. »Und dann die lächerliche Bezahlung der Dorfschullehrer! Kein Schulmeister kann von seiner Arbeit leben. Und wie üben viele dieser Herren ihr Amt aus? Die Haselgerte ist das einzige Erziehungsmittel! Nein, Lowising, wir können unter diesen Umständen nicht damit rechnen, dass der Aberglaube auf der Eisenbahn davonfährt.«

Louise schob nachdenklich die Kanne hin und her, dann sagte sie: »Wir haben aber immerhin das Großherzogliche Landschullehrerseminar in Mirow. Und wir leben in der Stadt!«

»Es mag sich ja einiges gebessert haben, insbesondere auch unter Großherzog Georg«, pflichtete ihr Reuter bei. »Aber was die Stadt betrifft: Springen hier die Leute nicht mit geschlossenen Füßen über die Schwellen der Häuser? Fürchten sie sich nicht vor schwarzen Katern? Glauben Sie nicht, dass Adebar auf dem Dach baldigen Kindersegen verheißt? Man muss wohl fürchten, dass der Aberglaube unausrottbar ist.«

»Jedenfalls hört man hie und da schon den Ruf nach Vertreibung der Juden. Manche sagen auch, Wismar und Rostock haben es richtig gemacht, weil sie den Juden die Ansiedlung verweigern.« Louise stand auf, ging zu dem großen Korb und schlug das karierte blaue Tuch beiseite, mit dem sie die Einkäufe abgedeckt hatte. Sie nahm ein Säckchen Tee und einen Zuckerhut heraus und stellte beides auf den Tisch. »Das ist schon schlimm genug, denn alle Juden, die ich kenne, tun keiner Fliege was zuleide. Aber am schlimmsten fand ich das Lob des Kaufmanns Pohl.« Sie war zum Korb zurückgekehrt und schaute hinein.

»Wen hat er denn gelobt?«

»Dich.« Louise griff nach der Tüte mit den Kaffeebohnen, die sie ebenso wie Tee und Zucker bei Pohl gekauft haben musste. Die Tüte wurde sofort im Küchenschrank verstaut, im Fach mit der Kaffeemühle.

»Mich? Was gibt es denn an mir im Zusammenhang mit dem bösartigen Geschwätz zu loben?«

»Was meinst du wohl?« Reuters Frau schloss die Schranktür. »Deine Aufsätze im Unterhaltungsblatt über die Handelsvölker – den über die Schacher- und Wucherjuden natürlich vor allem.«

»Verdammt!« Reuter stampfte wütend mit dem Fuß auf. »Mein Pseudonym kann eigentlich nur Verlagsbuchhändler Lingnau gelüftet haben! Aber dass ich jetzt als Judenhasser gelte! Und ausgerechnet bei Pohl!« Mit großen Schritten ging er ins Wohnzimmer, riss vehement die Lade des Vertikos auf, nahm einen ganzen Stapel des Unterhaltungsblattes heraus und warf ihn auf den Rauchtisch. Erregt suchte er nach den Ausgaben von 1855; in einem der Sommermonate hatte die Serie von Aufsätzen begonnen. Da, in der »N° 19« vom 5. August, dort fing es an: »Handelsvölker der Gegenwart. Von Franz Löher«.

Reuter überflog fieberhaft die Seiten. Mit den Orientalen ging es los, dann kamen die Chinesen. ›Der größte Spitzbube aber unter den Asiaten ist der Chinese‹, hatte er geschrieben – das war allgemein bekannt.

Weiter! Die Fortsetzung! »N° 20« vom 12. August 1855. ›Armenier – Griechen – Juden …

Auch der Jude heißt in Europa arglistig und betrügerisch.‹ – wer voreingenommen war wie Pohl und der Pohl'sche Anhang, der merkte sich einen solchen Satz natürlich, und er las auch gar nicht erst weiter, um festzustellen, dass Reuter keineswegs ein Verbündeter im Geiste war. Denn hatte er nicht auch Gutes über die Juden verfasst? Natürlich hatte er: ›Dass ihm die rücksichtslose Bosheit der Armenier und Griechen fehle‹, hatte er geschrieben, ›dass der Jude zu viel Gewissen habe und zu weichherzig sei.‹ Und weiter: ›Gastfreiheit, Duldsamkeit und Großmut‹, billigte er ihm zu. ›Na, bitte!‹ Das war doch weiß Gott kein Aufruf, die Juden zu vertreiben. Oder die letzten Sätze, bevor er sich den »Handelsvölkern auf dem Mittelmeer« widmete: ›Es ist den Juden gelungen, einen großen Theil des Capitals, das im Umlaufe ist, in ihre Hände zu bekommen; die wichtigsten Unternehmungen hängen von ihnen ab, weil sie den Knopf auf den Beutel halten, und ihr eigenthümlicher, bloß nach baarem Gewinn wucherischer Handelsgeist durchdringt das ganze moderne Leben. Natürlich ist hier immer nur von nationalen Neigungen und Anlagen die Rede, denn jeder kennt wohl in seiner Nähe angesehene israelitische Häuser, deren Handels- und Gewerbsunternehmungen ihnen zur Ehre und dem ganzen Lande zum Nutzen gereichen.‹

Reuter atmete auf. Sein Aufsatz war weder boshaft noch feindselig. Er hatte nur wiedergegeben, was über die Natur jüdischer Händler und Bankiers bekannt war. Aus seiner Sicht hatte er schlicht die Wahrheit geschrieben. Dass Kleingeister damit Missbrauch trieben, konnte ihm niemand anlasten.

Und dann blieb immer noch die Tatsache, dass Davidson gar kein Jude war. Aber das wollte manchen, vom Hass getriebenen Menschen nicht in den Kopf. Reuter musste an den

Rittmeister denken: Bei diesen Leuten war wirklich alles Vergangenheit.

Es war kein Vorwand, mit dem sich Reuter der Fuchtel seiner Frau entzogen hatte, sondern er wollte wirklich noch einmal versuchen, mit Stellmacher Walter Kilian ins Gespräch zu kommen. An einem späten Dienstagvormittag würde er sicher in seiner Werkstatt sein oder, sollte er in der Stadt zu tun haben, man könnte dort auf ihn warten. An Wein dachte Reuter nicht, offenbar würde es doch keinen Anfall geben, der ihn wieder tagelang mit dem unwiderstehlichen Verlangen nach dem süßen Gift der Trauben quälen würde. Tobsüchtig konnte er werden, wenn man ihm dann seinen Trunk verweigerte. Heute jedoch schien es noch einmal glimpflich abzugehen, auch wenn er dieses fiebrige Gefühl hatte, diesen Druck im Kopf und auch den pelzigen Geschmack auf der Zunge. ›Kein Wein!‹, das stand für ihn fest.

Wieder traf er Kilian nicht an. Es schien sogar, als wäre er über Nacht nicht nach Hause zurückgekehrt, jedenfalls nicht in seine Hofwohnung in der Kleinen Wollweberstraße, was auch seinen Vermieter verwunderte. Dass Kilian sein Handwerk vernachlässige, sei noch nie vorgekommen, meinte er, aber vielleicht hätten die Stargarder Sangesbrüder nach der Probe zu tief ins Glas geschaut, sodass er einfach zum Schlafen in seiner Heimatstadt geblieben sei. Irgendwann im Laufe des Tages werde er schon eintreffen, um einen gesunden jungen Mann müsse man sich keine Sorgen machen, der gehe nicht unter.

Reuter hatte auch schon gesunde junge Männer untergehen gesehen, aber er sagte nichts, sondern entbot einen ›Guten

Tag!‹ und machte auf dem Absatz kehrt. Obwohl er sich ungleich besser fühlte als nach dem Erwachen, hatte er noch keinen ganz klaren Kopf, und daher war an Arbeit nicht zu denken. Er wollte aber nicht so rasch nach Hause zurückkehren, wo ihn der kritische Blick seiner Frau und ein Schreibtisch erwarteten, der ein vollkommen fühlloses Möbel war und von dem doch manchmal etwas wie Erwartung, Freude oder auch Vorwurf ausging. Reuter beschloss daher, eine Runde bei den Freunden zu machen, sich nach ihrem Befinden zu erkundigen und in Erfahrung zu bringen, was sie denn so von Volkes Stimme gehört hatten. Alle Lokalitäten, in denen Wein ausgeschenkt wurde, wollte er dabei mit Nichtachtung strafen, was in einer kleinen Stadt wie Neu-Brandenburg nicht einfach war. Bereits als er den Markt betrat, lockte schon der Ratskeller.

Doch Reuter blieb standhaft, was ihm durch die Geschehnisse vor dem Großherzoglichen Palais wesentlich erleichtert wurde. Es standen nämlich mehrere Wagen vor dem säulengeschmückten Portikus, keine Equipagen für die Höflinge und höheren Beamten, sondern Transportwagen, aus denen Diener allerlei Hausrat entluden. Über dem Mittelrisalit mit den drei länglichen Bogen- und den drei Rundfenstern war die blau-gelb-rote Flagge Mecklenburgs aufgezogen, die beide Großherzogtümer gemeinsam hatten: Großherzog Georg war also in seiner Sommerresidenz eingetroffen, am belebtesten Platz der Stadt.

Die Marktstände der kleinen Händler und die der Bauern aus dem Umland quollen über von Lebensmitteln wie Eiern, Gemüse, Obst, Geflügel, Fischen oder Fleischstücken in allen Größen, aber auch Töpfer- und Täschnerwaren, Gestricktes und Gesponnenes, Schuhe und Überschuhe wurden feilgeboten. Trotz des Gewimmels von Käufern ging es erstaunlich ruhig zu; nur wenige Händler riefen ihre Waren aus, da die Neu-Brandenburger ohnehin wussten, zu wem sie gehen wollten, sodass sie nicht angelockt werden mussten. Jeder hatte seine Vorlieben, kaufte die frischen Eier vom Bauern Stengel, den Kohl bei Timm und die gute, goldgelbe Grasbutter von Stine Mind aus Sponholz. So hielt es zumindest Louise, die darauf schwor, nur hier wirklich einwandfreie Ware zu erhalten. Die Macht der Gewohnheit war einfach nicht zu brechen.

Reuter schickte sich an, den Marktplatz zu verlassen, um sich zu Malabars Atelier zu begeben, da hörte er hastiges Hufgetrappel hinter sich, begleitet von den Rufen: »Aus dem Weg, Leute! Rasch aus dem Weg!« Er wandte sich um. Ein Distrikthusar sprengte aus südlicher Richtung herbei und versuchte, möglichst rasch durch die engen Gassen zwischen den Ständen zu gelangen, ohne jemanden unter die Hufe zu kriegen. Die Leute sprangen zur Seite und drückten sich gegen die Verkaufstresen, Kinder wurden an die Leiber von Müttern, Mägden oder Ammen gepresst, mancher mochte sogar den Bauch einziehen, damit der Husar ohne Verzögerung passieren konnte, denn offensichtlich trieb ihn etwas Wichtiges an. In Ansehung des kräftigen Braunen, auf dem er ritt, dachte Reuter wieder an die Zecherei mit von Ritzerow. Ihm fiel ein, dass er hatte wissen wollen, wie die vom Rittmeister ausgewählten Remonten zu den Kavallerietruppen nach Preußen kämen. Von Ritzerow führte auf seiner Tour durchs Land keine Tiere mit sich. Die Pferde, so hatte Reuter in Erfahrung gebracht, wurden vom Rittmeister angezahlt und mit einem Brandmal gekennzeichnet. Im Herbst kam dann Wachtmeister Altmann mit ein paar Begleitern, beglich den Rest und trieb die Remonten über die Grenze nach Preußen und dann an ihre Bestimmungsorte. Der Rittmeister selbst war am Abholen der Tiere nicht beteiligt, das war etwas für die Subalternen.

Der Husar stoppte seinen Braunen vor dem Rathaus, sprang ab, befestigte die Zügel an einem der dafür vorgesehenen Ringe und stürmte in den bogenförmigen Eingang. Er nahm sich nicht einmal Zeit, sich den Staub von der Uniform zu klopfen, also hatte er es wirklich sehr eilig. Geradezu unpassend wirkte dieser Eifer in der trotz des Marktbetriebes geruhsamen Stadt, wo man nur schneller ging, wenn ein plötzliches Unwetter einsetzte. Reuter zuckte mit den Schultern, dann verließ er den Markt.

Wilhelm Bahr war nicht daheim, sondern mit seiner Kamera auf den Wällen unterwegs, um Aufnahmen von der Stadtmauer, ihren Türmen und den Wiekhäusern zu machen. Ein Spaziergang auf den Wallanlagen, das schien Reuter genau das Richtige zu sein. An einem Tag wie diesem, wo ihn kein freundlicher Stern zur Arbeit leitete, nahm er sich nun vor, nach Malabar zu suchen. Das dem Atelier nächstgelegene Stadttor war das Friedländer Tor, aber da Bahrs Frau gemeint hatte, ihr Mann habe beim Treptower Tor beginnen wollen, entschied sich Reuter, die Stadt zu durchqueren und dabei noch einmal auf den Markt zu schauen.

Noch immer entluden herzogliche Diener die Planwagen; gerade wurde ein Pianoforte zum Eingang geschleppt, eine wahrhaft schweißtreibende Arbeit. Andere Bedienstete brachten üppig verzierte Silberleuchter ins Palais, auch Tisch- und Bettwäsche sowie ein Gemälde, auf dem das im Schweizer Stil errichtete großherzogliche Jagdhaus im Serrahner Forst dargestellt war, ein Anblick, den Seine Hoheit offenbar an keinem Ort ihres Landes missen mochten, außer vielleicht im Jagdhaus selbst.

Vor dem Rathaus hatte sich inzwischen ein Auflauf gebildet, vorwiegend von Frauen, die Einkaufskörbe trugen, aber auch der eine und andere Herr im Paletot stand dazwischen. Einige Höker und Bauern hinter ihren Ständen widmeten ihre Aufmerksamkeit ebenso dem Geschehen am Rathaus, wo gerade ein offener Zweispänner vorgefahren war, den der Ratskutscher Bergmann lenkte. Stadtrichter Müller, Doktor Brückner und der Husar kamen aus dem Doppelbogen, letzterer schwang sich sofort auf sein Pferd. Müller und Brückner bestiegen die Kutsche, Reuter beschleunigte seinen Schritt und rief nach Brückner, der sich zu ihm umdrehte und die rechte Hand hob, doch dann ließ Bergmann bereits die Peitsche knallen. Der Husar ritt voraus, wieder »Platz da, Leute! Aus dem Weg!« rufend, aber diesmal war es eigentlich nicht nötig, da die Marktbesucher von sich aus zur Seite traten.

Der Reiter und die ihm folgende Kutsche verließen den Platz und gelangten in die Stargarder Straße; von dorther war der Husar auch gekommen. Es war anzunehmen, dass sie zur Stadt hinaus wollten, denn am Ende der Straße befand sich das Stargarder Tor. Ob man vielleicht die Kindsmörderin oder den Kindsmörder gefasst hatte? Aber warum hatte man sie oder ihn dann nicht gleich nach Neu-Brandenburg geschafft? Nein, es musste wieder etwas geschehen sein, das die Anwesenheit eines Arztes und eines Richters notwendig machte, und zwar auf der Neu-Brandenburger Stadtflur.

Reuter wandte sich an einen Mann mit feistem Gesicht, dessen Namen er nicht kannte, von dem er aber wusste, dass er in einer der Straßen nördlich vom Markt wohnte und dort einen Handel mit Gebrauchtwaren betrieb.

»Was ist denn geschehen?«

Statt des Mannes antwortete eine Frau mittleren Alters, deren Haube vor Aufregung verrutscht war, die Gouvernante in irgendeinem guten Hause, wenn Reuter nicht irrte: »Sie haben einen erschossen!«

»Wer hat einen erschossen? Die Husaren?«

»Nein«, sagte der Gebrauchtwarenhändler in ruhigem Ton, »es ist wohl ein Mann im Mühlenholz erschossen worden.«

Reuters Herz begann heftig zu klopfen. Das Mühlenholz, wo es sich so gut wandern ließ, wurde ja nach und nach zu einem blutigen Ort.

»Wer hat denn geschossen?«, fragte er aufgeregt.

»Das weiß man nicht«, sagte ein weiterer Herr, den Reuter noch nie gesehen hatte.

»Es heißt, dass man den Amerikaner erschossen hat«, sagte die mutmaßliche Gouvernante.

Reuter wurde starr vor Schreck. Meinte sie Walter Kilian? Seine Frage kam ihm kaum über die Lippen: »Von wem sprechen Sie?«

»Na, der Stellmacher, der beim Waagenbauer Siebert in der Kleinen Wollweberstraße Aftermieter ist«, sagte sie.

Also Walter Kilian! Reuter wurden die Knie weich. Das durfte einfach nicht sein! Welches üble Schicksal legte ihm nach nur zwei Tagen wieder einen Toten in – oder besser gesagt: neben – den Weg? Neu-Brandenburg war doch eine ruhige Stadt, in der es nur selten ein Verbrechen gab, das die

Gemüter dann jahrelang bewegte. Und nun zwei Morde innerhalb so kurzer Zeit?

Das konnte den stärksten Mann aus der Bahn werfen. Reuter, der nicht das beste Nervenkostüm hatte, eilte wortlos davon. Und er konnte nicht anders, nicht nach dieser erneuten Erschütterung: Er steuerte stracks den Ratskeller an.

Im Ratskeller traf er unvermutet auf Viktor Siemerling, der gemütlich eine Pfeife schmauchte und die Neubrandenburger Zeitung »studierte«, wie er es ausgedrückt hätte. Als er Reuters ansichtig wurde, huschte ein Lächeln über sein Gesicht, und er nickte in Richtung eines der freien Stühle an seinem Tisch. Reuter setzte sich und winkte nach der Bedienung, einer schon älteren Frau mit gekrümmtem Rücken, die für den Wirt einsprang, wenn dieser anderes zu tun hatte. Reuter bedauerte es, denn Ratskellerwirt Adolph Ahlers zählte zu seinen Freunden, und er hätte sich auch mit ihm gern über die blutigen Neuigkeiten ausgetauscht.

»Man schreibt über das tote Kind im Mühlenteich«, sagte Siemerling und tippte auf die Zeitung. »Soll ich vorlesen?«

Reuter nickte und bestellte zugleich einen Schoppen Weißen.

»›Schreckliches Verbrechen im Lindetal‹«, begann der Apotheker.

»Mittlerweile gibt es ein weiteres«, fiel Reuter ihm ins Wort.

Siemerling runzelte die Stirn. »Noch ein Wickelkind?«

»Nein, nein. Der Stellmacher Kilian.«

»Wie?« Siemerling ließ das Blatt sinken. »Der Amerikaner? Im Mühlenteich? Bei Davidson?«

»Ich weiß nichts Genaueres«, sagte Reuter. »Es heißt jedenfalls, er sei erschossen worden. Auch im Mühlenholz.«

Der Apotheker war blass geworden, und auf seiner Stirn bildeten sich kleine Schweißperlen.

»Gott, greift die Mordsucht um sich?«, fragte er. »Und ausgerechnet im friedlichen Tal des Lindenbachs, wo's sich so gut wandern lässt? Muss man von jetzt ab ein Terzerol im Ranzen haben?«

Reuter zuckte mit den Schultern. Er bekam seinen Wein und nahm einen Schluck.

»Lies weiter vor«, bat er dann.

Viktor Siemerling nickte und heftete die Augen auf den Artikel. »›Schreckliches Verbrechen im Lindetal‹«, wiederholte er. »›Am Ostersonntag machten Wanderfreunde aus Neu-Brandenburg im Mühlenholz eine schreckliche Entdeckung, die unsere Vaterstadt bis in ihre geringsten Glieder zutiefst aufgewühlt hat. Ein wenige Tage alter toter Knabe, dessen Mutter noch unbekannt ist, wurde aus dem Mühlenteich der Davidsonschen Papiermühle, die unter der hiesigen Bevölkerung auch als ›Judenmühle‹ bekannt ist, geborgen. Die Stadtbehörde von Neu-Brandenburg hat eine Untersuchung dieser schrecklichen Tat angeordnet, und wir hoffen, dass bald ans Licht kommt, wer für den ruchlosen Kindsmord verantwortlich ist.‹«

»Dreimal das Wort schrecklich in einem so kurzen Text«, bemerkte Reuter und trank abermals. »Und immer wieder ist von der ›Judenmühle‹ die Rede – ich kann es nicht mehr hören!«

»Das ist eben leider ein gefundenes Fressen für die Leute.« Siemerling faltete die Zeitung zusammen und zog lange an seiner Pfeife. »Und nun auch der Stellmacher Kilian! Man kann nur hoffen, dass er nicht bei der Papiermühle umkam.«

Plötzlich kam ein Junge in die Gaststube gesprungen, der vielleicht mit der Bedienung verwandt war, ein Enkel womöglich, denn an die Alte wandte er sich.

»Sie bringen einen Toten aufs Rathaus«, verkündete er. »Man hat ihn erschossen.« Und schon war er wieder draußen.

Die alte Frau mochte einen krummen Rücken haben, langsam war sie nicht. Natürlich trieb sie die Neugierde an. Und fast leichtfüßig stieg sie die Stufen zum Marktplatz hinauf. Auch Siemerling und Reuter verließen ihren Tisch und begaben sich zum Ausgang. Reuter verspürte eine gewisse Schwere in den Beinen, die der Wein verursacht hatte, aber in seinem Kopf herrschte Klarheit.

Die Marktstände waren inzwischen geschlossen, die Karren und Wagen der Höker, Händler und Bauern hatten den Platz verlassen. Als Reuter und sein Freund aus dem Halbdunkel des Ratskellers ins Sonnenlicht traten, mussten sie erst einmal die Augen zusammenkneifen, doch rasch hatten sie sich an die Helligkeit gewöhnt. Von der Stargarder Straße her näherte sich die Kutsche, in der Hofrat Müller und Doktor Brückner saßen, gefolgt von einem Leiterwagen, den zwei starke braune Gäule zogen – was Reuter veranlasste, wieder für eine Moment an den Rittmeister zu denken. Auf dem Leiterwagen lag ein großes graues Tuch, dessen Verwendungszweck nicht zu erkennen war, das sich aber in die Höhe wölbte, sodass man den darunter liegenden menschlichen Körper zumindest erahnte. Eine bunte Menge von Männern, Frauen und Kindern aller Schichten umringten die kleine Prozession, deren Abschluss der Husar hoch zu Ross bildete. Er versuchte mit einer müden und fast verzweifelten Geste, die Schaulustigen zu verscheuchen, ein zweckloses Unterfangen, wie er längst wusste.

Ähnliche Aufläufe wurden zumeist von lauten Äußerungen und von Rufen begleitet, aber der Tod machte die Menschen stumm. Niemand sagte etwas, nicht einmal die Kinder, von denen manche noch nicht lange laufen konnten.

Neu-Brandenburger und Gäste der Stadt, die sich auf dem Markt aufgehalten hatten, wurden auf den Zug aufmerksam und traten näher, wie es auch Reuter und Siemerling taten. Die beiden versuchten, ein Wort mit Brückner oder dem Hofrat zu wechseln, doch der Richter ignorierte sie, während der Arzt ihnen beschied, sie mögen im Ratskeller auf ihn warten. Die Kutsche kam vor dem Rathaus zum Stehen, der Leiterwagen hielt hinter ihr. Der Husar saß ab, drei Ratsdiener eilten herbei. Müller und Brückner begaben sich sofort und ohne sich noch einmal umzuschauen aufs Rathaus, die Diener luden unter polizeilicher Aufsicht das Bündel vom Wagen, darauf bedacht, dass das Tuch nicht verrutschte und den Toten den Blicken der Menge preisgab. Die Schaulustigen bildeten einen Halbkreis um die Wagen. Noch immer war es still auf dem Marktplatz, still wie an einem Sonntagmorgen, wenn alle beim Gottesdienst waren.

Erschüttert von dem, was sie gesehen hatten, kehrten Reuter und Siemerling in den Ratskeller zurück. Wenig später folgte die Bedienstete, die jedem ein Glas Wein brachte, ohne noch die Order abzuwarten. Und das war recht getan, auch Siemerling brauchte einen Schluck.

Reuters Hausarzt wurde eine gute Stunde auf dem Rathaus aufgehalten, um dort dem Richter, aber sicher auch dem Bürgermeister und dem einen und anderen Senator Rede und Antwort zu stehen; es war ziemlich sicher, dass man die Herren zusammengerufen hatte, die an der Spitze der Stadt standen. In der Zwischenzeit erschien Ratskellerwirt Adolph Ahlers in seinem Etablissement, der bestätigen konnte, was Reuter und Siemerling vermutet hatten. Sein Bruder Wilhelm war immerhin seit 1846 Mitglied des Magistrats, und Hofrat Müller hatte einen Ratsdiener nach ihm geschickt, um ihn aufs Rathaus zu bitten.

Als Brückner schließlich ebenfalls aufkreuzte, hatte Reuter so viele Schoppen geleert, dass ihn ein schlechtes Gewissen seiner Frau gegenüber quälte, hatte er ihr doch haushoch versprochen, heute auf Wein zu verzichten. Aber es war nicht zu ändern und er glaubte sich durch die Ereignisse gerechtfertigt, aber das Gewissen ließ sich nicht so einfach überlisten. Gerechtfertigt oder nicht, Reuter fühlte sich nicht gut.

Der Doktor setzte sich zu seinen Freunden und auch Ahlers nahm bei ihnen Platz, denn der wollte selbstredend auch wissen, was bei der Leichenschau herausgekommen war. Er brachte Brückner ein kühles Bier mit, das dieser dankbar leerte. Dann erstattete er den sehnsüchtig erwarteten Bericht. »Man hat dem armen Stellmacher in den Rücken geschossen, eine feige Tat also.« Er schüttelte ebenso angewidert wie betrübt den Kopf. »Er wurde von zwei Schüssen getroffen. Einer zerfetzte die Lunge, der andere blieb im Rückgrat stecken. Es wurde aber wenigstens noch ein weiterer Schuss abgegeben, denn der umsichtige Doktor Müller entdeckte eine Kugel, die in die Rinde einer Erle eingedrungen war. Das Üble: Walter Kilian wurde auf dem Weg zwischen den beiden Papiermühlen getötet und dann im Unterholz versteckt. Man könnte sagen, quasi mit dem Gesicht in Richtung der Mühle der Davidsons. Das wird für eine sehr schlechte Stimmung in der Stadt sorgen.«

»Hat es schon gesorgt«, sagte Reuter.

Siemerling wollte wissen, wer den Leichnam gefunden hatte.

»Hunde haben die Leiche erschnüffelt. Wilhelm Mieth, der Pächter des nahen Gutes Fünfeichen, war im Wald am Lindenbach unterwegs, um Füchse zu erlegen. Die haben wohl in diesem Jahr dermaßen überhandgenommen, dass ihnen immer mehr Kleinvieh auf dem Gut zum Opfer fiel, und dem wollte er Einhalt gebieten. So war er also mit einer Meute unterwegs. Die Hunde sollten die Füchse in ihren Bauen aufstöbern und ihm vor die Flinte treiben …«

»Er war also mit einer Waffe unterwegs!«, fiel Reuter dem Arzt ins Wort.

»Ja, aber was soll das heißen?« Brückner zog die Stirn kraus und rückte an seiner Brille.

»Es ist nur eine Feststellung.«

»Na ja, Fritz, wenn es nur eine Feststellung ist und keine Ausgeburt der dichterischen Fantasie …« Doktor Brückner warf Ahlers einen sehnsüchtigen Blick zu, den dieser sofort verstand. Der Wirt verließ den Gastraum, der Arzt fuhr fort: »Mieth kennt Walter Kilian, weil dieser ab und zu kleinere Reparaturen an den Wagen des Gutes vorgenommen hat, er wusste also sofort, wessen sterbliche Überreste er respektive seine Jagdhunde gefunden hatten. Da er allein war, musste er die Tiere erst einmal zurück aufs Gut bringen und sie in den Zwinger sperren, während er zugleich veranlasste, dass ein Tagelöhner zu dem Distrikthusaren geschickt wurde, der sich sofort auf den Weg nach Fünfeichen machte. Mieth zeigte ihm die …« Brückner unterbrach sich, weil Ahlers mit einem großen Tablett in die Gaststube zurückgekehrt war. Der Arzt erhielt ein frisches Bier, Reuter und Siemerling noch einen Schoppen. Der Wirt selbst hielt sich ans Sodawasser. Er setzte sich wieder, und nachdem er seine Kehle angefeuchtet hatte, nahm Brückner den Faden wieder auf: »Mieth zeigte dem Husaren also die … tja, sagen wir: die Bescherung. Dem Husaren war klar, dass dies ein Fall für das Neu-Brandenburger Gericht ist, also machte er sich rasch auf in die Stadt und zum Rat, wo er Richter Müller antraf, der mich holen ließ. – So war's. Nicht schön! Ganz und gar nicht schön!« Kopfschüttelnd trank er einen weiteren Schluck. Auch der Apotheker und Reuter labten sich.

Sie hatten ihre Gläser noch nicht wieder abgestellt, als die Tür geöffnet wurde und zwei Männer eintraten, die beide mit dem Handel zu tun hatten. Der eine versorgte seine Kunden mit Milch und Butter, der andere war der Kolonialwarenhändler Hermann Pohl. Reuter duckte sich, als er ihn sah, aber es war zu spät, Pohl kam sofort mit demonstrativ betrübter Miene und den Worten »Hat denn der Schrecken nimmermehr ein Ende?« auf ihn zu.

Reuter konnte diese Frage nur schwer beantworten; zumindest galt das für den Zusammenhang, den Pohl meinte. In allgemeiner Hinsicht dagegen unterlag es keinem Zweifel, dass der Schrecken kein Ende hatte. Reuter entschied sich, bloß mit den Schultern zu zucken, während Adolph Ahlers sich erhob und die beiden neuen Gäste an eine Tafel weit fort vom Stammtisch komplimentierte. Pohl beharrte nicht auf einer Antwort, wohl weil er nur eine rhetorische Frage gestellt hatte. Reuter war froh, dass ihm erspart blieb, für seinen Artikel über die Juden vor dreien seiner Freude gelobt zu werden. Erleichtert stürzte er seinen Wein hinunter. Vom Marktplatz drangen plötzlich Rufe in die Gaststube, es hörte sich wie »Feuer!« an, und alle Anwesenden wechselten erschrockene Blicke. Aber erst, nachdem Ahlers ein Fenster aufgesperrt hatte, waren die Rufe deutlich zu vernehmen: »Feurio! Feurio!«, hörten die Zecher, und jedermann erstarrte. »Feurio! Die Judenmühle brennt!«

Der Brandruf hatte sich anscheinend in Windeseile durch ganz Neu-Brandenburg verbreitet, denn eine große Menge wälzte sich durch das Stargarder Tor ins Freie. Doktor Brückner hatte seinen Wagen geholt, aber schon in der Stargarder Straße war kein Durchkommen mehr, sodass man sich entschloss, wie alle anderen zu Fuß zu gehen. Reuter war gerade ausgestiegen, als er seine Frau aus dem Fürstenhof treten sah, was nur bedeuten konnte, dass sie nach ihm gesucht hatte. Am liebsten wäre er in der Menge verschwunden, aber sie hatte ihn bereits erspäht, weil sie ihren Blick auf Brückners Kutsche gerichtet hatte, neben der er stand. Louise winkte, er winkte zurück und versuchte, zu ihr zu gelangen, was gar nicht so einfach war. Er musste zwar nicht gegen den Menschenstrom angehen, aber durch ihn hindurch. Zwei Schuhmacher, nach Aussehen und Alter zu urteilen vielleicht Vater und Sohn, schoben sich an ihm vorbei; sie hatten nicht einmal ihre Schürzen abgenommen, damit sie rechtzeitig das feurige Spektakel erreichten und nichts von ihm verpassten. Ihnen folgte eine Gruppe armselig gekleideter Knaben, dann eine höhere Tochter mit ihrer Erzieherin, die zu den schmutzigen Jungen Abstand hielten, sodass sich Reuter zu seiner Frau zwängen konnte. Louise griff nach seinem Arm und hielt sich an ihm fest.

»Mein Gott, Fritz, was geschieht uns?«, fragte sie entsetzt.

›Kein Tücking zwar, aber auch kein Friedrich‹, Reuter atmete innerlich auf. »Ich weiß nicht.« Er strich sacht eine vorwitzige Haarsträhne unter ihre Haube zurück. »Du hast mich wohl gesucht?«

Louise nickte. Inzwischen hatten sich auch Siemerling und der Arzt zu ihnen gesellt. Die Leute, die ihnen ausweichen mussten, bedachten sie nicht allein mit wütenden Bemerkungen, sondern auch gelegentlich mit einem Stoß.

»Eine meiner Schülerinnen brachte mir die Nachricht vom …«, Louise senkte die Lider, »… vom Ableben dieses Stellmachers. Kilian?« Reuter nickte.

Man widerstand dem Strom nicht länger, sondern ließ sich von ihm zum Tor tragen. Louise klammerte sich regelrecht an Reuters Arm. »Ich habe die Stunde abgesagt, um dir Bescheid zu geben. Aber wahrscheinlich hast du die Nachricht sogar eher erhalten als ich? Du warst ja bei ihm …« Sie schüttelte den Kopf, entsetzt über all die unvorstellbaren Dinge, die sich innerhalb von so kurzer Zeit ereignet hatten. »Als ich den Kirchplatz überquert habe, hörte ich dann auch von dem Feuer. Es war gar nicht so einfach, sich zum Fürstenhof durchzuschlagen. Wo warst du denn nur?«

»Im Ratskeller.« Das konnte Reuter zugeben, seine Frau war ihm nicht böse. »Mit Viktor. Wir haben auf Brückner gewartet, der den Toten untersucht hat.«

»Sag nichts! Ich will nicht mehr hören!« Louise schaute an Reuter vorbei zu dem Arzt, der – war es Zufall? – seinerseits zu ihr sah, sodass sich ihre Blicke trafen.

»Wollen Sie wirklich mit uns kommen?«, erkundigte sich Brückner.

»Mir bleibt fast nichts anderes übrig«, erwiderte Louise. »So, wie man geschoben wird.«

Nach dem Stargarder Tor, das sich als ein Nadelöhr erwies, konnte man zügiger ausschreiten. Von hier ging es immer die Linde entlang, vorbei an der Heidmühle und der Hintersten Mühle mit ihren Teichen zur Krügerschen Papiermühle, wo der alte Inhaber auf einen Stock gestützt am Zaun stand und den Zug der Schaulustigen mit finsterer Miene begleitete, neben sich einen zottigen Hund, der knurrte, und ein kleines, freudestrahlendes Kind, das gar nicht begriff, was vorging. Womöglich war es der Enkelsohn.

Obwohl die Mühle des Daniel Davidson noch etliche Ruten entfernt war, roch es längst nach Brand. Schwarze Flocken tanzten in der Luft, und es dauerte gar nicht lange, da war auch das furchterregende Rauschen des Feuersturms zu hören, das Reuter den Atem verschlug.

Die Menge wurde immer langsamer, was darauf hindeutete, dass man das Ziel demnächst erreichen würde. Louise sprach überhaupt kein Wort. Doktor Brückner wies nur einmal nach rechts ins Unterholz und flüsterte Reuter zu, dass man ungefähr hier den Leichnam des Walter Kilian gefunden habe. Einige Wegbiegungen waren noch zu passieren, dann sah man hinter den Bäumen am Ufer die ersten Flammen, die hoch in den Himmel schlugen. Sie machten einen unbeschreiblichen Lärm, der alle Rufe der Menschen übertönte, sogar die lautesten Entsetzensschreie.

Wohl schon vierzig, fünfzig Leute drängten sich wie gelähmt aneinander, Männer wie Frauen, Alte wie Junge, dazwischen auch Kinder und Halbwüchsige, die allesamt zusahen, wie die Mühle und das Wohnhaus ein Opfer der Flammen wurden, während die Nebengebäude und Stallungen bisher verschont geblieben waren. Jemand hatte das Vieh retten können, Gänse, Hühner, drei Milchkühe und ein paar Ziegen, und hatte sie auf die Wiese am Mühlenteich getrieben, während kein Pferd zu sehen war; vermutlich waren die scheuen Tiere, kaum dass man ihren Stall geöffnet hatte, auf und davon gelaufen, und erst in den nächsten Tagen würde man sie wieder einfangen können. Es gab allerdings nicht nur Zuschauer im Lindetal, sondern es hatten sich auch einige wenige Helfer gefunden, die mit Eimern versuchten, den Brand zu löschen. Wasser war genug vorhanden, aber es fehlte an Behältnissen, um es zu schöpfen. Zwei Gendarmen waren unter den eifrigsten Rettern, aber auch ein paar ganz gewöhnliche Menschen taten, was sie konnten – und das war nicht viel.

Der Knecht Harms und ein Papiermacher waren zu sehen. Mit Schaufeln schippten sie, in der verzweifelten Hoffnung, die Flammen ersticken zu können, Sand in die Fenster der Mühle. Auch Daniel Davidson war mit einer Schaufel bewaffnet, aber er hatte wohl die Sinnlosigkeit des Unterfangens eingesehen und benutzte sie nur noch, um sich auf sie zu stützen. Tränen liefen über seine rußgeschwärzten Wangen. Am Wegrand hockten seine Frau und die Magd Hannah Jungblut, die sich in ihrer großen Not umklammert hielten. Auch sie weinten. Völlig apathisch saß der junge Davidson neben der Mutter und starrte auf seine Hände, die schwarz waren wie das Gesicht des Vaters.

Ohne ein Wort zu sagen, legte Doktor Brückner seinen Gehrock ab, krempelte die Ärmel seines blütenweißen Hemdes auf und schob ein paar Zuschauer beiseite, um näher an den Unglücksort zu gelangen. Auch Reuter musste nicht lange überlegen. Er reichte seinen Rock und die Weste Louise, die ihn zwar zuerst entgeistert ansah, ihm dann aber doch beistimmend zunickte; noch immer fehlten ihr die Worte. Viktor Siemerling überlegte etwas länger, aber schließlich folgte er dem Beispiel der Freunde, die sich zum Mühlenteich begaben: Den Mangel an Hilfsgerät konnten sie nicht ausgleichen, den an Helfern schon. Zumindest versuchten sie es, indem sie den erschöpften Gendarmen die Eimer entwanden und selbst Wasser trugen. Die Eimer gingen von Hand zu Hand, bis sie am Ende der Kette zu einem weiteren Papiermacher gelangten, der das Wasser durch ein geborstenes Fenster mit großem Schwall in das Mühlengebäude schüttete. Reuter, der die Eimer von Brückner erhielt, geriet rasch ins Schwitzen, aber er biss die Zähne zusammen, auch wenn die aus dem Dachstuhl lodernden Flammen ihm die Hoffnung nahmen: Der Wasserschwall aus den Eimern war noch weniger als der sprichwörtliche Tropfen auf den heißen Stein.

Ein plötzlicher Schrei ließ alle innehalten. »Marthe!«, lautete er. Reuter wusste gar nicht, was er zu bedeuten hatte, aber der Schrei fuhr ihm dermaßen durch Mark und Bein, dass er den Eimer, den er gerade in Empfang genommen hatte, beinahe hätte fallen lassen. »Marthe!«, wiederholte eine eindeutig weibliche Person mit durchdringender Stimme. Zuerst begriff Reuter nicht, woher der Schrei stammte, aber dann sah er die Magd Hannah Jungbluth, wie sie mit erhobenen Armen vor der Front der Zuschauer stand. Die ganze Szenerie hatte etwas Unwirkliches. Offenbar war die junge Frau aus einem Schockzustand erwacht. In diesem Augenblick war ihr etwas ganz und gar Entsetzliches zu Bewusstsein gekommen: »Marthe ist ja noch im Haus!«

Ganz gegen ihre Gewohnheit war Louise mit in den Fürstenhof gekommen, wo sie inmitten der Männer saß, die zum Freundeskreis ihres Gatten gehörten; ja, sie hatte sogar ein Glas Wein vor sich, an dem sie bisher allerdings nur genippt hatte. Zu ihrer Rechten hatte sie Reuter, links Viktor Siemerling. Ihnen gegenüber saßen Doktor Brückner und Wilhelm Bahr, der natürlich auch von dem Feuer in der Papiermühle erfahren hatte und etwa eine halbe Stunde später mit der schweren Kamera über der Schulter an der Brandstätte eingetroffen war. Er konnte ein paar Aufnahmen machen; Reuter war sicher, dass er sie nie würde anschauen wollen, zu sehr hatten ihn die Geschehnisse der letzten Tage angegriffen, das Feuer vor allem. Denn nicht nur Marthe Kliefoth war noch in dem Haus gewesen, sondern auch der Papiermachermeister Börner. Beide waren verbrannt, überraschenderweise im Zimmer der Magd, doch niemand mochte darüber nachdenken, was das zu bedeuten haben konnte.

Alle in der Runde sahen mitgenommen aus, sie waren schmutzig und zerzaust. Über Doktor Brückners Stirn etwa zog sich ein fingerbreiter Streifen Ruß, auf den Reuter unentwegt starrte, aber er brachte es nicht über sich, den Arzt darauf hinzuweisen. Es war nicht wichtig. Welche Alltäglichkeiten wie saubere Kleidung und gewaschene Stirnen hatten noch eine Bedeutung angesichts von vier Toten innerhalb von drei Tagen? Würde das Leben in der Vorderstadt Neu-Brandenburg überhaupt weitergehen? Natürlich würde es das, es war ja sogar nach Kriegsverwüstungen weitergegangen. Im Moment erschien es Reuter allerdings unmöglich, dass es wieder einen Wochenmarkt geben würde, dass Louise ihre Schülerinnen in Empfang nahm, dass er an »Kein Hüsung« schrieb. Angesichts des vierfachen Todes erschien alles so sinnlos.

»Der arme Davidson«, seufzte Louise neben ihm. Das waren die ersten drei Worte, die in der letzten Viertelstunde gesprochen worden waren.

»Vielleicht hat es jemand auf ihn abgesehen«, sagte Malabar leise, wobei er die Stimme nicht gesenkt hatte, weil er Lauscher fürchtete, sondern weil er bedrückt war. »Man schiebt ihm ein totes Kind unter, dann zündet man seine Mühle an – und nicht nur sie.« Kälte schüttelte ihn, obwohl es im Gastraum des Fürstenhofes keineswegs kalt war.

Wieder wurde geschwiegen. Die Männer erhoben ihre Gläser, prosteten sich aber nicht zu. Louise legte ihre Hand auf die ihres Mannes, nicht um ihn vom Trinken abzuhalten, sondern um sich an ihr festzuhalten. In diesem Moment ging die Tür auf und der Rittmeister von Ritzerow trat ein. Woher auch immer er kam, seine Uniform sah tadellos aus, also hatte sein Adjutant wieder ganze Arbeit geleistet. Ohne sich mit Förmlichkeiten aufzuhalten, trat er zu Reuters Tisch. Er wirkte ziemlich betrübt.

»Ich habe es gehört«, sagte er. »Darf ich?« Er deutete auf einen von drei noch freien Stühlen. Wilhelm Bahr nickte, dann auch Brückner und Reuter. Der Rittmeister nahm Platz. Sogleich war der Wirt zur Stelle. »Schaff Er auch mir Wein! Speisen werde ich später – wenn überhaupt.«

Der Wirt dienerte und verschwand wieder. Von Ritzerow wandte sich an niemanden direkt, als er sagte: »Jeden Abend eine neue Hiobsbotschaft. Und dabei sind mir beide Mecklenburg als ausgesprochen friedlich bekannt.«

»Tja«, sagte Siemerling. Was sollte man auch anderes erwidern? Niemand verstand doch, was vorging.

Reuter musterte den Rittmeister aus den Augenwinkeln, und seine Gedanken begannen zu kreisen. Es war wohl die

Anspannung, die seine Einbildung zu seltsamen Blüten trieb. Rittmeister von Ritzerow sah wirklich aus, als würden ihn die Ereignisse nicht unberührt lassen. Reuters Gedanken jedoch drehten sich immerfort um dessen außergewöhnliches Feuerzeug.

Viertes Kapitel

Mittwoch, 15. April 1857

Reuter spürte, dass er wieder nicht würde arbeiten können, weil in seinem Kopf zu viel Ballast steckte. Der Abend im Fürstenhof war für ihn ohne irgendetwas Erinnernswertes zu Ende gegangen: Zuerst hatte sich Doktor Brückner verabschiedet, dann hatte auch Louise darauf bestanden, zu gehen. Siemerling und Bahr waren mit dem Rittmeister zurückgeblieben, aber Reuter konnte weder wissen, wie lange sie es miteinander ausgehalten hatten, noch ob sie etwas besprochen hatten, dass über ein gelegentliches »Tja« hinausging.

An diesem Morgen frühstückte er mit Louise, aber so recht wollte kein Gespräch aufkommen. Sie sagte ihm, dass sie am Vormittag Gardinen umnähen wolle; das war unzweifelhaft eine sehr wichtige Tätigkeit, aber er mochte dennoch keine Anteilnahme aufbringen. ›Warum nähte man Gardinen um? Warum ertränkte man kleine Kinder und schoss einem Stellmacher in den Rücken? Warum war die sogenannte Judenmühle in Flammen aufgegangen? Warum hatten Marthe Kliefoth und Paul Börner es nicht geschafft, sich in Sicherheit zu bringen? Was hatte der Meister überhaupt auf dem Zimmer der Magd zu suchen? Vor allem aber: Warum nähte man Gardinen um?‹

Reuter sprang auf. Er liebte die Behaglichkeit ihres kleinen Haushaltes so sehr – und doch hielt er sie manchmal nicht aus. Bisweilen kam es ihm ganz und gar unglaublich vor, dass es gleichzeitig eine Weltgeschichte gab, Revolutionen und Gegen-Revolutionen, schwere Verbrechen und das Umnähen von Gardinen. Nur – und das sah er ja auch ein – wer seine Fenster schmücken oder wer es in Mondscheinnächten in der Wohnung dunkel haben wollte, durfte sich von der Weltgeschichte nicht aufhalten lassen, ja, nicht einmal von Morden vor der Haustür.

»Ich mache einen kleinen Spaziergang, um meinen Kopf auszulüften.« Reuter beugte sich zu seiner Frau und küsste sie auf die Stirn. »In einer Stunde bin ich zurück.«

Sie schaute zu ihm auf. »Und arbeitest du dann?«

»Ich will es versuchen. Aber, mein liebes Wiesing, im Moment …« Er schaute sich nach seinen Manschettenknöpfen um, bis ihm einfiel, dass sie nur auf dem Nachttisch liegen konnten. »Mir fehlt es an innerer Ruhe. Meine Gedanken schweifen in alle Richtungen und es gelingt mir nicht, ihnen Zügel anzulegen.«

»Mir geht es ja auch so«, gab Louise zu. »An Schlaf ist kaum zu denken. Obwohl ich nicht dabei war, sehe ich immerzu das kleine Balg im Mühlenteich liegen – und das grauenvolle Feuer! Es ist schlimm!« Sie stand ebenfalls auf, wenn auch nicht so schwunghaft wie er, begab sich ins Schlafzimmer und kehrte schon nach einer Minute zurück, in der linken Hand seine Manschettenknöpfe, in der rechten eine Revue de Paris. »Aber du musst arbeiten, Tücking. Denk an deinen Vertrag mit Kunike. Weißt du, geh doch zu Siemerling und lass dir ein Mittel geben, das deine Gedanken beruhigt. Baldrianwurzel vielleicht? Und bring für mich etwas gegen Kopfweh mit.«

»Hast du wieder Kopfweh?«, fragte er mitfühlend. Dies war ein Leiden, das sie so häufig quälte, dass man es ihr nur noch selten ansah. Louise nickte nur, und zwar sehr behutsam.

»Du kannst dann gleich die Revue mitnehmen«, fuhr sie fort. »Ich bin mit ihr fertig.«

»Die Revue mit den Hysterikerinnen?«, versuchte er, sie aufzumuntern. Louise nickte noch vorsichtiger, aber sie lächelte nicht einmal.

Viktor Siemerling arbeitete und wohnte als Inhaber der Neuen Ratsapotheke und des Kaufmannsgeschäftes, die er beide von seinem Vater übernommen und denen er noch ein Bankhaus hinzugefügt hatte, in bester Lage am Markt. An diesem Vormittag war er allerdings weder in der Apotheke noch in seinem Kontor noch in der Wohnung anzutreffen. Er hatte sich, wie Reuter von dessen Frau erfuhr, zu Wilhelm Bahr begeben, wo er Fotografien anschauen wollte. Reuter wollte sich rasch der Revue de Paris entledigen und ihm folgen, aber Ottilie Siemerling, eine geborene Lüders aus Malchin und ein ansehnliches Frauenzimmer von gerade dreißig Jahren, ließ eine so kurze Stippvisite nicht zu. Wenigstens eine Tasse Kaffee musste er mit ihr trinken; das war nur recht und billig. Von ihrem Mann war Ottilie zwar ins Bild gesetzt worden, aber sie wollte auch Reuters Sicht der Dinge erfahren, und so wurden aus der einen Tasse drei. Schließlich waren ihr Wissensdrang und wohl auch ihre Neugierde befriedigt, und Reuter übergab ihr die französische Zeitschrift, die er die ganze Zeit in der Hand gehalten hatte.

»Was, Louise hat sie schon durch?« Ottilie Siemerling nickte anerkennend. »Ich bewundere sie, denn ich brauche mindestens doppelt so lange.«

»Na ja, vielleicht liest sie nicht alles.«

»Doch, das tut sie. Jedenfalls alles, was auch mich interessiert. Wir sprechen ja darüber.«

Reuter schmunzelte. »Diesmal muss sie ein Aufsatz über Hysterikerinnen besonders gefesselt haben …«

Ottilie Siemerling nickte eifrig. »Das ist in der Tat eine ungewöhnliche Geschichte. In einem Alpendorf namens Morzine sind inzwischen nicht nur fast alle gleichaltrigen Mädchen dem Wahn oder der Hysterie verfallen, sondern auch ältere Frauen. Man könnte sagen, beinahe die gesamte Weiblichkeit von Morzine, wo sich normalerweise Fuchs und Hase gute Nacht sagen, ist außer Rand und Band.«

»Gott, das hört sich wirklich beunruhigend an«, sagte Reuter und fügte mit einem Lächeln hinzu: »Solange es sich allerdings nur auf ein Nest in den französischen Alpen beschränkt, müssen wir uns in Neu-Brandenburg wohl noch keine Gedanken um unsere Frauen und Mädchen machen.«

»Mein lieber Reuter«, erwiderte Ottilie Siemerling, »Männer müssen sich immer und überall Gedanken um die holde Weiblichkeit machen. Ich möchte meinen, dass die Frauen von Morzine sehr unglücklich sind. Ihr Toben und ihre Beschimpfungen sind nur ein Ausdruck dieses tiefen Unglücklichseins.«

Viktor Siemerlings Frau hatte Reuter eine harte Nuss zu knacken gegeben, denn während er den Markt überquerte und auch auf dem weiteren Weg zu Malabar grübelte er darüber nach, warum Louise sich ausgerechnet in einen Artikel über unglückliche Frauen so sehr vertieft hatte.

Reuter hatte Bahrs Photographisches Studio erreicht und schob diese Gedanken schnell fort. Viktor Siemerling saß im

Atelier, wo an den Leinen die Aufnahmen von der Brandstätte trockneten, Bahr breitete vor ihm Bilder aus. In der rechten Hand hielt der Apotheker ein Vergrößerungsglas, aber im Moment galt seine Aufmerksamkeit dem soeben eingetretenen Reuter. Auch Bahr wandte sich ihm zu.

»Moin, Pillendreiger!«, grüßte dieser. »Moin, Malabar!«

»Moin, Skribent!«, entgegnete Siemerling. Wilhelm Bahr nickte nur. »Du lässt deinen Schreibtisch mal wieder im Stich?«

Reuter zuckte mit den Schultern und ließ sich auf einen Stuhl fallen. »Ich war schon in deiner Apotheke, denn Louise braucht etwas gegen ihr Kopfweh.« Dass auch er etwas brauchte, verschwieg er. »Ottilie schickte mich hierher und sagte, du wolltest dir fotografische Aufnahmen ansehen?«

Siemerling nickte und deutete mit dem Vergrößerungsglas auf das gute Dutzend Bilder, das vor ihm auf dem runden Tisch lag, der mit einem goldbraunen, mit Troddeln versehenen Samttapet bedeckt war.

»Wir, also Malabar und ich, hatten ja gestern noch die Ehre eines etwas längeren Gespräches mit dem Herrn von Ritzerow«, erklärte er. »Ein Gespräch über Gott und die Welt, über Pferde und die friedliche Stille Mecklenburgs – auch ein wenig über Frauen, aber das ist kein Thema, mit dem man im Rittmeister Leidenschaften entzünden kann.«

»Hat er nicht sogar Totenstille gesagt?«, warf Bahr ein.

»Du meinst, in Bezug auf Mecklenburg? Ich glaube.« Siemerling betrachtete Reuter durch das Glas, das sein Auge riesig werden ließ. »Jedenfalls bestellte er noch einen kleinen Nachtimbiss und empfahl sich dann. Wilhelm und ich saßen noch ein Weilchen, und da erfuhr ich, dass du, Fritz, einen

Verdacht gegen von Ritzerow hegst? Weil er auf einer der Aufnahmen, die Wilhelm am Sonntag gemacht hat, grinst? Davon wollte ich mich höchstpersönlich überzeugen.«

Reuter wandte seine Aufmerksamkeit für einen Moment den Aufnahmen zu, die Bahr von der brennenden Papiermühle gemacht hatte. Da es bereits zu dämmern begonnen hatte, hatte er eine lange Beleuchtungs- oder Belichtungszeit nehmen müssen; die korrekte Bezeichnung wusste Reuter nicht genau, aber er wollte nicht fragen, um sich einen Vortrag zu ersparen. Menschen waren kaum zu erkennen, höchstens als Schemen, während die Gebäude und die aus Dächern und Fenstern schlagenden Flammen deutlich zu sehen waren. Eigenartig war, dass die Katastrophe, abgebildet in Schwarz- und Grautönen mit weichen Übergängen, fast malerisch wirkte. Irgendetwas Auffälliges oder Verdächtiges fand Reuter nicht, also kehrte er mit seiner Aufmerksamkeit zu Siemerling zurück und fragte ihn: »Zu welchem Schluss bist du gelangt?«

»Wie sagt man so schön: ›En Jud makt keenen Johrmark.‹ Und ein Grinsen oder Lächeln noch keinen Verbrecher.« Siemerling legte das Glas auf die Bilder.

»Aber wie kann man lächeln angesichts eines toten Kindes?«

»Tja, ich weiß es nicht.« Der Apotheker zupfte an einer Troddel. »Was in den letzten Tagen geschehen ist, das ist niederdrückend. Aber der Hofrat und die Landgendarmerie werden den Übeltätern schon auf die Schliche kommen. Nach meiner unmaßgeblichen Ansicht haben wir es mit mehreren Bösewichtern zu tun. Wir sollten uns nicht anderer Leute Köpfe zerbrechen.«

»Aber du bist hergekommen, Viktor, um dir die Aufnahmen anzusehen«, meinte Reuter, »also kreisen deine Gedanken doch auch um die Verbrechen. Auch dir lassen sie keine Ruhe. Gibs nur zu!«

»Du bist mir der rechte Großinquisitor, Fritz.« Siemerling erhob sich mit einem Lächeln. »Ja, ich gestehe. Wem können vier auf unnatürliche Weise umgekommene Menschen gleichgültig sein? Und dann starben sie quasi vor der Haustür, ja, sogar auf unserem Weg.«

Reuter hatte einen spontanen Einfall, den er sofort äußerte: »Wollen wir uns die Brandstätte anschauen?«

»Was erwartest du zu finden?«

»Ich weiß nicht.«

Wilhelm Bahr war nach kurzem Nachdenken dafür: »Ich könnte noch einige Aufnahmen von den Ruinen machen.«

Siemerling fuhr sich durch den Bart, dann nahm er seinen Gehstock, den er an den Stuhl gelehnt hatte.

»Ich weiß nicht, willst du diese traurigen Zeichen menschlichen Elends wirklich für die Ewigkeit auf deine Platten oder Papiere bannen? Wie heißen die noch mal?«

»Es gibt verschiedene«, Malabars Augen begannen zu leuchten, »so das Salzpapier, das Albuminpapier, das …«

»Schon gut, schon gut!« Siemerling winkte ab. »Wir wissen, dass sich in der Lichtbildnerei Kunst und Wissenschaft aufs Glücklichste vereinen. Darüber hast du schon sehr oft referiert …«, er hüstelte, »… sehr eindrucksvoll referiert.«

»Und eindrücklich«, warf Reuter ein.

»Um nicht nachdrücklich zu sagen.«

»Jedenfalls hat er nachdrückliche Eindrücke hinterlassen«, sagte Reuter.

Bahr verzog das Gesicht, sagte aber nichts. Er nahm die Bilder vom Tisch, ging zu einem Schränkchen, das unterhalb eines der Fenster stand, öffnete dessen mittlere Lade und verstaute die Aufnahmen. Das Vergrößerungsglas kam in ein Futteral und folgte den Fotografien. Nachdem er die Lade wieder geschlossen hatte, schaute er seine beiden Freunde erwartungsvoll an.

»Wenn wir deinen Kasten mitnehmen wollen, brauchen wir einen Wagen«, meinte Reuter.

»Kasten?« Jetzt sah Malabar direkt beleidigt aus. »Gestern habe ich ihn auch geschleppt.«

Reuter blickte nun zu Siemerling und sagte: »Diese schweißtreibende Beschäftigung möchte ich dir nicht noch einmal zumuten.«

»Ihr dachtet an meinen Wagen?«

»Ich habe jedenfalls keinen«, sagte Reuter.

»Was auch für mich gilt«, ergänzte Bahr.

»Und soll es auch ein Pferd sein?«

»Ein böses Grinsen macht keinen Verbrecher«, erinnerte Reuter an den von Siemerling zitierten Spruch, »… und ein Wagen allein fährt nicht.«

Natürlich war Viktor Siemerling von Anfang an bereit gewesen, Pferd und Wagen zur Verfügung zu stellen; es war nur ein Spiel unter Freunden, dass er sich einen Augenblick bitten ließ. Nachdem Bahr seiner Frau Bescheid gegeben hatte, verließen die drei Männer das Haus. Bevor sie das Ende der Friedländer Straße erreichten, waren wieder Geschrei und Gejohle aus Richtung des Marktes zu vernehmen, was sie veranlasste, fragende Blicke zu wechseln.

»Diese Volksauftritte werden ja allmählich zur Manie«, meinte Siemerling.

»Hoffentlich nicht noch ein Mord!«, rief Reuter aus.

Wenige Minuten später betraten sie zwischen Palais und Rathaus den Markt. Von der Stargarder Straße her näherte sich ein Zug von Menschen, die den Stadtrichter Müller und fünf Landgendarmen begleiteten, die wiederum drei an den Händen gefesselte junge Männer in ihre Mitte genommen hatten. An den Straßenrändern hatten sich ebenfalls ein paar Müßiggänger beiderlei Geschlechts versammelt; in einer Stadt wie Neu-Brandenburg sprachen sich Neuigkeiten einfach sehr schnell herum.

Die drei jungen Männer, zwischen Mitte zwanzig und dreißig Jahren alt, waren als Maulhelden und Krawallmacher in der ganzen Stadt bekannt. Sie wechselten häufig ihre Stellung, weil sie keine Arbeit länger als ein paar Tage aushielten, und oft waren sie beschäftigungslos, ohne Hunger zu leiden, was die Vermutung zuließ, dass sie sich auch auf unlautere Weise ihre Existenzmittel verschafften. Das einzig Stabile in ihrem Leben war der Trunk. Reuter erinnerte sich, sie schon des Öfteren in der Schankstube der Hintersten Mühle beim Zechen gesehen zu haben, wobei es immer lautstark zuging.

Man musste sich nur bei einigen Umstehenden erkundigen, um in Erfahrung zu bringen, warum die drei Radaubrüder in Fesseln nach Neu-Brandenburg geführt worden waren: Ihnen wurde vorgeworfen, die Papiermühle angezündet zu haben. Zuzutrauen war es ihnen. Die aufgeheizte Stimmung in der Stadt nach dem Fund der Kinderleiche konnte in ihren Hirnen, vor allem, wenn diese durch Bier und Bitteren vernebelt waren, durchaus zu dem Vorsatz geführt haben, dem »christkindermordenden Juden« eins auszuwischen, und zwar derart, dass er sich nicht mehr von dem Schlag erholte. Das Überraschende war nur, dass man ihnen so schnell auf die Schliche gekommen war.

Siemerling, immerhin ein einflussreicher Mann in der Stadt, versuchte, zu dem Richter zu gelangen, um von ihm Auskunft zu erhalten, Reuter und Bahr begaben sich in sein Schlepptau. Das Publikum, das sich immer zahlreicher einfand, war gespalten: Viele äußerten ihren Abscheu, was Reuter den Neu-Brandenburgern zur Ehre anrechnete. Es gab aber auch Rufe wie »Bravo! Recht getan!« oder »Die Juden muss man alle ausräuchern!«, »Die drei haben einen Orden verdient!« oder »Solche Helden brauchen wir!«. Aber das war eine Minderzahl, die empörte Bürger mit Pfuirufen und anderen Äußerungen des Unmuts zu übertönen suchten.

Siemerling war schon nahe bei Doktor Müller, der die Brandstifter ohne Zweifel zum Verhör aufs Rathaus bringen wollte, als plötzlich aus der Menge ein lautes »Serenissimus!« ertönte. Männer aus dem einfachen Volk lüpften ihre Mützen, gehobenere Herrschaften nahmen die Hüte oder gar ihren Zylinder ab, sofern sie einen trugen. Die Blicke der Anwesenden richteten sich nach und nach auf das Palais. Müller, die Gendarmen und die Gefangenen blieben stehen, auch sie schauten zur Großherzoglichen Sommerresidenz, und ebenso taten es Reuter und seine zwei Freunde.

Auf dem Balkon über dem Portikus stand nahe am Geländer, angetan mit einer dunkelblauen Uniform, auf deren Brust mehrere Orden prangten, der Großherzog von Mecklenburg-Strelitz. Georg, Bruder der legendären preußischen Königin Louise und Onkel des derzeitigen Regenten von Preußen, hielt sich trotz seiner bald 74 Jahre sehr aufrecht. Wegen der Entfernung konnte man seinen Gesichtsausdruck nicht erkennen, aber huldvoll war er sicher nicht.

Mehrere Männer, einige in Uniform und einige in zivilen Gehröcken, umringten den Herrscher, aber Reuter wusste nur, wer der Mann war, der links neben diesem stand: Es war der Staatsminister Wilhelm von Bernstorff. Die anderen waren sicher irgendwelche Hofbeamten oder auch Diener des Großherzogs, und an einen von ihnen wandte sich Georg, indem er über die Schulter sprach. Sofort verließ der Angesprochene den Balkon.

Die Menschen auf dem Markt jubelten, schwenkten Mützen oder Hüte, brachten ein »Heil, Königliche Hoheit!«, ein »Heil unserem Fürsten!« oder dergleichen dar. Die Kommentare zu den Brandstiftern, gleich ob ablehnende oder zustimmende, waren hingegen verstummt: Serenissimus zogen alle Aufmerksamkeit auf sich. Reuter, der selbst keinen Beifall spendete, hatte das seltsame Gefühl, dass selbst Gegner der Fürstenherrschaft, sollten sich welche unter den Zuschauern befinden, dem leibhaftigen Fürsten ihre Referenz erwiesen – aber das war eben nur so ein Gefühl.

Siemerling und Bahr hatten zwar die Häupter entblößt, ansonsten aber schwiegen sie und winkten auch nicht. Reuter nahm seinen Hut erst nach einer Weile langsam ab. Gegen die Menge wollte er sich doch nicht stellen.

Georg zeigte sich nur kurz. Anscheinend hatten ihn die Geräusche auf den Balkon gelockt, vielleicht von einer Regierungssitzung oder einem Rapport weg, was die Anwesenheit des Staatsministers erklärte. Erfahren würde man das nie, die Mauern der großherzoglichen Bauwerke waren beinahe undurchdringlich, die Höflinge diskret, weil sie selbst von der Unnahbarkeit des Herrschers und dem Piedestal profitierten, auf das sie ihn stellten. Zwar gab es auch leutselige Fürsten, aber ein Abstand zu den Untertanen musste bleiben; die einen hielten ihn für naturnotwendig, andere nur für ein reines Erfordernis der Macht. Macht machte sich nicht mit jedermann gemein.

Wie dem auch sei, nach höchstens anderthalb Minuten drehte Georg seinen Untertanen den Rücken zu und kehrte in seine Gemächer zurück. Minister und Beamte folgten. Die Leute jubelten noch geschwind dem leeren Balkon zu, dann galt ihre Aufmerksamkeit wieder dem Richter, den Gendarmen und den Bösewichtern. Auf ein Zeichen Doktor Müllers hatte der Trupp sich in Bewegung gesetzt, wurde aber kurz vor dem Rathauseingang von dem Hofbediensteten aufgehalten, dem Georg oben einen Befehl erteilt hatte. Ein paar Worte wurden gewechselt, die Reuter nicht hören konnte, dann schickte Müller die Bewacher und die Bewachten ins Rathaus, während er selber dem Höfling folgte. Nach zwei, drei Minuten war nur noch die Menge auf dem Platz, aber auch sie zerstreute sich bald. Ohne dass sie erfahren hatten, wie Müller den Brandstiftern so schnell hatte auf die Spur kommen können, überquerten Reuter, Siemerling und Malabar den Markt und steuerten auf das prächtige Haus zu, das dem Apotheker und Bankier gehörte. Auf dessen Hof befand sich die Remise, in der Siemerling ein Reit- und ein Zugpferd untergebracht hatte und auch seine Kutsche untergestellt wurde. Der Besitz sowohl eines Reit- als auch eines Zugpferdes sowie einer Equipage stellte für Neu-Brandenburger Verhältnisse einen fast unerhörten Luxus dar, den sich nicht einmal alle Honoratioren leisten konnten. Weniger wohlhabende Hausbesitzer, und das waren die meisten, hatten wohl Ställe auf ihren Höfen, wo sie Schweine und auch die eine oder andere

Milchkuh hielten, was dem ehrwürdigen Neu-Brandenburg an manchen Stellen das Odeur einer Ackerbürgerstadt à la Stavenhagen oder Treptow an der Tollense verschaffte. Ein Apotheker, Kaufmann und Bankier konnte sich natürlich Besseres leisten.

Siemerlings Gefährt war ein Viersitzer, und er spannte einen jungen, temperamentvollen Apfelschimmel selbst an. Dieser schien glücklich zu sein, das man seiner Ausdauer und Zugkraft bedurfte. Die drei Männer fuhren zuerst noch einmal zu Bahrs Foto-Etablissement, um die wuchtige Kamera zu holen, dann ging es an der Rückseite des Palais zur Stargarder Straße und zum gleichnamigen Tor. Durch eine Lücke zwischen dem Sommersitz und der südlichen Häuserfront des Marktes konnte Reuter einen raschen Blick auf den wichtigsten Platz der Stadt werfen. Jetzt um die Mittagszeit war es für einen Apriltag sehr warm geworden. Der Markt lag vollkommen leer und öde im Sonnenlicht.

Die Heid- und die Hinterste Mühle lagen hinter ihnen, und soeben, nachdem sie eine Wegbiegung passiert hatten, war die Krügersche Papiermühle in ihr Blickfeld geraten. Dass man hier arbeitete wie eh und je, war weder zu übersehen noch zu überhören. Reuter kannte sich mit der Papierfabrikation nicht aus, obgleich der hier geschaffene Beschreibstoff für einen Schriftsteller eine hohe Bedeutung hatte; es war eher einem Mangel an Gelegenheit zuzuschreiben, dass er nicht wusste, wie eine Papiermühle arbeitete. So konnte er auch die Geräusche, ein Zischen und Knirschen und Stampfen, keinem Arbeitsgang zuordnen; allein das Klappern der beiden Wasserräder war ihm ein vertrautes Geräusch.

Viktor Siemerling, der den Wagen lenkte, drosselte die ohnehin nicht sehr hohe Geschwindigkeit und sagte mit belegter Stimme: »Hier rauchen wenigstens nur die Schlote.« Er schwieg einen Moment, dann setzte er hinzu: »Wisst ihr eigentlich, dass auch diese Papiermühle vor 25 Jahren abgebrannt ist?«

»Nein!«, rief Reuter aus.

»Doch, doch.« Siemerling hob die Peitsche ein wenig, der Apfelschimmel ging etwas schneller. »Ich war ein Kind von neun Jahren. Es muss im Herbst 1832 gewesen sein, in der dunklen Jahreszeit … im November, meine ich mich zu erinnern. Da kam es zu einem Brand, dem alle Hofgebäude, das Vieh und die Futtervorräte zum Opfer fielen. Wie üblich waren viele Neugierige und auch Helfer vor Ort, aber ich nicht; mein seliger Vater hat es nicht erlaubt. Erst viele Tage später bin ich mit ein paar Freunden heimlich ins Mühlenholz, um mir die Bescherung anzuschauen. Kein schöner Anblick, wahrlich nicht.« Er schluckte. »Einer, wie er mir … wie er uns heute bevorsteht.« Sie waren jetzt auf Höhe der Mühle. Die Geräusche hatten sich verstärkt, aber kein Mensch war zu sehen. »Und wie es so ist, der Deibel schitt immer up'n grooten Hupen. Der alte Krüger hatte gerade alles halbwegs wieder aufgebaut, da wurde ihm bei Hochwasser und Eisgang die Freiarche zerstört. Alle Gebäude standen unter Wasser.«

Was eine Freiarche war, wusste Reuter immerhin, schließlich verkehrte er in der Gaststätte bei der Hintersten Mühle: Bei dieser auch »Umflut« oder »Freischleuse« genannten Einrichtung der Wasserbaukunst handelte es sich um eine Umführung, die bei Hochwasser vor Überflutung schützen sollte, indem die Wassermassen um die Mühle herumgeführt wurden – es war quasi ein künstlich geschaffener Nebenarm des Mühlengewässers.

»Mühlen sind eben gefährliche Orte«, meinte Bahr.

»Ja, und die Müller sind mit dem Teufel im Bunde«, erwähnte Reuter ein aus dem Mittelalter stammendes Vorurteil, das im Jahrhundert des Fortschritts keinesfalls erloschen war; es gab immer noch Leute, die sich vor Müllern fürchteten, und ihre Zahl war nicht gering. Er schaute sich noch einmal um, blickte auf den Teich, die Mühle und die Rauch ausstoßende Esse, und irgendwie hinterließ es in seiner Brust ein eigenartiges Gefühl, dass man dort so arbeitete, als wäre nichts geschehen.

Die Papiermühle des Daniel Davidson hingegen war ein Trümmerfeld, das Beklemmungen auslöste. Siemerling brachte die Kutsche zum Stehen, aber im ersten Moment mochte niemand aussteigen. Das Mühlengebäude und das Wohnhaus waren eingestürzt, schwarze Balken ragten in die Luft, Glutnester knisterten und Rauch stieg auf. Am Wegrand stand ein großer Wagen, dem zwei Arbeitspferde vorgespannt waren, vor deren Mäulern Futtersäcke hingen – ein Zeichen für die Anwesenheit von Menschen.

Malabar wagte sich als Erster aus der Equipage. Er stellte seine Kamera auf, während auch Siemerling und Reuter ausstiegen und sich ein paar Schritte dem Mühlengelände näherten. Vor einem der unversehrten Gebäude standen ein halbes Dutzend Mehlsäcke, und es dauerte nur ein, zwei Atemzüge, bis sie einen recht jungen Mann auf den gepflasterten Hof treten sahen: Es war einer der Papiermachergesellen von Davidson, dem kurz darauf noch ein zweiter folgte.

Reuter und Siemerling traten an sie heran und grüßten. Die Männer nickten. Der kleinere, etwas ältere der beiden deutete auf die Säcke: »Wir retten, was zu retten ist. Eigentlich wollten wir auch das eine und andere aus den Häusern bergen, aber das hat keinen Zweck. Doch wenigstens die Vorräte wollen wir vor dem Untergang bewahren, sie können uns in der schweren Zeit wohl nützlich sein.«

»Das Vieh?«, wollte Siemerling wissen.

»Ist schon fort. Wir haben es noch in der Nacht zum Gut Fünfeichen getrieben, wo wir dank der Freundlichkeit des Pächters selbst Unterschlupf gefunden haben. Auch die Familie Davidson ist dort untergekommen.«

»Traurig ist das alles«, ergänzte sein Kompagnon. »Der Herr Davidson hat gerade in neue Technik investiert.«

»Ach?«, sagte Reuter nur.

»Hm. Eine Rundsiebmaschine und eine Turbine von vier Pferdestärken. Im letzten Sommer installiert.« Er schaute sich um, als fürchte er in der Nähe Spione. »Ich will ja keinen falschen Verdacht wecken, aber damit war er den Krügers mehr als eine Nasenlänge voraus.«

»Haushoch überlegen war er ihnen«, behauptete der ältere Geselle. Dann schulterte er einen der Getreidesäcke, sagte mit mutwillig herabgebogenen Mundwinkeln: »Arbeit makt dat Läben säut.«, und trug den Sack zum Wagen. Der andere folgte seinem Beispiel, nachdem er hinzugefügt hatte: »Wer's glaubt, wird selig.«

»War Krüger vielleicht neidisch auf Davidson?«, wollte Reuter noch wissen.

»Nichts Böses über ein Mann, der bald sterben wird«, lautete die Antwort, die der Jüngere gab.

Reuter schaute den beiden nachdenklich hinterher; viele Arbeiten, die er während seines Lebens begonnen hatte, waren ihm auf die Dauer sauer geworden. Wie es mit dem Schreiben werden würde, wusste er noch nicht. Der Erfolg der »Läuschen un Riemels« gab ihm jedoch die Zuversicht, es mögen süßere Zeiten angebrochen sein, und trotzdem drückte er sich wieder einmal vor dem Schreibtisch.

Er schaute zu Bahr, der seinen »Kasten« näher an die Ruine des Mühlengebäudes schleppte, dann zu Siemerling: »Sprechen wir Davidson unser Bedauern aus?«

»Treibt dich die Hilfsbereitschaft oder die Neugierde?«

Reuter schmunzelte. »Was bist du doch für ein Menschenkenner, Viktor!«

»As Pillendreiger? Apotheker und Ärzte kennen ihre Pappenheimer.«

Inzwischen waren die Papiermachergesellen zurück und luden sich zwei weitere Säcke auf. Reuter und Siemerling gesellten sich zu Hermann Bahr, der unter das schwarze Tuch gekrochen war. Um ihn nicht zu erschrecken, warteten sie ab, bis er mit all seinen Platten und Chemikalien hantiert hatte, was eine Weile dauerte. Sie sahen den Gesellen bei ihrer schweißtreibenden Tätigkeit zu, lauschten dem Gesang der Vögel und dem leisen Rauschen des Wassers, das durch die Freiarche lief, und schwiegen. Schließlich hatten die Gesellen alle Säcke verladen, rückten aber noch nicht ab, sondern schauten sich auch in anderen Lagerräumen um, ob sie nicht noch mehr Brauchbares retten konnten.

Dann geschah etwas vollkommen Unerwartetes. Aus Richtung Stargard waren die Hufschläge eines eiligen Reiters zu vernehmen, ein Geräusch, das Malabar unter seinem Tuch hervorlockte. Keine zwei Minuten vergingen, da erschien der Oberlanddrost von Kamptz zwischen den Bäumen, die den

Weg säumten. Reuter hätte nie für möglich gehalten, dass es der alte Herr noch auf ein Pferd schaffte, aber der Augenschein bewies es. Von Kamptz hielt am Mühlenteich an und ließ seinen Blick in die Runde schweifen, kam aber weder den anwesenden Personen zu nahe noch saß er ab. Anscheinend wollte er sich die Brandstätte anschauen, auch wenn sie nicht zu seinem Amt gehörte. Vielleicht waren auch ihm menschliche Schwächen wie Neugierde und Sensationslust nicht ganz fremd. In seinem kantigen und strengen Gesicht zuckte kein Muskel, und er gab auch nicht zu erkennen, ob ihn die Anwesenheit Reuters und seiner Freunde in irgendeiner Weise überraschte. Bevor sich ihm jemand nähern und ihn ansprechen konnte, gab er seinem Pferd die Sporen – mit eigenartig steifen Beinen, die verrieten, dass ihm das Reiten des Alters oder der Gicht wegen doch nicht mehr leicht fiel. Der Rappe setzte sich in Bewegung, der Oberlanddrost lenkte ihn auf den Weg nach Fünfeichen. Und so schnell, wie er gekommen war, war er auch wieder verschwunden.

Malabar rieb sich die Augen: »Hatte ich eine Erscheinung?«

»Mir war, als wäre das Oberlanddrost von Kamptz leibhaftig gewesen«, meinte Siemerling.

Die Gesellen, die gerade eine Kiepe voller Weißkohl vorbeischleppten, hatten zugehört. Sie setzten die Kiepe ab, der Ältere wischte sich den Schweiß von der Stirn, der Jüngere sagte: »Dieser Herr war gestern schon hier.«

Reuter fuhr herum. »Wann? Etwa bei dem großen Feuer? Wir haben ihn gar nicht gesehen.«

»Nein, vorher. Und nicht zu Pferd, sondern er kam mit seiner Kutsche.«

»Was wollte er denn?«

Der Geselle zuckte mit den Schultern, sein Begleiter jedoch wusste Bescheid: »Er hat mit Herrn Davidson über die Schüsse auf diesen Stellmacher gesprochen.«

Es war ein breiter, aber unbefestigter und daher staubiger Weg, der aus dem Mühlenholz hinauf zum Gut Fünfeichen führte. Nachdem Bahr seine chemischen Manipulationen beendet und seine Utensilien in Siemerlings Kutsche verstaut hatte, folgten die drei Männer dem Oberlanddrost, von dessen Ritt immer noch eine Staubfahne kündete, die über die mit Roggen bestellten Felder wehte. Der hohe mecklenburgische Himmel war von makellosem Blau, und außerhalb des schützenden Schattens der Bäume im Mühlenholz geriet man bereits ins Schwitzen.

Reuter schaute der Staubfahne nach und fragte sich, warum sich von Kamptz so auffallend für Walter Kilian interessierte? Der getötete Stellmacher stammte aus Stargard, aber er hatte viele Jahre im Ausland gelebt, hatte sich nach seiner Rückkehr in die Heimat in Neu-Brandenburg angesiedelt und hielt nur lose Kontakte in die Burgstadt; das Interesse des Amtmannes war wirklich eigenartig, zumal es sich bei Kilian nur um einen gewöhnlichen Handwerker gehandelt hatte. Hatte der sich vor vielen Jahren etwas zuschulden kommen lassen? Warum tat von Kamptz dann so geheimnisvoll? Er ließ sich nicht in die Karten schauen, aber vielleicht galt das nur für Menschen wie Reuter und seine Freunde, die nicht von Familie waren. Oder hatte der Oberlanddrost gar etwas mit dem Tod des Stellmachers zu tun? Nein, diese Vorstellung war zu absurd.

Der Weg führte längere Zeit leicht bergauf. Als die drei Männer die Kuppe des Hügels erreicht hatten, konnten sie das Herrenhaus von Fünfeichen sehen, vor dessen Freitreppe der Oberlanddrost hoch zu Ross saß, während ein zweiter Mann sich gerade auf ein Pferd von dunkler Farbe schwang. Er trug eine Joppe aus einem karierten festen Stoff, Reithosen und Reitstiefel und eine gewöhnliche Mütze, wie sie eher einem Bauern anstand.

»Wilhelm Mieth, der Pächter«, sagte Siemerling. Reuter kannte die Familie, die das Gut bewirtschaftete, zwar dem Namen nach, meinte aber, noch keinem der Familienmitglieder begegnet zu sein. Mieth und von Kamptz gaben ihren Pferden die Sporen und ritten schnurstracks auf Siemerlings Wagen zu, wobei sie wieder viel Staub aufwirbelten. Als sie nahe genug waren, um ihre Gesichter zu erkennen, wurde Reuter gewahr, den Pächter doch schon einige Male in Neu-Brandenburg gesehen zu haben, vielleicht sogar im Ratskeller. Natürlich hatte ein solcher Mann Geschäfte in der Stadt, und waren diese erledigt, kehrte er wie andere Landwirte noch auf ein Bier oder ein Glas Wein in ein städtisches Gasthaus ein.

Von Kamptz nickte den Wageninsassen nur zu und ritt an ihnen vorbei. Mieth zügelte sein Pferd und zog die Mütze vom Haupt: »Guten Tag, Herr Apotheker! Guten Tag, die Herren! Wollen Sie zu mir?«

Die so Angesprochenen grüßten zurück, Viktor Siemerling hielt den Wagen an und erklärte, man wolle dem so arg gebeutelten Daniel Davidson und seinen Angehörigen Trost und Mut zusprechen; von zwei Papiermachergesellen, die unten am Bach nach noch Verwendbarem suchten, habe man erfahren, dass der Herr Gutspächter so freundlich gewesen sei, sie und die Arbeiter sowie das Gesinde aufzunehmen.

»Na, wer einer abgebrannten Familie nicht hilft, der verdient es nicht, ein ehrenwertes Mitglied der menschlichen Gemeinschaft genannt zu werden«, entgegnete Mieth, für Reuters Geschmack ein wenig zu pathetisch. Aber sein ehrliches Gesicht mit den Lachfältchen, die einen fröhlichen Menschen verrieten, ließ keinen Zweifel aufkommen, dass er es mit seinen etwas zu groß geratenen Worten ernst meinte. Davidson und seine Leute hatten offenbar Glück, von einem solchen Menschen für einige Zeit behaust zu werden. »Zuspruch ist bitter nötig. Meine Frau wird Sie empfangen.« Mieth deutete in Richtung des davonreitenden von Kamptz. »Der Oberlanddrost aus Stargard hat mich gebeten, ihm die Stelle zu zeigen, an der ich …«, er senkte kurz den Blick, »… an der ich den toten Neu-Brandenburger Stellmacher gefunden habe. Einem solchen Herrn schlägt man einen Wunsch nicht ab – der übrigens fast schon einem Befehl glich.« Mieth setzte die Mütze auf, sagte rasch: »Gehaben Sie sich wohl!«, dann ritt er fort.

Siemerling berührte den Rücken seines Pferdes sacht mit der Peitschenspitze. Auch das war ein Befehl, und die Kutsche ruckte an.

»Seit wann kennst du den Mieth?«, wollte Reuter wissen.

»Was heißt kennen?« Zu beiden Seiten des Weges wichen die Felder zurück und machten einem Dutzend Bauernkaten Platz, an die sich die Wirtschaftsgebäude des Gutshofes anschlossen. Hier und da dösten Hunde in der Sonne, aber Menschen waren nicht zu sehen. »Er war schon Kunde bei meinem Vater, nachdem er Fünfeichen vor vielleicht fünfzehn, sechzehn Jahren von irgendeinem ›Herrn von und zu‹

gepachtet hat, einem Hofbeamten aus Neustrelitz, der sich unbedingt mit einem Gut schmücken wollte und es dann gar nicht bewirtschaften konnte, weil sowohl das Wissen als auch das Können fehlten.«

Vor einem langgestreckten Stall linker Hand saß schließlich doch ein Mann mit faltigem Gesicht auf einer Bank und rauchte eine Pfeife. Vor ihm hockte ein weitaus jüngerer Mann auf dem Boden und versuchte sich an der Deichsel eines Leiterwagens, die gebrochen war. Auf dem Boden lagen Werkzeuge, die Reuter daran erinnerten, dass der Stellmacher Kilian manchmal kleinere Arbeiten auf dem Gut ausgeführt hatte.

»Mein Vater hat ihm um 1850 wohl mal eine kleinere Summe geliehen, die er pünktlich und auf Heller und Pfennig zurückgezahlt hat«, fuhr Siemerling fort. Das Herrenhaus, ein gelb getünchtes Bauwerk von eher bescheidenen Dimensionen, lag nur noch einige Wagenlängen vor ihnen. Den einzigen äußeren Luxus bildete die breite, elegant geschwungene Freitreppe, die davon kündete, dass der Besitzer einst Großes vorgehabt hatte, bevor er sich zur Verpachtung entschloss. »Manchmal wird auch Medizin gebraucht oder ein Mittel zur Vernichtung von Ungeziefer, und so etwas holt man gewöhnlich beim Apotheker. Auch seine Frau ist bereits bei mir gewesen, um ein Pulver gegen Kopf- und Gliederweh zu erwerben.« Reuter erinnerte sich an den Auftrag seiner Frau Louise, schwieg jedoch. »Meistens schickt sie einen Dienstboten oder bittet ihren Mann, das Gewünschte mitzubringen. Was wollte sie denn neulich haben?« Siemerling zügelte die Geschwindigkeit und brachte die Kutsche am linken Treppenaufgang zum Stehen. »Also neulich ist schon eine Weile her. Ich überlege …«

Diese an und für sich nicht wichtigen Überlegungen wurden jäh unterbrochen, denn die Frau des Hauses erschien persönlich in der breiten Tür, die Einlass in die Gemächer der Herrschaften gewährte. Es konnte sich eigentlich nur um Anna Maria Dorothea Mieth handeln, denn das elegante graublaue Kleid aus einem seidenähnlichen Stoff und mit einem Kragen aus weißer Spitze stand einer Bediensteten nicht zu. Natürlich konnte auch eine andere höhergestellte Person zu Besuch sein, aber diese würde keine Gäste empfangen; außerdem passte die Frau vom Alter her durchaus zu Wilhelm Mieth. Wohl gab es Männer, die sich sehr viel jüngere Frauen nahmen, aber kaum ein solider Mann. Und Mieth hatte bei Reuter den Eindruck von Charakterfestigkeit hinterlassen, auch wenn das nur ein erster Eindruck war.

Dorothea Mieth schritt langsam die Treppe hinab, um die Neuankömmlinge zu begrüßen. Sie war eine schöne Frau, die gerade zu verblühen begonnen hatte. Ihr volles Haar war glänzend braun wie die Haut einer Kastanie, aber über dem Ohr war bereits erstes Grau zu sehen, und in ihren ebenfalls braunen Augen lag ein Hauch von Müdigkeit. Huldvoll ließ sie sich von Siemerling die Hand küssen, dann stellte er ihr die beiden anderen Herren vor. Reuter war ihr als Redakteur des Unterhaltungsblattes bekannt, was diesen mit Stolz erfüllte, und auch von Bahrs Photographischem Studio hatte sie gehört.

»Es ist mir eine Ehre, Sie bei uns zu empfangen«, sagte sie, »auch wenn die Umstände im Moment eher traurig sind.«

Die drei Herren bedankten sich mit einer angedeuteten Verbeugung bei der Dame des Hauses und traten ein.

»Wir würden gern erfahren, wie es den Davidsons ergangen ist«, begann Siemerling, um ihr den Grund ihres Besuches darzulegen.

»Dass Sie den Davidsons Ihre Aufwartung machen wollen, ehrt Sie.« Sie wandte sich um und schritt mit der ihr eigenen Würde die Stufen wieder hinauf. Die drei Besucher folgten.

»Haben Sie denn alle Personen aus der Mühle in Ihrem Hause aufgenommen?«, erkundigte sich Malabar.

»Dafür fehlt es an Platz. Die Männer haben wir auf die Bauernhäuser verteilt – außer Herrn Davidson und seinen Sohn natürlich. Das weibliche Personal wohnt bei unseren Dienstboten unterm Dach. Für Herrn und Frau Davidson sowie den Sohn konnten wir zwei bessere Zimmer in der Beletage zur Verfügung stellen …« Sie räusperte sich. Inzwischen hatte man die Tür erreicht. Frau Mieth ließ den Herren den Vortritt.

Das Vestibül war vollständig mit Holz getäfelt, das die Zeit dunkel gebeizt hatte; es stammte auf jeden Fall noch von Vorgängern des jetzigen Pächterpaares. Das galt auch für die drei riesigen Ölgemälde mit Jagdszenen, die in die Täfelung eingelassen worden waren: Adlige, begleitet von livrierten Dienern, veranstalteten eine Treibjagd. Der Kleidung nach zu urteilen, stammten die Bilder aus der Mitte des vorigen Jahrhunderts.

Auch die obligatorischen Trophäen hingen an den Wänden wie der Kopf eines riesigen Keilers, Geweihe von Hirschen und Rehböcken sowie der Kopf und die Krallen eines Bären. Da der letzte Bär in Strelitz um 1730 erlegt worden sein sollte, half dieses Siegeszeichen, die Ausstattung der Halle zu datieren. Ein ausladender Kronleuchter, angefertigt aus dem Gehörn weiteren Jagdwildes, hing bedrohlich von der Kassettendecke herab.

Hinauf in die erste Etage führte eine Doppeltreppe, die mit einem roten Sisalläufer bedeckt war. Kleinere Lampen von moderner Ausführung, versehen mit rötlichen Schirmen, waren an der Wand befestigt; sie waren zweifellos eine Erwerbung der Mieths. Auch gab es hier ein paar gerahmte Fotografien, die ebenfalls Männer bei der Jagd abbildeten, unter anderem neben einer beachtlichen Strecke Rotwild. Beim Aufstieg konnte Reuter nur einen flüchtigen Blick auf sie werfen. Auf zwei Aufnahmen erkannte er Wilhelm Mieth inmitten der Jagdgesellschaft.

Die Hausfrau führte die Gäste durch einen Salon mit geprägter grüner Tapete und einem ungeheuren Marmorkamin zu einem kleinen Rauchzimmer, in dem sie diese bat, doch Platz zu nehmen. An der Wand neben dem Rauchtisch war ein Klingelzug befestigt, den sie betätigte.

»Sie werden eine Erfrischung nicht abschlagen?«, kommentierte sie ihr Tun. Es dauerte nicht lange, da kam ein pausbäckiges junges Mädchen herein, das Schürze und Haube trug und vor Frau Mieth sowie den Herren etwas unbeholfen knickste. »Bring Limonade und Gebäck, genug, dass es auch für Herrn und Frau Davidson reicht!«, ordnete die Pächtergattin an. »Und dann sag den Davidsons Bescheid, dass Sie Besuch haben!«

»Zu Befehl, gnädige Frau!« Das Mädchen knickste abermals und verließ den Raum.

Reuter, Siemerling und Bahr warteten stehend, bis Frau Mieth sie zum Sitzen aufforderte. Sie nahmen auf gepolsterten Stühlen mit hohen geflochtenen Lehnen Platz, die um den Rauchtisch standen, während sie sich in einen kleinen Sessel neben dem Kamin setzte.

Auf dem Rauchtisch standen eine Zigarrenkiste, zwei Aschenbecher und eine hohe Zinnfigur, vermutlich ein Merkur, der alle zum Anzünden des Tabaks erforderlichen Utensilien in den ausgestreckten Händen hielt; in einem der Ascher lag ein Zigarrenabschneider.

»Herr Reuter, in einem Unterhaltungsblatt haben Sie so schön über den Toback geschrieben«, sagte Frau Mieth, sicher vor allem, um die Wartezeit zu überbrücken.

Reuter nickte. Das musste in einem der frühen Blätter, in der »N° 2« oder »3« gewesen sein, vielleicht auch in der »N° 4«.

»Mein Mann hat sich sehr darüber amüsiert«, fuhr sie fort. »Wir haben das Unterhaltungsblatt ohnehin immer gern gelesen. Ich habe bestimmt noch manche Ausgabe in meinem Sekretär. Schade, dass Sie es einstellen mussten.«

»Der Lauf der Dinge, gnä' Frau«, murmelte Reuter verlegen. Weiter musste er sich zu dieser weltphilosophischen Frage nicht äußern, denn das Mädchen erschien mit einem Tablett, auf dem eine große Karaffe mit Zitronenlimonade stand, wie eine obenauf schwimmende Zitronenscheibe verriet. Neben der Karaffe befanden sich zwei Porzellanschalen, die Zimtküchlein enthielten. Das Mädchen stellte Karaffe und Schalen auf den Tisch, lehnte das Tablett an einen leeren Stuhl, ging zu einer Anrichte mit Aufsatz und holte von dort die Gläser. Nachdem es diese verteilt hatte, verließ es noch einmal knicksend den Raum durch eine zweite Tür.

Dorothea Mieth runzelte die Stirn. »Sie hat vergessen einzuschenken. Tut mir leid«, sie stand auf, »aber sie ist neu hier. Außerdem ist gutes Hauspersonal rar.« Diese Klage aller Frauen, die sich Personal leisten konnten, war Reuter nicht nur wohlbekannt, sie machte die Mieth in seinen Augen gleich weniger sympathisch. Bevor sie die Karaffe ergreifen konnte, tat er es und füllte die Gläser.

Dann erschienen Davidson und seine Gattin. Dass sie ein schwerer Schicksalsschlag ereilt hatte, war insbesondere der Frau anzusehen: Sie war bleich, ein dunkler Schatten lag um ihre Augen, die gerötet waren von der Schlaflosigkeit. Frau Davidson hatte ihre rechte Hand unter den linken Arm ihres Gatten geschoben, der auch übernächtigt aussah. Trotz allem bemühten sie sich jedoch, sich aufrecht zu halten.

Bahr sprang auf und rückte für sie Stühle zurecht, Reuter füllte auch ihnen zwei Gläser mit Limonade. Nachdem sie sich gesetzt hatten, sprach er ihnen sein Bedauern über den erlittenen Verlust aus, das Frau Davidson mit dankbarem Nicken, der Mann mit ein paar Dankesworten quittierte. Unter dem scharfen Blick der Dorothea Mieth blieb die Begegnung förmlich, aber was hatte Reuter eigentlich erwartet? Dass ihm die Davidsons ihre Herzen zu Füßen legten?

»Besonders schmerzlich muss für Sie sein, dass Sie gerade neue Maschinen angeschafft hatten, die nun auch Opfer der Flammen geworden sind«, meinte Reuter und schämte sich ein wenig, weil er diese Bemerkung selbst für etwas abgeschmackt hielt.

»Besonders schmerzlich ist für uns der Tod von Meister Börner und Marthe Kliefoth«, entgegnete Herr Davidson hoheitsvoll. Seine Gattin nickte leicht.

»Natürlich«, sagte Reuter schnell und trank verlegen einen Schluck Limonade. Doch war seine Neugierde nicht gestillt, und nachdem eine Weile nur das Ticken einer Wanduhr zu hören war, entschloss er sich zu einigen weiteren Worten:

»Ich verstehe ja wenig von der Papierfabrikation … wozu sind denn diese neuen Maschinen nötig gewesen?«

»Das will ich Ihnen gerne sagen.« Daniel Davidson beugte sich ein wenig vor – er schien fast froh zu sein, über sein Metier sprechen zu können, weil es ihn womöglich von den fortwährenden Gedanken an seinen Schaden abzulenken vermochte. »Zum einen leben wir in einer Zeit, die, was die Fertigung von Papier betrifft, durch den Übergang von der Handpapiermacherei zur Papiermaschine charakterisiert wird. Daneben geht die Papierherstellung aus Lumpen, wie sie seit Jahrhunderten betrieben wird, ihrem Ende entgegen.«

»Das heißt«, fiel ihm Malabar unbedacht ins Wort, »der lumpensammelnde Jude gehört bald der Vergangenheit an?«

Davidsons Miene wurde eisig. Bahr begriff sofort seinen Fauxpas, wurde über und über rot und sagte leise: »Mit Verlaub … ich wollte nicht … Es ist nur …«

»Es hat sie ja gegeben und gibt sie noch«, mischte sich Frau Davidson ins Gespräch. »Aber Sie haben recht, es handelt sich um einen aussterbenden Beruf.«

»Ja, ja«, Davidson nickte, »aber vielleicht wird es auch weiterhin Juden geben – und wohl auch den einen und anderen Christen –, die Lumpen sammeln, nur eben für andere Zwecke. Ich bin kein Wahrsager. Für die Papierherstellung wird man überall bald keine Lumpen mehr brauchen.«

»Sondern?«, erkundigte sich Siemerling.

»Unsere neue Maschine stellt …«, Davidson atmete einmal tief durch, »… sie stellte Papier aus Holzschliff oder auch aus Zellulose her. Das ist viel einfacher – und es spart auch die übelriechende Prozedur der Gärung der Lumpen.« Nun zeigte sich für einen Lidschlag ein winziges Lächeln in seinen Zügen.

»Wobei es auch hierbei einen Fortschritt gegeben hat, konnte das Faulen doch inzwischen durch das Kochen in Kugelkochern ersetzt werden. Aber wie gesagt, die Papierfabrikation aus Lumpen ist sowieso etwas, das es nicht mehr lange geben wird. Und auch die Bütte wird wohl aussterben.«

Daniel Davidson legte eine Pause ein, während der er sich an seiner Limonade labte. Die Frau des Hauses deutete auf die Zimtküchlein, eine Aufforderung, sich zu bedienen. Alle kamen ihr nach, nur Frau Davidson nicht, die sich mit einem Mangel an Appetit entschuldigte: Der Brand und seine Opfer seien ihr auf den Magen geschlagen.

Reuter registrierte, dass die Küchlein zwar genießbar waren, denen seiner Frau aber nicht gleichkamen. Rasch spülte er mit Limonade nach, dann räusperte er sich und stellte seinem Gegenüber eine weitere Frage: »Haben die Krügers auch derart neue Maschinen?«

Davidson, der gerade die Hand nach einem weiteren Gebäckstück ausgestreckt hatte, hielt in der Bewegung inne. Er zog die Hand zurück, legte sie in den Schoß und musterte Reuter mit einem eigenartigen, schwer zu deutenden Blick. Dass er nichts Gutes ausdrückte, schien Reuter aber sicher zu sein.

»Ich kenne die Pläne des jungen Krüger nicht«, sagte der Papiermühlenbesitzer schließlich. Er seufzte: »Hermann Krüger, der alte Inhaber, wird es ja wohl nicht mehr lange machen.«

»Dann übernimmt der junge?«

»Hat er schon. Hermann, so sein Name, hat bereits nach seiner Rückkehr von der Wanderschaft vor zehn Jahren in Absprache mit seinem Vater größere Umbauten vorgenommen.

Neue Maschinen und eine neue Turbine, ich denke, das wird das Erste sein, was er demnächst anschafft.«

»Macht Ihnen das Sorgen?«

»Um Gotteswillen, nein!« Davidson zog die Stirn kraus. Reuters Fragerei schien ihm zunehmend zu missfallen. »Ich ahne, worauf Sie hinauswollen. – Wir kommen uns nicht ins Gehege. Papier wird ständig gebraucht, und zwar mehr und mehr. Man kann unser schönes Mecklenburg-Strelitz vielleicht nicht als besonders modernes und industrialisiertes Land bezeichnen, aber es hat doch teil am immer regeren Warenverkehr in den deutschen Landen und in Europa. Die Kaufleute und Händler brauchen Papier, die Zeitungs- und die Buchverleger brauchen Papier, die Fabrikanten brauchen es auch. Am meisten benötigt allerdings die Großherzogliche Kanzlei.«

Aus Richtung der Dorothea Mieth war ein Glucksen zu hören, das vielleicht ein unterdrücktes Lachen war, und als Reuter zu ihr schaute, sah er, dass sie die Augen aufgerissen hatte und die rechte Hand vor den Mund hielt.

»Es gibt ja auch nicht so viele Papiermühlen in Mecklenburg-Strelitz«, meinte Malabar. »Da ist die Ihre …«

»Von der man in der Vergangenheit sprechen muss«, warf Frau Davidson bitter ein.

»Wie? Ja, ähm … sehr bedauerlich. Also …« Malabar hatte den Faden verloren.

Reuter spann ihn weiter: »An der Linde neben der Ihren noch die Krügersche, des weiteren die des Ju … die von Lemelson in Wanzka … mehr weiß ich nicht.«

»Die Godesdorfer Papiermühle zwischen Schliesee und Sägersee«, ergänzte Davidson. »Das sind alle. Vier Papiermühlen, mit anderen Worten: vier Papiermanufakturen. Ich persönlich liebe allerdings die Bezeichnungen ›Papierschöpferwerkstätte‹ oder ›Papierschöpfermanufaktur‹, denn auch wenn bei uns das Papier nicht mehr in der althergebrachten Weise geschöpft wurde, sehe ich mich doch als Schöpfer mehr denn als Fabrikant.«

Das hätte das schöne, beinahe poetische Schlusswort dieser Begegnung sein können, aber Reuters Neugierde war nicht befriedigt. Noch etliche Fragen brannten ihm auf den Nägeln. Er sah aber ein, dass er heute nicht alle würde stellen können, ohne die Geduld sowohl der Eheleute als auch der Gastgeberin über Gebühr zu strapazieren, zumal man ja eigentlich gekommen war, um Mitgefühl auszudrücken. Immerhin eine – vielleicht zwei – oder gar drei – wollte er noch stellen: »Wer hat eigentlich den Ausbruch des Feuers auf Ihrem Mühlengrundstück bemerkt?«

Daniel Davidson konterte mit einer Gegenfrage: »Warum wollen Sie das eigentlich alles wissen?«

»Es ist der Zeitungsmann in mir«, erwiderte Reuter schnell. Diese schlagfertige Antwort erfüllte ihn für einen kurzen Augenblick mit Stolz.

»Verstehe. Curiosité nennt man es nicht zufällig auch?«

»Doch. Ich gestehe unumwunden.«

»Also nicht bloß eine Déformation professionelle, sondern eine allgemein menschliche Schwäche?«

»Sie haben mich durchschaut!«

»So sei es denn … Wer den Brand zuerst bemerkt hat, kann ich so genau nicht sagen«, erklärte Davidson. »Wir hatten uns schon zu Bett begeben, aber ich schlief noch nicht, als ich plötzlich des Rauchs gewahr wurde. Bevor ich überlegen konnte, wer wohl wieder nasses Holz in den Küchenkamin gelegt haben mochte, sah ich auch den Feuerschein. Ich weckte meine Frau, wir warfen uns die notwendigsten Kleidungsstücke über und liefen in den Hof. Dort waren schon zwei Gesellen und der Knecht, die wohl auch aus dem Bett aufgeschreckt worden waren. Sie begannen gerade zu rufen, als wir auf dem Hof anlangten. Die Mühle stand in Flammen … und auch das Wohngebäude für unsere Arbeiter hatte an einer Ecke Feuer gefangen … Dass es sogar an mehreren Stellen brannte, stellten wir erst später fest.«

»Es war entsetzlich«, flüsterte die Frau. Davidson ergriff ihre Hand und drückte sie fest. »Warum hat man uns das angetan? Wir sind doch gute Christen.«

»Irgendjemand wollte Ihnen Übles«, sagte Viktor Siemerling, der bislang recht schweigsam gewesen war. Er schaute dabei die Davidsons nicht an, sondern betrachtete die Maserung des Rauchtisches.

»Diese drei Männer, die man festgenommen hat …« Davidsons Stimme war sehr rau. »Wer sind sie?«

»Drei Halunken«, sagte Siemerling, »die nur Trunk, Gaunerei und Gewalttat im Sinn haben.«

»Aber vor allem sind es Maulhelden«, meinte Reuter. »Dass sie aus eigenem Antrieb gehandelt haben, will mir nicht in den Sinn. Sie mögen Schurken sein, aber dass sie eine Papiermühle anzünden, in der sich schlafende Menschen aufhalten?« Er zuckte mit den Schultern.

»Eine Judenmühle«, ergänzte Davidson, nun plötzlich zornig. »Sie haben bloß eine Judenmühle angezündet. Ich weiß doch, was viele Leute denken und auch aussprechen: Es hat ja nur den Juden Davidson getroffen. Er mag das Christenkreuz auf der Brust tragen, darunter – also im Herzen – ist er Jude. Wie sein Vater. Wie seine Judenbrut. Reden sie nicht so?« Davidson saß aufrecht auf seinem Stuhl, die Hände ineinander verkrampft, die Augen weit aufgerissen. »Die drei Halunken werden sich gedacht haben, dass man sie für ihre Tat feiern wird. Nun ja«, er sank in sich zusammen, »jetzt sind sie zu Mördern geworden.«

Wieder kehrte für einen Augenblick Schweigen ein. Frau Mieth überwand sich, nahm ein Zimtküchlein, betrachtete es und steckte es verstohlen in den Mund. Reuter trank einen Schluck Limonade, hätte aber lieber Wein gehabt. Ihm ging die Geschichte an die Nieren, aber trotzdem konnte er nicht von ihr lassen: »Sie kennen diese drei Verbrecher also nicht?«

»Überhaupt nicht.«

»Setzen wir einmal die Hypothese, es gibt einen Hintermann. Wer könnte ein Interesse haben, Sie so zu schädigen? Haben Sie Neider?«

Der Papiermühlenbesitzer wechselte rasch einen Blick mit seiner Frau.

»Gott, welcher Geschäftsmann hat die nicht? Wir wirtschaften ganz erfolgreich, ohne dass wir es üppig hätten. Oder denken Sie wirklich …? Nein! Doch nicht an Krüger?« Davidson schüttelte energisch den Kopf. »Ich wiederhole es noch einmal: Wir stehen in Konkurrenz, aber wir stehen einander nicht im Wege. Im Großherzogtum ist Platz für mehr als eine Papierfabrik. Außerdem liefern wir auch nach Mecklenburg-Schwerin und nach Pommern … Tun Sie mir einem Gefallen und beerdigen Sie den absurden Gedanken, ein Krüger könnte hinter dem Anschlag stehen. Und äußern Sie ihn nie wieder!« Davidson erhob sich. »Sie müssen verzeihen, aber ich bin erschöpft. Ihre Fragen haben mich aufgewühlt. Mit Ihrer gütigen Erlaubnis würde ich mich …«, er blickte zu seiner Frau, die nickte, »… würden wir uns gern zurückziehen.«

Reuter erhob sich, Bahr und Siemerling taten es ebenfalls. Wohl um noch etwas Freundliches anzubringen, sagte der Apotheker: »Wir hoffen, dass Sie gut untergekommen sind, aber auch, dass Sie bald wieder in Ihren Mühlenbetrieb zurückkehren können.«

»Wir sind ausgezeichnet untergebracht«, erwiderte Davidson. »Frau Mieth hat uns großzügig das Gemach ihrer Tochter zur Verfügung gestellt.«

Siemerling wandte sich an die Frau des Hauses: »Ach, das Fräulein Tochter ist nicht da?«

»Auf Reisen«, sagte Dorothea Mieth mit sehr spitzem Mund. Dann erhob auch sie sich.

Beide Davidsons machten plötzlich einen überraschten Gesichtsausdruck. Die Frau sagte: »Aber ist sie nicht im Kloster von Malchow?«

»Auf Reisen!«, wiederholte die Hausfrau und unterstrich ihre Worte mit einer entschiedenen Geste, so als wolle sie jedes weitere Gespräch über die Tochter abwürgen. Man verabschiedete sich mit allen notwendigen Floskeln voneinander, und Dorothea Mieth geleitete die Gäste hinab ins Vestibül. Sie öffnete ihnen sogar die Tür und ließ sich die Hand küssen, aber ihr Mund blieb verkniffen. Kaum waren Reuter und seine Freunde auf die Freitreppe getreten, schloss sich die Tür.

»Du bist mir ein wahrer Inquisitor«, sagte Siemerling zu Reuter, während sie die Treppe hinabstiegen zum Ehrenhof, der eigentlich diesen Namen nicht verdiente, weil es sich nur um eine Erweiterung des Gutshofes handelte. »Fragst den Leuten Löcher in den Bauch …«

»Großinquisitor«, sagte Reuter schmunzelnd. »Was ist mit der Tochter?«, wollte er wissen.

»Was soll mit der Tochter sein? Sie ist gerade dem Backfischalter entwachsen … und sie macht eine Reise, wie du gehört hast.«

»Ins Damenstift nach Malchow? Das ist doch kein Reiseziel für eine junge Frau!«

»Von Malchow war gar nicht die Rede. Die Davidsons schienen nur etwas aufgeschnappt zu haben.«

»Ich hatte den Eindruck, dass Frau Mieth uns etwas verschweigen wollte«, mischte sich Malabar ein.

»Genau diesen Eindruck hatte ich auch«, sagte Reuter.

Vor dem Wirtschaftsgebäude auf dem Hofgelände war immer noch der junge Mann mit seiner Stellmacherarbeit beschäftigt und gerade dabei, die reparierte Deichsel des Leiterwagens mit einem Hanfseil zu umwickeln, was zeigte, dass er dem Resultat seiner Arbeit nicht recht traute. Der Alte saß ebenfalls immer noch auf der Bank und schmauchte.

Reuter schaute über die linke Schulter zu Siemerling: »Wie heißt die Tochter?«

»Anna Maria.«

»Merci!« Reuter ging schnurstracks auf die beiden Männer zu. »Gauden Dag!«, grüßte er.

»'n Dag ok!«, erwiderte der Alte. Der Junge nickte bloß.

Reuter deutete auf Bahr: »Der Herr sucht seine Verlobte, das junge Frollein Anna Maria.«

»Äh«, begann Malabar, unterdrückte dann aber schnell seinen Protest.

»Nee?« Der Alte zog an seiner Pfeife. »Dat gnädige Frollein söcht hei? Nee! Dat is wech!«

»Wech?«

Der Alte nickte.

»Wiet wech?«

»Nee. In 't Mäkelborgsche, na 't Kloster in Malchow.«

»Also doch!«, entfuhr es Siemerling.

»Woher wissen Sie das?«, erkundigte sich Reuter.

»Seggt de Kaakmamsell.«

»Na, die Köchin muss es ja wissen.«

»Jo.« Der Alte sog heftiger an seiner Pfeife, aber sie war inzwischen ausgegangen. Etwas vergrätzt blickte er in den Pfeifenkopf, während der junge Mann sein Werk anscheinend beendet hatte und sich neben ihn setzte.

Reuter fragte: »Wann wurde das gnädige Fräulein denn nach Malchow gebracht?«

»Jo«, lautete die Antwort des Alten.

»Vor vier Wochen ungefähr«, sagte der Junge. »Das kam so ganz überraschend.«

»Quasi über Nacht?«

»Wi seggen nix mihr, Missjöh Quasi«, sagte der Alte, wandte sich ab und klopfte seine Pfeife aus.

Es hatte sich ein leichter Wind erhoben, der durch die Roggenfelder strich und die Halme zum Wispern brachte. Am hohen Himmel zeigten sich ein paar Wolken, die langsam von Westen nach Osten zogen, nichts Bedrohliches, aber doch die Möglichkeit eines späteren Gewitters enthaltend. Reuter und seine Freunde befanden sich auf dem Weg zurück an die Linde. Siemerling lenkte den Wagen, Wilhelm

Bahr starrte in den Himmel und schien zu träumen, Reuter, dessen Blick nach hinten ging, sah das Herrenhaus von Fünfeichen immer kleiner werden, bevor es hinter einer Bodenwelle verschwand. Er ließ noch einmal die Beobachtungen und Gespräche der letzten Stunden Revue passieren, dachte an die drei verhafteten Radaubrüder, an die bedauernswerten Davidsons, an die überraschend ins Malchower Damenstift gegangene oder gebrachte Tochter, dann auch an die Toten, an Walter Kilian, an Marthe Kliefoth, an Paul Börner. An den Oberlanddrost dachte er, überhaupt an die weitverzweigte Familie derer von Kamptz, und dann fiel ihm auch wieder die Festungshaft ein, sein und seines Vaters verzweifelter Kampf um eine Verlegung nach Mecklenburg. Diese Erinnerung ging mit einem Zwicken im Magen einher, mit einem Druck- und Völleempfinden, nach einer Weile auch mit Übelkeit. In seinem Kopf begann ein leises Summen, das in ein Rauschen und Rucken überging, in das Gefühl, irgendetwas Winziges, aber Körperhaftes fliege in seinem Gehirn hin und her. Seine Hände begannen zu zittern, ein bohrender Schmerz durchfuhr Schultern und Arme, in den Waden regte sich der Krampf. Bevor es dazu kam, musste Reuter sich ablenken, also sagte er schnell: »Meint ihr nicht, dass die drei Brandstifter gedungen sind?«

»Was?« Malabar, aufgestört aus seinem Wolkenkuckucksheim, richtete sich ruckartig auf.

»Ich überlege laut: Könnten die Brandstifter nicht ihrerseits zu ihrer Tat angestiftet worden sein?«

»Fritz, Fritz!« Viktor Siemerling schüttelte den Kopf. »Denke an Davidsons Worte – und nicht an Krüger und Co.«

Reuter lächelte verschmitzt. »Denke ich denn an Krüger?«

»An der Nasenspitze sehe ich es dir an. Der Junior Hermann Krüger ist vom Ehrgeiz gepackt, der größte Papiermüller unseres übersichtlichen Großherzogtums zu werden, und dann muss er feststellen, dass Davidson – ausgerechnet der Jude! – die besseren Maschinen angeschafft hat. Außerdem gibt es noch einen erfolgreichen ›Papierjuden‹, nämlich Lemelson in Wanzka. Das kann Ehrgeizling und Judenfresser Hermann Krüger ganz und gar nicht verknusen, also heuert er die dümmsten Maulhelden nördlich der Alpen an, um der Konkurrenz die Mühle anzuzünden? Wach auf, Fritz! Guten Morgen!«

»Viktor hat recht, das ist reinster Galimathias«, meinte auch Malabar. »Der junge Krüger kann so dämlich nicht sein. Wenn es so wäre, wie du vermutest, hätte er sich andere Coquins ausgesucht und nicht diese stadtbekannten Spitzbuben, die bei dem ersten Verhör umfallen und alles ausplaudern würden.«

Sie hatten inzwischen den Lindenbach erreicht. Viktor Siemerling zügelte das Tempo, dann lenkte er den Wagen nach links. Obwohl die Davidsonsche Mühle noch nicht zu sehen war, war sie doch zu riechen: Der Brandgestank, vor allem die Ausdünstungen der mit Wasser vermischten Asche reizten die Nase.

»Eigentlich könntest du Krüger ja selber fragen«, sagte Siemerling.

»Wie kommst du darauf?«

»Wir fahren vorbei. Keine zehn Minuten, und du kannst wieder den Großinquisitor spielen.«

Während dieser zehn Minuten blieben die Männer stumm. Die Ruinen der Papiermühle zogen an ihnen vorbei, aus einem übersehenen Glutnest schoss eine schmale Flamme hervor, die aber rasch wieder verschwand. Ein paar Krähen trippelten und hüpften am Ufer des Mühlweihers entlang, in ihren frechen Schnäbeln Eroberungen aus den noch unversehrten Nebengebäuden: Was sie sich da verschafft hatten, konnte man nicht sehen.

Das Mühlrad der Krügerschen Mühle drehte sich wie eh und je, und auch das Rattern und Knarren und Quietschen der Maschinen, das Stampfen und Rütteln waren zu hören.

Siemerling rief »Brr!«, der Gaul gehorchte, die Kutsche kam zu stehen.

»Nun, Fritz?«, fragte der Apotheker und Bankier.

»Ich weiß nicht. Was werde ich denn groß erfahren? Reinen Wein wird man mir wohl kaum einschenken.«

»In der Not nehmen der Teufel und Freund Reuter doch auch trüben Wein«, sagte Malabar mit einem breiten Grinsen.

Reuter massierte sich das Kinn. Die Gelegenheit war günstig, aber was könnte er fragen? Und warum sollte er überhaupt etwas wissen wollen? War er der Richter? Nein. War er gar ein Oberlanddrost? Da sei Gott vor! Ihn ging die Sache doch gar nichts an.

»Fritz?«, fragte Viktor.

Reuter zuckte mit den Schultern und schaute zur Mühle. In der oberen Etage wurde ein Fenster geöffnet, blau-weiß kariertes Bettzeug aus Kattun wurde auf das Fensterbrett geworfen, dann erschien ein noch recht junges, frisches und rundliches weibliches Gesicht. Über eine gewisse Art von Kattun hatte sich Reuter im Unterhaltungsblatt einmal lustig gemacht, genauer gesagt, sein Witz hatte den Zeitumständen gegolten, und so hatte er über »die neue Zeit in buntem Groschen-Kattun und Gamaschenstiefeln« geschrieben. Der Stoff, aus dem die Wäsche der Müllerfamilie hergestellt worden war, schien von jener besseren Qualität zu sein, der man den eigenartigen Namen »Zitz« gegeben hatte – ein Wort, das eher nach Tierreich klang als nach Baumwollstoffen.

Das Gesicht der jungen Frau verschwand. Reuter beschloss, Viktor Siemerling zu bitten, die Fahrt fortzusetzen, um vielleicht bei der Hintersten Mühle noch einen gemeinsamen Schoppen zu nehmen. Siemerling lächelte hintergründig, wohl weil er Reuters Wunsch für ein Zeichen von Mutlosigkeit hielt, was er vielleicht auch war. Er hob bereits die Peitsche, als die Tür des Hauses geöffnet wurde. Auf der Schwelle erschien ein Rollstuhl, in dem der Senior halb saß und halb lag. Trotz der frühlingshaften Temperaturen war er bis zum Hals in einen Pelz gehüllt, aus dem nur sein spitzes Gesicht und die dünnen, verkrümmten Hände ragten. Ein junger Mann in einem grauen Arbeitskittel, darunter eine schmutzige Hose aus blauem Stoff und an den Füßen klobige Stiefel, schob das Gefährt bis zu der oberen der drei Stufen. Ein Bartflaum über den zusammengepressten dünnen Lippen deutete darauf hin, dass er keineswegs älter als zwanzig Jahre war. Am Fuß der Treppe begann ein Kiesweg, der durch den kleinen Vorgarten bis zum Zauntor führte.

Hinter dem Senior und seinem Gehilfen tauchte schließlich ein dritter Mann auf, der ebenfalls noch recht jung war, so um die dreißig. Er hatte Ähnlichkeit mit dem Greis im Rollstuhl, musste also dessen Sohn und Nachfolger Hermann Krüger sein. Von beiden Seiten packten er und der Flaumbart den Rollstuhl und hievten ihn die Treppe hinab. Der alte Krüger war zu einem solchen Leichtgewicht geschrumpft, sodass ihnen vor allem der Stuhl Mühe machte, aber mit vereinten Kräften brachten sie ihn glücklich auf den Weg und schoben ihn zum Tor.

»Wünschen Sie etwas?«, fragte der Alte mit brüchiger Stimme. Sein Blick jedoch war wach – und voller Misstrauen.

»Wir schauen uns die Mühle an«, brachte Reuter verlegen hervor.

»Nun, meine Herren, dies ist ein Betrieb und kein Musentempel«, meinte der Alte. Seine Stimme wurde etwas kräftiger, der Brustkorb hob und senkte sich von der damit verbundenen Anstrengung. Dann streckte er urplötzlich den rechten Arm aus und zeigte auf Viktor: »Sind Sie nicht der Sohn des Kaufmanns Siemerling? Apteiker, nicht?« Der Geist des alten Mannes war noch rege, allein sein Leib war dem endgültigen Verfall nahe. Reuter überkam für einen Moment ein starkes Mitleid, das er aber rasch niederrang.

»Das bin ich«, bestätigte der Angesprochene.

»Ich war Ihrem Herrn Vater immer zu Dank verpflichtet«, sagte Krüger. »Was also können wir für Sie tun? Hermann!« Er wandte sich an seinen Sohn und wollte etwas sagen, aber völlig unerwartet brachte er kein Wort mehr heraus. Er rang nach Luft, immer hektischer wurden seine Atemzüge, aus der Lunge kam ein rasselnden Geräusch, von dem einem angst und bange werden konnte. »Her…«, versuchte er. Dann schüttelte ihn ein so starker Husten, dass Reuter betreten zu Boden schaute, weil er den Anblick nicht ertrug. Nach vielleicht einer Minute war der Anfall vorbei. Krüger wirkte zu Tode erschöpft, Sohn und Gehilfe drehten bereits den Rollstuhl dem Haus zu, Hermann zuckte bedauernd mit den Achseln. Doch dann sagte der Alte noch: »Die Magd hat gesehen, dass Sie unser Haus anstarrten. Sagen Sie nun endlich, was ist an diesem unserem Haus, das die Aufmerksamkeit dreier Herren Ihres Formats fesseln kann?«

Reuter war der spontanste der drei Freunde, ihm fiel augenblicklich eine Antwort ein: »In Mühlenangelegenheiten sind wir wahre Tröpfe. Und auch von der Papierfabrikation wissen wir nichts. Stellen Sie sich vor, ich bin Schriftsteller! Da sollte ich doch Interesse daran haben, mir einmal die Herstellung meines Beschreibstoffes erklären zu lassen.«

»Schriftsteller, ach herrje!« Die eingefallenen Wangen des Alten röteten sich leicht: Die Anwesenheit eines Schriftstellers schien ihn zu amüsieren. Dann wandte er sich an den Flaumbärtigen: »Na, Niklas, zeig man dem Apteiker, dem Skribenten und dem Herrn mit dem großen Kasten, wie man Papier macht. Aber erst bringt mich ins Haus. Gehaben Sie sich wohl, meine Herren! Sollten Ihre Umtriebe auf Erden ehrenhaft und Gott wohlgefällig sein, sehen wir uns wieder in der anderen Welt.« Er bekräftige seine letzten Worte mit einem kurzen trockenen Husten, während man ihn zu der Treppe schob. Hermann und Niklas hoben ihn die Stufen hinauf und Reuter konnte noch sehen, dass der Alte eingeschlafen war. Dann verschwand er samt Rollstuhl und Helfern im Haus.

Von Mühle zu Mühle ging der Ausflug der drei Freunde an diesem Tag, aber das war nur natürlich, wenn man im Lindetal unterwegs war. Reuters Wunsch, bei der Hintersten Mühle Station zu machen, traf bei Siemerling und Malabar auf offene Ohren, und so kehrten sie ein. Kaum dass sie saßen, nahm der Mühlenbesitzer und Gastwirt ihre Orders auf, wenig später stand vor jedem von ihnen ein Glas Wein.

Über die Krügersche Papiermühle war Reuter nun so vollkommen im Bilde, wie es in der kurzen Zeit von dreißig Minuten möglich war. So lange hatte sie Niklas Wittich herumgeführt, der junge Mann, der schon ein erstaunlich pralles Leben hinter sich hatte. Er stammte aus der Gegend von Neustadt-Eberswalde, war also ein »Saupreuß'« und hatte in der Papiermühle Spechthausen, die sich kaum mehr als eine Meile südlich von Neustadt befand, das Papiermacherhandwerk erlernt.

Reuter labte sich am Wein und ließ weiter die Visite in der Krügerschen Mühle Revue passieren: Niklas Wittich, der älter war als geschätzt – er sei schon 27, hatte dieser stolz erklärt –, war nach der Freisprechung durch halb Europa gewandert, wie es sich für einen guten Gesellen gehörte. Vor einem Jahr war er dann bei Krügers Mühle gelandet. Ob er bleiben würde, wusste er noch nicht, aber er schien nicht nur ein strebsamer, sondern auch ein unruhiger Mensch zu sein, sodass Reuter vermutete, seine Wanderschaft sei noch lange nicht vorbei. Wahrscheinlich würden ihn erst Weib und Kind sesshaft machen.

Reuter nahm abermals einen Schluck und schaute auf den Titel des Buches, das er auf den Tisch gelegt hatte. Nachdem Hermann seinen Vater versorgt oder in die Obhut einer Person gegeben hatte, die ihn versorgen konnte, war der junge Krüger zu ihnen gestoßen, das nämliche Buch in der Hand. Anscheinend hatte es ihn beeindruckt, dass sich ein Schriftsteller für die Papiermacherei interessierte, und so erklärte er sich bereit, das Werk für einen längeren Zeitraum zu verleihen. Verfasst hatte das im Jahr des Herrn 1833 erschienene »Handbuch der Papierfabrikation« ein gewisser Marie Ludwig Valentin Piette, der einer bekannten, in mehreren europäischen Ländern ansässigen Familie von Papierschöpfern angehören sollte – Reuter kannte sie bisher ebenso wenig wie Specthausen, weder Siemerling noch Malabar hatten je von einer Familie Piette gehört. Auf der kurzen Kutschfahrt von der Krügerschen zur Hintersten Mühle hatte Reuter in dem Buch geblättert und dabei festgestellt, dass die ersten Arbeitsschritte in einer Papiermühle älteren Zuschnitts tatsächlich eine eher ekelerregende Angelegenheit waren. Louis Piette, wie er sich der Einfachheit halber auch nannte, schilderte das Verfahren der Gärung von Hadern ganz genau: ›Zuerst werden die Lumpen sortiert, zerschnitten und in einem Behältnis oder einer Faulgrube festgestampft, dann werden Gefäß oder Grube verschlossen. Allmählich erwärmt sich der Stoff, und ab dem vierten Tage entwickelt sich ein Ammoniakgeruch und ein dicker Dampf. Am fünften Tage‹, schrieb Piette, ›werden die Hitze und der Gestank unerträglich und Schleim tritt an die Oberfläche, am siebten Tage sind die Lumpen mürbe. Am achten Tage können sie gemahlen werden …‹

Weiter hatte Reuter nicht lesen können und er würde es wohl auch kaum tun, denn so sehr interessierte ihn die Herstellung von Papier nun doch nicht. Wäre er noch Redakteur des Unterhaltungsblattes, hätte er womöglich darüber geschrieben. Nun aber hatte er anderes im Sinn.

Viktor Siemerling hob nach einem Seitenblick auf Reuter sein Glas und rief: »Prost!«

Wilhelm Bahr folgte seinem Beispiel, aber sein Prosit war weitaus länger: »›Prost!‹, säd Jost und stök sien Näs in'n Kros«, worauf Siemerling erwiderte: »›Schön Dank!‹, säd Jan und stök sien Näs in'e Kann.« Dann deutete er auf Reuter: »Hei süppt all!«

»Nee, hei hett all utsapen«, korrigierte Malabar. Und tatsächlich, fast ohne es zu bemerken, hatte Reuter sein Glas geleert.

»Hei süppt 'n gauden Stäwel«, ließ dieser über sich selbst verlauten, lachte und winkte dem Wirt, der schon auf eine neue Order lauerte.

Was Hermann Krüger und der Geselle Wittich ihnen gezeigt hatten, war das Werk des alten Papiermüllers, der wiederum ein Enkel des aus Westpreußen stammenden Johann Friedrich Wilhelm Krüger war, des Begründers der Familientradition am Lindenbach. Heinrich Krüger hatte im Jahre 1846 große Veränderungen vorgenommen, er hatte zwei kleine Mühlräder durch ein Stelzenwasserrad ersetzt und den alten Holländer sowie das Lumpenstampfwerk durch zwei neue Holländer, was erhebliche Umbauten erfordert hatte. Inzwischen waren nur elf Jahre vergangen, aber der junge Krüger plante für die kommenden Monate weitere Neuerungen. Er versicherte, dass das Papiermachen aus Hadern bald überall ebenso ein Ende haben werde wie das Handschöpfen, denn beides sei weder zeitgemäß noch wirtschaftlich. Reuter hatte gefragt, ob man deshalb keine jüdischen Lumpensammler mehr sehe. Auf diese Weise hatte er den Bogen zur Mühle der Familie Davidson geschlagen, man war auf das Feuer zu sprechen gekommen, Krüger hatte ein paar Krokodilstränen verdrückt, jedenfalls hatte Reuter sie als unecht empfunden. Oder hatte er falsche Tränen nur gesehen, weil er sie sehen wollte?

»Vielleicht hat sich Davidson seine Maschinen gar nicht leisten können«, sagte er nachdenklich in den Raum. Sowohl Siemerling als auch Malabar schauten ihn skeptisch an. Der

Wirt der Hintersten Mühle kam mit einem Humpen Gerstensaft an den Tisch und setzte sich ungefragt zu ihnen, wie er es bei Reuters Besuchen fast immer tat, es sei denn, der Andrang von Trinklustigen war zu groß.

Wilhelm Bahr wollte wissen, was denn das nun wieder für Gedankensprünge seien.

Es gab etwas in Hermann Müllers Rede, das Reuter stutzig gemacht hatte. Nachdem der künftige Mühlenbesitzer sein Bedauern über den Tod der Papiermachermeisters und der Magd zum Ausdruck gebracht hatte, erwähnte er beiläufig, einen Teil des Schadens würde David Davidson sicher ersetzt bekommen, sei er doch – so wie Krüger selbst auch – der 1797 in Neu-Brandenburg gegründeten Hagelschadens-Assekuranz-Gesellschaft beigetreten. Sowohl Reuter als seine Mitstreiter hatte diese Bemerkung überrascht, war doch die Mühle Davidsons nicht durch Hagel zerstört worden, aber Krüger Junior hatte hinzugefügt, dass im Jahre 1801 unter dem Dach der Assekuranz eine Mobiliar-Brand-Versicherungs-Gesellschaft ihre Arbeit aufgenommen habe.

»Ich meine, dass er seinen mobilen Besitz ja ersetzt bekommt«, erklärte Reuter. »Vielleicht ist er so gut versichert, dass er auch die Gebäude wiedererrichten kann.«

»Oh mein Gott!«, stöhnte Siemerling auf. »Du denkst doch nicht ernsthaft daran, dass Davidson die drei Krawalleure selbst gedungen hat, damit sie seine Mühle anzünden und er die Versicherungssumme kassieren kann? Fritz, Fritz, Fritz! Deine Phantasie geht mit dir durch.«

»Ich spekuliere doch nur«, verteidigte sich dieser.

»Spekulationen können Menschen töten«, meinte Wilhelm Bahr.

Nun mischte sich auch der Mühlenbesitzer, ein vierschrötiger und gemütlicher Mann, in ihr Gespräch ein: »Ich halte Herrn Davidson für einen äußerst ehrenwerten Geschäftsmann. Immerhin kenne ich ihn aus dem Mecklenburg-Strelitzer Müllerverein und …«

»Werden Juden in diesen Verein aufgenommen?«, fragte Reuter – und hätte sich sofort auf die Zunge beißen können. So tief saß die Bezeichnung »Judenmühle« in ihm und zweifellos auch vielen anderen, dass er immer wieder vergaß, dass die Davidsons den mosaischen Glauben aufgegeben hatten.

Der Wirt netzte sich die Kehle, dann sagte er: »Wir sind doch nicht in Preußen! Sie wissen ja, was Serenissimus von der Judenemanzipation halten. Es gibt überhaupt keine jüdischen Müller in unserem Großherzogtum, also kommen wir nicht in die Verlegenheit, dass einer in den Verein aufgenommen werden will. Was halten die Herren von einem Pfeifchen?«

Viel hielten die Herren davon, und so brachte der Wirt, nachdem er rasch noch einen ordentlichen Schluck genommen hatte, vier Meerschaumpfeifen, von denen er stets eine größere Menge parat hatte; der Vorteil dieser aus dem türkischen Lüle-Stein herstellten Pfeifen gegenüber hölzernen bestand darin, dass sie nicht eingeraucht werden mussten. Für die Gäste einer Wirtschaft waren sie daher ideal.

Abermals verließ der Wirt den Tisch, um den Tabak zu holen und etwas zum Feuerschlagen. In diesem Augenblick fiel Reuter ein, dass Frau Mieth seinen scherzhaften Aufsatz über den Toback gelobt hatte und er nahm sich vor, ihn am Abend noch einmal selbst zu lesen.

Reuter fuhr innerlich zusammen, als der Wirt mit einem Tachypyrion zurückkehrte, dass dem Feuerzeug beinahe aufs

Haar glich, welches er im Fürstenhof bei dem dortigen Wirt gesehen hatte.

»So was Neumod'sches hat man itzo in der fürnehmen Welt«, meinte der Wirt mit einem ironischen Lächeln und stellte das Tachypyrion auf den Tisch. »Aber eines muss ich sagen: Es erspart Mühe.«

»Woher haben Sie das?«

Der Wirt setzte sich umständlich. »Von einem preußischen Rittmeister, der gern bei mir einkehrt. Ich habe es bei ihm gesehen und war dermaßen begeistert, dass er mir bei seinem nächsten Besuch eines mitbrachte. Es stammt aus Berlin!«

Reuter spürte, wie sein Herz bis in den Hals und in die Fingerspitzen schlug.

»Sie kennen also den Herrn von Ritzerow?«, fragte er.

»Oh ja. Immer wenn er die Remonten von Gut Fünfeichen visitiert, labt er sich hernach an einem guten Schoppen. Manchmal isst er auch … äh, speist er.«

Reuter versuchte, sich an die Beschriftung seiner Manschetten zu erinnern, was ihm nur schwer gelang. Er war aber sicher, dass er Fünfeichen nicht notiert hatte.

»Und sein Adjutant«, wollte er wissen, »speist der auch hier?«

»Nein, der Herr Rittmeister geht immer ohne Begleitung nach Fünfeichen.«

»Immer?«

»Na, seit drei Jahren kommt er in jedem Sommer.« Der Wirt schüttelte den Kopf, er verstand Reuters Erregung natürlich nicht.

»Im letzten Sommer war er auch da?«

Der Wirt nickte bedächtig.

»Wann?«

»Die Gerstenernte hatte gerade begonnen, also muss es Anfang Juli gewesen sein«, sagte der Wirt.

›Also vor ungefähr neun Monaten‹, dachte Reuter und machte dabei eine so heftige Bewegung mit dem rechten Arm, dass er sein Glas umstieß.

Es war nach diesem Tag gar nicht anders möglich, als auch noch in eine Neu-Brandenburger Gastwirtschaft einzukehren, und da Viktor Siemerling Pferd und Wagen in die Remise seines Hauses am Markt schaffen musste, fiel die Wahl auf den Ratskeller. Wirt Ahlers bediente persönlich, andere Freunde waren nicht da. Natürlich bekam man den Stammtisch. Kaum standen der Weinkrug und die Becher auf der glattpolierten Platte, erschien wie aufs Stichwort Doktor Brückner. Als auch er einen Becher bekommen hatte, traten auch die Gebrüder Boll ein, sodass sich Reuter im Kreise der engsten Freunde befand. Ihnen eröffnete er, was ihm durch den Kopf spukte: Es könne sehr wohl möglich sein, dass der Rittmeister von Ritzerow ein amouröses Abenteuer mit der Tochter des Gutspächters Mieth gehabt habe; dafür spräche par exemple die Tatsache, dass er Gut Fünfeichen immer ohne seinen Adlatus aufgesucht habe.

»Und nun stellt euch vor, dass das Techtelmechtel der beiden gesegnet war«, führte er aus. »De Adebor hett ehr in ’t Bein bäten. Anna Maria Mieth, die höhere Tochter, mit einem unehelichen Kind unter dem Herzen – undenkbar! Ein Skandal, wenn es ruchbar wird. Was macht man in einem solchen Fall?« Reuter hob die Augenbrauen und die Stimme.

»Ins Kloster«, sagte Ernst Boll. »Oder eben in ein Damenstift – die zeitgemäßere Variante.«

»Nicht wahr?« Reuter langte triumphierend nach seinem Becher.

»Natürlich«, meinte Ernst, »die übliche Hypocrisie sociale. Gesellschaftliche Heuchelei ist ja in Adelskreisen …«

»Mieths sind nicht adelig«, fiel Siemerling ihm ins Wort. »Ihnen gehört der Grund und Boden auch nicht, sie sind nur Pächter.«

Ernst Boll ließ sich nicht beirren: »Dann ist es eben bürgerliche Heuchelei.«

»Was haltet ihr von meiner These?«, wollte Reuter wissen.

Ernst Boll nickte, Franz Boll zuckte mit den Schultern, Malabar zeigte überhaupt keine Reaktion und Ratskellerwirt Ahlers, der mit in der Runde saß, tat es ihm gleich. Siemerling hingegen wurde plötzlich leichenblass.

»Viktor?«, fragte Reuter besorgt.

»Mir ist etwas eingefallen.« Der Apotheker sprach mit leiser, etwas rauer Stimme. »Etwas, das ich nicht so wichtig genommen habe, das jetzt jedoch in einem anderen Lichte erscheint. Frau Mieth, also die Mutter, hat vor einiger Zeit zweimal eine Bedienstete zu mir geschickt, beim ersten Mal sollte sie Arsen zur Vertilgung der Ratten beschaffen, beim zweiten Mal sogenannte ›Fowlersche Lösung‹. Das war im Winter, es war kalt, die Lösung wollte sie als Mittel zum Fiebersenken, weil angeblich so viele vom Personal mit Infekt daniederlagen. Das war ja möglich, also habe ich mir nichts dabei gedacht.«

»Und was denkst du jetzt?«, erkundigte sich Malabar.

»Das wird dir sofort klar werden, wenn ich dir den lateinischen Namen der ›Fowlerschen Lösung‹ nenne. Er lautet: ›Liquor Kalii arsenicosi‹.«

»… enthält also auch Arsen«, sagte Malabar. Man konnte direkt sehen, wie seine Gedanken hinter der Stirn arbeiteten. »Womit man ja wirklich Ungeziefer vernichtet … Und hilft es nicht auch bei Brustenge?«

»Du begreifst nicht?«, fragte Siemerling.

»Und ob«, sagte Bahr. »Ich denke, dass wir alle begriffen habe. Ich möchte es nur nicht wahrhaben, weil der Herr Mieth mir doch ein großer Philanthrop zu sein scheint.«

»Also ich weiß nicht, wovon ihr sprecht«, meinte Ahlers.

»Arsen benutzt man auch als Abortivum«, erklärte Reuter.

Ahlers riss die Augen auf. »Zum Engelmachen?«, fragte er entsetzt.

»Genau«, sagte Siemerling. »Zum Abtreiben eines unerwünschten Fötus!«

Fünftes Kapitel

Donnerstag, 16. April 1857

Louise war entsetzlich aufgeregt. In der Wohnstube standen all die Reiseutensilien, die eine Frau brauchte, wenn sie sich auf einen mehr oder minder weiten Weg machte: zwei schon ein wenig verbeulte Lederkoffer, ein Reisesack und zwei Hutschachteln. Nur bis Sonntag würde Louise bei ihrer Familie in Roggenstorf bleiben.

Reuter war am Vorabend nicht zu spät und nur beschwipst nach Hause gekommen, und doch reagierte sein Wising gereizt, als er, vom Schlaf noch etwas benommen, mit dem linken Knie gegen einen der Koffer stieß und diesen zum Umstürzen brachte. »Sieh dich doch vor, Friedrich Reuter!«, rief sie. »Ich weiß nicht, wo mir der Kopf steht! Und du siehst aus … Hoffentlich habe ich nichts vergessen!« Sie richtete den Koffer auf, während er in die Küche ging und kaltes Wasser in die Waschschüssel schüttete. »Sicher habe ich etwas vergessen«, hörte er sie in der Stube sagen. »Man vergisst immer etwas. Das Wichtigste! Habe ich die Geschenke eingepackt?« Sie öffnete den Koffer. Reuter war sicher, dass sie die Gaben natürlich längst eingepackt hatte, aber er sagte nichts.

Louise gebärdete sich, als stünde ihr eine Weltreise bevor. Auf der Fahrt mit der Fahrpost nach Güstrow, die auf der Kunststraße nach Rostock auch Reuters Heimatstadt Stavenhagen passierte, würde sie schon kurz hinter der Neu-Brandenburger Stadtgrenze vom Strelitzer zum Schweriner Landesteil Mecklenburgs wechseln. Das war keine aufregende Sache, es gab keine Wachtposten und keine Zöllner, nirgends lauerten Gefahren, und die Chaussee, die man 1834 errichtet hatte, war gut ausgebaut. In Güstrow würde Louise dann die Eisenbahn nach Schwerin und Hagenow besteigen und in Kleinen würde sie aussteigen, wo sie entweder ihr Vater oder ein Roggenstorfer Bauer mit dem Fuhrwerk erwarten würde. Wenn alles gut ging, und warum sollte es das nicht, würde sie ihre lieben Anverwandten noch vor dem abendlichen Festschmaus in die Arme schließen können. Es gab nicht den geringsten Grund, nervös zu sein, ebenso wenig wie es notwendig war, für nicht einmal vier Tage seine halbe Garderobe mitzuschleppen. Aber das war nun einmal das übergroße Sicherheitsbedürfnis der Frauen, Louises Erbteil ihres Geschlechts.

Doch auch Reuter fühlte sich nicht wohl, weil er scheinbar ohne Grund schlecht geschlafen hatte und allein deswegen selbst quarrig war – am liebsten hätte er dem Koffer nach Louises Anranzer einen Tritt versetzt. Irgendeine Laus lief wieder einmal über seine Leber. Das hatte nichts mit den Ereignissen der letzten Tage zu tun, sondern allgemein mit seinen Dämonen, seinem Leiden. Solche Tage kamen und gingen. Ganz sicher bereitete sich ein Anfall vor.

Reuter erledigte rasch eine Katzenwäsche, Louise schimpfte und stampfte mit dem Fuß, weil das Mädchen noch nicht da war, das ihr beim Tragen helfen sollte. In der Kanne auf dem Küchentisch befand sich lauwarmer Kaffee, Reuter nahm einen Schluck. Er hatte keinen Appetit und nagte nur an einem Kanten Brot, weil er wusste, dass Louise ihm andernfalls eine

Predigt über die Notwendigkeit des Frühstückens halten würde – dafür fand sie immer Zeit. Bevor er sich überhaupt in der Stube gezeigt hatte, hatte er bereits einen Blick auf die Manschetten geworfen und sich vergewissert, dass er den Namen Fünfeichen nicht auf den weißen Stoff gekritzelt hatte; selbst bei den unleserlichen Worten konnte es sich nicht um dieses Gut handeln, sie waren zu kurz. Nun konnte das zwar bedeuten, dass er während des Trinkgelages mit dem Rittmeister nicht alle Orte behalten hatte, die dieser erwähnte, oder aber von Ritzerow hatte tatsächlich um Fünfeichen einen Bogen gemacht.

Louise riss ein Fenster auf und schaute auf den Markt, wohl um das Dienstmädchen mit ihren Blicken herbeizuzwingen. Offenbar entdeckte sie es, denn als sie sich ihrem Mann zuwandte, schien sie ein wenig besänftigt.

»Was hast du heute vor, Fritzing?«, erkundigte sie sich. »Fritzing« – das sprach dafür, dass sie sich tatsächlich beruhigt hatte.

Reuter überlegte kurz, hatte eine Idee und sagte: »Ich werde mein Versprechen einhalten und mich Alwines Gedichten widmen«, was zwar ein spontaner Einfall war, aber trotzdem ernst gemeint. Louise nickte. Sie wusste, dass mit »Alwine« die Greifswalder Dichterin Alwine Wuthenow gemeint war, seit fast fünfzehn Jahren verheiratet mit Reuters Freund aus Silberberger Festungstagen, dem Kreisgerichtsrat Ferdinand Wuthenow. Die Ärmste litt seit ihrer Kindheit an einer Geisteskrankheit, was womöglich eine gewisse Seelenverwandtschaft mit Reuter erklärte. Dieser wollte vor allem auch seinem alten Gefährten einen Gefallen tun und hatte daher zugesagt, einen Gedichtband von Alwine zu redigieren und mit einem Vorwort versehen, beim gemeinsamen Freund Kunike in Greifswald erscheinen zu lassen; immerhin verdankte er Wuthenow die Bekanntschaft des Verlegers, der sich just damit befasste, Reuters Bühnenstücke »Der 1ste April 1856 oder Onkel Jacob und Onkel Jochen« sowie »Blücher in Teterow« herauszugeben, von denen sich der Verfasser einigen Erfolg versprach.

Doch bevor sich Reuter den lyrischen Ergüssen der zehn Jahre jüngeren Frau widmen konnte, musste er sich als Träger betätigen. Das Mädchen war endlich aufgekreuzt, und nachdem Louise ihr angedroht hatte, sie zu entlassen, hatte es erst einmal Tränen gegeben. Dann aber ergriff Marie gleich die beiden Koffer, an denen sie bereits auf dem Treppenabsatz scheiterte. Reuter erbot sich, sie zur Postkutsche zu tragen, die auf dem Markt wartete. Marie nahm den Reisesack, Louise die beiden Hutschachteln. Schon nach wenigen Metern begann Reuter zu keuchen. Er war immerhin Turner: Seine Frau musste Wackersteine eingepackt haben, denn anders war das Gewicht der Koffer nicht zu erklären. Schließlich langte man aber doch bei der Kutsche an. Der Bursche des Postillons seinerseits fluchte, als er das Gepäck auf dem Kutschendach verstauen musste, Reuter hauchte seiner Frau einen zarten Kuss auf die hinter zarter Spitze verborgene Wange, genauer gesagt, er hauchte ihn auf die Spitze, dann stieg Louise ein. Kurz nach dem Schlag der zehnten Stunde setzte sich die Fahrpost in Bewegung. Fritz Reuter war Strohwitwer. Das musste gefeiert werden.

Der Ratskeller war noch zu, im Fürstenhof hatte der Rittmeister sein Frühstück gerade beendet und schickte sich an, auf sein Zimmer zu gehen. Er begrüßte Reuter freundlich, dieser grüßte ebenso artig zurück. Nicht ohne Hintergedanken erkundigte er sich, ob der Herr Rittmeister wohl wieder Remonten ausheben wolle, was dieser bestätigte.

»Auch in Fünfeichen?«, wollte Reuter wissen.

»Fünfeichen?« Von Ritzerow schien zu stutzen. Es kam Reuter vor, als würde er sogar ein wenig erbleichen. Seine Stimme aber war fest. »Nein, nicht Fünfeichen. Auf meiner Agenda stehen heute Ihlenfeld und Sponholz.«

»Aber Sponholz ist Domäne und gehört dem Großherzog, und der wird wohl kaum Militärpferde verkaufen«, meinte Reuter.

»Warum nicht? Unser König ist immerhin sein Neffe. Außerdem kaufe ich nicht bei Serenissimus persönlich; das ist ja schließlich ein Fürst und kein Rosshändler. Ich erwerbe, wenn überhaupt, vom Pächter, und das mit Einverständnis des Domanialamtes …«, der Rittmeister legte schmunzelnd eine winzige Pause ein, »… Stargard.«

»Sie haben auf dem Amt vorgesprochen?« Reuter war überrascht, wie umtriebig der Rittmeister war.

»Oh ja, persönlich beim Oberlanddrost. Wir haben auch über Sie parliert. Aber, mon cher, ich muss mich sputen! Bonne chance!« Sprach's und sprang die Treppe hinauf, leichtfüßig wie ein Jüngling. Reuter blieb sprachlos zurück: Der Rittmeister hatte mit von Kamptz über ihn geredet? Warum ausgerechnet über ihn?

Jetzt brauchte er wirklich Wein.

Nach dem Frühschoppen war seine Stimmung etwas weniger getrübt, und sie wäre sicher in eine kurzzeitige Euphorie umgeschlagen, wenn er es nicht bei zwei Gläsern Mosel hätte bewenden lassen. Nicht gerade ausgelassen aber doch arbeitslustig überquerte er den Marienkirchplatz und begab sich nach Hause, wo er sich sofort an den Schreibtisch setzte. Aus einer Lade kramte er ein paar Blätter heraus, die mit der unsicheren Schrift eines seelenkranken Menschen beschrieben waren und einige Gedichte der Alwine Wuthenow enthielten. Er schätzte diese Arbeiten nicht nur, weil er mit ihrem Gatten befreundet war oder weil ihn Mitleid bewog, denn seit 1853 musste sie sich im Katherinenstift in Rostock aufhalten. Es war nicht abzusehen, wann sie zu ihrer Familie zurückkehren konnte. Nein, ihre Gedichte brachten in ihm auch die eine und andere Saite zum Klingen, sodass er bereits einige im Unterhaltungsblatt veröffentlicht hatte – nun aber sollte bei Kunike gar ein Bändchen erscheinen.

Sein Blick fiel auf das obere Blatt:

›Ik kann't nich hochdütsch seggen,
wat mi in' Bussen sitt;
dat ist man halwes Snacken,
dat Best will doch nich mit.
Mi is't as künn mien Hergott
Mi beter denn verstahn,
as würd mien Bidd so neger
em an da Hart' ran gahn.
Und wenn'k in mienen Würden
Den herrn willkamen bün,
denn kann't Jug recht ok wesen,
un Jug ok gaud naug sin.‹

Reuter blickte zum Fenster und sah einen Teil der Fassade von Sankt Marien. Erging es ihm nicht auch so, dass er die Dinge, die sein Herz bewegten, am besten auf Platt ausdrücken konnte, hatte er nicht auch deshalb für »Kein Hüsung« die Sprache seiner Heimat gewählt? Er nahm damit in Kauf, dass er jenseits der Grenzen von Mecklenburg nicht verstanden wurde.

Reuter hatte sich vorgenommen, Alwines Gedichte behutsam zu redigieren und den vorpommerschen Dialekt auf jeden Fall zu erhalten. Er musste an Franz Boll denken, den großen Kenner des Niederdeutschen, und drehte sich halb nach rechts, wo in einem Regal die beiden letzten Jahrgänge mit dem Titel »Archiv für Landeskunde in den Großherzogthümern Mecklenburg« standen. Zielsicher griff er nach dem Jahrgang 1855, der Bolls Aufsatz »Zur Aussprache und Rechtschreibung des Plattdeutschen« enthielt. Doch mitten in der Bewegung hielt er inne. Ohne dass er wusste weshalb, breitete sich unterhalb des Brustbeins plötzlich ein solch starkes Gefühl von Traurigkeit aus, dass es ihm den Atem verschlug. Es war mehr als Melancholie, verursacht durch Gedanken an die heimatliche Sprache oder an das Heimatliche überhaupt, sondern es war eine Art Trauer um das Menschsein an sich, um die tragédie humaine, oder um sein eigenes, von ihm häufig als verpfuscht empfundenes Leben. Immer wenn ihn diese abgrundtiefe Traurigkeit befiel, suchte er nach Gründen. Er wusste insgeheim, dass es niemals eine befriedigende Erklärung geben würde, aber das Wissen auszuhalten, dass er ohne erkennbaren Grund todtraurig war, war ihm nicht vergönnt: Er wollte sich nicht damit abfinden.

Reuter schnellte von seinem Sessel hoch und riss das Fenster auf, um besser atmen zu können. Doch er musste nicht einmal den Kopf hinausstrecken und die frischere Luft einsaugen, denn der Anfall war schon vorbei. Er hatte vielleicht eine Minute gedauert und Reuter wusste, dass diese attaques immer vorübergingen, aber während sie anhielten, während dieser oft nur kurzen Augenblicke quälte ihn die panische Furcht, dass diese Crisis kein Ende finden möge.

Reuter zog ein Leinentuch aus der Rocktasche und tupfte sich die Schweißtropfen von der Stirn, während seine Gedanken sich von Alwine Wuthenow abwandten und quasi das Kirchgebäude durchdrangen, hinter dem er den Fürstenhof wusste. Rasch kreisten sie wieder um den Rittmeister und den Oberlanddrost, um das tote Kind aus dem Mühlenteich, die Schüsse auf den Stellmacher Kilian und den Brand. Zu gern hätte er gewusst, was Stadtrichter Müller inzwischen in Erfahrung hatte bringen können, aber es hatte keinen Zweck, ihn aufzusuchen und mit Fragen zu bestürmen, denn der Mann konnte schweigen. Außerdem stand ja die Frage im Raum, was ihn diese Kriminalgeschichte überhaupt anginge und ob er nicht besser bei seinem Leisten bliebe? Es hatte drei Tote gegeben, Opfer von Verbrechen, also konnte Reuter den Spieß auch umdrehen und fragen, ob so etwas nicht jedermann anginge? Aber wozu moralisieren? Er brauchte keine Begründung dafür, dass er sich rasch reisefertig machte und keine Viertelstunde später an der Haustür seines Freundes Siemerling schellte.

Das Hausmädchen, das ihm öffnete, geriet ganz außer sich, als er darum bat, zu ihrem Herrn vorgelassen zu werden. Dieser befand sich doch nach ihrer Auskunft in seinem »Labratorjum« und dürfe um keinen Preis gestört werden. Reuter wusste, dass er ganz sicher stören durfte, aber es musste erst eine Entscheidung Ottiliens herbeigeführt werden, von Viktors Gattin also, die vom Mädchen herbeigerufen wurde.

Ottilie Siemerling geleitete den Gast mit einem Schmunzeln auf den Lippen zur Tür des Laboratoriums, in dem Siemerling seine Pülverchen und Kügelchen mischte.

»Macht er wieder ›Fowlersche Lösung‹?«, fragte Reuter nicht ohne Ironie, obwohl die Frau des Hauses diese Anspielung gar nicht verstehen konnte.

Ottilie Siemerling schüttelte den Kopf. Ihr war anzusehen, dass sie nur mit Mühe das Lachen unterdrücken konnte: »Er fabriziert etwas, das er ›Onguent de Montaigne‹ nennt. Lieber Freund, fragen Sie ihn selbst, was es mit der ›Salbe des Montaigne‹ auf sich hat. Mir ist es …« Sie kicherte. »Also fragen Sie ihn, er erklärt es gern.« Und erschüttert von einem lautlosen Lachen, schritt sie eilig die Treppe hinauf.

Reuter hielt sich nicht für einen besonders gebildeten Menschen, aber mit Montaigne brachte er dessen berühmte Essays in Zusammenhang, nicht aber irgendwelche Salben. Umso gespannter war er natürlich, was ihn erwartete.

Er klopfte, erhielt keine Antwort, klopfte erneut.

»Ne pas déranger!«, rief Siemerling schließlich, und es hörte sich ziemlich ungehalten an. »Je le répète: Ne pas déranger!«

»Kann dein Dienstmädchen denn Französisch?«, rief Reuter zurück.

»Fritz? Du? Un instant, mon ami! Gibt's wieder Tote? Ich öffne dir sogleich.« Es dauerte nicht lang, bis er tatsächlich die Tür entriegelte und weit öffnete. Siemerling trug über Jacke, Hemd und Krawatte eine lange Schürze von dunklem Grau, die üblicherweise der Apothekergehilfe anhatte, und bat den Freund mit einer einladende Geste in die mirakulöse Welt der gläsernen Apparaturen, der Mörser, Schalen und Flakons und des neumodischen Gasbrenners, den ein Assistent des berühmten Heidelberger Professors Bunsen unlängst verbessert hatte. Reuter betrat also das Allerheiligste und wiederholte seine Frage: »Spricht dein Dienstmädchen Französisch?«

Siemerling rümpfte die Nase. »Ottilie bringt es ihr bei. Sie meint, Französisch sprechendes Personal sei vornehm. In Nigen-Bramborg! Wo für manchen Hochdeutsch schon eine Fremdsprache ist! Also, was führt dich zu mir?«

Reuter hatte inzwischen einen Wälzer entdeckt, aus dessen Buchblock an mehreren Stellen Lesezeichen ragten. Der Titel des Opus lautete »Journal du voyage de Michel Montaigne en Italie, par la Suisse et l'Allemagne«, und es lag etwas schief auf dem Drogenjournal der »Drogerie- und Farbwarenhandlung Gehe & Comp. zu Dresden für das Jahr 1856«.

»Ich interessiere mich für die Montaigne-Salbe.«

»Als du dich entschieden hast, mich aufzusuchen, wusstest du noch gar nichts von meinem Experiment«, meinte Siemerling und schnürte die Schürzenbänder auf.

»Man merkt, dass Apotheker studieren müssen«, scherzte Reuter. »Ich habe aber keinen neuen Toten und kein weiteres Feuer zu bieten. Was hat es denn mit dieser Salbe auf sich?«

Siemerling nahm das Buch zur Hand und schlug es zielsicher auf.

»Montaigne beschreibt einen Tag in dem römischen Bad von San Marco«, erklärte er und kniff die Augen leicht zusammen, um die entsprechende Stelle zu lesen und zu übersetzen: »Er schreibt: ›Hier erfuhr ich, es gebe eine Salbe – hergestellt aus ungelöschtem Kalk und wasserlaugenverdünntem Schwefelarsen im Mischungsverhältnis zwei zu eins –, die binnen einer Viertelstunde alle lästigen Körperhaare beseitige.‹ – Das wollte ich doch einmal ausprobieren. Mir scheint das nämlich ein erfolgversprechendes Mittel zu sein, wenn es denn wirkt.«

»Du experimentierst mit einem Enthaarungsmittel?« Reuter war fürbass erstaunt. »Was ist in dich gefahren? Ich habe nicht bemerkt, dass Ottilie ein Damenbart wächst …«

»Ich bin Geschäftsmann, Fritz!«

»Vielleicht trifft auf dich eher dieser lateinische Spruch zu … der mit ›cavea‹ und ›mundus‹ …«

»Latein ist wohl nicht deine Stärke?« Viktor lächelte fein. »›Cavea stultorum mundus – Die Welt ist ein Käfig voller Narren.‹ Das meintest du doch?«

»Äh, ja. Schwefelarsen, sagtest du?«

»Schrieb Montaigne, mein Lieber.«

Nun endlich kam Reuter mit seinem Anliegen heraus: »Mir lässt die Sache mit der ›Fowlerschen Lösung‹ keine Ruhe. Sie enthielt doch Kaliumarsenit, nicht wahr?«

»›Liquor Kalii arsenicosi‹ – wie der lateinische Name sagt.«

»Und zuvor schickte Frau Mieth eine Bedienstete, um Arsen zu holen?«

»Ja, Fritz!« Siemerling runzelte die Stirn. »Und Arsen enthält Arsen! Worauf willst du hinaus? Auf einen Abortus? Natürlich, worauf sonst. Erst hat sie es mit Arsen versucht, dann mit dem ›Liquor‹. Geh damit zu Hofrat Müller, aber mich verschone mit deinen Imaginationen.«

»Ich dachte …« Reuter druckste ein wenig herum.

»Was dachtest du?«

»Dass wir vielleicht noch einmal mit deinem Wagen zum Gut Fünfeichen fahren und …«

»Nein!«

»… und du könntest sagen, dass die ›Fowlersche Lösung‹ etwas zu viel Arsen enthielt und du sie zurücknehmen musst …«

Viktor Siemerling trat einen Schritt zurück und musterte Reuter mit einem Ausdruck, der verriet, dass er allmählich am Verstand des Freundes zweifelte.

»Fritz, bist du noch bei Trost? Friedrich Reuter«, jetzt fing er schon an wie Louise, »weißt du, was du von mir verlangst? Ich soll einen Fehler eingestehen, den ich nicht gemacht habe? Was soll das alles?«

»Ich möchte wissen, ob von der Lösung noch etwas übrig ist. Oder wie viel verbraucht wurde. Und eigentlich natürlich, was man damit wirklich gemacht hat.«

»Eigentlich – natürlich – wirklich!« Siemerling konnte nur den Kopf schütteln. »Dann fahr doch allein, oder nimm Schusters Rappen. Ich helfe dir nicht bei solch einem Wahnsinn. Die Mieths sind angesehenen Leute von allerbestem Leumund. Ich kann doch nicht dazu beitragen, dass irgendein Fleck ihren guten Ruf beschmutzt, nur weil du dir etwas in den Kopf gesetzt hast, das völlig übergeschnappt ist. Nein, Fritz Friedrich, das tue ich nimmermehr!«

Reuter ärgerte sich inzwischen, dass Viktor seine Frau kopierte, um ihn herauszufordern, aber er hatte wohl auch recht damit, aufgebracht zu sein. Trotzdem war es ihm lieber, wenn Siemerling ihn nach Gut Fünfeichen begleiten würde, denn er kannte die Pächterfamilie; außerdem verdankte sie seinem Vater zeitweilig die Existenz. Aber wie ihn überzeugen? Reuters Blick fiel abermals auf das Buch des Franzosen und da hatte er eine Idee: »Sag mal, Viktor, warum liest du den Montaigne eigentlich?«

»Na, warum wohl? Aus Interesse.«

»Und was bedeutet ›Interesse‹?«

»Gott, Fritz, ist das hier eine Schulstunde? Mit dir – ausgerechnet mit dir als Lateinlehrer? Es bedeutet ›teilnehmen‹.«

»Eins, setzen, Viktor!« Reuter grinste, wurde aber sogleich wieder ernst. »Und warum nimmst du Anteil am Schicksal eines Mannes, der seit hundert Jahren tot ist?«

»Montaigne?« Siemerling verschränkte überlegen die Arme vor der Brust. »Der starb bereits 1592. Nach Adam Riese ist er also seit exakt 265 Jahren in anderen Gefilden.«

»Ah, ja.« Reuter wurde nicht gern auf den Mangel an Bildung hingewiesen, den er immer wieder schmerzhaft zu spüren bekam – aber wer wurde das schon? »Du nimmst also Anteil am Schicksal eines Mannes, der vor 265 Jahren gestorben ist, aber nicht an den Schicksalen der Jetztzeit?«

»Oh Gott, was für ein Pathos! Dass man die junge Mieth in ein Stift verbannt hat, rechnest du zu den großen Schicksalsromanen der Gegenwart? Die Jahre beim Unterhaltungsblatt haben dich verdorben.« Siemerling entledigte sich endgültig der Schürze. »Aber weil du es bist … und weil ich gar nicht weiß, wozu ich eigentlich ein Haarentfernungsmittel kreieren soll … und weil die Sonne schicksalhaft vom Firmament auf uns Wurmfraß herablacht … und in Gottes Namen: Fahren wir!«

Die auf den Wurmfraß herablachende Sonne stand fast im Zenit, als Reuter und sein Freund vor dem Gutshaus Fünfeichen anlangten. Dieses Mal öffnete ihnen eine junge Frau in der üblichen Dienstbotentracht, also mit Kleid, Schürze und Häubchen, aber es war nicht das ungeschickte Mädchen, das sie schon kannten. Anscheinend hatte sie Anweisung, jegliche

Besucher abzuwimmeln, denn sofort sagte sie: »Der Herr sind mit dem Inspektor auf die Felder geritten, die gnädige Frau sind unpässlich.«

»Vielleicht kann ich ihr helfen«, sagte Siemerling, »ich bin ja Apotheker und berufen zu …«

»Nein, nein!« Die Bedienstete machte eine abwehrende Handbewegung. »Die gnädige Frau wollten nicht einmal den Doktor sehen.«

»Es könnte …«, begann Siemerling mit verwaschener Stimme, dann drückte er den Rücken durch und sagte deutlich: »Es könnte etwas mit der ›Fowlerschen Lösung‹ zu tun haben, die ich …«, ein kurzes Innehalten – Reuter konnte sehen, wie schwer ihm dieses falsche Geständnis fiel, »… die ich mit ein wenig zu viel Arsen versetzt habe … haben könnte.«

»Was?« Das Mädchen riss die Augen auf und schlug zugleich die Hände zusammen. »Die gnädige Frau – vergiftet?« Doch dann beruhigte sie sich augenblicklich: »Sie hat die Lösung ja gar nicht genommen.«

»Sondern?«, wollte Reuter wissen. Wie die Schlange das Kaninchen starrte er die junge Frau an.

»Na, das gnädige Fräulein.«

»Hatte Anna Maria denn Fieber?«

Das Dienstmädchen zuckte mit den Schultern, dann fiel ihr etwas ein, etwas, das man ihr wohl eingeschärft hatte, denn in einem plötzlich sehr abweisenden Ton sagte sie: »Ich weiß nicht, was das Fräulein hatte. Und die gnädige Frau sind krank. Sie ist nicht zu sprechen. Ich wünsche den Herren einen guten Tag!« Kaum hatte sie es ausgesprochen, fiel auch schon die große Fenstertür zu. Reuter und Siemerling standen etwas bedeppert auf der Terrasse und wandten sich langsam der Freitreppe zu.

»Keine Antwort ist auch eine Antwort«, meinte Reuter.

»Und ob!«, erwiderte Siemerling, der sichtlich erregt war, weil ein Dienstmädchen sie so schnöde abgewiesen hatte.

»Da wir hier nun also abgeblitzt sind, wir uns aber ohnehin auf halbem Wege nach Stargard befinden …«, begann Reuter.

»Ich fahr dich, wohin du willst, Fritz«, sagte der sehr ärgerliche Siemerling. »Nach Stargard, nach Neustrelitz, meinetwegen sogar nach Preußen!«

»Stargard genügt.«

»Dann Stargard.« Siemerling sprang geradezu in seinen Wagen. »Was wünschest du dort zu tun?«

»Friedrich Blanck treffen, den Lehrer und Chorleiter von Walter Kilian.«

»Oh ja!«, rief Viktor und ergriff die Zügel. »Die ganze Sache interessiert mich jetzt auch immer mehr.«

Den Lehrer, Kantor und Organisten Blanck fanden die beiden Besucher nicht im Schulhaus, sondern seine Frau schickte sie in die benachbarte Kirche, aus der sie bereits seit ihrer Ankunft die Töne der Orgel, aber auch die klaren Stimmen von Knaben vernommen hatten. Die Kirche war ein hell verputztes Bauwerk ohne Turm, aber Reuter hatte bereits bei vorherigen Aufenthalten in der kleinen Stadt erfahren, dass der Turm bei einem Brand vor etwa hundert Jahren zerstört worden war, die Stargarder aber sehr gern einen neuen, höheren hätten. Reuter hatte da an den Turmbau zu Babel denken müssen, aber die Stargarder waren ein viel zu biederes Volk, derart anmaßende Wünsche waren ihnen fremd.

Schon auf dem kurzen Weg von der Schule zur Kirche hörten die beiden Freunde eine ihnen höchst vertraute Melodie, die Vertonung des Gedichtes »Ewiger Wechsel« des August von Kotzebue, den ein Student im Mannheim ermordete, als Reuter acht Jahre alt gewesen war, wovon man auch in Stavenhagen durchaus gesprochen hatte. Der Mord diente als Rechtfertigung für die Karlsbader Beschlüsse, unter denen auch Reuter zu leiden gehabt hatte; erst nach der Märzrevolution von 1848 schaffte der Deutsche Bundestag sie ab.

Siemerling öffnete die Kirchtür, und nun hörte er auch die Worte, dargebracht von sieben Jungen im Alter zwischen acht und zehn Jahren.

»Es kann ja nicht immer so bleiben/ Hier unter dem wechselnden Mond; / Es blüht eine Zeit und verwelket,/ Was mit uns die Erde bewohnt.

Es haben viel fröhliche Menschen/ Lang vor uns gelebt und gelacht;/ Den Ruhenden unter dem Rasen/ Sei fröhlich der Becher gebracht!«

Reuter wandte sich an den Apotheker und fragte mit leiser Stimme: »Wer war noch gleich der Kompositeur? Er hat doch auch ›Mignon‹ von Goethe mit einer Melodie versehen? ›Kennst du das Land, wo die Zitronen blüh'n,/ Im dunkeln Laub die Goldorangen glüh'n …‹«

»Himmel«, erwiderte Siemerling nicht minder leise.

»Ja, dem sind wir nahe, Viktor, weil wir in einer Kirche sind.«

Siemerling schüttelte den Kopf.

»Der Tonschöpfer heißt Himmel«, erklärte er. »Friedrich Heinrich Himmel. Er stand wohl in der Gunst des Preußenkönigs, aber man sagte ihm auch Liederlichkeit und Trunksucht nach.«

»Ach!«

»Allerdings.« Siemerling stieß Reuter leicht gegen den Arm. »Und Beethoven soll über Himmel gesagt haben: ›Er besitze ein ganz artiges Talent, weiter aber nichts.‹«

»Hoffentlich bemerken das meine berühmteren Schriftstellerkollegen nicht auch eines Tages über mich«, sagte Reuter, während die Knaben die letzten Strophen zu Ende brachten.

Die sangesfrohen Jungen hatten die beiden Besucher natürlich längst gesehen, aber sie hatten nicht gewagt, das Lied zu unterbrechen. Nun erst rief einer hinauf zur Orgel, dass da zwei Männer seien, woraufhin ein Mann mit tiefer Stimme zurückrief, dann möge man sie doch auf höfliche Art begrüßen. Die Knaben traten denn auch näher, verbeugten sich auf übertriebene Weise, ein gewisser Schalk war in dem einen und anderen Gesicht zu erkennen. Der größte und verschmitzteste Junge sagte: »Gauden Dag, Missjöhs!«, die anderen beschränkten sich auf »Gauden Dag!«

Reuter erwiderte: »Gauden Dag ok!« Siemerling nickte bloß. Währenddessen kam ein stattlicher Mann die Stiege von der Orgel herab, der ungefähr so alt sein mochte wie Reuter selbst. Er war allerdings glattrasiert und hatte eine auffallende Stirnglatze, das gescheitelte Haar – oder was davon übrig war – lag fest am Kopf und reichte bis zu den Ohren. Er hatte eine ziemlich breite Nase mit ausladenden Flügeln, einen freundlichen Mund und ebensolche Augen. Der Organist trug einen langen Gehrock, eine sandfarbene Weste, die über dem Bauch etwas spannte, ein strahlend weißes Hemd sowie eine Fliege. Dass es sich um Kantor und Schulmeister Blanck handelte, unterlag keinem Zweifel, aber er stellte sich auch noch einmal vor. Reuter übernahm es, sich und Siemerling zu introduzieren. Er hatte ein wenig darauf spekuliert, dass ein Mann wie Blanck womöglich das Unterhaltungsblatt, die »Läuschen un Rimels« oder auch »De Reis' nah Belligen« kennen würde. Und so war es auch: Reuters Name war ihm sowohl als der des Redakteurs des Unterhaltungsblattes als auch des Autors der »Läuschen« bekannt, wobei er einräumte, im Unterhaltungsblatt nur gelegentlich geblättert zu haben, während seine Frau eine eifrige Leserin gewesen sei und sich überaus freuen würde, wenn Reuter und der Herr Apotheker zum Kaffee bleiben würden. Er schickte die Jungen – seine Schüler, wie er sagte, die sonntags als Chorknaben in der Kirche sängen – nach Hause, dann ging er über den Kirchhof voran auf das Schulgebäude zu.

»Auf dich muss man ja neidisch werden«, raunte Siemerling dem Freund zu. »So viele Frauen sind enthusiasmiert von deinem Wirken als Unterhaltungsblatter …«

»Ja, es ist zum Blatternkriegen«, kalauerte Reuter.

Man konnte schon im Garten sitzen, unterm Birnbaum an einem weißlackierten Eisentischchen auf weißlackierten Eisenstühlen, umgeben von Rasen und Krokussen. Die Sitzflächen der Stühle bedeckten karierte Kissen, um die Nieren zu schützen, den Tisch ein blau-weiß kariertes Deckchen, auf dem wiederum das Kaffeegeschirr stand. Frau Blanck überschlug sich fast vor Freundlichkeit. Sie kochte und kredenzte den Kaffee selbst und war voll des Lobes über das Unterhaltungsblatt; von den »Läuschen un Rimels« und von »De Reis' nah Belligen«, die Reuter viel mehr am Herzen lagen, hatte sie dagegen noch nichts gehört, versprach aber, sich beides kommen zu lassen. Am besten, so sagte sie, habe ihr Reuters Glosse über den Toback gefallen. Reuter war nahe daran, an eine weibliche Verschwörung gegen ihn zu glauben, aber die Sache klärte sich dahingehend auf, dass die Lehrer- mit der Pächtergattin Umgang pflegte. »Frau Mieth sucht hin und wieder Stargard auf, weil sie das gebildete Gespräch schätzt und bei der Frau eines Lehrers und Kantors wohl zu finden hofft«, Frau Blanck senkte den Blick und errötete, als sie dies sagte. Man spräche dann über Lektüre, aber auch über Frauensachen wie die neuesten Schnitte aus Paris. Nun könne sie, Frau Blanck, als Gattin eines Lehrers, noch dazu in Stargard, die neueste Pariser Mode nicht tragen, aber es sei ja erlaubt, ein wenig zu träumen.

Ihr Gesicht nahm einen schwärmerischen Ausdruck an. Reuter versuchte, sich die zur Fülle neigende Frau Blanck im Gesellschaftskleid mit schulterfreiem Ausschnitt und doppeltem Kragen, mit kleinen Puffärmeln, Fischbeinmieder und Fischbeinkorsett sowie Krinolinenrock auszumalen, aber diese Vorstellung war nicht nur für Stargard unmöglich, auch in der Residenz hätte die Kantorsgattin lächerlich gewirkt. Ihr schlichtes Hauskleid mit dem hellen Spitzenkragen schmückte sie, es hatte einen kleinstädtischen Charme und machte aus ihr eine ansehnliche Person. Die Pariser Schnitte waren wirklich mehr für Dorothea Mieth geeignet, wenn auch nicht gerade für einen landwirtschaftlichen Hof.

Frau Blanck schenkte ein und führte weiter aus: »Wir sprachen auch einmal über die Unsitte der Männer, die Welt mit Pfeifenrauch zu verpesten.«

»Nun ja, nun ja«, brummte Friedrich Blanck vor sich hin. Er sah nicht aus, als würde er mehr rauchen als eine Genusspfeife nach dem Sonntagsbraten.

Seine Gattin ließ sich nicht beirren: »Frau Mieth erwähnte Ihre Anmerkungen zum Toback, die ich später mit viel Vergnügen las.«

»Das ist lange her, ich kann mich gar nicht so recht erinnern«, sagte Reuter, der sich verwundert an das gestrige Gespräch im Rauchsalon der Mieths erinnerte.

»Oh, warten Sie, ich hole sie«, sagte Frau Blanck und eilte ins Haus.

»Sie hat sie in meinem Arbeitszimmer an der Tapete befestigt«, erklärte Blanck. »Als Mahnung.«

»Rauchen Sie denn so viel?«, erkundigte sich Siemerling.

»I wo! Nur eine Pfeife des Sonntags nach dem Singen in der Kirche und eine weitere nach der Mahlzeit.«

Reuter bediente sich am Kaffee, doch kaum das er den ersten Schluck des mehr heißen denn starken Gebräus zu sich genommen, kehrte Frau Blanck schon zurück. Sie hielt die letzte Seite einer Ausgabe des Unterhaltungsblattes in der Hand, Reuter tippte auf »N° 3« oder »4«, setzte sich, das Gesicht wieder leicht gerötet, an den Tisch und las vor: »›Der Toback, wenn er mäßig zu rechter Zeit genossen wird‹, hörst du, Friedrich!, ›ist unverwerflich, hingegen nimmt er viel guts mit sich hinweg, wenn er überflüssig gebraucht wird, indem er das edle Gehirn, welches doch, wie die Naturkündiger wollen, allein von dem h u m i d o oder der Feuchtigkeit erhalten wird, gäntzlich austrucknet, und des Menschen Gehirn gleich zu einem Rauchofen machet.‹ – Vorzüglich, Herr Reuter, so ist es wohl wahr. Ich überspringe etwas …«

»Das Gute am Tabakgenuss …«, warf Blanck ein.

»Herr Reuter und der Herr …?«

»Siemerling.«

»… und der Herr Siemerling sind ja nicht gekommen, um über den Toback zu sprechen.«

Sie las weiter: »›Der Missbrauch des Tobac's macht dumm, erhitzt und melancholisch; der rechtmäßige Gebrauch aber desselben bewahret vor dem Podagra, Aussatz, Schörbock, Wassersucht, Grätz; denn er tödtet die saure, scharpfe Feuchtigkeit, damit er alß ein Dampff in den ganzen Leib und auf die Brust gehet.‹ – Bitte, Friedrich, ich verschweige das Gute nicht. Aber man muss den Tabak in Maßen nehmen, immer in Maßen!«

»Als Lehrer predige ich nichts öfter als Mäßigung und ich praktiziere sie auch«, erwiderte Blanck. »Ich habe schließlich auch meinen Platon gelesen und weiß, was ›sophrosyne‹ bedeutet. Was die Lateiner mit ›temperantia‹ oder ›moderatio‹ übersetzen. Zucht und Maß, meine Liebe, bringe ich meinen Schüler Tag für Tag bei. Und nun wollen wir unsere Gäste einmal fragen, was uns die Ehre ihres Besuches verschafft. Der Tabakgenuss wird es nicht sein.«

»Ihr ehemaliger Schüler Walter Kilian …«, sagte Reuter.

Beide Blancks erbleichten.

»Kilian? Aber was …? Warum?«

Reuter legte dar, warum er sich für das Schicksal des Stellmachers interessierte, wobei er gleich ein wenig Propaganda für sein Werk »Kein Hüsung« machen konnte, auch wenn es noch nicht erschienen war. Kantor Blanck beruhigte sich angesichts der Erklärung etwas, seine Frau schien aber weiterhin nervös zu sein, denn ihre Finger spielten mit dem Tischtuch. Die Kunde von dem Mord im Lindetal war natürlich auch bis Stargard gedrungen und mochte den Schrecken erklären, in den Reuter die Eheleute versetzt hatte. Aber dann kam auch noch heraus, dass Friedrich Blanck am Tag zuvor vom Oberlanddrost aufs Amtshaus zitiert und ausgiebig zu Kilian inquiriert worden war, was sowohl ihn als auch seine Gattin eingeschüchtert zu haben schien. Dass sich von Kamptz dermaßen eindringlich für Walter Kilian interessierte, wurde Reuter immer unheimlicher.

Da es nichts zu verschweigen gab, war Friedrich Blanck jedoch bereit, Auskunft über seinen früheren Schüler zu erteilen, den er im Singen und in der Biologie unterrichtet hatte, wobei der Junge sich in der Biologie nicht hervortat, wohl aber im Gesang; der Lehrer sprach von einer guten, ausbildungsfähigen Stimme. Kilian begann dann eine Lehre beim Stellmachermeister Käding in der Mühlenstraße und als Blanck im Jahre 1845 den Stargarder Männergesangsverein gründete, war er sofort dabei.

»Ungefähr zwei Jahre«, sagte der Chorleiter, »dann ging er auf Wanderschaft.«

»Also 1847?«, vergewisserte sich Reuter.

»Ja. Auf jeden Fall war es vor der Märzrevolution. Monate vorher. Im Sommer 1847, denke ich, begab er sich auf Schusters Rappen. Er hat sich aber immer seines alten Lehrers erinnert und mir von unterwegs Briefe geschrieben, wenigstens in der ersten Zeit. Er war ein paar Monate in Fürstenberg, auch in Neustadt-Eberswalde und dann in Berlin. Diese ganzen Ereignisse mit der Revolution hat er dort mitbekommen und es hatte den Anschein, als würde er sich für die Aufständischen begeistern. Stellen Sie sich vor, er forderte mich direkt auf, unseren Großherzog vom Tableau der Geschichte zu fegen, wozu ich mich im Übrigen außerstande sah.« Blanck lächelte kurz. »Kantor und Lehrer Friedrich Blanck allein gegen Serenissimus, da hätte ich wohl auch gleich gegen Windmühlenflügel anreiten können. Nun ja, wie es ihm in den wilden Zeiten erging, weiß ich nicht, denn nach seiner Rückkehr hat er darüber nie gesprochen. Aber er muss von Berlin nach Paris gegangen sein, ich erhielt nämlich zwei Briefe aus der französischen Hauptstadt. Ganz Stargard sprach davon.« Noch einmal lächelte er. »Man höre und staune, schrieb er ungefähr, es gäbe in Paris mehr deutsche Handwerkergesellen, als man sich vorstellen könne, und er würde sogar singen in einer ›Réunion chantante allemande‹. Ich weiß nicht, wie lange er sich in Paris aufgehalten hat. – Ich kann nur sagen, vor zwei Jahren etwa tauchte er dann vollkommen überraschend in Stargard auf – und er wollte wieder bei mir singen!«

»Hat er auch von Amerika erzählt? Denn das beschäftigt mich am meisten«, behauptete Reuter, obwohl es ihn im Moment kaum interessierte.

»Wenig. Es sei hart gewesen und er habe es nicht lange ausgehalten.«

»Nur zur Vergewisserung«, mischte sich Viktor Siemerling ein, »er ist also nicht direkt von Stargard nach Amerika gegangen? In Neu-Brandenburg sagt man nämlich so.«

Friedrich Blanck schüttelte den Kopf. »Wie gesagt, vor Amerika lagen Fürstenberg, Neustadt, Berlin und Paris – und vielleicht auch Zwischenstationen, von denen ich nichts weiß. Aber am Ende hat er sein Glück dann doch im heimatlichen Winkel gesucht.«

›Und den Tod gefunden‹, dachte Reuter, nickte aber zugleich vor sich hin. Er dachte auch daran, dass sich der Geselle Niklas von der Krügerschen Mühle und Walter Kilian in Neustadt-Eberswalde begegnet sein konnten, aber das war schon ein weit hergeholter Gedanke; Niklas hatte jedenfalls mit keinem Wort erwähnt, dass er den Stellmacher kannte.

»Über seinen Amerika-Aufenthalt können Sie mir also nichts weiter berichten«, resümierte er, wobei er bereits etwas anderes im Sinn hatte. »Aber sagen Sie – das ist jetzt reiner Neugierde entsprungen –, was wollte denn der Oberlanddrost über Walter Kilian wissen?«

»Eigenartige Dinge.« Blanck schüttelte sich ein wenig. »Ob man bei Walter eine ›demokratische‹ oder gar ›kommunistische Gesinnung‹ festgestellt habe, hat er mich gefragt. Unglaublich, nicht wahr? Warum sollte Walter denn Kommunist sein? Nur weil er in Berlin gewesen ist? Oder in Paris? Napoleon III. ist Kaiser in Paris – ich glaube nicht, dass man ihn deswegen für einen Kommunisten halten muss. Oder gar König Friedrich Wilhelm IV., den Neffen von Serenissimus? Der lebt in Berlin und ist weder Demokrat noch Schlimmeres. – Ich weiß nicht, was in Herrn von Kamptz gefahren ist. Er ist nicht mehr der Jüngste, aber vielleicht will er doch noch aufsteigen zum Staatsminister oder wenigstens zum Oberkammerherrn – und sucht deshalb nach staatsgefährdenden Machenschaften? Ich meine, selbst wenn Kilian Kommunist wäre … äh, gewesen wäre, er war ein kluger Kopf, namentlich in Mecklenburg-Strelitz hätte er es verschwiegen, selbst mir.«

»Das versteht sich von selbst«, warf Siemerling ein. Er war wie Reuter und die meisten ihrer Freunde zwar Demokrat, aber dem Kommunismus standen sie alle ablehnend gegenüber: Niemand wollte einen gewaltsamen Umsturz oder gar die Herrschaft der Unterschichten. Ein Tagelöhner an der

Spitze des Staates, das war eine ebenso absurde Vorstellung wie ein Großherzog hinter dem Pflug.

»Der Oberlanddrost wollte auch ständig etwas über den Gesangsverein wissen«, erinnerte Frau Blanck ihren Mann.

»Ja, das auch. Und das verstehe ich noch weniger. Wir singen keine umstürzlerischen Lieder. Aber noch mehr hat von Kamptz die Frage beschäftigt, ob Walter vielleicht im Turnverein gewesen sein könnte. Ich frage Sie, Herr Reuter, und Sie, Herr Siemerling: In welchem Turnverein? Im hiesigen? Es gibt keinen. Und der Neu-Brandenburger ist bereits 1823 mit einem elegischen Feuer von den Turnern selbst zerstört worden. Ich bin erst im Oktober 1831 nach Stargard gekommen, aber das weiß ich.« Er schüttelte verständnislos den Kopf. »Was wäre an einem Turnverein so schlimm gewesen?«

»Nichts«, erwiderte Reuter. »Ich war selber leidenschaftlicher Turner, habe in Treptow an der Tollense als Privatlehrer nicht nur Turnunterricht erteilt, sondern dafür gesorgt, dass eine Turnhalle und eine Schwimmanstalt eingerichtet wurden. Turnen ist gewiss eine patriotische Übung, man stärkt Körper und Geist für die Verteidigung des Vaterlandes. Ich kann nichts den Staat Gefährdendes darin sehen, dass man turnt.«

»Aber vergiss nicht die Turnsperre«, erinnerte Siemerling. »Wann wurde das Turnen verboten? 1820, oder? Im Rahmen der Demagogenverfolgung … Deshalb wurde doch der Neu-Brandenburger Turnplatz überhaupt niedergebrannt.«

»Ja, aber das ist doch lange her. Inzwischen sieht man das Turnen auch höheren Ortes anders an, außerdem war das Turnverbot spätestens 1842 in allen deutschen Landen aufgehoben. Herr von Kamptz lebt anscheinend in der Vergangenheit.«

»Tja«, sagte Blanck daraufhin nur und zuckte mit den Schultern.

»Weil die Größe der Familie eine vergangene Größe ist«, mutmaßte Siemerling.

»Tja«, wiederholte Blanck sein Wort ebenso wie das Schulterzucken.

Reuter wandte sich nun mit einem betont freundlichen Lächeln an Frau Blanck und bat um eine zweite Tasse Kaffee, die ihm erfreut gewährt wurde. Nicht nur der Kaffee war schon etwas kühl, auch im Garten saß es sich nach längerer Zeit nicht mehr so gut. Der Sonnenschein konnte nicht darüber hinwegtäuschen, dass es April war und man noch nicht allzu viel Zeit bewegungslos im Freien verbringen konnte. Da es noch etwas gab, das Reuter auf den Nägeln brannte, musste er weitere Minuten ausharren. So fragte er: »Liebe Frau Blanck, da Sie mit Frau Mieth verkehren, besuchen Sie die Dame auch auf ihrem Gut?«

»Nach Fünfeichen fahre ich nur selten. Manchmal begleite ich meinen Mann, wenn er durch das Lindetal wandert. Es ist schon vorgekommen, dass wir Familie Mieth einen unangemeldeten Besuch abgestattet haben; sie sind ja sehr gastfrei. Aber wie oft mag das gewesen sein?« Sie schaute zu ihrem Gatten. »Vielleicht zwei, drei Male?«

»Kennen Sie die Tochter?«

»Anna Maria? Das ist ein sehr liebenswürdiges Mädchen. Eine liebenswürdige junge Frau, muss man inzwischen wohl sagen.«

»Sie kennen sie also?«

»Na ja, was bedeutet ›kennen‹? Frau Dorothea und ich sind miteinander bekannt, wir besuchen uns, vor allem besucht sie mich, aber wir sind keine Freundinnen.«

Reuter legte eine winzige Atempause ein, bevor er fragte: »Wissen Sie, warum man die liebenswürdige Tochter Anna Maria ins Damenstift nach Malchow gesteckt hat?«

Frau Blanck zog die Stirn zusammen. »Niemand hat sie ›gesteckt‹, Herr Reuter! Es war ihr ureigenster Wunsch, das Leben in einem Stift zu verbringen … mit Kontemplation und guten Werken …«

»Hat sie Ihnen das gesagt?«

»Nein.« Die Furchen auf Frau Blancks Stirn wurden tiefer. »Die Mutter hat es mir gesagt. Und ich habe keinen Anlass, an den Worten Dorotheas zu zweifeln.«

Das war eine faustdicke Lüge. Frau Blanck war anzusehen, wie sehr sie zweifelte. Da es aber keinen Zweck haben würde, weiter in sie zu dringen, ließ es Reuter mit diesen letzten Worten bewenden. Er wollte noch mit Kilians Lehrmeister Käding sprechen, vor allem aber wollte er sich die kalten Beine vertreten, also bedankte er sich, stand auf und bedachte die Blancks nicht nur mit einem überschwänglichen Abschiedsgruß, sondern auch mit dem Versprechen, bald einmal wiederzukehren. Herrn Blanck schien die Ankündigung zu freuen, seine Frau wirkte verunsichert. Sie blieb zurück, als Blanck seine Gäste zur Pforte geleitete und sie auf den Weg nach Lindenhof brachte, der am Schulhaus vorbeiführte.

Reuter und Siemerling gingen hinab zum Markt, vorbei an Kirchhof und Gotteshaus. Der Gasthof kam in Sicht und damit der Gedanke an ein Glas Wein.

»Na, wie fühlt er sich an, der Ruhm?«, wollte Viktor wissen. In seiner Stimme schwang eine leise Ironie mit.

»Der Ruhm bei den Frugenslüd? Ich weiß nicht. Etwas schal.«

»Komm, Fritz, in Wahrheit stolzierst du doch einher mit stolzgeschwellter Brust wie ein Gockel.«

Reuter blieb stehen, schaute den Freund von der Seite an.

»Ich stolziere nicht. Ich schwanke, weil der Blancksche Kaffee dünn war und mir der Wein fehlt.«

»Na, dem Mangel kann abgeholfen werden«, meinte Siemerling. Keine zwei Minuten später saßen sie in der Wirtschaft und nur eine Minute dauerte es, bis sie ein Glas Wein vor sich zu stehen hatten.

Es war Zeit, ein Resümee zu ziehen. Siemerling begann: »Du hattest doch das rechte Gefühl, Fritz, mit der jungen Mieth ist etwas faul. Mitnichten ist sie freiwillig in das Stift gegangen.«

»Siehst du! Und warum sollte man sie in ein Stift sperren? Ich bleibe bei der Formulierung: ›Warum sie in ein Stift sperren?‹ Nachdem man vorher mehrmals Arsen und ›Fowlersche Lösung‹ aus deiner Apotheke geholt hat?«

»Da gibt es gar keine andere Erklärung als: De Adebor hett ehr in 't Bein bäten.«

»Und wenn das Kind schon da war?«

»Du meinst …?« Siemerling drehte kopfschüttelnd sein Glas in den Händen. »Sie hat es heimlich zur Welt gebracht und dann im Mühlenteich ertränkt? Ich mag nicht daran denken … Aber, wir müssen herausfinden, ob das zeitlich stimmen kann. Wenn sie schon in Malchow war, als das Kind … nein, ich rede Unsinn, weil ich es nicht wahrhaben will! Wir wissen ja gar nicht, wie lange das Kind schon im Teich lag, als es gefunden wurde.«

»Es wäre ja nicht der erste Kindsmord aus ungewollter oder unehelicher Schwangerschaft.« Reuter leerte sein Glas in einem Zug. »Im Gegenteil, denke doch nur an die Ereignisse im Nachbarland vor zwei Monaten. Für ›Kein Hüsung‹ ist in gewisser Weise – wie soll ich es ausdrücken? –, für meine Poesie ist damit ein überaus günstiges Stadium eingetreten. In Schwerin selbst sind, durch das berüchtigte Unzuchtgesetz hervorgerufen, grässliche Untaten ausgeführt. Von einem der ersten Hofbeamten, der deshalb vom Hof und aus dem Lande gewiesen ist, ist Kindermord angestiftet und von – wie man sagt – zwölf Damen der vornehmsten Stände sind Kinder abgetrieben. Alles Gründe, die mich wünschen lassen, dass mein Gedicht so recht bombenartig in dies Getriebe hineinplatzt.«

»Ach, jetzt verstehe ich! Es ist tatsächlich der Schriftsteller, der sich für die Mordtaten interessiert. Du brauchst das alles für ein Werk, für deine Poesie …« Auch Siemerling trank aus. »Ich fand das tote Würmchen sehr unpoetisch.«

»Das ist es auch, Viktor. Die Wirklichkeit ist immer prosaisch.« Reuter hob den Arm und signalisierte dem Wirt, er wolle zahlen. »Und mir geht es nicht nur um mein Gedicht ›Kein Hüsung‹. Inzwischen will auch das Mensch Reuter wissen, warum in letzter Zeit so viele eines gewaltsamen Todes starben.«

»Dein mitfühlendes Herz spricht aus dir.« Siemerling erhob sich, Reuter ebenfalls. »So wie es auch aus mir spricht, und es sagt: ›Viktor, stehe heute noch zu Reuters Verfügung.‹ Was tun wir nun? Zurück nach Neu-Brandenburg? Wir können es noch einmal im Gutshaus Fünfeichen versuchen.«

»Ich möchte zuvor mit dem Stellmachermeister Käding sprechen.«

»Nun denn!« Siemerling ging voraus und riss die Tür auf. Nachdem er den Türrahmen durchschritten hatte, drehte er sich zu Reuter um und sagte: »Dass in Schwerin zwölf vornehme Damen abgetrieben haben, glaube ich nicht.«

»So wird aber im Volk geredet«, erwiderte Reuter.

»Im Volk!« Viktor runzelte die Stirn. »Im Volk heißt die Mühle von Davidson ja auch immer noch ›Judenmühle‹.«

Stellmacher Käding besaß ein recht ansehnliches Haus an der Mühlenstraße ungefähr zehn Strelitzer Ellen von der Mündung der Neuen Straße entfernt. Es war ein typisches zweigeschossiges und traufständiges Ackerbürgerhaus mit einem breiten Tor, das zu einem ungepflasterten Hof führte, auf dem sich an zwei Seiten Stallungen und Scheunen befanden und an einer weiteren eine hohe Steinmauer zum Nachbargrundstück. Auf Kädings Seite wurde diese Mauer von Efeu berankt, und was einstmals Lagerräume für lokales Handelsgut und landwirtschaftliche Produkte gewesen waren, beherbergte nun die Werkstatt.

Auf dem Hof stand ein offener schwarzer Landauer mit roten Ledersitzen, wie ihn sich allein wohlhabende Personen leisten konnten. Die Kutsche hatte nur drei Räder, an der Stelle des vierten sorgte eine dicke Bohle dafür, dass der Wagen sich nicht neigte. Durch ein halb geöffnetes Doppeltor drangen Hammerschläge, also musste sich dort die Werkstatt befinden. Reuter zwängte sich durch die Öffnung, Siemerling folgte ihm. Mitten im Raum stand ein stattlicher grauhaariger Mann von Mitte fünfzig, der eine gebrochene Speiche aus dem Rad entfernte, ganz allein. Kein Lehrling, kein Geselle half ihm.

Reuter lüftete den Hut und grüßte: »Gauden Dag!«

Der Mann nickte bloß und hieb mit einem gewaltigen Schlag die letzten Reste der Speiche aus dem Rad. Dann legte er den Hammer beiseite, wischte sich den Schweiß von der Stirn und ging zu einer Werkbank, wo eine verbeulte Kanne neben einem ebenso verbeulten Becher stand. Der Mann, sicher Meister Käding, hob den Becher und erkundigte sich: »Wat wullt Ji?«

»Wi wullen 'n bäten räden.«

»Wat wullt Ji?« Meister Käding schaute Reuter an, als hätte der ihn um die Herausgabe seines Vermögens gebeten. »Poggen un Qualduxen! Ik möt racken – und Ji wullt räden?«

»Über Ihren früheren Lehrburschen, den Walter Kilian«, erklärte Siemerling auf Hochdeutsch.

Käding schüttelte den Kopf. »Nich all wedder!«, sagte er, und zwar deutlich mit einer gewissen Wut im Bauch.

»Wieso schon wieder?«, fragte Reuter, obgleich er ahnte, wer bereits mit Käding über den ehemaligen Lehrling gesprochen hatte. »Wer wollte denn ebenfalls etwas über Walter wissen?«

»Der da!« Der Stellmachermeister deutete mit dem linken Daumen über seine Schulter hinter sich – vermutlich in Richtung der Burg, wo sich der Amtssitz des Oberlanddrosts befand. »Und nu machen Se man los! Ich habe keine Zeit för 't Schnacken. – Und de Jung is ja auch dot.«

»Wissen Sie, ich bin Schriftsteller«, sagte Reuter in der Hoffnung, Käding damit beeindrucken zu können.

»Und? Wie heißen Sie?«

»Fritz Reuter.«

»Reuter?« Der Meister zuckte mit den Schultern. »Nie gehört.«

»Ich habe einige Jahre das ›Unterhaltungsblatt für beide Mecklenburg und Pommern‹ redigiert.«

Erneutes Schulterzucken, dann leerte Käding endlich seinen Becher und schenkte sich aus der Kanne nach, kalten Kaffee, wie es aussah, und dem Geruch nach zu urteilen mit einer Zichoriennote.

»Aber ich kenne John Brinckman«, meinte der Stellmacher.

Reuters Miene hellte sich auf.

»Wenn Sie wollen, bin ich der Brinckman von Neu-Brandenburg«, sagte er.

»Ich will aber nicht!« Käding trank heftig und sein Adamsapfel tanzte Ballett.

Reuter versuchte einen anderen Weg: »Mögen Sie Bier, Meister Käding?«

»Das fragen Sie einen Handwerker?«

»Kannten Sie das Stemhäger Burmeisterbier?«

»Das kannte ganz Mäkelborg.«

»Mochten Sie es?«

Käding nickte.

»Mein Vater hat es gebraut«, sagte Reuter nicht ohne Stolz. »Bürgermeister Georg Reuter, Gott sei seiner Seele gnädig.«

»Dem sein Sohn sind Sie?« Er zeigte auf Siemerling. »Und wer ist das? Auch ein Schriftsteller?«

»Nein, ich bin Apotheker in Nigen-Bramborg.«

»Apotheker? Solide Sache, hm? Und Brauen – das ist noch solider. Aber Schriftstellerei? Ernährt doch seinen Mann nicht?« Käding band seine Lederschürze ab. »Weil Sie der Sohn sind, kommen Sie mal mit ins Haus. Wir Stargarder haben auch unseren Bierbrauer und sogar einen Branntweinbrenner.«

Der jüngste Sohn des Meisters, ein Junge von neun oder zehn Jahren, wurde mit einem Krug losgeschickt, Bier zu holen; wie Reuter und Siemerling erfuhren, hatte Käding noch drei weitere Kinder, die aber erwachsen waren und allesamt nicht mehr in Stargard wohnten. Die Frau des Hauses, überraschenderweise größer als ihr Mann und eine etwas herbe Erscheinung, wurde durch den Besuch beim Buttern überrascht. Sie schnitt rasch Schwarzbrot und Speck und konnte Mann und Gäste außerdem mit frischer Butter bewirten.

Branntwein fand sich im Hause. Meister Käding war sehr großzügig in der Bemessung des Getränks, sodass eine fettige Grundlage höchst willkommen war. Nach dem ersten Schluck erkundigte sich Reuter, welches Werk von John Brinckman er kenne.

»Das Flugblatt – wie heißt es doch gleich? –, wo er den Mecklenburger Tagelöhnern rät, bloß nicht nach Amerika auszuwandern. Etwas mit der Fastenzeit …«

»Die ›Fastelabendpredigt för Jehann‹?«

Käding nickte erfreut. »Ja, genau so.« Er schüttelte den Kopf. »Ich würde nie nach Amerika gehen, auch wenn sie dort Stellmacher brauchen. Was soll ich da? Heißt es nicht: ›Bleibe zu Hause und nähre dich redlich.‹ Ich nähre mich redlich, und Stargard ist mein Zuhause. Prost, die Herren!«

Die Gläser wurden erhoben, Reuter trank aus, während Siemerling nur nippte.

»Walter Kilian ist aber auch in Amerika gewesen«, bemerkte er.

»Na ja, das war wohl eine Jugendsünde, nicht wahr? Von ihm habe ich die ›Fastelabendpredigt‹ übrigens gekriegt – er war ja auch nicht gut auf Amerika zu sprechen. Vor allem nicht auf die Amerikaner, die aus England kommen … oder aus Irland. Die den Branntwein trinken wie klares Wasser. Na, noch einen Lütten?«

Reuter nickte, Siemerling schüttelte den Kopf. Sie beide bekamen jedoch, was Käding unter einem Lütten verstand – ziemlich viel.

»Meinen Sie, dass Walter aus Abenteuerlust nach Amerika gegangen ist?«, wollte Reuter wissen.

»Ich weiß es nicht. Vielleicht. Der Oberlanddrost denkt anscheinend, dass er die Revolution nach Amerika tragen wollte.«

»Wie?« Siemerling musste lachen. »Auf seinen Armen? Oder im Gepäck?«

Sowohl Reuter als auch Meister Käding blieben ernst.

»Der Herr von Kamptz wollte sowieso eigenartige Sachen wissen.«

»Wie kam es überhaupt zu diesem Gespräch?«

»Na, es war eher ein Verhör.« Käding labte sich am Branntwein. Es war zu hören, wie die Haustür ging und wenig später betrat der Sohn mit einer Kanne Bier das Wohnzimmer. Der Vater bedachte ihn mit einem freundlichen Nicken, erhob sich, nahm ihm die Kanne ab und stellte sie auf den schönen alten Holztisch. »Der Herr schickte mir einen Bediensteten, einen alten Stargarder, der schon dem Vorgänger aufgewartet hat. Der bat mich auf die Burg. Natürlich leistete ich dem Ruf Folge, auch wenn der Oberlanddrost nicht für die Stadt zuständig ist; man will es sich ja nicht verscherzen mit den hohen Herren.« Meister Käding wandte sich an seinen Sohn: »Hol drei Steingutbecher aus der Küche!« Dann setzte er sich. Reuter fragte sich, ob nicht auch ökonomische Gründe den Stellmacher bewogen hatten, auf das Amt zu gehen – von

Kamptz besaß auch Wagen, die gelegentlich ausgebessert werden mussten.

»Verstehen Sie, warum sich der Oberlanddrost so sehr für Walter Kilian interessiert?«, wollte Siemerling wissen.

»Nein. Aber ihm schien zu missfallen, dass er wieder in unserer Gegend aufgetaucht ist. Auch wenn er jetzt«, Käding seufzte, »nichts mehr anrichten kann. Der Ärmste. Einfach in den Rücken geschossen! Wie feige!«

Der Junge brachte die Becher, sein Vater schenkte Bier ein.

Reuter erkundigte sich, was von Kamptz denn wissen wollte?

»Also, er hatte es mit dem Männergesangsverein: Ob es dort gegen den Staat und gegen den Großherzog und gegen die Ritterschaft gerichtete Reden gäbe? Ich meine, woher soll ich das wissen? Ich gehöre dem Verein nicht an. Außerdem kann ich mir nicht vorstellen, dass Lehrer Blanck solche Reden duldet. Das ist nämlich ein ehrenwerter Mann.« Er nahm seinen Becher und hielt ihn an die Brust. »Na denn, Prost! Wer nix hat de host!«

Reuter nickte und nahm einen gewaltigen Schluck, um das durch den Branntwein verursachte Feuer zu löschen. Siemerling dagegen hielt sich auch beim Bier zurück.

»Jedenfalls hat der Oberlanddrost mir einen Vortrag gehalten«, fuhr Meister Käding fort. »Weit Ji, irgendwie glaubt er wohl, dass Walter früher mal etwas mit dem Bund der Kommunisten zu tun hatte – aber nach dem Kölner Kommunistenprozess gibt's den doch gar nicht mehr? Der hat sich doch aufgelöst?«

Reuter nickte zwar, aber ganz sicher war er nicht.

»Wie kommen Sie darauf, Meister, dass von Kamptz in Kilian einen Kommunisten sieht?«

»Er hat da so 'ne eigenartige Geschichte erzählt. Der Herr ist nicht gerade als redselig bekannt, wenn er was erzählt, hat das schon viel zu bedeuten.« Käding nahm auch einen Schluck und räusperte sich. »In Brüssel muss es wohl eine ziemlich große Kommunistengruppe gegeben haben, die durch die Ereignisse von 1848 aber zersprengt wurde. Zu dieser Gruppe gehörte ein Anstreicher mit dem Namen Heinrich Robert Steiner … oder Steingens? Ja, Steingens hieß der. Der soll mit der Bundeskasse angeblich nach Amerika gegangen sein, war aber in Wirklichkeit nur in Krefeld, wo die Polizei dann Anfang der Fünfzigerjahre wichtige Papiere bei ihm fand. Der Oberlanddrost wollte wohl irgendwie andeuten, dass auch Walter gar nicht in Amerika gewesen sein könnte, sondern die Auswanderung nur vorgetäuscht hat. Dass er vielleicht gar nicht so weit weg war. Ich weiß auch nicht so genau. Aber Herr von Kamptz hat auch noch gesagt, dass der Bund der Kommunisten auch Gemeinden in Amerika hatte, so in New York und Philadelphia. Warum sagt er mir das? Könnt Ji dat verstahn?«

Siemerling sagte: »Ich bin überrascht, dass der Oberlanddrost von Stargard etwas weiß über Kommunisten in Brüssel.«

»Aber, wieso Brüssel?« Käding stellte seinen Becher auf den Tisch und ließ die Fingerknöchel knacken, ein aufreizendes Geräusch. »Walter war doch in Paris.«

»Vielleicht ist Brüssel ein Deckname für Paris?«

»Wozu brauchte er Decknamen?« Der Stellmachermeister war immer noch mit seinen Fingern beschäftigt. »War er wirklich in diese Dinge verwickelt?«

»Er hat nie dergleichen berichtet.«

»Na ja, er muss wohl bei der Märzrevolution in Berlin auf der Barrikade gestanden haben; das hat er meinem ältesten Sohn geschrieben, denn die beiden waren lange Zeit gute Freunde. Als Walter nichts mehr von sich hören ließ, ging das aber in die Brüche. Aus den Briefen schlägt wohl eine demokratische Gesinnung durch, aber wer hatte die damals nicht? Ich war auch Demokrat. Aber ich kann mich nicht erinnern, dass mein Sohn irgendetwas von kommunistischer Geheimbündelei erzählt hätte. Das passt auch nicht zu Walter. Ende 1850 oder Anfang 1851 hat er ein letztes Mal an meinen Sohn geschrieben und mitgeteilt, dass er nach dem Scheitern der Revolution nach Amerika auswandern wolle. Nach der Rückkehr hat er mich zweimal besucht. Von seiner Zeit jenseits des Großen Teiches hat er wenig gesprochen.«

Natürlich hätte sich Reuter gern mit dem ältesten Sohn des Stellmachers unterhalten. Der war zwar nicht nach Amerika und auch nicht nach Australien ausgewandert, das Strelitzer Land allerdings hatte er verlassen, um sein Glück in einer fernen Ecke Pommerns zu suchen: in Leba im Landkreis Lauenburg. Dorthin war es kein Katzensprung, sondern eine mehrtägige Reise, also musste man sich mit dem Naheliegenden bescheiden.

Viktor machte den Vorschlag, noch einen weiteren Stargarder Lehrer aufzusuchen, den er flüchtig kannte und der vielleicht auch etwas zum Bild über Walter Kilian beitragen könne. Er hieß Carl Stolte und unterrichtete seit Mitte der Vierzigerjahre an der Stadtschule.

Reuter hatte anderes im Sinn. Branntwein und Bier hatten nicht nur seine Dämonen vertrieben, der Schwips ließ auch seinen Mut steigen, also schlug er vor, dem Oberlanddrost die Aufwartung zu machen. Viktor Siemerling war nicht begeistert von der Idee, ungeladen und unangemeldet auf dem Domänenamt zu erscheinen, aber da auch er etwas getrunken hatte und einen gewissen Leichtsinn verspürte, protestierte er nicht lange.

Sie wählten den Weg durch die Neue und die Kurze Straße, vorbei am bereits zur Burgfreiheit gehörenden Heilig-Geist-Hospital; bis dorthin war es schon immer aufwärts gegangen, aber nun stieg der Pfad noch steiler an. Obwohl Turner und Wanderfreund, geriet Reuter schnell außer Atem, was er nicht so sehr auf den Alkohol als vielmehr auf Louises gute Küche zurückführte, denn die Ehe hatte ihm neben Liebesglück vor allem ein ansehnliches Bäuchlein beschert. Dem Apotheker hingegen schien der Aufstieg zur alten Burg zuerst der Brandenburger, dann der Mecklenburger Herzöge nichts auszumachen. Nicht nur, dass seine Atemgeräusche kaum zu hören waren, er konnte auch noch sprechen.

»Ich hätte nicht gedacht, dass sich der Herr von Kamptz als Geschichtenerzähler entpuppt«, sagte er. »Er wirkt doch so zugeknöpft, aber den Meister Käding erfreut er mit Läuschen über einen gewissen Stein … Steingens? Seltsamer Name! Mit Geschichten über die Kasse des Bundes der Kommunisten in Brüssel respektive das Verschwinden derselben nach Krefeld …«

»Na, er- …freut«, keuchte Reuter, »er- …freut hat er Kä- … ding sicher nicht.«

»Gab es überhaupt eine Bundesgemeinde der Kommunisten in unserm schönen Mäkelborg?«

Reuter zuckte mit den Schultern. »Könn- …te sein … in Schwe- …rin …«

»Natürlich, Schwerin. Da ist man näher an der Welt.«

›Ich wäre lieber näher an der Burg‹, dachte Reuter. Die Straße wand sich noch ein Stück den Berg hinauf, aber schließlich war das Ziel erreicht. Vor ihnen lag das alte Gemäuer, überragt vom Bergfried, den der Neustrelitzer Landesbaumeister Buttel auf großherzoglichen Befehl zu einem Aussichtsturm ausgebaut hatte, mehr als dreißig Jahre war das wohl her. Diesem Buttel – und der Baufreude von Serenissimus Georg – verdankte auch Neubrandenburg einiges, so das Belvedere am Tollensesee, das Gymnasium, das Schauspielhaus, die Umgestaltung der Marienkirche und die klassizistische Erneuerung des zuvor barocken herzoglichen Palais. Für das Großherzogtum am bedeutsamsten war sicher der Kammerkanal, der den Zierker See mit der Havel verband und damit eine schiffbare Verbindung von der Residenz nach Berlin geschaffen hatte. Wenn Serenissimus wollten, konnten Seine Königliche Hoheit mit einem Staatsschiff direkt zum Neffen auf dem Preußenthron fahren. Nuovo Strelitzo, oder wie immer ein Italiener die Residenzstadt nennen mochte, war aber kein Venedig. Nicht, dass sich keine Italiener nach Mecklenburg-Strelitz verirrten: Immerhin war der inzwischen hochbetagte Alois Tomasini, ein Violinvirtuose, den sogar Haydn geschätzt haben soll, seit 1825 Konzertmeister der Neustrelitzer Hofkapelle und seit 1834 sogar Direktor der Operetten und Vaudevilles am Neustrelitzer Hof.

Als sie den Torweg zwischen Gefangenenhaus und Marstall passierten, sagte Reuter gedankenversunken: »Man liest in den Zeitungen, dass Baumeister Buttel stark vom Bau der Schlosskirche in Nuovo Strelitzo in Anspruch genommen sei …«

Für Siemerling kamen die Worte wie aus heiterem Himmel, sodass er fragte: »Auf welchen abenteuerlichen Wegen wandeln deine Gedanken?«

»Sie wandeln auf den Spuren des Herrn Landesbaumeisters …«

»Ah, ja«, Siemerling tippte sich an die Stirn, »weil er den Bergfried vermittelalterlicht hat? Und wie sagtest du? Nuovo Strelitzo? Das ist hübsch.«

»Ich musste plötzlich an Konzertmeister Tomasini denken.«

»Mein Gott, ja, er wird doch bald achtzig? Ihm zu Ehren sollten wir das ganze Land italianisieren. Nuovo Brandeburgo, Friedlando, Castello di Stargardo …«

Unter diesem abstrusen Geplauder hatten die beiden Männer die Vorburg durchquert und waren beim Drostenamt angelangt. Ein Klingelzug neben der Tür forderte nachdrücklich dazu auf, sich Gehör zu verschaffen, also betätigte Reuter ihn ohne zu zögern. Es dauerte eine Weile, dann erschien ein vom Alter gekrümmtes Faktotum, vielleicht jener Stargarder, der bereits dem Vorgänger gedient hatte. Doch trotz der vielen Jahre, die er auf dem Buckel hatte, war die Kleidung des Greises tadellos: Jabot und Manschetten waren weiß wie Schnee, Weste, Jacke und Hose wiesen nicht eine schadhafte Stelle auf und wurden zweifellos täglich gebürstet, in den Schuhen konnte man sich spiegeln. Er musterte die Besucher aus schmalen, leicht gelblichen Augen, und die jahrzehntelange Erfahrung lehrte ihn, in ihnen Bittsteller oder dergleichen zu sehen, denn ohne nach dem Anliegen zu fragen sagte er sofort: »Der ehrenwerte Herr Oberlanddrost haben Amtszeiten. Jetzt sind der ehrenwerte Herr Oberlanddrost nicht zu sprechen. Ich muss die ehrenwerten Herren bitten, morgen wiederzukommen. Ab zehn Uhr empfangen der ehrenwerte Herr Oberlanddrost im Amte.«

»Das ist ja aller Ehren wert«, konnte sich Reuter zu sagen nicht verkneifen. »Aber wenn Sie dem ehrenwerten Herrn von Kamptz vielleicht melden, dass die Presse …«

»Auf die Presse sind der Herr Oberlanddrost ganz schlecht zu sprechen. Vor allem auf die demokratische, die freiheitliche, die englische und die französische …«

»Lesen der Herr Oberlanddrost denn solche Zeitungen?«

»Natürlich!« Der Diener fauchte Reuter geradezu an. »Der Herr lesen jeden Morgen viele Zeitungen, auch aus dem Ausland. Exzellenz sagen oft, er mache es so wie die katholische Kirche mit den Häretikern – deren Schriften habe man auf einen Index gesetzt, aber bestimmte Kleriker durften sie studieren, da man ja die Anschauungen seiner Feinde kennen müsse, um sie wirksam bekämpfen zu können.« Und stolz fügte er hinzu: »Exzellenz sprechen fünf Sprachen.«

»Oh«, entfuhr es Siemerling. »Außer Deutsch?«

Dem Bediensteten schwoll die Brust noch mehr. »Außer Deutsch.«

In diesem Moment ging irgendwo in den Tiefen des Hauses eine Tür, man vernahm schlurfende Schritte, und wenig später war die ganz und gar nicht mehr scharfe Stimme des Oberlanddrosts zu hören: »Was gibt es denn da an der Türe, Carl? Es zieht ja wie Hechtsuppe!«

»Es ist nichts, Exzellenz. Zwei Herren von der Presse – mit denen werde ich fertig.«

»Welche Presse?« Die Stimme des Oberlanddrosts gewann an Festigkeit. »Und wie heißen die Herren?«

»Wie heißen die Herren?«, gab Faktotum Carl die Frage weiter.

»Der ehrenwerte Herr Reuter und der ehrenwerte Herr Siemerling.«

»Der Unterhaltungsblatt-Reuter?«

Reuter nickte. Auch wenn er gegen von Kamptz nicht gerade freundschaftliche Gefühle hegte, schmeichelte es ihn doch, dass der Oberlanddrost das Blatt kannte.

»Heinrich Ludwig Christian Friedrich Reuter, geboren im Jahr des Herrn 1810 in Stavenhagen als Sohn des angesehenen Bürgermeisters Georg Johann Reuter, dem er nicht immer Ehre gemacht hat, der ehrenwerte Herr Skribent?« Inzwischen hatte die Stimme wieder die Strenge eines Inquisitors gewonnen. Dass von Kamptz seinen vollständigen Namen wusste, berührte Reuter unangenehm. »Nannte man ihn nicht während seiner Zeit als Studiosus in Jena den Bier-Reuter?« Aus dem Dämmerlicht der Diele traten die Konturen des Mannes hervor, der sich der Tür seines Amts- wie Wohnhauses nur sehr langsam näherte, auch wenn er nicht mehr schlurfte. Es war zu erkennen, dass er lediglich einen bequemen Hausmantel trug und wenig später war auch zu sehen, dass er barhäuptig war. »Außerdem Doctor philosophiae Viktor Julius Friedrich Siemerling, Apotheker und kein Mann der Presse? Beides Demago … pardon, beide Herren sind Demokraten.«

»Die Nämlichen, Exzellenz«, erwiderte Viktor, dessen Haut sich entfärbt hatte. Der etwas gereizte Reuter erwog für einen Augenblick, den Oberlanddrost ebenfalls mit seinem vollen Namen anzureden, den er aus dem Adelskalender wusste: Bernhard Christoph Karl Joachim von Kamptz. Da ihm das zweifellos nicht das Wohlwollen des Edelherrn verschaffen würde, unterließ er es lieber und sagte: »Exzellenz haben ins Schwarze getroffen.«

»Merci.« Von Kamptz war nunmehr neben seinen Diener getreten, neben dem er eine sehr aufrechte Figur machte. Ein ironisches Lächeln umspielte seinen Mund, als wäre der Privatmann ein anderer als der immer ernste Amtsverweser. Wobei Reuter ihn ja kaum kannte und nicht wissen konnte, ob er auch im Amt ab und zu lächelte. »Ich bedaure sehr, auf eine anregende Unterhaltung mit Ihnen verzichten zu müssen, aber ich muss sogleich anspannen lassen – heute ist der Tag, an dem der Herr Minister von Bernstorff mit mir Schach zu spielen wünscht.«

»Aber Exzellenz, heute ist …«, sagte Carl erstaunt.

»Genau, Carl, heute ist dieser Tag! Also eile und kümmere dich um Pferd und Wagen!« Von Kamptz verstand es sogar, bedauernd zu lächeln. »Das ist nicht nur Vergnügen, es ist auch Pflicht. Was haben die Herren denn von mir erwartet?«

»Nun«, begann Reuter, »uns beschäftigt sehr der Tod des Stellmachers Walter Kilian, der …«

»Natürlich, natürlich. Und das Kind?«

»Das beschäftigt uns natürlich auch, aber …«

»Und deshalb haben Sie sich auf den Weg zu mir gemacht? Wie bedauerlich, dass ich so gar keine Zeit habe.« Von Kamptz sah wirklich betrübt aus – wie machte er das nur?

»Wir haben uns erst einmal in Stargard umgehört«, sagte Siemerling arglos.

»Ach!« Der Kopf des Oberlanddrosts ruckte vor wie der eines Raubvogels und irgendwie sah er plötzlich auch so aus: der Blick starr, die Nase wie ein Schnabel. »Doch wohl nicht auf den Gassen?«

Reuter hätten den Freund jetzt gern in die Seite gestoßen, aber vor dem Amtmann konnte er das unmöglich machen. Siemerling war klug genug. Ihm wurde selber klar, dass er ausgehorcht werden sollte, daher sagte er: »Wir haben uns im Wirtshaus umgehört.«

»Dort sprudeln in der Tat ergiebige Quellen.« Jetzt griff von Kamptz wieder auf ein Lächeln zurück, diesmal auf ein verbindliches. »Aber wenn Sie etwas über Walter Kilian erfahren wollen, sollten Sie zum Kantor Blanck gehen. Oder zum Stellmachermeister Käding. Sehen Sie, wie sehr ich Ihnen helfen möchte? Ich bin gar nicht gegen Sie.« Er lachte, und dieses Lachen überkam ihn offenbar wider Willen, sodass er es rasch zu unterdrücken suchte. Es wurde ein Krächzen darauf, dann ein Husten. Von Kamptz griff mit der rechten Hand nach dem Türrahmen und musste sich eine Weile festhalten, bis der Hustenkrampf vorbei war. Ein Lächeln bekam er nicht mehr zustande. »Ich bedaure nochmals unendlich, aber ich muss mich von Ihrer angenehmen Gesellschaft verabschieden. Au revoir, messieurs! Doch gebe ich Ihnen gern noch etwas für Ihre Enquête mit auf den Weg. Einen echten Seneca: ›Affectus facilius excluduntur quam expelluntur.‹ Der Apotheker kann übersetzen. Gehaben Sie sich wohl!« Noch einmal hustete er kurz und trocken, dann schloss er die Tür.

Die Luft war kühl und feucht von den Schwaden, die aus den Wiesen und dem Lindenbach aufstiegen, der Wind spielte in den Baumwipfeln eine leise Melodie, Reuter fröstelte. Nach der misslungenen Visite beim Oberlanddrost hatten sie sich zu der Kutsche begeben, die Viktor auf dem Marktplatz beim neuen Stargarder Rathaus abgestellt hatte – ebenfalls ein Bauwerk des Meisters Buttel. Dann hatten sie sich auf den Weg heim nach Neu-Brandenburg gemacht, ohne das Gasthaus noch eines Blickes zu würdigen. In der Hintersten Mühle waren sie dann aber doch eingekehrt. Reuter hatte mächtig zu schlucken gehabt an von Kamptz' Satz »Der Apotheker kann übersetzen.«, wenngleich diese Übersetzung bitter nötig war. Die Anspielung, dass er ein verbummelter Student gewesen war und keinen akademischen Grad erworben hatte – sie hatte ihn tief verletzt. Aber nun wusste er, was »Affectus facilius excluduntur quam expelluntur.« bedeutete: »Es ist leichter, sich vor den Leidenschaften zu verschließen, als sich von ihnen zu befreien.«

Was der Oberlanddrost damit gemeint hatte, war den beiden Männern ein Rätsel geblieben. Richtete sich die Aufforderung, sich den Affekten zu verschließen, an jeden von ihnen oder hatte von Kamptz eher Reuters Anfälle von Trunksucht im Sinn gehabt? Er konnte aber auch an eine naive junge Frau gedacht haben, deren Leidenschaft ein ungewolltes Kind hervorgebracht hatte, das im Mühlenteich gelandet war. Aber befasste er sich überhaupt mit dem toten Kind? Seine Aufmerksamkeit schien doch vor allem Kilian und dessen Tod zu gelten.

Nach zwei Schoppen Wein hatten sie aufgegeben, den Sinn der kryptischen Worte zu ermitteln und waren weitergefahren. Inzwischen war das Vortor des Stargarder Tores mit seinen vier Giebelblenden und dem Fallgatter zu sehen, schräg hinter ihm der Kirchturm von Sankt Marien, der alles überragte, und links vom Tor die Lohmühle; auch ihr Mühlrad wurde von der Linde angetrieben. Am Ufer des Baches, aus dem auch hier ein dünner Nebel aufstieg, stand, versehen mit

Malkasten und Staffelei, Freund Malabar. Reuter und Siemerling waren überrascht, ihn zu dieser Stunde hier anzutreffen, aber anscheinend hatte er wieder einmal Lust verspürt, sich statt der Fotografie der Malkunst zu widmen, die er auch beherrschte.

Viktor Siemerling hielt an, Reuter sprang aus dem Wagen. Malabar hatte begonnen, Tor und Mühle im Zwielicht und in Öl zu malen, aber kaum dass Reuter zu ihm getreten war, steckte er sofort den Pinsel in ein Wasserglas und wischte sich die Hände an einem über und über mit Farbe bedeckten Tuch ab. Nachdem er die Zügel des Pferdes an einem Pfosten bei der Mühle befestigt hatte, kam auch Siemerling zu ihnen.

»Ich muss euch etwas berichten«, sagte Bahr. Er wirkte ziemlich aufgeregt. »Vor gut einer Stunde lustwandelte Kaufmann Pohl mit Gattin und dieser furchtbar hochnäsigen Tochter über den Wall. Ich wollte gerade die Staffelei aufrichten, da kam die Tochter zu mir. Aber sie wollte nicht etwa wissen, was ich zu malen beabsichtige – nein, die dumme Gans verspürte den Drang, mir mitzuteilen, dass sie auch in Öl male und sich sehr für die neuere französische Malerei begeistere … Da hat sie wohl was aus ihren Journalen aufgeschnappt. Ich wollte sie schnell abwimmeln, aber auch Herr Papa und Frau Mama traten herbei. Wir kamen dann ganz schnell ins Gespräch über die Morde. Tja, und dann traf es mich wie ein Hammerschlag. Kaufmann Pohl ist nämlich mit einem der Directeurs der Hagelsschadens-Assekuranz verschwägert und hat von ihm erfahren, dass Davidson – er sagte: ›Der Jude von der Papiermühle‹ – für die von der Feuersbrunst zerstörte bewegliche Habe eine Entschädigung erhalten wird …«

»Deswegen tritt man ja auch einer solchen Assekuranz bei«, fiel Reuter ihm ins Wort.

»Ja, sicher. Was mich hat erschrecken lassen, war die Summe, die man Davidson offenbar demnächst auszahlen muss. Es handelt sich um sage und schreibe: 3 500 Taler!«

Fast unisono sagten Reuter und Siemerling: »Wie, bitte?«

Bahr wiederholte: »3 500 Taler. Nicht mehr und nicht weniger.«

Sechstes Kapitel

Donnerstag, 16. April 1857, nachts

Im Fürstenhof hielten sich drei von Reuters Freunden auf: Doktor Brückner und die Gebrüder Boll. Ihre geröteten Gesichter verrieten, dass sie bereits seit geraumer Zeit den geistigen Getränken frönten und auch Reuter rief, bevor er sich setzte, nach dem Saft der Reben.

Als der Wirt den Schoppen brachte, erkundigte er sich nach dem Rittmeister und erhielt die Auskunft, der Herr von Ritzerow sei von seinem Ausritt noch nicht zurück.

Es gab Neuigkeiten. Am Vormittag war der Oberlanddrost in Begleitung zweier Gendarmen in Neu-Brandenburg aufgetaucht und war im Hause des Waagenbauers Siebert vorstellig geworden, wo er die Herausgabe sämtlicher Habseligkeiten des verstorbenen Stellmachers verlangte.

»Das müsst ihr euch vorstellen«, sagte Brückner. »Er kommt in unsere Stadt, in der er nicht einmal Bürger ist, und verlangt etwas! Er hat sicher darauf gesetzt, dass sich Siebert von den Forderungen überrumpelt und von den Gendarmen eingeschüchtert fühlt, aber da hat er sich geirrt. Der Waagenbauer verweigerte die Herausgabe und schickte sein Mädchen aufs Rathaus – wobei ich anmerken darf, dass ihm die Verweigerung durch den Umstand leicht gemacht worden ist, dass Kilians karge Besitztümer schon am Morgen von einem

Stadtdiener abgeholt worden waren. Von Kamptz begab sich ebenfalls aufs Rathaus und er muss einen gewaltigen Streit mit Hofrat Müller gehabt haben. Man brachte die Sache sogar vor Staatsminister von Bernstorff. Der zog Walter Kilians Habe sofort ein.«

»Mein Gott!«, rief Siemerling aus. »Was ist denn an diesen Dingen so brisant, dass sie ein Großherzoglicher Staatsminister einzieht? Waren es Bomben?«

»Geistige Bomben«, meinte Franz Boll.

»Schriften des Kommunistischen Bundes«, ergänzte sein Bruder.

»Also doch!«, entfuhr es Reuter. Die Blicke des Arztes und der Brüder richteten sich auf ihn, und so fühlte er sich bemüßigt, von dem Ausflug nach Stargard zu berichten. Er stärkte sich also mit Wein und begann, wurde aber immer wieder von Wilhelm Bahr unterbrochen; der war nämlich auch Schüler von Friedrich Blanck gewesen, kannte den Meister Käding von Kindesbeinen an und konnte sich nicht enthalten zu sagen, man hätte vielleicht mehr von dem Lehrer und Schulbuchverfasser Carl Stolte erfahren, der seit anno 44 an der Stargarder Stadtschule arbeite.

Das erschien Reuter aber einigermaßen absurd, weil Stolte den Kilian gar nicht mehr unterrichtet haben konnte, war dieser im Jahre 1844 doch schon dem Schulalter entwachsen, wie ja auch der 1821 geborene Malabar selbst.

Es gelang Reuter schließlich, auch dank tatkräftiger Unterstützung von Viktor, in relativ geordneter Reihenfolge zu referieren, was sie in Stargard erfahren und was sie nicht erfahren hatten. Die préférence des Oberlanddrosts für die polizeiliche Verfolgung kommunistischer Verschwörungen trat immer klarer hervor, aber insbesondere Mecklenburg-Strelitz mit seiner eher behäbigen Bevölkerung war nun wirklich nicht in Gefahr, von den Anhängern entsprechender Ideen erschüttert oder gar in den Abgrund gerissen zu werden. Es sah vielmehr so aus, als habe sich die Vorliebe des Herrn von Kamptz zu einer kapitalen idée fixe ausgewachsen.

Schließlich brachte Malabar die Sprache auf die beachtliche Summe, die Davidson von der Mobiliar-Brand-Versicherung der Hagelschadens-Assekuranz erhalten würde. Sowohl für Doktor Brückner als auch für Franz und Ernst Boll war die Kunde neu und sie machten große Augen angesichts des enormen Betrages, mit dem man vermutlich eine neue, größere und modernere Mühle würde errichten können, einschließlich Wohn- und Nebengebäuden. So genau wusste das allerdings keiner, denn der Bau von Mühlen war nicht ihr Geschäft. Außerdem gab es ein Faktum, das die Gedanken in eine andere Richtung lenkte.

»Ich habe von Hofrat Müller noch etwas erfahren«, erklärte Brückner. »Die drei Krawallbrüder, von denen die Davidsonsche Papiermühle in Brand gesteckt worden ist, haben ausgesagt, der Jude Lemelson habe ihnen den Auftrag erteilt …«

»Die Familie Lemelson ist auch vom mosaischen Glauben abgefallen«, korrigierte Ernst Boll.

»Ja, ich weiß, dass es Christen sind – wir haben ja schon darüber gesprochen. Aber für die Brandstifter sind beide Juden, Lemelson und Davidson. Allein die Namen, versteht ihr?«

»Warum sollte Lemelson solch einen Auftrag erteilen?«, fragte Reuter.

»Um einen unliebsamen Konkurrenten loszuwerden.«

»Sagen die drei Krawalleure?«

Brückner nickte. »Wenn auch nicht mit diesen Worten …«

»Das ist doch eine Schutzbehauptung«, fuhr Ernst Boll auf. Er war augenscheinlich in Wut geraten.

»Davon geht auch Richter Müller aus«, sagte Brückner.

»Ich meine«, fuhr Boll fort, »das haben sich die drei fein ausgedacht, weil sie in ihrer Dummheit glauben, es läge in der Natur des Juden, Feuer zu legen oder legen zu lassen. Irgendetwas in dieser Art spukt sicher durch das Stroh in ihrem Kopf. Und es scheint ja zu passen: Ein Konvertit neidet einem anderen Konvertiten den Erfolg und lässt dessen Haus und Hof abfackeln.«

»Ernst«, sein Bruder Franz legte ihm eine Hand auf den Arm, »jetzt lässt du dich auch zu einem Fehler hinreißen. Lemelson und Davidson sind nicht einmal Konvertiten, denn der Übertritt zum Christentum erfolgte bereits in einer der Generationen zuvor.«

Ernst Boll nickte heftig. »Ich versuche nur, in die Überlegungen dieser vermaledeiten Burschen einzudringen.«

Durch die Fenster war auf der Straße ein Geräusch zu hören: Ein eiliger Reiter war unterwegs, anscheinend vom Stargarder Tor her kommend. Der Hufschlag verklang jedoch schnell, die Männer bestellten noch eine Runde. Die Glocken von Sankt Marien verkündeten die zehnte Abendstunde, inzwischen musste es finster auf Neu-Brandenburgs Straßen sein.

Wilhelm Bahr meinte: »Ich sage euch, dass die drei Maulhelden das Feuer aus eigenem Antrieb gelegt haben. Viele Leute sind der Meinung, dass ein Jude auch im Christenkleide ein Jude bleibt, sozusagen ein Jude im Christenpelz. Der Judenmüller hat ein Christkind getötet, um mit dem Blut seine Matzen zu backen, also musste er bestraft werden. Solche Gedanken sind ja weit verbreitet und fallen immer wieder namentlich beim Mob auf fruchtbaren Boden.«

Viktor Siemerling, der bisher eisern geschwiegen hatte, meldete sich zu Wort: »Da fällt mir ein Satz des großen Alexander von Humboldt ein: ›Die gefährlichste Weltanschauung aller Weltanschauungen ist die Weltanschauung der Leute, welche die Welt nie angeschaut haben.‹«

»Das hat Humboldt gesagt?«, vergewisserte sich Reuter.

Viktor nickte. »Oder geschrieben.«

»Ein kluger Mann.«

»Ein sehr kluger«, bestätigte Siemerling.

Wieder war Hufgetrappel zu vernehmen, untermischt mit Rufen, die man nicht verstehen konnte. Da Fritz Reuter mit dem Rücken zum Gastraum saß, hatte er die Fenster im Blick. Er sah zwar keine Menschen, aber er sah die Lichter und Fackeln, die darauf hindeuteten, dass eine größere Anzahl von Personen dem Stargarder Tor zustrebte. Die Männer wechselten besorgte oder fragende Blicke. Malabar schickte sich bereits an, sich zu erheben, um nach draußen zu gehen und zu erkunden, was denn los sei, als der Rittmeister in die Stube gestürzt kam, staubbedeckt und außer Atem.

»Wieder ein totes Kind!«, rief er, dann ließ er sich auf einen Stuhl fallen und atmete heftig. »Dieses Mal in der Judenkirche!«

Zuerst begriff niemand: In Neu-Brandenburg existierte gar keine Judenkirche. Aber dann fiel rasch der Groschen, zuerst wohl bei Viktor: Es gab im Großherzogtum nur eine Synagoge – die in Strelitz.

Siemerling gab ein eigenartiges, würgendes Geräusch von sich, griff sich an den Hals und riss den Kragen auf. Sein Gesicht war kreidebleich, doch als Franz Boll ihn fragte, was mit ihm sei, schüttelte er bloß den Kopf. Der besorgte Doktor Brückner fühlte ihm den Puls, machte aber kein bedenkliches Gesicht.

Reuter verstand nicht, warum die Nachricht vom Fund einer weiteren Kinderleiche seinen Freund, der ja einer Arztfamilie entstammte, so sehr traf. Er wandte sich an Malabar, der mit den Schultern zuckte.

Viktor erholte sich schnell, blieb aber blass. Er erbot sich, sogleich anspannen zu lassen, und auch Brückner eilte, Pferd und Wagen zu holen.

Der Rittmeister saß die ganze Zeit an einem Tisch in der Nähe der Tür und schüttelte den Kopf. Der Wirt brachte ihm einen Humpen Bier, was er zwar mit weiterem Kopfschütteln quittierte, aber er leerte ihn sofort.

»Haben Sie den Leichnam gesehen?«, wollte Franz Boll wissen.

Noch immer Kopfschütteln: »Nein, aber ich war auf dem Weg von … ich war schon an der Hintersten Mühle, wo ich ein paar Männer traf, die ihre Glaubensgenossen in Neu-Brandenburg von dem Unglück in Kenntnis setzen wollten. Ich fragte sie, was sie zu so später Stunde umtriebe. Sie sagten es mir: Es wurde ein totes Kind in der Synagoge gefunden. Wo gibt es überhaupt eine?«

»Im alten Strelitz«, beschied ihm Boll.

Reuter, Bahr und die Gebrüder warteten vor dem Fürstenhof, wo an ihnen etliche Neu-Brandenburger vorbeiströmten, dem Stargarder Tor entgegen und zweifellos auf dem Weg nach Alt-Strelitz. Es waren die üblichen Schaulustigen, die trotz später Stunde einmal »ein von Juden ausgeweidetes Christkind« sehen wollten. Aber es waren auch Neu-Brandenburger Juden dabei, die es gewohnt waren, sich für den Gottesdienst nach Strelitz begeben zu müssen, manche zu Pferde, manche im Wagen, die meisten zu Fuß. Eine geschlossene Kutsche fuhr vorbei, im Schein der beiden am Dach befestigten Lampen war an der Tür das großherzogliche Wappen zu erkennen. Es war wenig wahrscheinlich, dass sich Seine Königliche Hoheit höchstselbst an den Ort des Geschehens begab, zumal ohne militärische Begleitung. Möglicherweise war ein hoher Beamter der Regierung unterwegs, und kaum hatte die Kutsche das Tor passiert, tauchte auch ein Wagen mit dem Stadtrichter Müller auf. Der war zwar für diesen Casus mit Sicherheit nicht zuständig, aber er wollte nach dem Fund bei der Judenmühle bestimmt wissen, was es mit dem in der Judenkirche auf sich hatte. Als er die vier Männer am Straßenrand entdeckte, hielt er an, und da er noch Plätze frei hatte, lud er Franz und Ernst zur Mitfahrt ein.

Da die Gebrüder Boll bereits eine Reisemöglichkeit gefunden hatten, konnten Reuter und Bahr besonders bequem reisen: Reuter stieg zu Siemerling in den Wagen, Bahr zu Doktor Brückner. Brückner übernahm die Führung. Sie verließen die Stadt durch das Stargarder Tor und nahmen die Chaussee von der Vorderstadt in die Residenz unter die Räder. Die Straße erlaubte höhere Geschwindigkeiten als die früheren schlechten Wege, für die Mecklenburg verschrien war – und die es natürlich allerorten noch gab.

Trotz des guten Zustands der Straße stand den beiden Männern eine mindestens dreistündige nächtliche Fahrt bevor, und Reuter überlegte, ob er diese Gelegenheit nutzen sollte, Viktor nach den Gründen seines Schmerzes zu befragen. Doch er scheute sich, zu tief in den Freund zu dringen, zumal während einer Reise, die dessen ganze Aufmerksamkeit erforderte.

Nach einer guten Dreiviertelstunde schweigender Fahrt erreichten sie ein einsames Haus, aus dem noch ein schwacher Lichtschein fiel und in dem Reuter das Forsthaus Tannenkrug erkannte. Mit dem Förster, einem ausgesprochen gebildeten Mann, hatte er sich einmal im Ratskeller bei einem Schoppen Wein unterhalten und vor allem an einen Satz erinnerte er sich noch genau. Der Forstmann hatte nämlich an der Höheren Forstlehranstalt in Neustadt-Eberswalde studiert – Reuter stutzte für einen Moment, weil ihm diese nordbrandenburgische Stadt schon wieder unterkam – … dort hatte er also studiert, unter dem berühmten Direktor Wilhelm Pfeil. Diesen hatte er zitiert: »Fragt die Bäume, wie sie erzogen sein wollen. Sie werden euch besser darüber belehren, als die Bücher es tun.«

Nun, es waren zwei Sätze. Und sie waren Reuter aus dem Herzen gesprochen. Nicht dass er etwas gegen Bücher einzuwenden hatte, schließlich schrieb er selber welche, aber die reine Bücherweisheit war seine Sache nicht: Nicht die Bücher, sondern das Leben sollte man studieren. Er wusste es nur zu gut, doch verdrängte er dieses Wissen sofort – in dieser Nacht, indem er sich mit einer Frage an Viktor wandte: »Weißt du, wie der Tannenkruger Förster heißt?«

»Nein«, erwiderte Siemerling, den Blick auf die Lichter der vorausfahrenden Kutsche gerichtet. »Ich weiß, wie er aussieht, aber seinen Namen kenne ich nicht. Er hat im letzten Jahr bei mir vorgesprochen, weil es in den neuaufgeforsteten Kiefernwäldern eine bis dato unbekannte Insektenplage gibt: Die Raupen des Kiefernspanners richten wohl großen Schaden an. Tja, und da fragt man natürlich erst den Apotheker, ob er ein Mittel kennt.«

»Und? Wusste der Apotheker ein Mittel?«

Siemerling schüttelte den Kopf.

»Ein solches Mittel wäre vielleicht sinnvoller als ein Haarentferner?«

»Dann soll es ein Forstapotheker erfinden«, meinte Viktor harsch. »Wobei erst dieser Beruf erfunden werden müsste. Ich suche nach Mitteln, die dem Menschen nützen.«

»Ein gesunder Wald nützt auch dem Menschen«, sagte Reuter. Sie waren nun in ein Gespräch gekommen, vielleicht würde es ihm gelingen, sich an Viktors wunden Punkt zu tasten. »Die toten Kinder gehen dir ja sehr nahe.«

»Hach!«, seufzte Siemerling, während im schwachen Schein der Himmelslichter die ersten Häuser des Angerdorfes Groß Nemerow sichtbar wurden, genauer gesagt, sich erahnen ließen. Erst bei der Einfahrt in den Ort wurden die Konturen fester, Reuter entdeckte die Kirche mit dem Fachwerkturm, aber alles blieb im Vagen. »Weißt du, wer am Karsamstag Geburtstag hatte?«

»Am Tag der Höllenfahrt Christi?« Reuter hob die Schultern. »Nein.«

»Margarethe hatte an diesem Tag Geburtstag«, erklärte Viktor. Groß Nemerow lag schon hinter ihnen.

»Deine Tochter?«

»Meine Tochter. Sie wurde fünf. Und du weißt …« Er brach ab.

Reuter wusste nicht. Was wollte ihm Viktor damit sagen, dass seine Tochter am Karsamstag fünf Jahre alt geworden war? Es hieß doch auf jeden Fall, dass sie lebte … Und überhaupt: Dass er, Viktor, Kinder hatte! Wenigstens ein Kind! Die Kinderlosigkeit ihrer Ehe war sowohl für Reuter als auch für Louise eine sehr schmerzhafte Angelegenheit.

»Der Tod dieser Kinder geht mir deshalb so nahe, weil ich immer an Margarethe denken muss«, erklärte Viktor. »Sie ist kein Wickelkind mehr, aber es lauern so viele Gefahren auf ein fünfjähriges Kind. Eltern müssen doch in beständiger Sorge leben, bis ihr Nachwuchs aus dem Gröbsten heraus ist. Und Margarethe ist unser einziges Kind.«

Jetzt verstand Reuter: Auch wenn man nicht mehr im Mittelalter lebte, man die Notdurft nicht mehr auf der Straße verrichtete, man in bedeutenden Städten wie Wien und London üble Stoffe bereits durch eine Kanalisation ableitete und es in Mecklenburg-Strelitz sogar eine gesetzliche Pflicht zur Blattern- und Kuhpockenimpfung gab – Kind zu sein, war immer noch lebensgefährlich.

»So egoistisch ist selbst das gute Herz«, fuhr Viktor fort. »Ich empfinde Mitleid mit den getöteten Kindern. Aber dieses Mitgefühl ist gemischt mit Dankbarkeit, dass meinem Kind dergleichen nicht widerfuhr, und mit Sorge um das Wohl meiner Familie. Ich bedaure jeden Kranken – und bin zugleich froh, weder sein Leiden zu haben noch irgendein anderes.«

Reuter nickte.

Sie hatten eine weitere Ortschaft erreicht, deren Gebäude sie wiederum eher erahnten als sahen. Es musste sich um Usadel handeln, ein Dorf, von dem Reuter nur wusste, dass seine Umgebung mit einem Hügelgrab gesegnet war. Ernst Boll hatte es ihm erzählt, dem wiederum der leidenschaftlich dilettierende Altertums-, Heimat- und Naturkundler Albrecht von Maltzan, Freiherr zu Wartenberg und Penzlin, davon berichtet hatte. Die beiden waren Gründungsmitglieder des Vereins der Freunde der Naturgeschichte in Mecklenburg gewesen. Alt war von Maltzan nicht geworden, gerade einmal 38 Jahre – und wieder war der Tod in gedankliche Nähe gerückt.

»Tut mir leid, dass ich davon gesprochen habe«, sagte Siemerling. »Ich weiß ja, dass du … dass ihr …«

»Es ist gut, Viktor. Wir haben keine Kinder, aber Gott hat mir eine liebe herzliche Gattin gegeben, die mit liebevoller Sorge meine menschlichen Gebrechen trägt und mir meine Häuslichkeit verschönt.«

»Natürlich, Fritz. Halte es einfach so wie Hippolyte Taine, der französische Schriftsteller, der soeben ständiger Mitarbeiter der Revue des Deux Mondes geworden ist: ›Ich liebe meine Kinder zu sehr, um ihnen das Leben zu schenken.‹«

Das war sicher aufmunternd gemeint, aber Reuter empfand es als geschmacklos. Doch nicht das sagte er dem Freund, sondern: »Du bist vielleicht etwas zu streng mit dir. Du hilfst doch Menschen, die unverschuldet in Not geraten sind, mal mit Arzneien und mal mit Alimenten, also gönne dir getrost ein wenig Ich-Sucht. Und was heißt Ich-Sucht, da du ja an deine Familie und namentlich an deine kleine Tochter dachtest …«

»Das sind eben die Folgen davon, dass ich in meiner Jugend Kantianer war«, referierte Siemerling.

Reuter ahnte, dass er selbstironisch lächelte.

»›Handle so, dass die Maxime deines Willens jederzeit zugleich als Prinzip einer allgemeinen Gesetzgebung gelten könne.‹«

»Was war denn das?«

»Der kategorische Imperativ.«

»Das ist ja grober Unfug!«, rief Reuter spontan aus.

»Allergröbster«, gab Viktor zu.

Nach Mitternacht musste man die Glockenschläge nicht mehr mitzählen, wenn man wissen wollte, wie spät es war. Zweimal tönte es vom Turm der Marienkirche zu Alt-Strelitz: Viktor Siemerling und Fritz Reuter sowie die ihnen vorausfahrenden Brückner und Malabar langten zu tiefster Schlafenszeit in der ersten Residenzstadt an. Damals, nach der Landesteilung von 1701, war Mecklenburg-Strelitz nur Herzogtum gewesen. Lange durfte sich die Stadt ihres Ruhmes als Residenz nicht erfreuen, denn bereits 1712 war das Schloss abgebrannt. Da der Wiederaufbau scheiterte, war Neustrelitz aus dem Boden gestampft worden.

In dieser Nacht hatte es den Anschein, als würde in der Stadt niemand schlafen. Auf den Straßen waren Einwohner mit Fackeln oder mit Laternen unterwegs, darunter sogar Kinder, und das waren keine Gassenjungen. Mann und Weib, Krethi und Plethi, Hinz und Kunz – sie alle waren auf dem Weg zur Judenkirche oder kamen von dort. Alt-Strelitz, nicht gerade als Mördergrube bekannt, hatte seinen Mord, da hielt einen nichts mehr in Bett und Haus.

Bei der Synagoge an der Brandenburger Straße hatte sich ein großer Menschenauflauf gebildet, während Husaren am Zaun der Judenkirche wachten. Gendarmen und herzogliche Beamte in ziviler Kleidung waren ebenfalls mit Laternen unterwegs und leuchteten auf dem Gelände des israelitischen Tempels hierhin und dorthin, aber man hatte das Gefühl, dass sie nicht so recht wussten, was sie eigentlich suchten. Die Menge verfolgte das Tun der eher konsterniert wirkenden Staatsvertreter vorwiegend mit Schweigen.

Auch in der Synagoge selbst brannte Licht. Während Reuter sich auf der Suche nach Bekannten umschaute, verließen zwei hochgestellte Herren das Bauwerk, das immerhin die erste und bisher einzige Judenkirche des Großherzogtums war. Bei ihnen handelte es sich um den Staatsminister von Bernstorff, was nur heißen konnte, dass Seine Königliche Hoheit Georg den toten Kindern inzwischen eine immense Bedeutung beimaß. Im Gefolge des Ministers befand sich kein Geringerer als der Oberlanddrost von Kamptz, der hier ebenso wenig zuständig war wie Hofrat Müller; auch seine Anwesenheit bot Stoff zum rätseln. Irgendjemand musste von Kamptz vom Leichenfund in Alt-Strelitz in Kenntnis gesetzt haben, und das konnte eigentlich nur jemand vom Hofe gewesen sein. Warum er nun aber so großen Anteil an Dingen nahm, die ihn von Amts wegen nichts angingen, war nach wie vor unklar.

Reuter sah nun auch Bekannte in der Menge, genauer gesagt, am Rand der Menge, mitten zwischen den Zuschauern und der Judenkirche. Diese Männer hatten sich um einen weithin bekannten Juden gruppiert, den Lehrer und Gelehrten Daniel Sanders, und sie hielten sowohl Abstand zu den Schaulustigen als auch zu den herzoglichen Beamten. Reuter machte Siemerling, Doktor Brückner und Malabar auf sie aufmerksam. Gemeinsam überquerten sie die Straße und gesellten sich zu ihnen. Irgendjemand aus der Menge zischte ihnen das Schmähwort »Judenknechte« zu.

Dabei waren es keineswegs nur Männer mosaischen Glaubens, die sich um den Sprachforscher mit der runden Metallbrille und dem schütteren Haar versammelt hatten; auch die Gebrüder Boll und Hofrat Doktor Müller hielten sich bei ihm auf. Schließlich war er ein bedeutender Mann, den die gebildeten Kreise des Großherzogtums sehr wohl kannten und der sich nicht nur mit der deutschen Sprache allgemein, sondern auch mit dem hiesigen Platt beschäftigte: Vor drei Jahren hatte er die Schrift »Mundart von Strelitz und Umgebung« publiziert, die nicht in Reuters, aber in Bolls wohlversehenem Bücherschrank stand.

Unter den übrigen Herrschaften waren einige Neu-Brandenburger Juden, die Reuter vom Sehen bekannt waren; nur von zweien wusste er auch die Namen: Lesser und Wolfsohn.

Bevor Reuter dem jüdischen Gelehrten und den anderen Männern seinen Gruß entbieten konnte, entdeckte er abseits von der Synagoge und des umgebenden Zaunes einen offenen Wagen, der von zwei Gendarmen bewacht wurde. Auch auf dem Bock saß ein Uniformierter. Einem Häuflein Elend gleich, hockte hinter ihm in die Polster gekauert ein älterer Mann mit hohem Hut, dessen Hände gefesselt waren und der, soweit man es bei dem geringen Licht erkennen konnte, recht unglücklich dreinschaute. ›War das etwa der Mörder?‹ Mit anderen Worten: ›Hatte man ihn schon gefasst?‹ Sanders und die anderen würden es wissen.

Nach dem Wechsel der üblichen Höflichkeitsfloskeln stellte sich heraus, dass zwei der Herren zum Ältestenrat der Gemeinde zählten, der für alle Juden des Großherzogtums zuständig war. Alle wirkten erschüttert, aber das war ja auch verständlich, konnte man sich doch an fünf Fingern abzählen, was der Fund einer Kinderleiche in der Synagoge für die Juden bedeutete: Sie würden Spießruten laufen.

Vielleicht begann der Lauf schon bald, denn in der Menge erhob sich ein Murmeln und Tuscheln, das anschwoll, während man sehen konnte, wie sich Staatsminister von Bernstorff und Oberlanddrost von Kamptz voneinander verabschiedeten. Der Minister kam auf Sanders und die um ihn versammelten Männer zu, von Kamptz bestieg einen Wagen, den ein Kutscher lenkte. Der Wagen setzte sich in Bewegung, von Bernstorff grüßte nur mit knappem Nicken. Er bat Hofrat Müller, ihm für ein kurzes Gespräch zur Verfügung zu stehen, dann sagte er nach einem Seitenblick auf die Menge zu Sanders und den Ältesten: »Vielleicht gehen Sie besser nach Hause.«

Daniel Sanders nickte.

»Es ist ja auch sehr kühl«, meinte einer der Ältesten und gab vor, zu frösteln.

»Dann wärmen Sie sich auf. Gehaben Sie sich wohl, meine Herren!« Von Bernstorff gab dem Hofrat ein Zeichen und die beiden begaben sich zu dem Wagen mit dem Gebundenen. Der Staatsminister wandte sich an die Bewacher und erteilte ihnen anscheinend einen Befehl, denn wenig später stiegen sie ebenfalls auf den Wagen und der Gendarm auf dem Bock straffte die Zügel.

»Gehen wir in mein Haus«, schlug Sanders vor.

Der Wagen mit dem Gefangenen rollte an der schauenden, starrenden, murmelnden, tuschelnden und leicht wogenden Menge vorbei. Aus ihrem Schutz heraus begannen nun einige Männer, Fäuste und Gartengeräte zeigend, Abfälliges über die jüdischen Bewohner von Strelitz zu brüllen. Andere stimmten zustimmend mit ein. Reuter und die umstehenden Männer spürten erst jetzt, wie sich in kürzester Zeit die Situation um sie herum verändert hatte. Daniel Sanders forderte die Männer auf, ihm rasch zu folgen. Er führte sie von der erregten Menge fort die Neu-Brandenburger Straße nach Norden, also in die Richtung, aus der Reuter und seine Freunde gekommen waren, aber nach nur einigen Dutzend Schritten bogen sie nach rechts in die Fürstenberger Straße ein.

»So sehr lieben uns die Christen von Oll Mochum«, sagte der Gelehrte sarkastisch. »Oll Mochum«, was soviel wie »Alte Heimat« bedeutete, das wusste Reuter, nannten die hiesigen Juden Alt-Strelitz. »Der jüdische Gewerbefleiß ist ihnen schon lange ein Dorn im Auge. Jetzt wird es, fürchte ich, wieder dazu kommen, dass die Neidhammel Sündenböcke suchen.«

»Aber wir leben doch eigentlich recht in Frieden zusammen«, wandte einer der Ältesten ein.

»So? Ein schöner Friede, in dem die einen auf die anderen herabschauen. Denn was bin ich? Ich bin ein ›minderberechtigter Schutzjude‹ – ich habe einen gesellschaftlichen Status wie die Juden im Mittelalter. Und das mitten im 19. Jahrhundert! Aber schaut mich doch einmal an: Ich trage weder Kaftan noch Schläfenlocken. Und ich esse keinen Knoblauch.«

»Ich finde, wir sollten nicht klagen«, meinte einer der Neu-Brandenburger, nämlich Lesser.

»Oh doch, das sollten wir!« Sie hatten Sanders' Haus erreicht, das ehemalige Prinzessinnenhaus des Hofes. Der Professor schellte. »Ich beklage par exemple das Ende der jüdischen Freischule. Und das sage ich nicht, weil sie zehn Jahre lang meine Wirkungsstätte war.« Die große Haustür, wirklich wert, von Königlichen Hoheiten durchschritten zu werden, aber auch von bedeutenden jüdischen Gelehrten, wurde von einem Hausmädchen geöffnet, das man Mädchen nur noch wegen seines Berufes nennen konnte, denn es handelte sich um eine gestandene Frau in einem geblümten Kleid. Sie wirkte verschwitzt, ihr Haar war in leichte Unordnung geraten, und sie hatte die Haube vergessen. Auch war ihre von Spitzen gesäumte Schürze etwas verrutscht: Anscheinend hatte auch sie sich das Spektakel bei der Synagoge nicht entgehen lassen und war schnell nach Hause gelaufen, als sie bemerkt hatte, dass sich ihr Dienstherr heimwärts zu begeben schien.

Sanders nickte ihr zu und komplimentierte seine Begleiter in die Diele. Dabei setzte er seine Rede fort: »Es war die beste Schule, deren Ruf weit über die wenn auch engen Grenzen unseres Großherzogtums drang. Bald gab es mehr christliche als jüdische Schüler – und die armen Kinder konnten die Anstalt kostenlos besuchen! Also begann wieder der Neidhammel zu blöken, bis man den Schulbesuch christlicher Kinder verbot. Womit das Ende der Freischule eingeläutet wurde. Voilà!« Er deutete nach links zu einer Doppeltür, deren Flügel nur angelehnt waren. Einer der Ältesten ging voran und schob sie auf. Der Blick fiel in einen gemütlichen bürgerlichen Salon mit einem großen Kamin. Sanders hatte sich in Rage geredet: »Die Alt-Strelitzer haben ihren Juden immer gern Steine in den Weg gelegt. Auch die Synagoge wollten sie nicht. Hätte es nicht den Hofjuden Nathan Meyer gegeben, der Herzog Adolf Friedrich IV. überzeugen konnte, unser Gotteshaus gäbe es nicht. Der Herzog hat uns auf der Amtsfreiheit, dem früheren Schlossbezirk, Grund und Boden zur Verfügung gestellt, weil die Stadtgemeinde Bauland verweigert hatte. Na, inzwischen befindet sich unsere Synagoge in bester Nachbarschaft.« Sanders lächelte flüchtig und bat alle mit einladender Geste in den Salon. »Nur ein paar Schritte vom Landesarbeits-, Zucht- und Irrenhaus entfernt.«

Wenn Daniel Sanders auch keine der staatsbürgerlichen Rechte genoss, die sich die Judengemeinden im Lande seit langem wünschten, so war er doch ein echter Bürger, dessen Salon die ganze Plüsch- und Schmuckseligkeit der Zeit widerspiegelte. Die Perpendikeluhr zwischen den beiden Fenstern zeigte ein Viertel vor drei.

Die Gäste hatten sich inzwischen im Raum verteilt und die Fauteuils, Stühle und die Chaiselongue eingenommen, ja selbst den Stuhl am Klavier. Für Reuter, Malabar und Doktor Brückner gab es keine Sitzmöbel mehr. Sanders klingelte nach dem Hausmädchen, und als es erschien, bat er nicht nur um ein paar nächtliche Erfrischungen, sondern um weitere Stühle. Es dauerte nicht lange, bis die Stühle gebracht waren, und nachdem alle Platz gefunden hatten, fragte Reuter endlich: »Lieber Professor Sanders, können Sie uns später Gekommenen die Augen öffnen: Was ist denn nun eigentlich geschehen?«

»Ja, was eigentlich?« Sanders blickte in die Runde, schaute zu den Ältesten. »Wo beginnen?«

»Vielleicht mit dem gefesselten Mann auf dem Wagen?«, schlug Siemerling vor.

Sanders nickte. »Das ist unser Kantor. Salomon Ehrenbaum. Er ist Kantor schon seit … ach je, sehr lange.«

»Seit 1827, dem Jahr, als unsere Schule eröffnet wurde«, warf einer der Judenältesten ein.

»Ich habe auch Unterricht bei ihm gehabt«, sagte Sanders versonnen. »Dreißig Jahre also ist er unser Kantor. Er ist sehr beliebt, nicht nur in der Gemeinde der Juden.«

»Aber warum wurde er verhaftet?«, wollte Doktor Brückner wissen.

Sanders schaute zu einem der Ältesten: »Hirsch, du hast doch noch mit ihm sprechen können? Er hat auf der Orgel gespielt, nicht wahr?« Der Gelehrte wandte sich an Reuter: »Als Reformjuden haben wir nämlich eine Orgel.«

Reuter nickte und verzog keine Miene, obwohl ihm das reformierte Judentum fremd war. Aber er wusste einfach zu wenig, um sich ein exaktes Urteil zu erlauben.

»Zuerst hat er mit dem kleinen Chor geprobt, dann noch etwas Orgel gespielt«, berichtete der mit Hirsch angesprochene Mittfünfziger. »Er war allein in der Synagoge und hat eine Runde gedreht, weil ihm seit Tagen ein übler Geruch aufgefallen sei; so hat er mir gesagt. Und zwar schon vor zwei oder drei Tagen. Seiner Meinung nach müsse es sich um ein totes Tier handeln, einen Marder vielleicht oder eine Katze. Er muss sehr erschrocken gewesen sein, denn er fand kein Tier, sondern einen toten Säugling.«

In diesem Moment erklang eine Glocke in der Diele, dann waren Schritte zu hören, sicher die der Dienstbotin. Wenig später wurde einer der Türflügel geöffnet und ein eleganter Herr betrat den Salon, angetan mit schwarzem Anzug, schwarzer Weste, auf der eine dicke goldene Uhrkette schimmerte, strahlend weißem Hemd mit Spitzenjabot und einer schmalen schwarzen Krawatte.

»Unser Armenarzt Doktor Jacob Meyer«, stellte Sanders vor. »Seit 1845 wirkt er, wenngleich Jude, zum Wohle aller Alt-Strelitzer, ihre Konfession nicht beachtend. Merkwürdigerweise hat der Magistrat ihn noch nicht verboten.«

»Sei nicht so spitz, Daniel!« Doktor Meyer schaute sich nach einem zum Sitzen geeigneten Möbel um. Das Mädchen brachte just einen Stuhl mit geschwungener Lehne, kündigte in der nächsten Minute die Erfrischungen an und verschwand. Meyer rückte den Stuhl neben Sanders, setzte sich und blies geräuschvoll Atemluft aus.

»Er hat den kleinen Leichnam als Erster in Augenschein genommen«, erklärte Sanders all denen, die es noch nicht wussten.

Jacob Meyer bestätigte es mit einer müden Handbewegung. Die Bedienstete brachte ein großes Tablett herein, das sie nur mit Mühe tragen konnte; auf ihm standen eine gläserne Terrine voller Limonade, ein Dutzend kristallene Gläser sowie zwei Schalen mit Gebäck. Daniel Sanders dankte ihr, nahm den Schöpflöffel und schenkte selbst ein. Dabei warf er einen aufmunternden Blick zu dem Ältesten Hirsch, der die Aufforderung zur Fortsetzung seines Berichtes verstand.

»Kantor Ehrenbaum stand nun ratlos da, ausgerechnet mit der Leiche eines neugeborenen Christenkindes vor sich in der Synagoge«, sagte er.

Reuter fiel ihm sofort ins Wort: »Wie konnte er wissen, dass es sich um ein Christenkind handelte?«

»Ein winziger Anhänger am Beinchen«, sagte Hirsch.

»Mit einem Kreuz?«, rief Malabar.

»Ja.« Der Älteste nahm aus Sanders' Händen ein Glas Limonade in Empfang und fuhr fort: »Ehrenbaum hat es gewiss gut gemeint, aber er kam auf eine schlechte Idee. Er wollte den kleinen Leichnam – einen Knaben übrigens – nur rasch fortschaffen aus der Synagoge, damit kein schlechtes Licht auf unsere Gemeinde falle. Pessach liegt nicht lange zurück, und man weiß ja, was mancher Christ über unsere Festgepflogenheiten denkt.«

»Leider wurde er erwischt«, sagte Sanders.

»Erwischt?«, fragte Reuter. »Verließ er die Kirche denn mit einer nackten Kinderleiche auf dem Arm?«

»Nein, nein«, mischte sich Doktor Meyer ein. »Der Knabe – was von ihm übrig war – war in ein weißes Linnen gehüllt. Es war schon sehr schmutzig geworden durch die Säfte, die aus der Leiche austraten, und auch vom Staub, in dem es gelegen hat, aber das Weiß schien noch durch.«

»Wer hat den Kantor denn erwischt?«

Die Alt-Strelitzer Juden schauten einander an, dann sagte Hirsch: »Hagen Piepenbrook.« Es klang nicht sehr freundlich.

Wie Reuter, seine Freunde und die Neu-Brandenburger Juden erfuhren, war Hagen Piepenbrook ein stadtbekannter Säufer, der sich nicht mit redlicher Arbeit ernährte und trotzdem immer Geld für Getränke im Beutel zu haben schien. Bevor ihn die Trunksucht vollends aus der Bahn geworfen hatte, arbeitete er in der Wanzkaer Papiermühle des Ferdinand David Lemelson – was Reuter aufhorchen ließ. Lemelson hatte Piepenbrook hinausgeworfen, nachdem dieser beim Diebstahl erwischt worden war, ohne dass Hirsch sagen konnte, was er gestohlen hatte oder hatte stehlen wollen. Piepenbrook stellte die Angelegenheit namentlich auf seinen Zechtouren natürlich anders dar und behauptete, er sei »dem Juden auf die Schliche gekommen«, wobei er nie deutlicher wurde.

»Natürlich hat er gestohlen«, beendete Hirsch seinen Bericht. »Lemelson hat ihn zurecht gefeuert, aber Piepenbrook nimmt es zum Anlass, lautstark gegen die Juden zu hetzen.«

»Das eigene Versagen den Juden anzulasten, das ist ja auch nichts Neues«, stellte Sanders mit bitterer Miene fest.

»Und wie hat dieser Piepenbrook den Kantor sozusagen auf frischer Tat betreffen können?«, verlangte Brückner zu wissen. »Es wird doch bereits Abend gewesen sein und dunkel?«

»Er war mit seinem Hund unterwegs«, sagte Hirsch, »mit Verlaub: Das Tier ist so widerlich wie sein Herr. Piepenbrook brüstet sich, er habe es darauf abgerichtet, alles zu verbeißen, was nach Knufflook riecht.«

Allgemein hielt sich das Vorurteil, die Juden seien leidenschaftliche Knoblauchesser, sodass nicht nur sie selber, sondern auch ihre Kleider und das Innere ihrer Häuser den zweifelhafter Duft dieser Pflanze angenommen hatten. Reuter war solchen Juden begegnet, aber die wenigen, die er kannte und mit denen er Umgang pflegte oder gepflegt hatte, schienen dieses Gemüse zu verabscheuen, und auch im Hause des Professors Sander roch es nicht danach.

»Mir hat Kantor Ehrenbaum gestern erzählt, dass Piepenbrook seit einigen Tagen um die Synagoge schleicht«, berichtete Armenarzt Meyer. »Immer ab der Dämmerung und immer mit dem fürchterlichen Hund.«

»Wohnt er denn in der Nähe?«, erkundigte sich Reuter.

»Nein, er wohnt am anderen Ende der Stadt, näher an Neustrelitz.«

»Aber vielleicht ist eine der Restaurationen, in denen er zecht, in der Umgebung«, gab Malabar zu bedenken.

»Die nächstgelegenen Wirtschaften befinden sich am Markt«, sagte der Doktor. »Sein Weg führt ihn also nicht zwangsläufig an der Synagoge vorbei.«

»Dieser Mann also hat Ihren Kantor gestern Abend gesehen, wie er das Bündel aus der Synagoge trug? Warum kam ihm das verdächtig vor?«

»Ich möchte sagen, dass er Ehrenbaum regelrecht aufgelauert hat«, erklärte Hirsch. »Dann hat er ihn angerufen und gefragt, was er denn da Kostbares aus dem Judentempel trage? Er solle es sofort auf den Boden legen, sonst würde er den Hund auf ihn hetzen. Na ja, aus Angst hat Ehrenbaum das natürlich getan. Piepenbrook schlug das Bündel auf, sah den Inhalt und brüllte laut um Hilfe. Ehrenbaum muss zur Salzsäule erstarrt sein, und an Flucht dachte er sowieso nicht, warum auch, man hatte ihn ja erkannt. Es kamen schnell ein paar Leute, die ihn festhielten, und andere, die nach den Gendarmen liefen. Und so nahm das Schicksal seinen unrühmlichen Lauf.«

Einige der Juden seufzten, andere labten sich an der Limonade. Auch Reuter nahm einen Schluck des leicht säuerlichen Süßgetränks, Malabar und Siemerling knabberten Gebäck. Der Armenarzt, der eine Weile seine Hände betrachtet hatte, so als suche er in den Linien die Zukunft, hob plötzlich den Kopf und wandte sich an den Ältesten: »Sag einmal, Hirsch, ist dieser Piepenbrook nicht mit dem Papiermüllermeister Börner verschwägert?«

Reuter hätte sich beinahe an der Limonade verschluckt, Malabar und Siemerling hörten zu kauen auf.

Hirsch berührte mit dem rechten Zeigefinger die Nasenwurzel und runzelte die Brauen: »Jetzt, da du es sagst, Jacob! – Mir scheint so.«

»Doch, doch«, sagte der Neu-Brandenburger Wolfsohn. Der zweifelhafte Ruhm des Hagen Piepenbrook war anscheinend bis in die Vorderstadt gedrungen, wobei natürlich bedacht werden musste, dass die Juden von dort sich regelmäßig zu ihren Gottesdiensten in Alt-Strelitz aufhielten; über einen Judenhasser mit judenfeindlichem Hund hatte man sicher nicht nur einmal gesprochen. »Das ist völlig richtig. Paul Börner hat eine Schwester des Hagen Piepenbrook geheiratet.«

»Die eine Schwester«, präzisierte Hirsch.

»Die älter war als er und vor ungefähr einem Jahr verstorben ist«, ergänzte Daniel Sanders. Wieder herrschte für einen Augenblick Schweigen, dann lieferte der Sprachgelehrte eine Art Zusammenfassung: »In kurzer Zeit werden im Großherzogtum zwei Neugeborene getötet, und immer in der Nähe von Juden, vermeintlichen oder tatsächlichen. Da ist es die Davidsonsche Papiermühle, hier die Synagoge. Drei böse Buben zünden die Papiermühle an, der Papiermüllermeister Börner kommt in den Flammen um. Ausgerechnet sein Schwager, der auch in einer Papiermühle gearbeitet hat, die einem vermeintlichen Juden gehört, ertappt unseren Kantor dabei, wie er den zweiten Leichnam heimlich fortschaffen will. Kein Schelm, wer Arges dabei denkt!«

Die jüdischen Männer murmelten etwas Abfälliges, doch Fritz Reuter hegte einen viel naheliegenderen Gedanken: »Könnte nicht der Kantor beide Knaben umgebracht haben?«

»Wie?« Sanders riss die Augen auf. »Ehrenbaum? Das ist undenkbar.«

»Warum ist das undenkbar? Weil Juden keine Mörder sein können?«

»Deshalb nicht!« Der Sprachgelehrte funkelte Reuter an. »Aber Ehrenbaum würde wohl kaum sein zweites Opfer in der Synagoge verbergen und dann etwas später wieder aus dem Versteck holen und durch die Straßen tragen.«

»Dass die kleine Leiche in der Synagoge gewesen ist, behauptet allein er.«

»Es ist spät.« Daniel Sanders schaute demonstrativ zu der Perpendikeluhr.

Reuter wurde sofort klar, dass er unter keinen Umständen bereit war, Ehrenbaum als Täter auch nur in Erwägung zu ziehen. Die beiden christlichen oder nur mit einem christlichen Zeichen versehenen Kinder konnten nicht von einem Juden getötet worden sein, sondern von einer Person, die ihre Taten den Juden in die Schuhe schieben wollte. Obwohl unausgesprochen, war das sicher die Überzeugung aller anwesenden jüdischen Männer. Aber warum mussten die Knaben überhaupt sterben, wem standen – oder lagen – sie im Weg? Es musste eine Frau im Spiele sein – oder Frauen? War die zweite Tat nur eine Kopie der ersten oder gab es einen Zusammenhang? Waren die Jungen vielleicht sogar Brüder?

Daniel Sanders' Verweis auf die Zeit war eine deutliche Aufforderung an die nichtjüdischen Gäste zu gehen. Siemerling erhob sich als Erster. Brückner, Malabar und Reuter folgten seinem Beispiel, Reuter erkundigte sich allerdings noch nach der Wohnung des Hagen Piepenbrook. Sanders ließ es sich nicht nehmen, sie zur Tür zu bringen, wo er jedem die Hand drückte.

»Ich bin der Ansicht, dass eine Frau und ihr Liebhaber mit den Kindsmorden zu tun haben«, sagte er noch. »Eine Art Mesalliance und eine unerwünschte Schwangerschaft mögen dahinterstecken. Bei der Planung der Untaten hat man überlegt, auf wen man den Verdacht lenken könnte, und da ist ihnen der Sündenbock Jude eingefallen, deshalb der Teich bei der sogenannten Judenmühle, deshalb die Judenkirche. Verstehen Sie?«

»Nicht nur das, ich habe auch so gedacht«, erwiderte Reuter. »Aber jetzt überlege ich: Sollen wir nicht genau das denken? Sollen wir etwas klügeren Personen damit zu einem ganz bestimmten Schluss geleitet werden, dass es Juden nicht gewesen sein können?«

Sanders' Gesicht überzog sich mit einer tiefen Röte.

»Und Sie meinen, so etwas muss ein besonders spitzfindiger Jude eingefädelt haben? Ein perfider Semit, der die unerwünschten Früchte des judentypischen ›ungezügelten kaninchenartigen Begattungs- und Fortpflanzungstriebes‹ umbringt, von dem Hartwig von Hundt-Radowsky in seinem vor beinahe vierzig Jahren erschienenen ›Judenspiegel‹ schrieb? Sind Sie noch bei Trost?«

»Ich habe dergleichen nicht behauptet«, sagte Reuter, den diese Überempfindlichkeit und Selbstgerechtigkeit langsam auch in Rage versetzte. »Ich habe nur eine Möglichkeit von vielen erwogen, ohne irgendeinen Verdacht aussprechen zu wollen.«

»Eines sage ich Ihnen: Es war kein Jude! Einen schönen Tag, die Herren!« Höflich war er noch, aber rasch und ein wenig zu laut schloss Professor Sanders die Tür.

Jetzt fuhren sie in umgekehrter Richtung, von Süden nach Norden und hinein in den dämmernden Morgen. Die Sonne war noch nicht über den östlichen Baumwipfeln erschienen, aber der Himmel dort hatte bereits jenes weißliche Blau angenommen, das den neuen Tag ankündigte.

Reuter und die Freunde hatten versucht, Hagen Piepenbrook zur Rede zu stellen, aber das war wenig ergiebig gewesen. Der Mann war zwar noch auf den Beinen gewesen und hatte sogar die Tür geöffnet, bereits im Hausmantel und mit der Schlafmütze auf dem Haupt, und er war auch redselig gewesen, jedoch betrunken. Was man aus ihm herausbekommen hatte, war eine einzige Tirade auf »den Lumpenjuden Lemelson«, von dem er behauptete, dieser habe ihm eine Falle gestellt und ihm die Münzen, die er angeblich gestohlen haben sollte, in die Rocktaschen expediert. Warum er das getan haben sollte? Er habe den christlichen Arbeiter loswerden wollen, »um in der Papierfabrik ein unkontrolliertes schändliches Judentreiben zu ermöglichen«, worunter Piepenbrook wohl irgendwelche Zauberei und orgiastische Vergnügungen verstand.

Zu einem Abstecher nach Wanzka ließ sich Viktor trotz seiner Müdigkeit sofort bewegen, schon weil ihm der betrunkene Piepenbrook widerwärtig war und er sich gern eines Besseren belehren lassen wollte. Obwohl Papiermüller Lemelson und seine unverheiratete Nichte, die seit dem frühen Tod seiner Frau den Haushalt führte, gerade aufgestanden waren, luden sie Reuter und Siemerling ohne Umschweife zum Frühstück ein. Reuter bedankte sich mit einem Kompliment, indem er erklärte, er kenne und benutze gelegentlich das gute Bütten mit dem Wasserzeichen »F. D. L.«, was für »Ferdinand Daniel Lemelson« stand. Dieser war denn auch sehr erfreut und forderte dazu auf, bei Butter und Wurst kräftig zuzulangen.

Nach dem petit déjeuner, das ziemlich grand war und von einem exzellenten, starken Kaffee begleitet wurde, der Tote hätte aufwecken können, führte Lemelson seine Besucher über das Mühlengelände. Die Papiermühle nahm ein beachtliches Grundstück am Nonnenbach ein, der den Wanzkaer mit dem Tollensesee verband. So gab es neben dem Wohnhaus der Besitzerfamilie zwei Häuser für die Angestellten, zwei Mühlengebäude, eine Leimküche, ein Trockenhaus sowie Ställe und Scheunen. Der Garten mit Teich und Pavillon wirkte fast herrschaftlich. Im Nonnenbach gab es eine künstliche Insel mit den Grabmälern des Firmengründers Moses Lemelson, der Rabbiner gewesen war, und seiner Frau Albertine Sarah. Ferdinand Daniel war ihr Sohn und Erbe.

»Im Moment«, erklärte er, während man am Bach entlang schritt, »habe ich viel zu tun mit der Fabrikation von Dachpappen, wie sie nach der Anweisung und den sich bewährten Versuchen des Herrn Baurat Buttel zu flachen Dächern benutzt werden. Er hat darüber ausführlich in seiner Broschüre über flache Dächer berichtet und im zweiten Hefte auch entsprechende Taxen aufgestellt, nach denen ich meine Preise berechne.«

Womit sich der Mensch nicht alles beschäftigen konnte, dachte Reuter und unterdrückte ein Kopfschütteln: Ein Großherzoglicher Baurat schrieb eine Broschüre über flache Dächer! Aber vielleicht war das alles sehr wichtig, wichtiger zumindest als der kategorische Imperativ, denn die Menschen wollten unter festen Dächern leben, nicht unter den Papiertigern eines anhaltend verschnupften Königsberger Philosophen.

Es war Viktor, der das Gespräch schließlich auf Piepenbrook lenkte. Kaum hatte er den Namen genannt – sie befanden sich auf dem Weg zurück zum Wohnhaus –, wurde Lemelson puterrot.

»Dieses Mensch darf auf meinem Grundstück eigentlich nicht mehr erwähnt werden«, presste er zwischen den fast geschlossenen Lippen hervor. »Warum wollen Sie etwas über ihn wissen?«

Siemerling erklärte es, woraufhin der Papiermüller noch wütender wurde: »Das passt zu ihm. Lügen sind sein Lebenselement. Er hat kein ganzes Jahr hier gearbeitet, hat sich eingeschlichen mit Zeugnissen, die er selbst fabriziert haben muss. Ich kann mir nicht vorstellen, dass er seine Lehre als Papiermacher jemals zu Ende geführt hat. Er mag eine begonnen haben, das vielleicht, aber dieses ›Subjekt‹«, das Wort spuckte er aus, »hält nichts durch, oder nur das Saufen; eine Arbeit jedenfalls nicht.«

»Er war faul?«, fragte Reuter.

»Und ob! Faul in jeder Beziehung. Ein fauler Apfel! Durch und durch verfault. Wenn er an der Bütte stand, konnte man das geschöpfte Papier nur wegwerfen! Aber wann stand er schon mal an der Bütte! Er hat ja die meiste Zeit gesoffen. Und dann hat er sogar gestohlen.«

»Er behauptet, Sie hätten ihm die Münzen untergeschoben.«

»Natürlich behauptet er das.« Lemelson machte eine abwertende Handbewegung. »Aber warum hätte ich das tun sollen? Um ihn loszuwerden? Seine Faulheit und seine Trunksucht genügten, damit ich ihn entlassen konnte. Der Diebstähle bedurfte es gar nicht mehr.«

»Diebstähle?«, fragte Siemerling.

»Ja, ich bin sicher, dass er mehrmals in die Schatulle gegriffen hat. Und er nahm nicht nur Münzen an sich, er hat auch zwei silberne Chanukkaleuchter mitgehen lassen, Erbstücke, die uns an die Eltern erinnern. Glauben Sie diesem Mann kein Wort!«

Der Stadtrichter Hofrat Doktor Müller nahm an diesem Morgen sein Frühstück im Ratskeller beim Wirt Ahlers ein, der sich nicht nehmen ließ, den hohen Gast persönlich zu bedienen. Reuter hatte sich von Viktor Siemerling noch auf eine

Tasse Mokka in dessen Haus einladen lassen, dann hatte er eine Weile unentschlossen auf dem Markt gestanden: Louise war nicht daheim, er war Strohwitwer und fühlte sich seelisch amputiert. Mit anderen Worten, er bedurfte des Trostes, und da kannte er ein probates Mittel. Dieses Mittel gab es nicht in der Apotheke, sondern im Gasthaus.

Der Hofrat wirkte nachdenklich und in sich gekehrt. Reuter hätte sich von sich aus wohl nicht an dessen Tisch gesetzt, aber als Müller seiner ansichtig wurde, lud er ihn mit einer Geste zu sich. Dass der Dichter vormittags Wein bestellte, quittierte er mit einem Stirnrunzeln, aber er nahm es in Kauf. Wie sich bald herausstellte, hatte er nämlich vor, Reuter auszufragen.

Der gab bereitwillig Auskunft, weil er selbst einiges von dem Stadtrichter wissen wollte. Geheimnisse hatte er ohnehin nicht zu offenbaren. Er erwähnte Piepenbrook und dessen Verwandtschaft mit dem im Feuer umgekommenen Papiermachermeister Börner.

Müller fand das bedenklich, ohne sich einen Reim auf diesen Umstand machen zu können, denn wer die Davidsonsche Mühle angesteckt hatte, unterlag keinem Zweifel.

Reuter äußerte auch seinen Verdacht gegen den Rittmeister, der Müller bereits zu Ohren gekommen war und der ihm nicht gefiel: Ein preußischer Offizier nahm sich auf der Liste der Verdächtigen nicht gut aus. Trotzdem war der Richter bereit, eine mögliche Täterschaft zu erwägen, aber nur eine moralische: Sollte der Rittmeister tatsächlich der Vater eines der Knaben oder gar beider sein, hatte er damit seine Ehre verwirkt, aber als Mörderin kam nur die Mutter infrage. Wobei dieser Casus doch zu verwickelt sei und nach mehr ausschaue als nach gewöhnlichem Kindsmord aus Not und Leid.

»Ich hatte noch nie mit derartigen Verbrechen zu tun«, gab Müller zu, »und dann noch so viele an der Zahl. Manchmal, in schwachen Momenten, denke ich, ich sollte vielleicht die Wahrsagekarten der berühmten Mademoiselle Lenormand aus Paris konsultieren; sie sollen ja hier in Neu-Brandenburg bei Brunslow zu haben sein.«

»Das sind sie«, sagte Reuter. Er kannte den Buchhändler, der auch seine Druckwerke vertrieb.

»Lemelson hat sich auch an Karten versucht«, sagte der Richter. »An Spielkarten. Nicht am Spielen, an der Fabrikation! In Neu-Brandenburg. Ohne Erfolg.«

»Das wusste ich nicht. Aber mit unserem Fall wird es wohl nichts zu tun haben.«

Doktor Müller hob die Schultern und seufzte. »Oder mit unseren Fällen. Denn welcher Zusammenhang sollte bestehen zwischen den tödlichen Schüssen auf Walter Kilian und den toten Kindern?«

»Wenn er der Vater ist?«, schoss es Reuter plötzlich in den Kopf.

»Kilian? Der Vater? Und warum erschießt man ihn dann? Er hat doch die Angelegenheit geregelt, wenn ich mich so ausdrücken darf, so er denn hinter den Kindstötungen steckte.«

»Vielleicht wollte die Mutter nicht, dass er diese Verbrechen ausführt …«

»Und dann schießt sie auf ihn?«

»Oder ein Verwandter. Ein Geschwister.«

»Alles reine Spekulation«, meinte der Hofrat, womit er zweifellos recht hatte. »Die Schüsse könnten auch politisch motiviert sein.«

»Sie meinen, sie könnten etwas zu tun haben mit den Schriften, die bei Kilian gefunden wurden?« Reuter leerte sein Glas und hielt es in die Höhe, ein Zeichen für Ahlers, es zu füllen.

Hofrat Müller hob erneut die Schultern. »Ich weiß es nicht.«

»Welcher Art waren denn die Schriften? Man hört, dass sie auf kommunistische Umtriebe deuten?«

»Das tun sie wohl. Als Staatsminister von Bernstorff die Schriften von mir forderte, konnte ich sie ihm schlecht verweigern, daher konnte ich die umstürzlerischen Dokumente nur überfliegen. Es handelt sich um das ›Manifest der kommunistischen Partei‹, das wohl aus der Feder eines gewissen Marx stammt, Karl Marx. Daneben fand ich einen ›Revolutions-Aufruf an Deutschland‹, verfasst von einem Bierbrauer Richter und datiert: ›New York, den 25. Mai 1847‹. Wie gesagt, ich las die Texte nicht, sondern überflog sie nur. Bei diesem Aufruf hat sich aber ein Satz meinem Gedächtnisse eingebrannt: ›Frankreichs Revolution schlug fehl, weil nicht genug gemetzelt wurde.‹«

»Das ist ja ein Aufruf zum Mord!«, sagte Reuter voller Entrüstung.

»Ich denke schon. Allerdings sollten wohl mehr die Fürsten und Fürstenknechte ermordet werden, keine Stellmachergesellen. Im Übrigen möchte ich meinen, dass die französischen Revolutionäre genug Menschen umgebracht haben. Neben dem Manifest und dem Aufruf gab es noch einige Schriften des Bundes der Kommunisten.«

Reuter bekam seinen Wein kredenzt und nahm erst einmal einen Schluck, bevor er bemerkte, der Bund der Kommunisten sei doch im Gefolge des Kölner Kommunistenprozesses im Jahre 1852 aufgelöst worden. Doktor Müller bestätigte dies, setzte aber hinzu, er sei nicht aufgelöst worden, sondern habe sich selbst aufgelöst. Es sei also möglich, dass er noch im Untergrund wüte.

»Aber ist denn etwas von diesbezüglichen Aktivitäten Walter Kilians in unserem Großherzogtum bekannt?«, erkundigte sich Reuter.

»Mir nicht. Und in Neu-Brandenburg gab es solche Aktivitäten nicht. Wir haben Reformer und Demokraten, aber keine Sozialisten oder Kommunisten. Ich möchte dafür meine Hand nicht ins Feuer legen, aber wenn es den einen und anderen Sympathisanten geben sollte, so behält er seine Sympathien für sich.«

»Der Oberlanddrost von Kamptz scheint anderer Ansicht zu sein.«

»Die Fantasmagorien des Herrn von Kamptz mögen sich auf das Amt Stargard beschränken. Dort mag er an allen Ecken und Enden eine kommunistische Verschwörung wittern – ich sehe keine Gefahr für unsere geliebte Vorderstadt.« Doktor Müller winkte dem Ratskellerwirt und bat um l'addition.

»Walter Kilian könnte ein Geläuterter sein, der die Dokumente nur aus sentimentalen Gründen aufbewahrt hat«, überlegte Reuter. Ahlers brachte dem Richter die Rechnung.

»Auch das gehört ins Reich der Spekulation.« Doktor Müller legte zwei Münzen auf den Tisch, erhob sich und trat zur Garderobe. »Ich rate nach wie vor zu den Wahrsagekarten der Mademoiselle Lenormand«, sagte er mit einem Lächeln, während er in seinen Mantel schlüpfte. »Paris, verstehen Sie? Ein Ort, der sogar die bravsten Neu-Brandenburgerinnen verrückt macht. Dort wird man die Antwort wohl wissen.« Er setzte seinen Hut auf und zog die Handschuhe an. »Und wie schön, dass Paris jetzt sogar in unserer Stadt zu haben ist. Ein paar Schritte zum Buchhändler Brunslow reichen. Au revoir, Reuter! Und schauen Sie nicht zu tief in den Kaffeesatz!«

Reuter schüttelte den Kopf. Der leise Spott des Hofrates ging ihm nicht allzu nahe. Denn nicht im Kaffeesatz wollte er lesen, sondern in den unergründlichen Tiefen des Moselweins.

Reuter hatte Zeit und Raum verloren. Nur bruchstückhaft tauchten ein paar Bilder aus seinem Geist auf, ohne dass er mit ihnen etwas anfangen konnte: die Krügersche Mühle, der Krug an der Hintersten Mühle, der Fürstenhof. War er dort überall gewesen? In früheren Tagen ja, aber auch heute? Er war nicht sicher.

Mühsam war er die Stufen im Haus am Marienkirchplatz hinaufgestiegen, hatte die Wohnung betreten und hatte völlig verwirrt feststellen müssen, dass sein Lowising nicht da war. Der Umstand hatte ihn fast in Verzweiflung gestürzt, aber dann war ihm doch noch eingefallen, dass sie zur Hochzeit ihrer Schwester nach Roggenstorf gereist war. Es unterlag keinem Zweifel, dass sie an dieser Hochzeit teilnehmen musste, aber sie fehlte ihm, und so erregte ihre Reise sogar eine gewisse Wut in ihm, die sich als Bauchgrimmen und Brustschmerz äußerte.

Reuter hockte schwer atmend auf der Kante seines Bettes und versuchte angestrengt, den Tag Revue passieren zu lassen. Sein Blick fiel dabei auf den Nachttisch, auf die Bände von Freytags Roman »Soll und Haben« und auf das Buch über die Herstellung von Papier – beides würde er nicht lesen. Er griff sich an den Hals, um die Krawatte zu lockern und stellte fest, dass er sie bereits abgenommen hatte; hoffentlich erst im Hause, denn die Vorstellung, mit offenem Kragen durch Neu-Brandenburgs Straßen geschwankt zu sein, erfüllte ihn mit Scham.

Daran, dass er am Morgen aus Strelitz gekommen war und den Hofrat Doktor Müller im Ratskeller getroffen hatte, erinnerte er sich wieder. Aber was hatte er dann gemacht? Er war in der Gastwirtschaft bei der Hintersten Mühle gewesen – warum? Es war ja schon erstaunlich, dass er es überhaupt dorthin geschafft hatte, aber es wollte ihm kein Grund einfallen, warum er nicht einfach im Ratskeller weitergetrunken hatte oder nur in den Fürstenhof gewechselt war. Den weiten Weg zur Hintersten Mühle hatte er doch nicht auf sich genommen, nur um zu trinken.

Reuter entledigte sich schnaufend seiner Stiefel, wobei er sich der Spitze des jeweils anderen Fußes bediente, was besonders schweißtreibend war; als der Stiefel nur noch locker am Fuß hing, schleuderte er ihn mit einem Stoß von sich. Er stützte sich dabei mit beiden Armen aufs Bett. Als sein rechter Arm verrutschte, berührte die Hand etwas Papiernes, das sich bei näherer Betrachtung als Revue de Paris erwies.

Reuter fuhr auf: Er war nicht nur bis zur Hintersten Mühle gelaufen, sondern sogar noch weiter bis zur Krügerschen. Anstatt nach der durchwachten Nacht und dem Weingenuss nach Hause zu gehen und sich aufs Ohr zu legen, hatte ihn die Frage umgetrieben, ob der Papiermachergeselle Niklas Wittich den Stellmacher Walter Kilian nicht doch aus Neustadt kenne. Was dieser abgestritten hatte. Mit Vehemenz abgestritten.

Allmählich bekam der Tag klarere Konturen. Reuter, der einfach keine Ruhe fand, war vom Ratskeller durchs Lindetal zur Papiermühle gewandert, hatte mit Niklas gesprochen und eine abschlägige Antwort erhalten, die er in der Hintersten Mühle hinuntergespült hatte. Dann war er noch im Fürstenhof gewesen, um den Rittmeister zur Rede zu stellen. Das bedeutete: Er musste bereits eine mächtige Schlagseite gehabt haben. Von Ritzerow hatte ziemlich unwirsch reagiert, als Reuter ihm auf den Kopf zu gesagt hatte, er hätte ihm seine Aufenthalte auf Gut Fünfeichen verschwiegen. Da gäbe es nichts zu verschweigen, hatte der Rittmeister entgegnet, er sei sicher auch einmal dort gewesen, aber diese Besuche hätten keinen nachhaltigen Eindruck hinterlassen. Reuter solle sich gefälligst um seine Angelegenheiten kümmern, par exemple um den übermäßigen Weingenuss, der seine Fantasie überreize. So ähnlich hatte von Ritzerow gesprochen.

Reuter schlug die Revue de Paris zu und legte sie auf den Stapel ungelesener Bücher. Malabar war dann auch noch im Fürstenhof aufgetaucht – oder hatte er schon dort gesessen? Das wusste Reuter nicht mehr, und es war auch nicht wichtig.

Ächzend erhob er sich und trat vor den Spiegel. Aus dem Spiegel schauten ihn seine Dämonen an. Erschrocken fuhr er zurück. Blutunterlaufene Augen, schwarze Augenringe, eine teigige graue Haut – das war er und zugleich das Antlitz des Bösen, das in seiner Seele wucherte. Das Antlitz des Zerstörerischen. Und kein Wein im Haus!

Er musste schlafen. Wenn er am nächsten Morgen pünktlich auf die Beine kommen wollte, musste er sofort ins Bett. Da machte es nichts, dass es noch nicht dunkel war. Wo war Louise?

Reuter ließ sich aufs Bett fallen. Schlafen, nur schlafen.

Staatsminister von Bernstorff hatte Seiner Königlichen Hoheit noch einmal den Casus criminalis vorgetragen, der das Großherzogtum erschütterte.

Georg hatte sich in einen Sessel am Kamin gesetzt und dem Minister bedeutet, er möge in dem Fauteuil vis-à-vis Platz nehmen. Von Bernstorff hatte einige Mühe, den Rücken zu krümmen – auch wenn er aus Georgs Sicht ein junger Mann war, ein Jüngling war auch er nicht mehr.

Es waren zwei Fragen, über die Georg nachgrübelte: Handelte es sich überhaupt um einen oder nicht vielmehr um mindestens zwei Fälle, und wie lautete der Plural von »Casus«? Der Großherzog war ein hochgebildeter Mann, das sollte er doch wissen. Aber er wusste es nicht mehr. Natürlich konnte er seinen Ersten Minister fragen, aber diese Blöße wollte er sich nicht geben.

»Ich sehe keinen Zusammenhang zwischen dem Töten der Neugeborenen und den Schüssen auf diesen … was war er doch gleich? Schnürleibchenmacher?«

»Stellmachergesellen, Durchlaucht. Der Schnürleibchenmacher ist heute bei der Großherzogin Marie, um Maß zu nehmen.«

»Ach so!« Georg nickte. »Ein Stellmacher, so, so. Geselle, ja? Heißt?«

»Walter Kilian.«

»Und er wurde in den Rücken geschossen?«

»Ja, Königliche Hoheit.«

»Dann war der Mörder kein Soldat!« Georg verschränkte die Arme vor der Brust, eine Geste, die zeigte, dass er keinen Widerspruch duldete. Allein die Miene von Bernstorffs verriet, dass der Minister auch einen Soldaten als Mörder für möglich hielt.

»Einem Menschen in den Rücken zu schießen, ist feige«, fuhr Georg fort. Im Jahr des Herrn 1833 hatte er sich in Serrahn ein Jagdschloss im Schweizer Stil bauen lassen, und dort, genau dort wollte er jetzt sein. Stattdessen musste er sich in der Vorderstadt Neu-Brandenburg mit Bluttaten befassen, wie widerlich! »Und die beiden Kinder? Man fand sie also in der Nähe von Juden?«

»In gewisser Weise.«

»Im Teich der sogenannten Judenmühle und in der Judenkirche zu Alt-Strelitz, nicht wahr?«

»Jawohl, Königliche Hoheit.«

»Und die Vox populi ...« Das war auch Latein. Wie nur lautete der gottverdammte Plural von »Casus«? »Und die Vox populi meint nun, Juden hätten die Christkinder getötet und ihnen Blut für ihre Kuchen abgezapft?«

»Der ungebildete Teil des Volkes, Durchlaucht.«

»Bernstoff, hören Sie auf, mich kalmieren zu wollen.« Seine Königliche Hoheit richtete sich in seinem Sessel auf. »Auch gebildete Leute mögen die Juden nicht leiden. Selbst ich gäbe einiges, wenn mein Land frei von ihnen wäre, aber sie sind nun mal gut für Handel und Wandel. Bloß die Emanzipation, die kriegen sie nicht. Nicht unter meiner Regierung, Bernstorff! Ich will keine Juden als Staatsbürger. Mein Gott, was habe ich für lange Auseinandersetzungen gehabt mit meinem Schwager. Sie waren noch ein Kind, als Friedrich Wilhelm Nummer drei 1812 das Emanzipationsedikt erließ, das ich auf das Schärfste kritisiert habe.«

»Das ist allbekannt, Serenissimus«, sagte von Bernstorff. Es hatte den Anschein, als ob er sich langweile, aber das war seinem Dienstherren egal. Der Minister ließ seine Finger auf der Seitenlehne des Sessels spazieren und schaute sich die Kaminfiguren an.

»Mir fatal!«, rief Georg aus. Das war eine stehende Wendung seines Schwagers gewesen, die nach und nach von dessen Offizieren übernommen worden war.

Von Bernstorff, der wohl nicht zugehört hatte, sagte: »Wie Königliche Hoheit befehlen!«

›Dieser Lakai!‹, dachte Georg und lächelte verschmitzt. ›Wie würde er den Befehl ›Mir fatal!‹ wohl ausführen? Man sollte eigentlich die Probe aufs Exempel machen, doch gibt es Wichtigeres zu tun, als Staatsminister zu necken.‹

»Ich dulde keineswegs, dass Juden in meinem Herzogtum beleidigt oder dass sie übler Nachrede oder falscher Beschuldigungen ausgesetzt werden. Es sind meine Schutzjuden und sie genießen Gastrecht in meinen Landen. Also hören Sie zu, Bernstorff! Ich will, dass all die Untaten der vergangenen Tage – die Morde an den Christkindern und an dem Stellmachergesellen sowie der Brand der Mühle – auf das Gründlichste und ohne Ansehen der Person untersucht werden. Ich befehle daher die Gründung einer Großherzoglich Mecklenburg-Strelitzschen Specialcommission unter Ihrer Führung, mon cher! Ziehen Sie auf jeden Fall den Kamptz aus Stargard und den Hofrat Müller aus Neu-Brandenburg bei. Nehmen Sie die besten Landgendarmen und Richter unter Ihre Fittiche. Und Sie werden Geld brauchen. Ich bewillige Ihnen etwas aus meiner Privatschatulle. Liefern Sie bald Ergebnisse! In spätestens einer Woche will ich in Serrahn den Vögeln lauschen und befriedigt daran denken, dass in Mecklenburg-Strelitz der Gerechtigkeit jederzeit zu ihrem … ähm ja, zu ihrem Recht verholfen wird.«

»Jawohl, Durchlauchtigster Fürst!«

»Sind die Toten nach allen Regeln der medizinischen Wissenschaft untersucht worden?«, wollte Georg wissen. Die Medizin lag ihm am Herzen, nicht so sehr, weil auch er ihrer Kunst bedurfte, sondern weil er die öffentliche Gesundheitspflege seit seinem Amtsantritt forciert hatte.

»Der Doktor Brückner aus Neu-Brandenburg hat diese Untersuchungen vorgenommen und wohl auch eine Leichenöffnung durchgeführt«, sagte von Bernstorff.

»Doktor Brückner aus Neu-Brandenburg? Das reicht mir nicht!« Großherzog Georg drehte seinen Siegelring, ein Zeichen dafür, dass er sich wieder echauffierte. »Wer kennt schon diesen Herrn? Nein, Bernstorff, jedermann soll wissen, dass in unserem Großherzogtum jeder Mord unnachgiebig verfolgt wird, auch Morde, die man den Juden in die Schuhe schieben will. Gerade solche Morde, denn die Juden unterstehen unserem Schutz. Wir brauchen also keine Judenemanzipation, sondern nur einen Großherzog, der seine Pflichten gegenüber allen seinen Untertanen ernst nimmt. Und der keine Kosten scheut, wenn es der Bestrafung von Meuchlern gilt. Ein Mediziner muss her, der eine Professur an einer berühmten Universität innehat und sich auf die Pathologie versteht.«

»Vielleicht können Königliche Hoheit an seinen Allergnädigsten Neffen schreiben«, empfahl der Staatsminister.

Georg lächelte. »Sie nehmen mir das Wort aus dem Mund.« Sein Neffe war immerhin der preußische König Friedrich Wilhelm IV., der älteste Sohn von Georgs Schwester Louise, der den Thron 1840 bestiegen hatte. Georg hatte einigen Einfluss darauf genommen, dass Friedrich Wilhelm die ihm von einer Deputation der Nationalversammlung angebotene Kaiserkrone abgelehnt hatte, und sie beide waren sich einig in ihrer Auffassung vom Gottesgnadentum der Fürsten und Könige.

Auch ließ Friedrich Wilhelm viel bauen und korrespondierte mit den führenden Architekten, ja er betätigte sich selbst als Baumeister, was dem Großherzog imponierte. Traurig war einzig der Umstand, dass der Neffe keine Kinder und daher auch keinen Thronfolger hatte; darum musste sich Georg nicht bekümmern, stand doch mit dem 37-jährigen Erbgroßherzog – auch ein Friedrich Wilhelm – ein Nachfolger bereit. Allerdings musste man sich bei ihm große Sorgen machen wegen des fortschreitenden Verlustes seines Sehvermögens …

Wieder waren seine Gedanken abgeschweift, aber er hatte dieses Mal sein Anliegen nicht aus den Augen verloren. Georg erteilte seinem Staatsminister den Befehl, einen Brief an den königlichen Neffen zu entwerfen und um den besten Medizinprofessor und Pathologen Preußens zu bitten. Er solle ihm diesen Entwurf noch am selbigen Tage vorlegen, damit er ihn korrigieren, unterzeichnen und per Boten absenden könne. Dann war von Bernstorff entlassen und Georg allein.

Langsam und nachdenklich ging er zu dem runden Tisch in der Nähe des Fensters, auf dessen gemusterter Brokatdecke die Papiere lagen, die man dem erschossenen Stellmacher abgenommen hatte. Es handelte sich um staatsgefährdende Schriften und ein Wanderbuch. Aber das war es nicht, was den Großherzog beschäftigte – er konnte sich einfach nicht vorstellen, dass es in seinem Land kommunistische Umtriebe gab, und um entsprechende Schriften mochte sich der bewährte Oberlanddrost von Kamptz kümmern.

›Nein‹, Georg begann, wieder über den Plural von »Casus« zu grübeln. Verdammt, er hatte doch Latein gelernt, auch wenn das schon Jahrzehnte zurücklag. ›Wie, um alles in der Welt … Oh Gott, natürlich! Das ist ja die berühmt-berüchtigte U-Deklination. Die Mehrzahl von ›Casus‹ mit kurzem U lautet: ›Casus‹ mit langem U. So einfach war das!‹ Glückstrahlend trat der Großherzog von Mecklenburg-Strelitz an das Fenster. »U-Deklination«, murmelte er vor sich hin. Alles andere hatte er vergessen.

Siebentes Kapitel

Freitag, 17. April 1857

Fritz Reuter hatte qualvolle Stunden hinter sich. Ihm war übel, und diese Übelkeit wurde nachhaltig dadurch verstärkt, dass Wilhelm Bahr so überaus gute Laune hatte. Am frühen Morgen hatte der Freund ihn nicht durch Klopfen, nein, durch heftiges Bollern an die Tür geweckt, aber gerechterweise musste man sagen, dass Reuter anders auch nicht aufgewacht wäre. Seit dem Aufstehen hatte er Kopfweh. Der Kopf schmerzte überall, hinter Stirn und Schläfen, hinter den Augen und sogar bis in den Nacken. Seine Glieder waren steif, die Zunge fühlte sich an, wie mit Pelz überzogen, Mund und Hals waren ausgetrocknet bis tief in den Rachen. Und er hatte Durst, fürchterlichen, brennenden Durst. Er erinnerte sich, dass Malabar ihn abholen wollte, um nach Malchow zu fahren; Reuter selbst hatte es vorgeschlagen, um der Tochter der Mieths im Malchower Kloster einen Besuch abzustatten. Bahr hatte sich anfangs geziert, aber dann hatte die Neugierde über die Skepsis gesiegt. Und auch die Geschäftstüchtigkeit war stärker als die inneren Einwände gewesen, wollte er doch an den Malchower Seen seine weithin bekannten und gefragten Nebelbilder verfertigen.

Um kurz nach sieben hatten die beiden Männer Neu-Brandenburg in Richtung Malchow verlassen, und Reuter hatte während der ersten Stunden ihrer Fahrt auf der 1849 eröffneten Kunststraße nach Waren gefroren; erst weit hinter Penzlin hatte die Kraft der Sonne ausgereicht, ihn langsam zu erwärmen. Malabar hatte sich eine Kutsche und zwei Pferde von Doktor Brückner geliehen. Im Doppelgespann ging es recht zügig bis zur Müritzstadt. Sie waren bis in den Nachmittag hinein unterwegs. Hier nahmen sie einen kleinen Imbiss, und Malabar erklärte das, was er »Nebelbilder« nannte: Unter der Bezeichnung »dissolving views« waren diese künstlichen Werke in England erfunden worden. Bahr malte transparente Ölbilder auf Glasscheiben – mehrere Kästen mit zerbrechlichem Inhalt lagen festgeschnürt auf dem Kutschdach –, die er vor Publikum mit einer Laterna magica projizierte. Durch eine ausgefeilte Technik konnte er die Bilder erscheinen und verschwinden lassen, und manchmal benutzte er eine Dampfsäule, die aus einem Kessel mit kochendem Wasser aufstieg und in der sich die farbigen Lichtbilder bewegten. Solche Vorführungen waren Anfang der Vierzigerjahre in Mecklenburg kaum bekannt, und so reiste Bahr durch die Lande und feierte große Erfolge; auch in Waren war er mehrmals gewesen. Die Nebelbilder sorgten für den Lebensunterhalt. Nun hatte er vor, einheimische Landschaften abzukonterfeien, Seelandschaften, und Malchow mit dem Malchower und dem Fleesensee boten dazu ideale Voraussetzungen. Noch hatten sie zwar einige Meilen nach Malchow zurückzulegen, aber auf diesem Weg kamen sie an der Südflanke des Kölpinsees und Fleesensees vorbei, und an der Binnenmüritz waren sie schon. Reuter konnte den Freund davon überzeugen, hier erst auf der Rückfahrt zu malen, denn er wollte so rasch wie möglich ans Ziel gelangen. Obwohl er eine Kleinigkeit gegessen hatte, die erste Mahlzeit des Tages, und trotz mehrerer Tassen Kaffee, der allerdings sehr schwach war, ging es ihm noch immer nicht gut. So verdämmerte er den Rest der Reise in den Polstern und zwang den armen Malabar auf diese Weise, weiterhin die Zügel zu führen, obwohl dieser sich in Waren einen Wechsel erhofft hatte. Reuter würde dann auf dem Rückweg kutschieren und überall anhalten, wo der Maler es wünschte. Im Übrigen hatte Bahr natürlich auch seinen Fotografenkasten dabei.

Die Bäume warfen bereits lange Schatten, als vor ihnen endlich der schlanke neugotische Turm der Malchower Klosterkirche auftauchte, auch ein Werk Friedrich Wilhelm Buttels, dem man in dieser Gegend nicht entrann; zum Bau dieser Kirche war er quasi von seinem Herrn nach Mecklenburg-Schwerin ausgeliehen worden. Bahr drosselte die Fahrt und brachte die Kutsche vor dem Klostereingang zum Halten. Eine schon etwas baufällige Mauer umgab die Anlage, die seit 1572 kein Kloster mehr war, sondern ein Damenstift. Reuter sprang aus dem Wagen und betätigte den Glockenzug neben dem gusseisernen Tor, während Malabar den Pferden zwei Hafersäcke vors Maul hängte und sich nach einer Tränke umsah. Es brauchte einige Zeit, bis auf ein zweites Läuten hin eine nicht gerade junge und schon ziemlich krumme Frau über den Kiesweg zum Tor kam, bekleidet mit einem schlichten grauen Kleid, das aber aus einem teuren Stoff hergestellt worden war, auf dem Kopf eine gestärkte weiße Haube. Obgleich er sich immer noch schlecht fühlte, setzte Reuter ein breites Lächeln auf. Die Dame verzog keine Miene und fragte barsch, was er wolle.

Er komme aus Neu-Brandenburg und sei ein Freund der Familie Mieth, behauptete er, und man wolle der jungen Frau Anna Maria ein paar Näschereien bringen.

Das ginge nicht, wurde ihm beschieden.

»Warum nicht?«, wollte Reuter wissen. Bahr hatte keine Tränke gefunden und gesellte sich zu ihm, hinter ihnen schmatzten die Pferde.

»Wir sind ein Damenstift, mein Herr, und keine Herberge für lose Mädchen. Besucher haben sich anzumelden.«

»Ein Stift für adlige Damen, wenn ich nicht irre?«

»Natürlich.« Der Rücken der Frau wurde etwas gerader.

»Mit wem habe ich die Ehre?«

»Freifrau Agneta von Mesenthin.« In ihren Augen erschien ein stolzer Glanz.

»Wie ist es möglich, dass eine bürgerliche Pächtertochter bei Ihnen aufgenommen wurde?«

»Das entzieht sich meiner Kenntnis.«

»Sie sind nicht die Domina, Frau von Mesenthin?«

»Nein.«

»Die Domina könnten wir vielleicht sprechen …?«

Die Freifrau runzelte die Stirn, nickte dann aber und sperrte einen Torflügel auf. Im langen Schatten der falschen gotischen Kirche schritten sie einem langgestreckten Gebäude entgegen, bogen vor diesem aber scharf nach links und näherten sich dem Dominahaus. Eine schwarzlackierte geschlossene Kutsche stand davor, bespannt mit zwei Rappen, die, wie der Zufall es wollte, ebenfalls fraßen, allerdings nicht aus Fresssäcken, sondern man hatte ihnen kleine Heuhaufen vor die Vorderbeine geschoben und auch einen Bottich mit Wasser. An der Tür der Kutsche befand sich ein Wappen, das aber im

Schatten der dichtbelaubten Bäume nicht zu erkennen war. Reuter hätte sich nicht gewundert, auch an diesem Ort auf den Stargarder Oberlanddrost zu treffen, aber es war eindeutig nicht sein Gefährt, zumindest nicht das Reuter bekannte.

Freifrau von Mesenthin bedeutete den Gästen, vor der Tür zu warten, dann betrat sie das Haus.

Es verstrich erstaunlich viel Zeit, bis sie wieder zurückkehrte und die beiden Männer hereinbat. In der Diele wartete bereits die Domina, eine noch recht junge Frau, die ein einfaches Satinkleid von einem sanften Ockerton trug und ihr Haar ebenfalls bedeckt hatte, wenn auch nicht mit einer gestärkten Haube, sondern mit einem Spitzenschleier, der das Gesicht freiließ, also nur nach hinten fiel. Ihre etwas zu spitze Nase erinnerte Reuter an seine Frau.

Die Domina dankte der Freifrau von Mesenthin und deutete durch eine geöffnete Tür in ein Arbeitszimmer, das ebenfalls vom Schatten der Bäume verdunkelt wurde. An der Wand gegenüber den Fenstern und auf der Schreibfläche des Sekretärs brannten insgesamt drei Öllampen. Das Zimmer war keineswegs üppig eingerichtet, aber es war auch keine mittelalterliche Zelle, denn es gab Tapeten und Teppiche, eine schöne alte Vitrine aus dem vergangenen Jahrhundert, die aber nicht das gute Porzellan, sondern Bücher enthielt. Womöglich für den Empfang von Besuchern, sicher auch für Gespräche mit den Damen gab es vier Fauteuils um einen großen ovalen Tisch mit Intarsien, die Christi Kreuzweg darstellten. Die Domina bot Reuter und Malabar Platz in den Sesseln an, setzte sich selbst aber an den Sekretär und schoss sofort los: »Es ist völlig ausgeschlossen, dass Sie Anna Maria Mieth sprechen oder auch nur sehen. Sie ist krank und bedarf neben guter Pflege vor allem der Ruhe. Viel Ruhe. Starke Erschütterungen der Seele und des Herzens sind ja bei jungen Frauen häufig Ursache einer Zerrüttung der Nerven, gar eines Nervenfiebers. Bis Anna Maria vollständig gesundet ist, darf niemand zu ihr. Außer den Eltern.«

»Hat sie denn starke Erschütterungen erlitten?«, fragte Reuter nach.

»Nur in der Einbildung, Monsieur. Romane haben ihre Fantasie erhitzt. Ich bin dafür, Romane vor jungen Mädchen wegzuschließen. Oder sie gleich ganz zu verbieten. Nichts schadet der weiblichen Seele mehr als ein Roman.«

Obwohl er bisher noch keinen Roman geschrieben hatte, war Reuter naturgemäß anderer Auffassung. Er verschwieg seine Meinung aber und rang auch die Frage nieder, ob Anna Marias Nerven nicht vielleicht durch eine ungewollte Schwangerschaft zerrüttet worden seien. Stattdessen fragte er auch die Domina, warum man in einem Stift für adlige Damen ein bürgerliches Mädchen aufgenommen habe.

»Aus reiner Güte«, lautete die Antwort. Das konnte sich Reuter nun gar nicht vorstellen, zumindest war sicher Geld geflossen. Aber es gab noch etwas anderes, wie die Domina sogleich hinzufügte: »Frau Mieth, also die Mutter, hat, bevor sie den späteren Pächter von Fünfeichen heiratete, einige Zeit auf dem Gut meines Vaters als Erzieherin gearbeitet. Ich kam nicht mehr in den Genuss ihres ausgezeichneten Wirkens, aber meine beiden jüngeren Brüder. Aus Gründen dieser inneren Verbundenheit war ich sofort bereit, das Mädchen bei uns aufzunehmen. Krankenpflege ist uns nicht unbekannt, auch Altruismus und Nächstenliebe gehören zu unseren Qualitäten. Natürlich kann ein Mädchen, das nicht von Familie ist, keine Stiftsdame werden. Die Aufnahme ist also nur vorübergehend. Es sei denn, Anna Maria entschließt sich, in unsere Dienste zu treten. Wir haben immer Verwendung für ein kluges junges Mädchen.«

›Auch eines mit zerrütteten Nerven?‹, dachte Reuter und nickte. Dieses Reich der Güte schnürte ihm die Kehle zu, und der Weindurst war inzwischen übermächtig. Da er es für ausgeschlossen hielt, die Domina von ihrem Entschluss abzubringen, entschied er sich doch für eine Kanonade. Er gab Wilhelm Bahr das Zeichen zum Aufbruch, bedankte sich artig und sie standen auf. Die Leiterin des Stiftes entschuldigte sich, dass sie nichts habe anbieten können, Reuter bat im Gegenzug dafür um Verzeihung, überhaupt gestört zu haben. Bereits auf dem Weg zur Tür fragte er: »Ist die seelische Erschütterung der Anna Maria Mieth nicht in Wahrheit darauf zurückzuführen, dass sie ihre Jungfräulichkeit verloren hat? Noch dazu an einen Mann, der sie niemals heiraten wird?«

Das Gesicht der Domina wurde kalkweiß. Sie schwankte. Mit der linken Hand musste sie sich auf dem Sekretär abstützen, mit der rechten ergriff sie eine Glocke. Ihre Stimme wurde schrill: »Verlassen Sie sofort das Stift! Gehen Sie, gehen Sie! Was sind Sie …« Ihr Atem tobte, sie konnte eine Weile nicht weitersprechen und betätigte mit heftiger Bewegung die Glocke. »Was sind Sie für Menschen!«, herrschte sie insbesondere Reuter an. »Sie wollen sich hier einschleichen unter dem Vorwand, Freunde der Familie zu sein … Eine Lüge! Sie sind keine Freunde, sondern Spione!«

Malabar mischte sich ein: »Woher wissen Sie, dass wir keine Freunde sind?« Diese Frage war mehr als berechtigt, aber die Domina gab keine Antwort. »Hinaus! Hinaus!«, schrie sie mit

Schaum vorm Mund und läutete und läutete. In wenigen Augenblicken waren drei Männer in Kochkleidung herbeigeeilt, wohl der Küchenmeister mit zwei Gehilfen, deren Aufgabe darin bestand, Reuter und Bahr aus dem Kloster hinauszubefördern. Obwohl die beiden freiwillig gingen, gab es Püffe und Knüffe, die Behandlung war also recht unsanft, ohne Spuren zu hinterlassen. Keine fünf Minuten, nachdem Reuter seine provozierende Frage gestellt hatte, waren sie draußen. Das Tor wurde scheppernd geschlossen, eine Kette vorgelegt. Der Küchenmeister und seine Gehilfen warteten, bis die Eindringlinge ihre Kutsche bestiegen hatten, und als Reuter ihnen einen letzten Blick zuwarf, schüttelten sie die Fäuste.

Malabar nahm die Zügel und sagte überzeugt: »Anna Maria Mieth hat ein Kind zur Welt gebracht oder eher noch zwei. Sie selbst und ihre Eltern haben die Schwangerschaft verborgen, denn es sind ja uneheliche Kinder, die dem Ruf einer bürgerlichen Pächterfamilie schaden würden – uneheliche Kinder bekommen nur Tagelöhner und Pack, aber doch keine Mieth.«

»Und hat sie die Kinder auch umgebracht?«, fragte Reuter, während Malabar den Wagen wendete und auf den Erddamm zuhielt, der das Kloster mit der Altstadt Malchow verband.

»Ohne Zweifel«, sagte Bahr. »Sie und ihr Komplize oder der Komplize allein.«

»Und wer ist der Komplize?« Reuter konnte einen gewissen Triumph in seiner Stimme nicht unterdrücken.

»Na, wer schon, Fritz!« Bahr hob die Peitsche. »Das kann nur der Mann sein, der dafür gesorgt hat, dass ihr Adebar zweimal ins Bein biss.«

»Walter Kilian vielleicht?«

»Kaum vorstellbar, oder?« Wilhelm drosselte die Pferde. »Nein, aber der Kilian könnte ein Zeuge des Doppelmordes gewesen sein. Deshalb wollte er aus Neu-Brandenburg fliehen. Aber der oder die Mörder hefteten sich an seine Fersen und brachten ihn im Lindetal um.«

»Grandios, Malabar!« Reuter klopfte dem Freund auf die Schulter. »Ich frage mich, warum du nicht Untersuchungsrichter am Kriminalkollegium zu Bützow geworden bist.«

Auf dem Damm, der das Kloster mit der Altstadt verband, wollte Bahr unbedingt malen. Es dämmerte bereits, und über dem Malchower See lag eine friedliche Abendstimmung. Malabar baute seine Staffelei und auch die Kamera auf, wobei ihn Reuter mehr oder minder tatkräftig unterstützte; ihm wäre es lieber gewesen, ein Gasthaus zu suchen und endlich den wohlverdienten Schluck zu nehmen. Mitten auf dem Damm sahen sie linker Hand die Gebäude des Klosters und der Klosterkirche am südlichen Seeufer, während sich am nördlichen die niedrigen Häuser der Inselstadt erstreckten – eine Kirche gab es dort nicht, zumindest keine mit einem Turm. Der leichte Wind, der aus nördlicher Richtung kam, kräuselte die Wasseroberfläche nur schwach, aber er brachte einen scharfen ätzenden Geruch mit, der Reuter daran erinnerte, dass man Malchow auch das »Manchester Mecklenburgs« nannte. Das war sicher eine hochtrabende Bezeichnung, aber dank der Lage am oder, wenn man wollte, sogar im Wasser hatte sich ein florierendes Tuchmacher- und Färbereigewerbe entwickelt – und das roch man.

Wilhelm Bahr hatte einen Blick durch die Kameralinse geworfen und verkündet, zum Fotografieren sei es zu dunkel. Er bat Reuter, die Kamera wieder abzubauen, während er eine Glasscheibe auf der Staffelei befestigte und auf einem Beistelltischchen seine Farben ausbreitete. Vom Kloster her näherte sich eine geschlossene schwarze Kutsche, in der Reuter jene zu erkennen glaubte, die auf dem Klosterhof gestanden hatte. Sie näherte sich recht schnell. Von Neugierde getrieben stellte sich Reuter auf die Zehenspitzen. Jemand, der offenbar nicht erkannt werden wollte, versuchte noch, die Vorhänge vor die Seitenfenster zu ziehen, aber zu spät. Reuter hatte genau gesehen, wer in der Kutsche saß: Dorothea Mieth und ihr Mann, der Pächter von Fünfeichen – die Eltern einer Kindsmörderin!

Diese Entdeckung veranlasste Malabar, seine Malaktion umgehend abzubrechen, schließlich würde der See nicht über Nacht verschwinden. Ebenso wie Reuter wollte er wissen, wohin sich das Pächterpaar begab. Auf der Heimreise konnte es sich nicht befinden, denn dann hätten sie nicht in die Altstadt fahren müssen. Wahrscheinlicher war, dass sie ebenso wie die Freunde eine Nachtfahrt scheuten und in einem Gasthaus übernachten wollten. Malchow war eine kleine Stadt, dieses Wirtshaus würden sie schon finden.

Sie brauchten tatsächlich nicht lange. Auf dem Alten Markt, auf dem die Dammstraße quasi mündete, sahen sie die Kutsche wieder. Sie hielt vor einem Gasthof, der sich dem recht neu wirkenden Rathaus gegenüber, rechts vom Pfarrhaus befand und der mit dem warmen Licht lockte, welches aus seinen Erdgeschossfenstern auf das Pflaster fiel. Inzwischen war es nämlich wieder kalt und die Sonne war endgültig zur Ruhe gegangen.

Vom Wirt, einem recht jungen, ranken und schlanken Mann mit strohblondem Haar und grünen Augen, wurden die beiden Reisenden mit offenen Armen empfangen; Ende April schien es nicht allzu viele Besucher zu geben, die in Mecklenburgs Manchester Quartier nahmen. Er diente ihnen daher das Prinzenzimmer an, da die Herzogskammer bereits belegt sei. Bahr und Reuter mussten ihre Pässe vorlegen. Als der Wirt sah, dass sie aus Neu-Brandenburg kamen, geriet er vollends aus dem Häuschen, weil auch die Gäste in der Herzogskammer aus der Nähe von Neu-Brandenburg stammten. Als Reuter fragte, ob sie womöglich aus Fünfeichen angereist seien, hielt er ihn offenbar für einen Wahrsager und war der Bewunderung voll. Er rief seinen etwa zehnjährigen Sohn aus der Küche herbei, befahl ihm, das Gepäck der Herren aufs Zimmer zu schaffen und dann bei der Mutter etwas Deftiges für die weitgereisten und daher zweifellos hungrigen Herren zu bestellen. Reuter und Malabar wurden in die Gaststube geführt. An einem Tisch nahe beim Kamin saß das Ehepaar Mieth und schaute ihnen nicht eben freundlich entgegen. Reuter und Bahr grüßten trotzdem. Reuter wollte sogar etwas sagen, aber Wilhelm Mieth kam ihm zuvor. Er stand sofort auf und rief dem Wirt zu: »Wir sind sehr müde und gehen auf unser Zimmer.«

»Aber das Essen?«, fragte der Wirt beinahe verzweifelt.

»Lassen Sie es bitte auf dem Zimmer servieren! – Meine Liebe!« Mieth bot seiner inzwischen ebenfalls aufgestandenen Gattin den Arm. Frau Mieth schaute Malabar und Reuter gar nicht an, der Pächter jedoch konnte sich nicht enthalten, beim Vorübergehen zu ihnen so leise zu sagen, dass es der Wirt nicht hören konnte: »Unterstehen Sie sich, weiterhin unserer Tochter nachzuspionieren. Und enthalten Sie sich in Zukunft aller Unterstellungen. Unser Kind ist bei den Damen, weil es krank ist und der Erholung bedarf – sonst nichts. Alles andere entspringt einzig und allein ihrer Einbildung.«

Sie verließen die Stube und wenig später hörte man ihre Schritte auf der Treppe.

»Na ja, die Anwesenheit der Eltern erklärt wenigstens, woher die Domina wusste, dass wir keine Freunde der Familie sind«, meinte Bahr, während sie sich setzten.

»Die beiden müssen in einem Nebenraum gewesen sein, als die Domina uns empfing«, sagte Reuter.

»Was wünschen die Herren zu trinken?«, erkundigte sich der Wirt.

»Wein«, sagte Reuter.

»Jeder von den Herren einen Becher?«

»Aber nein, mein Freund. Bring uns den größten Krug, der sich findet.«

Die Miene des Wirtes hellte sich auf, er nickte und verließ den Raum. Reuter schaute sich um. Sein Blick fiel auf eine einmal gefaltete Zeitung, die auf einem Nebentisch lag. Er musste sich weit vorbeugen und den Arm ausstrecken, um sie zu erhaschen. Bahr betrachtete indessen ein Ölgemälde, das einige handbreit über seinem Kopf an der Wand hing: das Brustbild einer rotwangigen Schönen mit weißem Leinenkopftuch und einem sonnenblumenfarbenen Kleid. Unter dem Kopftuch lugte eine rötliche Strähne hervor, aber wie eine Hexe sah die Frau wahrlich nicht aus.

Reuter faltete die Zeitung auf und stellte fest, dass es sich um das Warener Wochenblatt handelte, gegründet 1841. Bevor er es aufschlug, widmete er seine Aufmerksamkeit ebenfalls dem Porträt, das der Maler mit einer Widmung versehen hatte. Er bat Malabar, ihm die Dedikation vorzulesen, was dieser tat: »›A Madame Goebel par son bien dévoué serviteur et ami W. Riefstahl.‹«

»Wer ist ›Madame Goebel?‹«

Wilhelm Bahr zuckte mit den Schultern.

»Und ihr ›Diener und Freund‹ – offenbar ja der Maler?«

»Du kennst ihn nicht?« Bahr zog die Brauen hoch. »Wilhelm Riefstahl aus Neustrelitz. Ein junger Mann von nicht einmal dreißig Jahren, der aber bereits Aufträge für den Großherzog ausgeführt hat. Ist wohl mit Baurat Buttel befreundet.«

»Und malt schöne Frauen«, bemerkte Reuter, bevor er die Zeitung aufschlug und einen Artikel über die französische Besatzung Mecklenburgs während der Napoleonischen Kriege fand. Dieser war ihm zu lang, also blätterte er weiter über die Lokalnachrichten zu Geburten, Hochzeiten und Sterbefällen hinweg. Inzwischen kehrte der Wirt zurück und schleppte eine braunglänzende irdenen Kruke herbei, die wohl um die zweieinhalb Quart fasste, was etwa zwei und einem Viertel französischen Litres entsprach. Reuters Augen begannen zu glänzen angesichts der Aussicht auf eine ausgiebige Zecherei. Der Wirt brachte zwei ebenfalls irdene Becher, goss Rebsaft hinein und fragte, ob die Herren vielleicht die Kalbskeule verzehren wollten, die seine Frau soeben frisch zubereitet hatte, mit gutem Mecklenburgischem Erdapfel natürlich und kräftiger brauner Soße. Malabar leckte sich die Lippen und nickte, Reuter tat dem Wirt kund, dass man diese Schlemmerei nicht ausschlagen könne. Der Wirt rief: »Mariken!«, und nur ein paar Lidschläge später erschien die rothaarige junge Frau des Porträts mit Tellern von märchenhaften Ausmaßen – nicht gar so groß wie Mühlräder, aber viel größer als Teetassen. Der

Duft ließ auch in Reuters Mund das Wasser zusammenlaufen, aber zunächst leerte er den Becher. Malabar deutete auf das Gemälde.

»Jo«, sagte der Wirt und Mariken lächelte dazu, »Madame Goebel, das ist meine Frau. Allerdings schreibt man den Namen mit Ö. Wir können kein Französisch, aber ist es nicht ein schönes Bild?«

»Sehr schön«, bestätigte Bahr. Die Frau wurde rot.

»Der Herr Riefstahl weilte bei uns, um den Malchower See und das Kloster sowie die Seeseite der Stadt zu malen«, erklärte der Mann. Reuter hatte nur Augen für die Frau, schalt sich dafür aus und blickte schnell weg. »Er hat sich ein wenig in Mariken verguckt …« Göbel lächelte stolz, seine Frau wurde noch roter. »Na, da hat er gefragt, ob sie ihm wohl Modell stehen wolle. Nur für so ein sittsames Bildnis natürlich. Als er dann mit seinen Landschaften fertig war, hat er uns das Bild geschenkt.«

Nun machte Malabar einen Vorschlag, der auch von Reuter hätte stammen können: »Sagen Sie, Göbel, es sind doch keine weiteren Gäste in der Stube, wollen Sie sich nicht zu uns setzen und ein wenig mit uns plauschen?«

Der Wirt, das war augenscheinlich, war dem nicht abgeneigt, schon allein aus Neugierde, schließlich waren Gasthäuser von altersher auch Nachrichtenbörsen. Trotzdem warf er erst einen Blick zu seiner Frau, die ihm aufmunternd zunickte. Sie selbst verließ allerdings den Gastraum, was ganz sicher nicht Malabars Intention entsprach. Sie müsse spülen, sagte sie.

Das Kalbfleisch zerging auf der Zunge, die in der Soße zerquetschten Kartoffeln füllten den Magen, der Wein tat das Seine, sodass sich rasch ein Wohlgefühl in Reuter ausbreitete.

Auch Malabar schaute nach dem Mahl recht behaglich drein. Wirt Göbel erkundigte sich nach dem Woher und Wohin, woraufhin sie von ihrer Stippvisite im Kloster berichteten und sich in Andeutungen ergingen, ohne auf die Eltern zu verweisen, da diese ja im selben Gasthof nächtigten. Nach einiger Zeit kam auch Mariken Göbel an den Tisch und ließ sich zu einem Becher überreden. Wenig später musste der Wirt für neuen Wein erneut in den Keller. Als er zurückkam, sagte er lachend: »Ja, man munkelt viel über Fräuleins, die wegen Mess … da gibt es doch so ein französisches Wort?«

»Mesalliancen«, sagte Mariken.

Er nickte. »In Malchow wird immer mal gemunkelt von Fräuleins, die ins Stift aufgenommen werden, weil sie bei einer solchen Mesalliance empfangen haben. Aber tote Kinder gab's hier noch nicht.«

»Doch, doch«, sagte Mariken, »aber ist schon sehr lange her. Meine Großmutter hat von einem Kindsmord erzählt.«

»Was es aber gibt«, sagte Göbel, nachdem er sich gesetzt und nachgeschenkt hatte, »sind Frauen, die Kinder zur Welt bringen, ohne schwanger gewesen zu sein.« Abermals lachte er, fröhlich vom Wein. Sein Gesicht war gerötet, er schwitzte leicht. Auch über Reuters Stirn und Nacken rann der Schweiß, und dass sein Gesicht ebenfalls kräftig Farbe angenommen hatte, spürte er daran, dass es heiß geworden war. Sein ganzer Leib war in Hitze geraten.

»Wie ist das möglich?«, wollte Malabar wissen. Seine Zunge stieß bereits bei jedem Wort ein wenig an die Zähne.

Göbel hielt sich den Bauch vor Lachen, während seine Frau nicht in das Gelächter einstimmte. Eher ernst sagte sie: »Die Fischerfrau Wutke hat kürzlich der Welt ein Kindchen präsentiert, aber niemand hat vorher gewusst, dass sie in Umständen ist.«

»Und das Kind steckte in so edler Wäsche«, fügte Göbel hinzu, »dass ganz Malchow vermutet, das sei gar nicht von der Wutke. Sie sei nur eine Art Amme, die das Kind aber als das ihre ausgeben soll.«

Reuter war augenblicklich hellwach und richtete sich auf. »Und was sagen die Leute, woher das Kind stammt?«

»Na«, Göbel zwinkerte, »dass der Deibel es mit einer Stiftsdame gezeugt hat, sagen sie. Dann hat er es der Wutke untergeschoben – für einen Batzen Geld natürlich.«

»Dann kann man von ›unterschieben‹ kaum sprechen«, meinte Bahr, ebenfalls sehr aufmerksam geworden.

»Das mit dem Teufel ist ja nur Scherz.«

»Wann ist denn das Wunderkind zur Welt gekommen?«, wollte Reuter wissen.

»Vor zwei Wochen etwa«, sagte Mariken.

»Und wo wohnt die Wutke?«

»Sie und ihr Mann wohnen am See gleich um die Ecke«, lautete Göbels Antwort.

Obwohl es ihn irritierte, dass seine Neu-Brandenburger Gäste zu vorgerückter Stunde noch einen Abendspaziergang machen wollten, versorgte er sie mit einer Laterne, denn die nächtlichen Straßen waren dunkel. Reuter und Bahr mussten nur ein Stück die Lange Straße entlang laufen und dann nach links in eine namenlose Gasse biegen, die hinab an den See führte. In einem Fischerhaus, nur ein paar Schritte vom Wasser entfernt, lebte das auf wunderbare Weise zu Eltern gewordene Ehepaar.

Hinter zwei Fenstern brannte noch Licht. Das Haus war niedrig, Reuter musste sogar etwas in die Knie gehen, um einen

Blick in eine Wohnstube werfen zu können, die einen einfachen, aber behaglichen Eindruck machte. Das Paar von Ende vierzig saß an einem länglichen Tisch, der mit einem bestickten Tischtuch bedeckt war, auf dem eine Glaskanne voller Limonade und drei Gläser standen. Neben dem Tisch befand sich eine Wiege, deren Anschaffung teurer gewesen sein durfte, als es sich ein Fischerpaar leisten konnte; das Bettzeug war sogar spitzenumsäumt, vom Himmel der Wiege hing ein Spielzeug herab. Die Hausfrau füllte im Sitzen die Gläser, reichte eines ihrem Gatten und ein zweites einer Person, von der Reuter nur eine Hand mit schlanken Fingern und zartem Gelenk sehen konnte, eindeutig eine Frauenhand. Außerdem bekam er ein Armband sowie ein Stück vom Kleiderärmel zu sehen, der aus gebauschter Spitze bestand. Keine Frage, das musste die echte Mutter sein.

Malabar pochte an die Haustür. Die Fischerin schrak zusammen, der Mann blieb gleichmütig, die Frauenhand verschwand. Die Hausfrau schien unschlüssig zu sein, doch als Bahr das Klopfen wiederholte, verließ sie den Raum. Reuter räumte seinen Posten. Als die Tür geöffnet wurde, stand er neben Bahr.

»Guten Abend, Frau Wutke!«, grüßte er mit freundlichem Lächeln.

»Es ist ja schon fast Nacht«, bemerkte sie und schaute die Fremden misstrauisch an. Der Herr des Hauses erschien in ihrem Rücken, einen Knüttel in der Hand.

»Ist es Diebsgesindel?«, fragte er. Seine Frau zuckte mit den Schultern.

»Keinesfalls«, sagte Reuter. Der Mann kam näher und streckte den Knüttel nach ihm aus. »Wir wünschen nur, Euch zu sprechen.«

»Bi de Nacht?« Der Mann schüttelte den Kopf. »Seid Ji narrsch? Fru, mok de Dör tau!«

Reuter wollte noch etwas sagen, aber sie schlug ihnen die Türe vor der Nase zu. Doch so schnell gaben sie nicht auf, zumal der Wein sie beflügelte. Gemeinsam gingen sie zu den Fenstern und klopften jeder an eine Scheibe. Höchstens eine Minute verstrich, da kam Fischer Wutke mit dem Knüttel aus dem Haus geschossen in der deutlich erkennbaren Absicht, die Ruhestörer zu verprügeln. Reuter und Bahr hoben die Arme vors Gesicht und duckten sich schon, doch dann erschien eine zarte junge Frau in der Tür, auf dem Arm ein Wickelkind, und rief Wutke zu: »Lassen Sie gut sein, lieber Freund. Sie machen alles nur schlimmer. Bitten Sie die Herren herein!«

Reuter und Bahr betraten die Diele und wurden in die Stube geleitet, wo die junge Frau in einem Schaukelstuhl Platz nahm. Das Kind legte sie in den Schoß, wo es schlummerte. Mit glücklichem Gesicht streichelte sie seine Wangen. Es sah aus, als sei sie froh, dass das Versteckspiel ein Ende hatte. Jetzt, in dem helleren Licht sah man, wie groß die Ähnlichkeit mit ihrem Vater war.

»Sie sind …?«, fragte Reuter dennoch.

»Das wissen Sie doch. Anna Maria Mieth.«

»Und der Vater des Kindes?«

»Ein Rittmeister aus Preußen.«

Plötzlich begann Reuter zu schwanken. Er fühlte sich auf einmal fürchterlich schwach, dass er zu stürzen fürchtete und sich unaufgefordert auf einen Stuhl setzte. Sein Verdacht hatte sich bestätigt: Die bürgerliche Pächtertochter hatte ein uneheliches Kind von einem adligen Mann empfangen, den sie wohl nie würde heiraten können. Es gab inzwischen zwar durchaus solche Ehen, aber vermutlich waren beide Familien dagegen, ihre und die des Rittmeisters, denn nicht ohne Grund hatte man Anna Maria ins Stift nach Malchow abgeschoben. Reuter atmete schwer. Alles bisher Unternommene war sinnlos gewesen, denn von Mord konnte keine Rede sein: Das Kind lebte ja.

Achtes Kapitel

Donnerstag, 23. April 1857

Serenissimus waren erregt. Serenissimus waren dermaßen erregt, dass er durch den kleinen Grünen Salon schritt, hin und her wie ein Zirkustiger. Im Grünen Salon gedachte er den berühmten Mediziner zu empfangen, den ihm sein Neffe geschickt hatte. In einem Brief lobte er diesen Herrn über die Maßen: Obgleich erst 36 Jahre alt, habe er bereits so große Erfolge aufzuweisen, dass er von ihm, dem Herrscher Preußens, sogar ein eigenes Institut habe verlangen können. Diesen Wunsch habe man ihm durch einen Neubau erfüllt. Nun sei er nicht nur Professor für pathologische Anatomie und allgemeine Pathologie, sondern auch für Therapie, nicht nur Direktor eines eigenen – des ersten – Pathologischen Instituts, sondern zugleich dirigierender Arzt und schmücke mit seinem Genie die preußische Hauptstadt.

Eine solche Koryphäe war Georg gerade recht. Nun hatte aber Staatsminister von Bernstorff Erkundigungen über diesen Professor Virchow eingezogen und herausgefunden, dass es sich um einen Demokraten und Republikaner handelte, also um eine Person, die man im Großherzogtum eigentlich nicht haben wollte.

Der Großherzog blieb stehen und blickte zu von Bernstorff.

Der stand wieder etwas gebeugt vor seinem Herrn, dem allmählich gewahr wurde, dass dies nichts mit Devotion, sondern mit einer Wirbelsäulenkrankheit zu tun hatte. In jeder Hand hielt er Papiere, wie es Minister so an sich hatten.

»Lesen Sie noch einmal«, befahl Georg.

»›Bildung, Wohlstand und Freiheit sind die einzigen Garantien für die dauerhafte Gesundheit des Volkes.‹«

»Das hat dieser Virchow geschrieben?«

»Jawohl, Königliche Hoheit!«

»Bildung und Wohlstand gibt es in meinem Herzogtum«, sagte Georg, »aber bestimmte Freiheiten kann ich nicht gewähren. Das Volk wüsste mit ihnen auch gar nichts anzufangen.«

»Wie Königliche Hoheit sagen.«

»Und was schrieb er noch?«

»›Woher kommt diese Schwerfälligkeit in der geistigen Entwicklung bei uns, sobald es sich um große öffentliche Fragen handelt?‹«, zitierte der Minister.

»Meint er damit Uns?« Diese angebliche Schwerfälligkeit war Georg schon häufig vorgeworfen worden, namentlich auch in den sogenannten Karikaturen, aber an ihm prallten solche Behauptungen ab. Sein Geist war beweglich: »Casus« war U-Deklination!

»Er meint wohl eher sämtliche deutschen Lande«, entgegnete von Bernstorff.

»Sie erwähnten auch eine Zeitschrift?«

»Die ›Medicinal-Reform‹, Durchlauchtigster Fürst. In der letzten Ausgabe erschien ein Abschiedsaufsatz, in dem dieser eigentümliche Professor schrieb: ›Die März-Revolution war vor den Thronen stehengeblieben.‹ – Für mich klingt das, als hätte er gern gesehen, wenn die Throne umgestürzt worden wären.«

»Ungeheuerlich! Das ist ja …« Georg fehlten die Worte. Er nahm seine Wanderung durch den Grünen Salon wieder auf, hielt aber nach wenigen Schritte inne. »Was für ein Mensch, der so von der Hand denkt, die ihn füttert! Undankbar! Und sitzt schon im Vorzimmer, Bernstorff?«

»Seit dreißig Minuten, Königliche Hoheit.«

»Mir fatal!«, riefen Seine Königliche Hoheit und rangen die großherzoglichen Hände.

Hinter Reuter lag eine mehrtägige Höllenfahrt. Seine Erinnerung endete in dem Gasthaus von Malchow, wo er mit Malabar und den Wirtsleuten Wein getrunken hatte, und zwar offenbar so viel, dass die Reise zurück nach Neu-Brandenburg vollständig aus seinem Gedächtnis verschwunden war. Er war irgendwann in seinem häuslichen Bett zu sich gekommen, schreiend vor Schmerz, denn alles hatte ihm wehgetan, der Kopf, jeder Knochen, die Brust, der Magen. Vor allem aber hatte er nach Wein geschrien.

Louise war ab und zu aus dem Nebel aufgetaucht, mal scheltend und mal mit traurigem Blick. Sie hatte ihm Hühnerbrühe eingeflößt, obwohl er doch so dringend des Weines bedurft hatte, damit er die düstere Stimmung und die finsteren Gedanken überhaupt aushalten konnte: Der Gedanke seiner Wertlosigkeit, der Gedanke, bald von allen Freunden und seiner Frau im Stich gelassen zu werden, weil sie seinen Unwert erkannten, der Gedanke an die vollkommene Sinnlosigkeit der menschlichen Existenz. Manchmal hatte er den Kopf ein wenig gehoben und gesehen, dass draußen die Sonne schien

– ein grausamer Anblick, der ihn wünschen ließ, die Sonne möge für immer hinter dem Horizont verschwinden. Da es in ihm dunkel war, wünschte er sich auch die Verdunkelung der Welt. Und Wein hatte er sich gewünscht, den fürchterlichen Retter, die tödliche Medizin. Getobt hatte er, weil man sie ihm vorenthielt, und unverzeihliche Dinge hatte er zu seinem Lowising gesagt, die den Wein nicht brachte und die Wohnungstür verschlossen hielt.

Der Anfall war vorüber. Reuter hatte am Morgen mit seiner Frau gefrühstückt. Viel Kaffee und ein wenig Butterbrot, dann hatte er ihre berechtigten Vorwürfe wegen seiner Trunksucht über sich ergehen lassen, hatte Abbitte geleistet und schließlich die Absolution erhalten, auch weil er versprochen hatte, seine Arbeit wieder aufzunehmen. Wenn er seine Gefühle mit einer Farbe hätte vergleichen sollen, hätte er Grau gewählt. Das war immerhin ein Fortschritt gegenüber dem allgegenwärtigen Schwarz der letzten Tage. Auch spürte er seine Lebensgeister zurückkehren und die Kraft, Stunden am Schreibtisch zu verbringen und etwas Neues zu schaffen. Nur ein wenig frische Luft brauchte er noch, und Lowising hatte ihm die Erlaubnis zu einem Spaziergang erteilt. Reuter lenkte seine Schritte zum Fürstenhof, nicht weil er Wein trinken wollte, sondern weil er hoffte, einen Freund zu treffen, jeden Freund außer Wilhelm Bahr. Louise hatte ihm berichtet, dieser sei sehr wütend auf ihn. Er hätte gern aus zweiter Hand erfahren, warum?

Auch von der Roggenstorfer Hochzeit hatte sie erzählt, die zwar schön gewesen war, aber es gab doch den Wermutstropfen der Auswanderung; in wenigen Tagen schon würde sich ihre Schwester Caroline, nun eine Schliemann, auf den Weg in die Vereinigten Staaten machen.

Im Fürstenhof waren überraschend viele Freunde anwesend: Doktor Brückner und die Brüder sowie Viktor Siemerling. Sie tranken Kaffee und warfen dem Neuankömmling mehr als kritische Blicke zu, sein Anfall war also nicht verborgen geblieben. Seinen Gruß »Gauden Dag, de Herren!« erwiderten sie jedoch und sie rückten auch zusammen, um ihm Platz zu machen. Brückner sah im Übrigen aus, als wäre ihm eine Laus über die Leber gelaufen. Reuter wusste nicht, ob vielleicht er diese Laus gewesen war. Aus dem unterbrochenen und nun fortgesetzten Gespräch entnahm er aber, dass ihm die Anwesenheit eines Berliner Medizinprofessors die Petersilie verhagelt hatte.

»Stell dir vor, Fritz, dieser Besserwisser weilt auf Einladung von Serenissimus in Neu-Brandenburg und soll die Toten noch einmal obduzieren. Habe ich diese Zweifel an meiner ärztlichen Kunst verdient?«

»Auf keinen Fall«, sagte Reuter und bestellte auch Kaffee.

»Wozu brauchen wir Berliner für Dinge, die wir auch selber können?«, echauffierte sich der Arzt. »Auch wenn in den Gesellschaftsnachrichten der Neubrandenburger Zeitung steht, dass es sich um einen außerordentlichen Pathologen handelt – brauche ich für die Feststellung eines Todes einen solchen Spezialisten? Nein, ich brauche ein Hörrohr und meine Erfahrung.«

»Es steht in der Zeitung?«, vergewisserte sich Reuter.

»In der heutigen Ausgabe. Dieser Virchow ist gestern Abend eingetroffen und logiert in diesem Hause.«

»Ein Herr in feinem Zwirn«, meinte der Wirt, der Reuters Kaffee brachte.

»Sagt dir der Name etwas?«, fragte Reuter seinen Hausarzt.

Der nickte. »Rudolf Virchow ist schon kein geringer Kopf. Seit etwa zehn Jahren gibt er das ›Archiv für pathologische Anatomie und Physiologie und für klinische Medizin‹ heraus, das sich eines ausgezeichneten Rufes erfreut. Ich selbst erhalte es nicht, aber Doktor Meyer aus Strelitz ist Abonnent, und wenn ich in der Residenz weile und ihm einen Besuch abstatte, lese ich darin. Vor allem die Kritik an der Krasen-Lehre des eigentlich unangreifbaren Wieners Karl von Rokitansky hat mir imponiert.«

Reuter schaute etwas hilflos in die Runde: »Krasen-Lehre?«

»Die Lehre von den Körpersäften«, erklärte Viktor, der ja auch vom Fach war. »Ihre Anhänger halten das Blut für den Sitz des Lebens. Ich auch!«

Reuter nickte, davon hatte er schon gehört. Er nahm einen Schluck Kaffee und überlegte, wie er das Gespräch auf Malabars Verstimmung lenken könnte, als ein recht junger bärtiger Fremder in den Gastraum fegte, der eine runde Metallbrille trug und beinahe aussah wie Reuter in diesem Alter. Sein Gehrock, seine Hose und die Wäsche waren wirklich aus feinem Zwirn. Man konnte ihn für einen Geck halten, der mit einem kostbaren Gehstock in die Luft fuhr und laut rief: »Wer von den Herren ist Franz Boll?«

Franz schrak ordentlich zusammen, als er auf diese nahezu überfallartige Weise von dem fremden Herrn angesprochen wurde, bei dem es sich höchstwahrscheinlich um den gewissen Berliner Mediziner handelte. Das bestätigte er, indem er sagte: »Oh, ich vergaß, meine Wenigkeit zu introduzieren. Virchow. Professor Rudolf Virchow.« Er nickte allen zu, wandte sich dann wieder allein an Franz: »Ich habe Ihren Streit mit Archivrat Lisch in Schwerin über die Prillwitzer Idole angelegentlich verfolgt. Herr Lisch, der Humboldt Mecklenburgs, hat sie ja wohl als Fälschung entlarvt, während Sie ihre Echtheit verteidigten? Slawische Altertümer interessieren mich außerordentlich. Auch Rethra! Man wird … Wo kann man sie sehen?«

Boll war so verwirrt, dass er fragte: »Rethra?«

»Das ist doch wohl noch nicht gefunden?«, fragte der Professor enttäuscht. Und als Boll den Kopf schüttelte: »Ich meinte die Idole.«

»In Neustrelitz, im Schloss«, sagte Boll. »In der Großherzoglichen Sammlung. Wenden Sie sich an Archivar Gentzen. Sie können sich auf mich berufen, ich bin mit ihm befreundet.«

»Gentzen?« Professor Virchow runzelte die Stirn. »Mir bekannt. Nicht persönlich. Setzt sich auch für die Echtheit der Idole ein, nicht wahr? Alles sehr interessant! Man wird … Mit einem Fachmann wie Ihnen, Monsieur Boll … Vielleicht heute Abend? Acht Uhr? Ich danke … Denn die Pflicht …« Mit diesen Worten wieselte der berühmte Arzt aus der Gaststube.

»Gott, der Mann ist ja wie ein Urgewitter«, seufzte Franz.

»Eher wie ein schnell vorüberhuschender Regenguss«, meinte sein Bruder.

»Dass sich der Herr Professor an slawischen Altertümern delektiert, dürfte dir Freude bereiten, Franz«, sagte Brückner mit deutlichem Widerwillen – nicht gegen die Slawen, sondern gegen einen Mediziner, der sich in Dinge mischte, die ihn nichts angingen; schließlich betätigte sich auch Brückner als Heimatforscher.

»Mir missfiel, dass er Lisch mit Humboldt verglichen hat«, sagte Franz. »Dass er sich allerdings für Rethra und seine Götter interessiert …« Seine müden Augen begannen zu leuchten. Die Suche nach dem sagenhaften slawischen Heiligtum beschäftigte unzählige Gelehrte. Im Jahre 1840 hatte man sogar in Treptow danach gegraben, aber auch in anderen, Reuter bekannten Orten wie Nemerow, Stargard oder Wanzka hatte man es vermutet. Die umstrittenen Prillwitzer Idole sollten Götter aus Rethra sein. Ob nun echt oder nicht, wenn sich Franz Boll für diesen Gegenstand begeisterte, dann begann er ebenso zu dozieren wie Wilhelm Bahr über die Techniken der Fotografie. Es war notwendig, ihn zu stoppen, und da Reuter gerade an Malabar gedacht hatte, lenkte er das Gespräch auf dessen Verstimmung.

»Dein Anfall hat ihn gezwungen, dich den ganzen Weg von Malchow nach Neu-Brandenburg zu kutschieren, obwohl du versprochen hattest, dass ihr euch abwechselt«, sagte Siemerling. »Nicht ein Nebelbild konnte er malen.«

Das war allerdings ein Grund, wütend auf Reuter zu sein. Der würde also auch ihm Abbitte leisten müssen.

Reuter befand sich in einem Zwiespalt: Einerseits wünschte er aus tiefstem Herzen, das seiner Frau gegebene Versprechen einzuhalten, andererseits war seine physische Verfassung nach dem Anfall so, dass ein Schnäpschen in Ehren ihm nur aufhelfen könnte. Ein Cognac in stark gesüßtem schwarzem Kaffee würde wohl Wunder wirken, also winkte er dem Wirt, um eine Gloria zu bestellen. Bevor er dies jedoch tun konnte, betrat das Dienstmädchen Marie die Gaststube, einen Brief in der Hand haltend. Es schaute sich etwas unsicher um, allein betrat ein so junges Kind niemals eine Wirtschaft, denn hier saßen nur Männer. Mit niedergeschlagenen Lidern näherte es sich dem Tisch und überreichte den Brief. Reuter betrachtete den Absender: Er stammte von Daniel Sanders.

Marie ging hinaus, der Wirt wartete auf eine Order. Reuter bat doch nur um Kaffee, dann öffnete er das Kuvert.

Den Fürstenhof betrat nun auch Stadtrichter Müller, der so übernächtigt aussah, dass er mindestens einen Mokka zu brauchen schien, aber einen richtigen Mokka konnte er hier nicht bekommen. Der Wirt fragte ihn etwas, Müller nickte. Er bekam einen Stuhl an den Tisch gestellt, an dem die Männer saßen und entbot ihnen einen müden Gruß. Dann ließ er sich schwer auf dem Stuhl nieder.

»Etwas Neues, Hofrat?«, erkundigte sich Doktor Brückner.

»Die Nouvelles der letzten zwei Wochen decken den Bedarf unseres ja eher ereignisarmen Landes auf Jahre«, meinte der Hofrat etwas spitz. »Gestern hat Oberlanddrost von Kamptz einen Wandergesellen in Haft nehmen lassen, ohne jegliche Vorankündigung. Er nutzt die Macht der Großherzoglich Mecklenburg-Strelitzschen Specialcommission, um sein eigenes Süppchen zu kochen.«

Da Reuter von dieser Kommission bisher nichts gehört hatte, wollte er wissen, was es damit auf sich habe. Der Wirt vernahm diese Frage auch und reichte ihm eine Zeitung, die drei Tage alt war und bereitlag, um als Feueranzünder zu dienen. Bereits auf der ersten Seite stand zu lesen: ›Auf Allerhöchsten Großherzoglichen Befehl wird eine Specialcommission für die Enquête der fürchterlichen Verbrechen, die das Großherzogtum Mecklenburg-Strelitz erschütterten, eingesetzt. Diese hat alle Mittel und Befugnisse, die sie zur Verfolgung der abgefeimten Meuchelmörder benötigt.‹

Stadtrichter Müller hatte einen Seitenblick auf die Zeitung geworfen und sagte: »Von Kamptz scheint sich einzubilden, mehr Befugnisse zu haben als die anderen Mitglieder der

Kommission, mehr sogar als der Staatsminister, der ihr vorsteht. Glauben Sie, dass er uns mitteilt, warum er diesen Gesellen im Gefängnis der Burg Stargard festhält? Er wirft uns nur einen Knochen hin: Er sei einer gefährlichen Verschwörung auf die Spur gekommen.«

»Seine idée fixe!«, bemerkte Reuter. »Welchen bedauernswerten Wandergesellen hat denn dieser Schlag getroffen?«

»Er arbeitet in Krügers Papiermühle.«

Reuter spürte, wie ihm die Handflächen feucht wurden.

»Doch nicht dieser Niklas? Niklas Wittich?«

»Eben jener«, erklärte der Hofrat.

»Mir ist das alles zu hoch«, bekannte Reuter. »Was hat denn dieser junge Mann mit der ganzen Affäre zu tun?«

»Tja ...« Hofrat Müller hob die Schultern. Reuter dachte noch einmal an sein Versprechen. Mit der Weiterarbeit an »Kein Hüsung« würde er auch an einem der nächsten Tage beginnen können, er hatte doch bereits das Ende im Blick. Die geheimniskrämerischen Maßnahmen des Oberlanddrosts würden ihn ohnehin nicht zu schöpferischer Ruhe kommen lassen. Solange er ihnen nicht auf den Grund gehen konnte, würden seine Gedanken nur um sie kreisen.

Viktor Siemerling machte ihn auf den Brief aus Strelitz aufmerksam, den er nach dem Erscheinen des Stadtrichters auf den Tisch gelegt hatte. Doch bevor er ihn endlich las, musste er sich in einer weiteren Angelegenheit Klarheit verschaffen. So fragte er den Wirt, der gerade die alte Zeitung holen wollte, nach dem Rittmeister. Der Wirt musste gar nicht selbst antworten, er drehte einfach die Zeitung um. Auf der Rückseite standen die Gesellschaftsnachrichten. Der Redakteur wusste zu berichten: ›Der Königlich Preußische Rittmeister von Ritzerow, im Großherzogtum unterwegs, um Remonten zu besichtigen, hat gemeinsam mit seinem Adjutanten Neu-Brandenburg verlassen.‹ Auf sein Reiseziel angesprochen, habe er ›Malchin‹ angegeben.

War das eine Flucht? Eine Flucht vor Reuters Nachstellungen? Eine Flucht vor der Verantwortung? Oder hatte er ohnehin vorgehabt, seine Besichtigung von Pferden im Nachbarland fortzusetzen?

›Alles Spekulation‹, dachte Reuter und widmete sich endlich seinem Brief.

Daniel Sanders teilte seinem ›Lieben Reuter‹ mit, er bedaure, ihn bei der letzten Begegnung etwas unhöflich abgefertigt zu haben, aber man müsse die Umstände bedenken. Natürlich könne er nicht ausschließen, dass Juden Morde begingen, auch Morde an Kindern nicht, schließlich seien sie keine besseren Menschen als die Christen, aber eben auch keine schlechteren. In der Sache des toten Kindes gäbe es nun allerdings Umschweife, die eines jeden denkenden Mannes Verdacht fort von den Juden lenkten. So habe er, Sanders, die eine und andere Erkundigung eingezogen und sei darauf gestoßen, dass sich Hagen Piepenbrook vor vielleicht drei Wochen ohne Hund in der Nähe der Synagoge herumgedrückt und schließlich Rahel Arndt angesprochen habe, die Tochter des Ältesten Moses Arndt, die vor dem Sabbat saubermachte. Piepenbrook habe zuerst über alltägliche Dinge geschnackt, über das Wetter, die Aussaat und die Ernte; Rahel sei das furchtbar unangenehm gewesen, weil dieser Mensch noch nie mit ihr gesprochen hatte und sie seinen Ruf kannte, und so vermutete sie eine unlautere Absicht. Dann habe Piepenbrook gefragt, ob er nicht einen Blick in die Judenkirche werfen könne. Rahel

Arndt sei nun vollends irritiert gewesen, denn dass ein so eingefleischter Judenhasser sich ausgerechnet für das Innere eines jüdischen Bethauses interessiere, kam ihr unglaubwürdig vor, sofern er nicht einen bösen Anschlag plane. Sie habe das Ansinnen des unsäglichen Menschen geistesgegenwärtig mit dem Hinweis zurückgewiesen, er habe keine Kopfbedeckung. Sie habe dann mit dem Aufräumen und Säubern begonnen und beim Blick aus dem Fenster bemerkt, dass Piepenbrook noch eine Weile unschlüssig am Zaun gestanden und die Synagoge angestarrt habe.

Während Reuter las, bedachten ihn seine Freunde mit neugierigen Blicken. Nachdem er geendet hatte, schaute er in die Runde. Er räusperte sich, fasste den Inhalt des Schreibens zusammen und sagte dann: »Wenn Rahel Arndt Ordnung schafft, bleibt die Tür des Gotteshauses geöffnet. Sanders vermutet nun, Piepenbrook habe die Lage erkundet, um das tote Kind später den Juden unterschieben zu können. Was er auch bei einer Chor- oder Orgelprobe hätte machen können, denn auch Kantor Ehrenbaum schließt dann nicht ab. Als er Rahel zum ersten Mal ansprach, gab es allerdings noch keinen Kindsmord. Womöglich aber eine unerwünschte Schwangerschaft und den Plan, die ungewollte Frucht zu töten.«

»Aber ist Piepenbrook nicht unbeweibt?«, fragte Siemerling.

»Wir sollten an seinen Schwager denken«, sagte Reuter.

Ernst Boll riss die Augen auf. »An den eines grausamen Feuertodes gestorbenen Papiermüllermeister? Hatte er denn eine Frau?«

»Nein«, erwiderte Reuter. »Aber, was hatte er im Zimmer der Magd Martha Kliefoth zu suchen?«

Langsam zogen die beiden Pferde den Wagen den Burgberg hinauf; sie hatten bereits den Weg von Neu-Brandenburg nach Stargard in den Beinen und brauchten eine Ruhepause. Reuter hatte Viktor Siemerling nicht überzeugen müssen, er war von sich aus bereit gewesen, anspannen zu lassen. Mit Wiesing hatte er nicht so leichtes Spiel. Louise war bass entrüstet, als er ihr vorstellte, er müsse dringend nach Stargard, Strelitz und Fünfeichen, da es eine Spur im Fall der ermordeten Kinder zu verfolgen gelte. Auch sie hatte von der Bildung der Specialcommission gelesen und war der Ansicht, man solle die Enquête ihr überlassen. Der Platz eines Schriftstellers sei der Schreibtisch. Schließlich erteilte sie ihrem Mann aber doch ihr Placet, allerdings unter der Maßgabe, dass sie mitkommen werde. Reuter war nicht begeistert, konnte es ihr aber nicht abschlagen. Er verstand natürlich, dass es sie lockte, einen Blick in die vornehme Welt eines Oberlanddrosts zu erhaschen: Louise fiel es schwer, in den besseren Familien Neu-Brandenburgs Fuß zu fassen, worunter sie ziemlich litt.

Die Reuters und Siemerling hatten die Burg noch nicht erreicht, sahen aber bereits das Krumme Haus und die alte Münzstätte von außen, da kam ihnen ein leichter offener Zweispänner entgegen, den der Neu-Brandenburger Lohnkutscher Penzlin lenkte. Hinter ihm in den Polstern saß aufrecht der Berliner Professor. Als er die Entgegenkommenden erkannte, ließ er halten.

Sofort sprudelte er los: »Sie saßen heute Morgen mit am Tisch des Monsieur Boll, nicht wahr? Ah, verzeihen Sie, Madame! Guten Tag, guten Tag!« Er lüftete den Hut. »Man wird … viel zu reden haben … Was sagte ich? Sieben Uhr? Acht Uhr? Neun Uhr?«

»Um acht«, sagte Siemerling.

»Ausgezeichnet. Man ist in Eile. So viele Hünengräber in der Umgegend …«

»Sie waren beim Oberlanddrost, Herr Professor?«

»Bizarrer Mann! Aber ich will schauen … vielleicht graben … Ich brauche natürlich die Hilfe einflussreicher Herren, wenn ich vielleicht Rethra … oder andere slawische Altertümer … Bedaure, die Herren, ich bin eilig! Bedaure auch, Madame!«

»Aber«, fragte Reuter, den der Redefluss des Arztes schwindlig machte, »sollen Sie nicht im Auftrag des Großherzogs Leichenöffnungen durchführen?«

»Ja, ja, ja! Aber auch die slawischen Altertümer … Die Vorgeschichte wird ja immer mehr … Das Kind aus dem Mühlenteich habe ich mir angesehen. Nichts mehr zu machen. Zu verwest. Aber das andere … Es liegt wohl im Eiskeller des Schlosses in Neustrelitz. Man wird sehen … Fahren Sie, Penzlin! Rapide! Gehaben Sie sich wohl, Messieurs, Madame!« Und in gefährlichem Tempo raste der Wagen bergab.

»War das dieser berühmte Arzt?«, wollte Louise wissen. Reuter nickte, Siemerling fuhr dem Burgtor entgegen. »Er scheint auf vielen Hochzeiten zu tanzen«, meinte sie.

Nachdem Reuter den neben der Tür zum Drostenamt befindlichen Klingelzug betätigt hatte, öffnete wie beim ersten Besuch der Dienstmann Carl. Diesmal schien der ehrenwerte Herr Oberlanddrost im Amte zu sein, denn Carl bat die Besucher in die Diele, nicht ohne einen skeptischen Blick auf Louise zu werfen, so als wolle er seinem Herrn Frauenzimmer eigentlich nicht zumuten. Viktor Siemerling hatte glücklicherweise eine Carte de visite dabei, die er dem Faktotum auf die

Handfläche legte. Carl pochte an eine Tür auf der linken Seite der Diele, ein herrisches »Herein!« ertönte, der Diener trat ein. Es dauerte nicht lange, da wurde die Tür weit geöffnet und mit einer einladenden Geste bedeutete Carl den Besuchern, sie dürften eintreten, der ehrenwerte Oberlanddrost empfange.

Bernhard Christoph Karl Joachim von Kamptz saß in einem sparsam möblierten Bureau an einem Schreibtisch von gewaltigen Ausmaßen, der mit sorgfältig ausgerichteten Aktenstücken bedeckt war; eine Messingglocke überragte sie. Wie immer war er höchst akkurat gekleidet, und er erhob sich, als er Louises ansichtig wurde. Ein feines Lächeln spielte um seine Mundwinkel, ein Lächeln des Triumphes womöglich, das Lächeln eines Siegers. Immerhin war er so charmant, dass er Louise, die doch weit unter ihm stand, die Hand küsste; dazu musste er den steifen Nacken beugen, und das fiel ihm nicht gerade leicht.

»Ich habe mit Ihrer Visite gerechnet«, sagte er, nachdem sein Kopf wieder gerade saß. »Herr Doktor Siemerling«, er nickte dem Apotheker zu, »Herr Schriftsteller Reuter«, auch der bekam ein Nicken. »Ich muss sagen, Ihre Hartnäckigkeit imponiert mir. Auch wenn sie am Ende zu nichts geführt hat – Kompliment! Wenn nur alle Deutschen so wären …« Er seufzte. »Und dabei sind Sie beide Demokraten, nicht wahr?« Siemerling bestätigte es. »Nun ja, jedenfalls scheinen Sie nicht so anstrengend zu sein wie der Herr Demokrat und Liberaler, der mir soeben seine Aufwartung gemacht hat.« Jetzt seufzte von Kamptz besonders geräuschvoll. »Ein wahrer Wirbelsturm, dieser Professor Virchow.«

»Mit Verlaub, Exzellenz, was wollte er eigentlich bei Ihnen?«

»Das ist schwer zu sortieren. Carl«, wandte sich der Oberlanddrost an seinen Diener, »sage Madame, dass wir Gäste haben! Sie soll Tee bereiten und in der Stube decken lassen.«

Das kam so überraschend, dass Reuter fast zusammengezuckt wäre. Er hätte nie gedacht, dass dieser förmlich und kalt wirkende Adelige jemals bürgerliche Personen in sein Privatissimum bitten würde, aber sein Blick verriet, dass er es wohl vor allem Louises wegen tat – vielleicht war der alte Herr im tiefsten Herzen ein Filou. Was nicht minder überraschte war die Tatsache, dass er seinen Salon wie ein Bürger »Stube« nannte. Reuter kam in den Sinn, dass er von Kamptz falsch eingeschätzt haben könnte, aber dass der Oberlanddrost auch genau den Eindruck erzeugen wollte, den er bisher von ihm gehabt hatte. In seiner Stellung musste er nun einmal eine bestimmte Rolle spielen, die des unnahbaren Pflichtmenschen.

Carl verließ das Bureau, von Kamptz setzte sich wieder und bot den Besuchern die Stühle an, die etwas wahllos herumstanden.

»Um auf den Professor zurückzukommen: Da man ihm mitgeteilt hatte, ich gehöre der Großherzoglichen Specialcommission an, stellte er mir ein paar Fragen nach den Todesfällen, aber sein Hauptinteresse galt dem, was er die ›vorgeschichtlichen Reichtümer unseres Landes‹ nannte. Seine Gedanken sprangen herum wie das Rumpelstilzchen: Mal erwähnte er seine namentlich in Würzburg erworbenen Kenntnisse in der Pathologie, dann fragte er mich, ob man am Südzipfel des Tollensesees noch immer nach Rethra suche. Er wollte etwas über das Vorkommen von Hünengräbern im Bereich des Domanialamtes Stargard wissen … Ich wusste gar nicht mehr, ist dieser Herr nun ein Mediziner oder ein

Archäologe oder ein Historiker? Oder alles zusammen? Nun, ich habe ihn an den Grafen von Oelschlägel verwiesen.« Von Kamptz schmunzelte – ein wenig hinterhältig, wie Reuter schien. »Der behauptet ja ständig, er habe am Ufer der Lieps ungeheuer viele Artefakte gefunden und könne mit ihnen beweisen, dass sich dort ein großes slawisches Heiligtum befand, mutmaßlich Rethra. – Aber genug davon, Sie sind nicht zu mir gekommen, weil Ihre Herzen für die Vorgeschichte schlagen. Und warum überhaupt ›Vorgeschichte‹? War denn vor der Geschichte nicht auch Geschichte? Na, Spitzfindigkeit!« Der Oberlanddrost nahm die Messingglocke und läutete sie. Nach einiger Zeit erschien Carl und meldete, man möge noch etwas Geduld haben, die gnädige Frau habe das Mädchen zum Kaufmann geschickt, da man des Zuckers ermangele. Von Kamptz nickte bloß, schickte Carl mit einer Handbewegung fort und erhob sich. Langsam trat er an einen von Akten und Büchern überquellenden Schrank. »Ich kann auch Vorträge halten«, sagte er verschmitzt, zog ein Buch aus dem mittleren Fach und reichte es Reuter. »Bitte, lesen Sie uns laut den Titel vor!«

Reuter öffnete den Deckel und folgte der Aufforderung: »›Die Communisten-Verschwörungen des neunzehnten Jahrhunderts. Im amtlichen Auftrage zur Benutzung der Polizei-Behörden der sämmtlichen deutschen Bundesstaaten auf Grund der betreffenden gerichtlichen und polizeilichen Acten dargestellt von Dr. jur. Wermuth, Königlich Hannöverschem Polizei-Direktor und Dr. jur. Stieber, Königlich Preußischem Polizei-Director. Erster Theil. Enthaltend: Die historische Darstellung der betreffenden Untersuchungen.‹«

»Wo und wann erschienen?«

»›Berlin, 1853.‹«

»Es ist also noch höchst aktuell«, sagte von Kamptz. Er öffnete eine Lade seines Schreibtisches und förderte ein weiteres, allerdings schmaleres Buch zutage, welches er Siemerling reichte. Auch dieser sollte den Titel vortragen, der fast ebenso lautete wie der erste. Nur enthielt dieses Druckwerk den zweiten Teil: »›Die Personalien der in den Communisten-Untersuchungen vorkommenden Personen. Berlin, 1854‹«, las Viktor vor.

Der Oberlanddrost nickte zufrieden, nahm das Personenverzeichnis wieder an sich und blätterte darin, bis er das Gesuchte fand. Währenddessen führte er aus: »Unzucht und Umsturz sind meines Erachtens die gefährlichsten maux de siécle, sie sind geradezu zu Geißeln der zivilisierten Menschheit geworden. Bevor ich Ihnen eröffne, warum ich den Papiermachergesellen Wittich in Haft habe nehmen lassen, muss ich ein paar Worte über die Kommunisten in Mecklenburg verlieren – es gab respektive gibt nicht viele, aber es gab respektive gibt sie! Der Kommunistenbund hat immer seine Emissäre gehabt, die durch die deutschen Lande reisten, unter ihnen einen gewissen Peter Nothjung, Schneidergeselle aus Mühlheim am Rhein. Nothjung wurde im November 1852 in Köln zu sechsjähriger Festungshaft verurteilt. Anno 1850/51 war er in Schwerin, denn dort gab es mehrere Bundesmitglieder der Marxschen Richtung … Karl Marx, der sagt Ihnen vielleicht etwas?«

Reuter nickte, Siemerling zuckte mit den Schultern, Louise schüttelte den Kopf.

»Das Haupt – und man darf getrost sagen: brillante Haupt – einer bestimmten Richtung eingefleischter Umstürzler.

Wie gesagt, es gab Mitglieder der Bundes der Kommunisten in Schwerin, die der Marxschen Richtung angehörten oder zuneigten.« Von Kamptz schaute auf die Seiten des Buches. »›Der Wasserarzt Friedrich Meyer aus der Weißenstraße 106, der Schuhmachermeister Heinrich Schulz aus der Kirchenstraße …‹ Auf Nothjungs von der Polizei beschlagnahmtem Namens- und Adressenzettel standen auch Rostocker, wie der Segelmacher Gerdes und ein Professor der Jurisprudenz und Geschichte, ein unruhiger, exaltierter Kopf …« Er blätterte mit vor Anspannung gerunzelter Stirn weiter, doch dann glättete sich die Haut: »Professor Türk, Karl Türk.«

»Den kenne ich!«, rief Reuter.

»Nicht wahr? Sie haben bei ihm Vorlesungen gehört?«

»Ja. 1831/32. Später begegnete ich ihm wohl auch in meiner Eigenschaft als Mitglied des Reformvereins; Türk hat doch um 1848 die liberalen ›Mecklenburgischen Blätter‹ herausgegeben und war im Zentralkomitee der Reformvereine beider Mecklenburg.«

»Er ist ein unverbesserlicher Demokrat, der aus Deutschland eine Republik machen will.« Von Kamptz verzog angewidert den Mund. »Zum Glück wurde er nicht nur aus dem Universitätsdienst entlassen, er war auch in den Rostocker Hochverratsprozess verwickelt. Dreieinhalb Jahre war er in Bützow in Untersuchung und wurde im November 1856 schließlich zu einem Jahr Haft verurteilt. Die sitzt er noch ab. Der Mann ist erledigt!« Der Oberlanddrost machte eine wegwerfende Handbewegung. »Tja«, setzte er fort, »und dann steht noch eine uns allen bekannte Person auf Nothjungs Liste. Haben Sie eine Vermutung?«

»Niklas Wittich?«, fragte Reuter.

»Nein. Der steht zwar in diesem Personenverzeichnis, aber auf Nothjungs Liste nicht. Dort finden wir aber – Walter Kilian!«

Man war in den Salon gewechselt, der sich auch in dem Amtshaus befand, allerdings in ersten Stock. Der Raum war nicht besonders groß, enthielt aber all die Dinge, die es zu einem behaglichen Leben brauchte. Das Interieur unterschied sich kaum von dem in einem bürgerlichen Haushalt, es gab sogar ein großes Leinentuch, das durch eine Stickerei von sich selbst sprach: ›Geblüht im Sommerwinde/ Gebleicht auf grüner Au/ Als Stolz der deutschen Frau.‹

Die Frau des Hauses, der diese Arbeit wohl zu verdanken war, hatte den Tisch mit dem feinen Porzellan decken lassen und schien etwas enttäuscht, weil die Gäste nicht zum Geschirr passten. Sie waren nicht von Familie wie sie, eine geborene von Hahn, oder wie ihr Mann. Sie machte aber gute Miene, soweit ihr spitzes und hochnäsiges Gesicht dazu fähig war. Um ihre Züchtigkeit zu betonen, hielt sie einen Handarbeitsbeutel im Schoß fest. Fast unablässig war ihr durchdringender Blick auf Louise gerichtet.

Das Mädchen schenkte den Tee ein, der ungewöhnlich leutselige Oberlanddrost sagte zu seiner Gattin: »Stell dir vor, Aloisia, ich habe mit Umstürzlern über den Umsturz geplaudert.«

»Nein!« Aloisia von Kamptz nahm die Lorgnette, die vor ihrer Brust baumelte, und Reuter wie Siemerling ins Visier. Es hatte allerdings den Anschein, als würde sie das Augenglas am Stiel nur benutzen, weil es vornehm war. »Das sind zwei Umstürzler?«

»Alles Jugendsünden«, beruhigte sie der Oberlanddrost. »Wer macht nicht mal eine Dummheit, wenn er jung ist?«

»Durfte Walter Kilian diese Nachsicht auch genießen?«, fragte Viktor.

Von Kamptz hatte die beiden Teile der »Communisten-Verschwörungen« sowie ein paar seiner Aufzeichnungen mit in den Salon genommen und pochte nun auf die Bücher: »Ich will diese Bände nicht als meine Bibel bezeichnen, denn das wäre gotteslästerlich, aber ich bin von der Überzeugung durchdrungen, das wir im Zeitalter einer neuen Psychomachia leben, eines neuen geistlichen Kampfes zwischen Gut und Böse – zwischen dem rechten Glauben und dem Kommunismus. Aber nicht allein der Umsturz, sondern auch die Unzucht bedroht die göttliche Ordnung. Ich habe unsere Regierung bereits vor fünf Jahren darauf hingewiesen.« Er zog ein Blatt Papier aus seinen Notizen hervor. »Hier habe ich meinen Brief: ›Es ist so weit gediehen, dass auf dem platten Lande es in den Volkscharakter als Grundsatz eingedrungen ist, dass außereheliche Schwängerung keine Schande mehr für das schwache Geschlecht involviert und das männliche mit Frechheit und Leichtsinn darüber hinweg kömmt, wenn es unehelich zeugt, auch einen Entschuldigungsgrund darin findet, dass es nicht immer gleich Wohnung finden kann.‹ – Sie schreiben wohl etwas zu diesem Thema, Monsieur Reuter?«

»Oh, Sie sind Schriftsteller?« Frau von Kamptz betrachtete das Objekt ihres Interesses wieder durch die Lorgnette. »Aber doch keine Romane?«

»Epen und Reime, ma chérie«, sagte ihr Gatte schnell.

»Woher wissen Sie eigentlich von ›Kein Hüsung‹, Exzellenz?«, erkundigte sich Louise.

»So soll das Werk Ihres Gatten heißen? Das wusste ich nicht. Ansonsten hat mir der Hausvater des Kilian davon berichtet, der Waagenbauer Siebert. Kilian sprach zu ihm von Ihrem Mann und dem Anlass seiner Visiten. Ich meine, dass kein Hüsung zu haben nicht als Entschuldigung für unzüchtiges Verhalten dienen darf, für immer mehr wilde Ehen und ledige Mütter. – Das ist eine Bedrohung für den Staat und für die Religion.«

»Aber wir haben doch endlich die Unzuchtgesetze«, warf seine Frau ein. Diese waren in der Tat 1856 erlassen worden und stellten das außereheliche Zusammenleben – auch »Konkubinat« oder »wilde Ehe« genannt – unter Strafe: Beiden Teilen konnte eine Geldstrafe von zehn bis hundert Talern oder Gefängnis von acht Tagen bis vier Wochen auferlegt werden.

»Meinen Sie denn, Exzellenz, dass Unzucht in unseren Fällen eine Rolle spielt?«, fragte Siemerling. »Ich erinnere mich natürlich, wie Sie uns gegenüber Seneca zitierten: ›Es sei leichter, sich vor den Leidenschaften zu verschließen, als sich von ihnen zu befreien.‹ Das deutet ja in Richtung der Voluptas carnis, der Fleischeslust.«

Der Oberlanddrost nahm einen Schluck Tee. »Wir sprechen, glaube ich, über zwei Paar Schuhe. Inzwischen bin ich vollkommen sicher, dass die getöteten Winzlinge mit den Schüssen auf Walter Kilian nicht das Geringste zu tun haben. Bei den toten Kindern gehen meine Vermutungen durchaus in Richtung der voluptas carnis, verehrter Doktor Siemerling.« Von Kamptz lehnte sich gemütlich zurück und verschränkte die Arme vor der Brust. Seine Frau sah irgendwie ärgerlich aus und zupfte an ihrem Handarbeitsbeutel – vielleicht missfiel ihr die schlüpfrige Materie. »Bleiben wir beim

Latein. Ovid schrieb in den ›Amores‹: ›Nitimur in vetitum semper cupimusque negata.‹ Ich erlaube mir zu übersetzen: ›Wir streben immer zum Verbotenen und wollen das, was uns versagt wird.‹ Das gilt für politische Bestrebungen ebenso wie für die Liebe. Stellen wir uns ein junges Mädchen vor …«

»Ungern!«, sagte Frau von Kamptz.

»Es geht um Hypothesen, ma chérie. Stellen wir uns ein solches Mädchen vor, ein Mädchen aus der Unterschicht, eine Magd vielleicht … Es ist Frühling, und es gilt der bekannte spanische Spruch: ›La primavera la sangre altera!‹« Der Oberlanddrost hatte sich offenbar entschieden, eine Kostprobe seiner Mehrsprachigkeit abzuliefern, von der Reuter nur verstand, dass sie etwas mit Frühling und Blut zu tun haben musste. Als von Kamptz dies bemerkte, übersetzte er: »›Im Frühjahr gerät das Blut in Wallung.‹« In seinem plötzlichen, eigenartigen Überschwang hatte er nicht bedacht, dass die ermordeten Kleinkinder nicht im Frühjahr gezeugt worden sein konnten. »Wie gesagt, ein dralles Mädchen der unteren Klassen«, fuhr er fort, »une prisonnière d'amour, eine Gefangene der Liebe …«

Nun griff die Frau Oberlanddrost ein. Die Schwärmerei ihres Mannes veranlasste sie, den Handarbeitsbeutel mit einer entschiedenen Bewegung auf ein Beistelltischchen zu legen, mit dem rechten Zeigefinger auf den Tisch zu klopfen und zu fragen: »Worauf willst du hinaus, mon cher?«

Er zuckte leicht zusammen, seine Wangen röteten sich. »Ich meinte nur, dass die Kinder die Früchte einer verbotenen Liebe sein müssen«, sagte er etwas kleinlaut. »Und dass sie mit den Todesschüssen auf Walter Kilian nichts zu tun haben. Denn dessen Mörder sitzt im Gefangenenhaus der Burg.«

»Niklas Wittich?«, fragte Siemerling sogleich.

Von Kamptz nickte. Er blätterte in seinen Unterlagen, bis er auf ein amtlich aussehendes Schreiben stieß. »Nachdem ich das Werk von Wermuth und Stieber gründlich studiert habe und auf Machenschaften des Kommunistenbundes in Mecklenburg gestoßen bin, gilt mein Trachten der Ausrottung dieser Bewegung mit Stumpf und Stiel. Ich hatte Walter Kilian im Blick, seitdem er den Boden unseres Großherzogtums wieder betreten hat …«

Siemerling unterbrach ihn: »Mit Verlaub, Exzellenz, wenn eine Frage gestattet ist?«

»Mit Vergnügen.«

»Warum haben Sie sich denn so angelegentlich damit befasst, ob Kilian in einem Gesangs- oder Turnerverein war?«

»Das will ich Ihnen gerne sagen. Un instant!« Von Kamptz legte das amtliche Schreiben auf den Tisch, warf einen Blick in seine Aufzeichnungen und suchte dann eine bestimmte Seite im ersten Teil der ›Communisten-Verschwörungen‹. Das brauchte seine Zeit, in der seine Frau Tee nachschenkte. Schließlich hatte er gefunden, was er suchte: »Es geht um einen Schneidergesellen Gipperich aus Olpe, auf dessen Veranlassung am 12. Februar 1850 ein deutscher Gesangsverein in Paris gestiftet wurde, der sich im Café Freiburg, Rue de la Fontaine Molière, traf. Bei einer polizeilichen Untersuchung wurde klar, dass Gipperich als eines der tätigsten Mitglieder des Kommunistenbundes – ich zitiere: ›Die sämtlichen in Paris gebliebenen Mitglieder des Gesangvereins allmählich zum Kommunistenbunde herüberzuführen wusste. Es bestätigt dies zugleich wieder die in den Urkunden des Kommunistenbundes so oft vorkommende Verfahrensweise behufs Anwerbung neuer Mitglieder.‹ – Es gibt Hinweise darauf, dass sich Kilian und Gipperich in der französischen Kapitale begegnet sind.« Von Kamptz legte eine Bedeutungspause ein und blickte siegessicher in die Runde. »Ich zitiere weiter: ›Auch einzelne andere Gesangvereine in anderen Ländern haben sich als Pflanzschulen für wenn auch gerade nicht kommunistische doch demokratische Tendenzen gezeigt. Die Gesangvereine verdienen daher allerorten große polizeiliche Aufmerksamkeit. Den besten Barometer für die jedesmalige Tendenz der Vereine liefern die Texte der betreffenden Gesänge. Noch größere Aufmerksamkeit erfordern aber die Turnvereine.‹«

Diese Denunziation der organisierten Leibesübungen konnte nicht unwidersprochen bleiben, schließlich war Reuter ein leidenschaftlicher Turner gewesen. Wenn er in Treptow etwas mit Hingabe betrieben hatte, dann war es der Turnunterricht; sogar für den Bau einer Turnhalle und einer Schwimmanstalt hatte er sich verwendet. Zwar sah er wie Turnvater Jahn in den Leibes- auch patriotische Übungen, aber damit war er doch kein Kommunist.

Der Oberlanddrost nahm Reuters Einwand zwar zur Kenntnis, beirren ließ er sich davon aber nicht, was im Übrigen auch nicht zu erwarten war. Wieder konsultierte er Notizen und Bücher: »Sie wissen eben nicht mehr Bescheid, Monsieur Reuter. Ein gutes Zeichen dafür, dass Sie Ihren alten Auffassungen abgeschworen haben. Wahrscheinlich kennen Sie daher den Turner-Katechismus nicht, der im Jahre 1847 verbreitet wurde und zur gewaltsamen Gründung einer Republik aufrief. Ich gebe Ihnen eine Stelle aus diesem Katechismus wieder, in Form eines Frage-Antwort-Spiels gehalten: ›Was ist der Zweck des Turners? Der Zweck jedes freien Mannes, also jedes Turners, ist, ein Glied in der großen Kette zu sein, die einst die Tyrannen schließen wird. Wer sind diese Tyrannen? Die deutschen Fürsten und ihr Gesindel, Spione und sonstige bürokratische Hunde.‹ – Aber Kilian war, wie ich herausfand, am Turnen weniger interessiert als am Singen. Die Kommunistengemeinde in Paris hat sich als deutscher Gesangsverein getarnt, als Réunion chantante allemande. Da frage ich mich natürlich, warum sich Walter Kilian wieder seinem alten Stargarder Gesangsverein anschloss? Wollte er etwa brave Stargarder für die Ideen der Kommunisten gewinnen?«

»Wollte er?«, fragte Viktor.

Von Kamptz schüttelte energisch den Kopf.

»Es gibt Indizien, dass auch er seinen alten Ideen abgeschworen hat. Das überzeugendste dieser Indizien ist sein gewaltsamer Tod.« Wieder lehnte er sich zurück und verschränkte die Arme in erneutem Triumphgefühl.

»Dafür erbitten wir eine Erklärung, Exzellenz«, sagte Reuter, der nicht im Geringsten verstand.

Von Kamptz nickte. »Die Sache ist die: Da Kilians Name bei Wermuth und Stieber auftaucht, habe ich mich, so gut es ging, mit seiner Vergangenheit befasst. Ich habe dazu ausgiebige Korrespondenzen gepflogen, so mit der preußischen Polizei und mit Herrn Polizeidirektor Stieber selbst, der die Sicherheitsabteilung im Berliner Polizeipräsidium leitet und nach wie vor gegen die politischen Verbrecher ermittelt. Man konnte mir mitteilen, dass Walter Kilian während seiner Zeit in Neustadt-Eberswalde mit dem Kommunistenbund in Verbindung gestanden hat. Irgendwann wurden ihm deren Forderungen aber zu radikal. Er entschloss sich, mit der politischen Polizei zu kooperieren. Leider war er sehr ungeschickt und flog auf. Aus der Sicht der Bundesgenossen war seine Handlung Verrat – und was mit Überläufern zu tun ist … Augenblick!« Er beugte sich vor und schaute in seine Aufzeichnungen. »Ich zitiere aus Originaldokumenten: ›Den Verräter trifft der Tod.‹ und ›Ein Schwur beim Vaterlande verpflichtet jeden einzelnen, die Drohung des Gesetzes an dem schuldigen Mitbruder zu vollstrecken.‹ – In einer Zusammenkunft in der Kneipe Eisenfresser beschloss der Bund von Neustadt, dem auch Mitglieder aus der Umgebung angehörten, Kilian mit dem Tode zu bestrafen. Nun floh dieser rechtzeitig, Jahre gingen ins Land, der Bund wurde verfolgt und löste sich angeblich auf, aber ich bin sicher, dass er im Untergrund weiterwirkt. Als dann dieser Papiermachergeselle aus Spechthausen ins Großherzogtum kam und Arbeit in der Papiermühle der Familie Krüger fand, erweckte das meine Aufmerksamkeit. Denn Niklas Wittich hat, wie gesagt, auch einen Eintrag im Personenverzeichnis.« Er klopfte auf den zweiten Teil der »Communisten-Verschwörungen«. »Ich weiß nicht, ob der junge Mann zielstrebig nach Kilian gesucht hat oder ob er den Todeskandidaten zufällig in Neu-Brandenburg fand. Wie auch immer, als mir die Gefahr bewusst wurde, in der Kilian möglicherweise schwebte, versuchte ich, ihn über Wittich zu befragen, verbunden mit einer Warnung hinter vorgehaltener Hand. Kilian sagte nichts, sondern packte seine Siebensachen und versuchte unterzutauchen. Auf der Flucht lief er seinem Mörder vor die Flinte.«

Für einen Moment wurde es still im Zimmer, denn alle Anwesenden mussten diese Neuigkeiten erst einmal verdauen. Dem Oberlanddrost war anzusehen, dass er sich in Hochstimmung befand. Er hatte einen Erfolg erzielt, den er dem Großherzog zu

Füßen legen konnte, wenn er denn recht hatte mit seinem Verdacht. Zumindest eine Frage galt es noch zu stellen, aber bevor Reuter es konnte, tat es Louise, die sich bislang zurückgehalten hatte: »Hat dieser Niklas Wittich denn gestanden?«

Die Miene des Oberlanddrosts trübte sich ein, aber nur für ein paar Sekunden.

»Ich möchte wie folgt formulieren: So gut wie. Denn auch er begab sich unlängst auf Schusters Rappen, ohne bei seinem Arbeitgeber zu kündigen. Ich erlaube mir, es ›Flucht‹ zu nennen, und eine Flucht beweist so einiges. Weit ist er nicht gekommen, da er keinen gültigen Reisepass hat. Bei einer Kontrolle in Lychen nahm ihn die preußische Gendarmerie fest und brachte ihn zurück zur Grenze, wo ich ihn verhaften ließ. Noch schweigt er, aber er wurde auch erst zweimal verhört, und das am Tage. Glauben Sie mir, neben der Tugend der industria, des Fleißes, besitze ich auch die der Patientia, der Geduld. Es mag einige Zeit dauern, aber gestehen wird er. Dafür lege ich meine Hand ins Feuer.«

Der Zufall wollte, dass sie in Usadel abermals dem hektischen Berliner Medizinprofessor begegneten. Vor dem Gasthof Zum Riesen, vermutlich nach dem Hünengrab in der Nähe benannt, stand der Wagen des Lohnkutschers Penzlin, der selbst auf dem Bock saß und ein Butterbrot verschlang. Siemerling hielt auf Reuters Bitten an. Auf dessen Frage teilte Penzlin mit, der Herr mache ein zweites Frühstück. Bei der eiligen Herumkutschiererei hätten sie alle eine Pause verdient: Pferde, Kutscher und Professor.

Weder Siemerling noch Louise hatten gegen ein zweites Frühstück etwas einzuwenden, also betraten sie zu dritt die

Wirtschaft. Rudolf Virchow saß an einem geöffneten Fenster, einen noch unangerührten Teller mit Schinken, Käse und Butter vor sich, einen Korb mit Weißbrotscheiben und sogar ein gekochtes Ei, aber seine Aufmerksamkeit galt einem Buch, in dem er las. Als er die Neueingetretenen bemerkte, lächelte er kurz und schlug das Buch zu.

»Das Großherzogtum hat diese Bezeichnung wahrlich nicht verdient«, meinte er. »Man trifft sich an allen Ecken und Enden.« Mit einer weitläufigen Geste lud er die Gäste an seinen Tisch. Reuter konnte einen Blick auf den Deckel des Buches werfen. Der Titel lautete: »Essai sur l'inégalité des races humaines«, der Verfasser war ein gewisser »Joseph Arthur de Gobineau«.

Auch Siemerling sah den Titel und sagte: »Von diesem Buch habe ich in der Revue de Paris gelesen. Es sind doch wohl vier Bände?«

Virchow nickte. »Ich studiere just den vierten, der 1855 erschienen ist. Sehr interessante Lektüre! Sollte allgemein empfohlen werden, auch wenn es noch nicht in unsere Muttersprache übersetzt worden ist.«

»Die Ungleichheit der menschlichen Rassen«, murmelte Louise vor sich hin.

»Exactement, Madame! Monsieur Gobineau hält allein die weiße Rasse schöpferischer Leistungen fähig, wobei ihm insbesondere ihr germanischer Zweig zum Kreativen berufen scheint. Mich deucht, dass er recht haben könnte. Aber es fehlt der wissenschaftliche Nachweis. Man müsste vielleicht …« Der Professor betrachtete das Ei, nahm das Messer und köpfte es. »Man könnte es vielleicht mit Schädelvergleichen beweisen. Wenn man die Schädel asiatischer, afrikanischer und germanischer Menschen vermessen würde … am besten wohl bei Schulkindern«, sagte er versonnen, schaute nach einem Löffel und grub das Eigelb aus. »Aber jetzt muss ich mich erst einmal stärken, bevor ich das Hügelgrab in Augenschein nehme. Man nennt diese Anlagen aus grauer Vorzeit ja auch ›Hünengräber‹, aber den Vogel schießt mein Kutscher ab. Der sagt: ›Hühnergrab!‹« Virchow lachte lauthals, bevor er das Eigelb aß.

»Mit Verlaub, Herr Professor, Ihr Interesse an der Vorgeschichte in allen Ehren …«, begann Reuter.

Virchow fiel ihm ins Wort: »Man kann mit ihr auch gewaltigen Schindluder treiben, wie dieser Graf von Oelschlägel, an den mich Exzellenz von Kamptz verwiesen hat. Ich glaube, der Oberlanddrost hat seinen Scherz mit mir getrieben. Der Graf hat zwar an der Lieps gegraben und auch schöne Stücke aus der Slawenzeit gefunden, aber er ist über seiner Leidenschaft für die Prähistorie verrückt geworden. Stellen Sie sich vor, er hat auf seinem vernachlässigt wirkenden Hof eine riesige tönerne Statue des Gottes Radegast errichten lassen, die er mir vorgeführt hat.« Virchow schüttelte sich. »Unablässig redete er von den slawischen Menschenopfern, von denen er regelrecht besessen war. Er ließ die Figur heizen, bis ihr der Qualm aus Mund und Nase schlug, und meinte immerzu in einem geheimnisvollen Ton, so wie Moloch habe der slawische Gott einst Abertausende Kinder verschlungen. Welch ein Aberwitz!«

»Kinderopfer?«, fragte Louise entgeistert.

Reuter versuchte, seinen angefangenen Satz zu beenden: »Herr Professor, Ihre Beschäftigung mit der Vorgeschichte in allen Ehren, aber wünschte Königliche Hoheit Großherzog

Georg nicht eine Obduktion der Kinderleiche aus der Judenkirche?«

»Natürlich, bereits erledigt.« Virchow machte eine wegwerfende Handbewegung. »Sie war gut erhalten dank des Eiskellers im Neustrelitzer Schloss. Das Kind war männlich und überraschend klein …«

»Na ja, es war ein Säugling!«, warf Louise ein.

»Ich meinte die Körpergröße. Es war kein Frühchen, aber eben kein besonders großes Kind. Kein Wonneproppen.« Er lächelte kurz. »Es wurde nicht älter als einen Tag. Es darf also vermutet werden, dass es kurz nach der Geburt erstickt wurde.«

»Auch in Wasser?«, fragte Siemerling.

Virchow schüttelte den Kopf. »In einem faserigen Brei. Den fand ich in der kleinen Lunge. Es war also eine Lebendgeburt.«

»Faseriger Brei?« Reuter spürte, wie ein Kälteschauer über seinen Rücken fuhr. »Vielleicht ein Brei aus zerstampften Lumpen? Wie man ihn für die Papierfabrikation verwendet?«

»Jetzt, wo Sie es sagen. Möglich.« Virchow griff in den Brotkorb und legte eine Weißbrotscheibe auf seinen Teller. »Jedenfalls scheint sich ein Papiermüller angelegentlich für Radegast und die Kinderopfer interessiert zu haben – der verrückte Graf schwärmte für diesen ›enthusiastischen Mann aus dem einfachen Volke‹, wie er sich auszudrücken beliebte. Dieser Papiermüller ist vermutlich genauso wahnsinnig.« Er bestrich die Brotscheibe dick mit Butter. »Können Sie mir den Weg zu dem Hügelgrab weisen?«

Siemerling war unterwegs nach Neu-Brandenburg, um Malabar mitsamt Kamera und Fotografien zu holen. Da Bahr gerade nicht gut auf Reuter zu sprechen war, sollten Aufnahmen vom dampfenden Radegast als Lockmittel dienen. Reuter und Louise machten sich zu Fuß auf den Weg zum Gut des Grafen Oelschlägel. Es war kein allzu weiter Weg von Usadel aus, weniger eine Wanderung als ein langer Spaziergang. Recht schnell erreichten sie die Lieps, einen flachen See südlich des Tollensesees; schon seit Jahrhunderten wurde auch hier nach Rethra gesucht. Sie gingen am Südufer entlang, im Schilf raschelte der Wind, am hohen Himmel zeigten sich nur vereinzelt kleine Wolken – Reuter geriet in eine romantische Stimmung und griff nach der Hand seiner Frau. Obwohl er damit gerechnet hatte, entzog sie Louise nicht. Seine mehrtätige Eskapade war ihm also verziehen.

Während sie langsam dahinschritten, denn sie hatten viel Zeit, spekulierten sie darüber, welcher Papiermacher sich für slawische Kinderopfer interessiert haben könnte, und warum.

»So viele kommen ja nicht in Frage«, meinte Louise.

»Ich bin inzwischen vorsichtig mit Vermutungen«, erwiderte Reuter. »Es könnte natürlich jemand von der Davidsonschen Mühle gewesen sein, aber warum nicht auch jemand von der Krügerschen? Und ob das Ganze wirklich etwas mit den Kindsmorden zu tun hat?« Er hob die Schultern. »Vielleicht handelt es sich wirklich nur um etwas, das die Engländer einen ›Spleen‹ nennen.«

Nach etwa einer Stunde geriet ihr Ziel ins Blickfeld. Inmitten staubiger Felder erhob sich ein Herrenhaus mit Nebengebäuden. Als sie sich näherten, war zu erkennen, dass die Wände des Hauses durchaus frische Tünche gebrauchen konnten. In den Stallungen war so manches Fenster zerbrochen, die Dächer wiesen Löcher auf und selbst der Ehrenhof versank im Staub; nach einem Regenguss musste der Schlamm bis zu den Waden reichen. Das Geländer der Freitreppe war rostig und verbogen, die Stufen ausgetreten, Laubreste vom letzten Herbst bedeckten sie. Doch Louise und Reuter mussten sie nicht betreten, weil der Hausherr soeben aus der Remise getreten war, in der man einen Kutschwagen sehen konnte, und sie anrief: »Wer sind Sie? Und was wünschen Sie?«

»Guten Tag, Herr Graf.« Louise knickste. Reuter lüftete den Hut.

Von Oelschlägel nickte. »Das geht ja heute zu wie in einem Taubenschlag. Zuerst ein Arzt, feiner Mann übrigens, sehr interessiert an allen Choses slaves, und nun?«

»Monsieur et Madame Reuter«, stellte Reuter sich und seine Frau vor. »Ich bin Schriftsteller aus Neu-Brandenburg und ...«

»Ja, ein Schriftsteller! Welche Freude!« Oelschlägel rieb sich die Hände. »Wie war der Name?«

»Reuter. Fritz Reuter.«

»Der Redakteur des Unterhaltungsblattes, das ich so schmerzlich vermisse?«

»Derselbe nebst Gattin«, sagte Reuter voller Stolz. Die nicht minder stolze Louise drückte seine Hand.

»Enchanté! Womit kann ich dienen?«

»Der Mediziner, Herr Professor Virchow ...«

»Ich dachte es mir!« Der Graf strahlte über das ganze Gesicht. »Sie wollen den Radegast sehen. Ich befehle meinen Dienern sofort, ihm einzuheizen!«

Der Graf bat seine Gäste ins weitläufige Vestibül des Hauses, dessen Wände mit edlem Holz getäfelt waren. Unzählige Jagdtrophäen und eine Ahnengalerie schmückten sie, doch machte alles einen ebenso vernachlässigten Eindruck wie das gesamte Anwesen: Zwischen den Geweihenden hingen Spinnweben, Motten hatten es sich im Fell der Hirsche, Rehe und Keiler gemütlich gemacht, die Gemälde waren fleckig und mit Schwundrissen übersät. Anscheinend hatte die Dienerschaft nur die Aufgabe, Radegast einzuheizen.

Aber ganz so war es nicht: Ein junger, schlampig gekleideter Lakai brachte Erfrischungen. Es handelte sich um eine Kanne lauwarmen Kaffees und um Pfeffernüsse, die aus einer Vorweihnachtszeit des letzten Jahrzehnts stammen mussten, so hart waren sie. Dem Grafen war es gleichgültig, er hatte ohnehin kaum noch Zähne, also verzichtete er, während Louise und Reuter aus Höflichkeit je eine Pfeffernuss in den Mund nahmen und sie lutschten.

Graf von Oelschlägel präsentierte ihnen seine Kostbarkeiten, die ebenfalls Platz im Foyer gefunden hatten: Nachbildungen der Prillwitzer Idole und eigene Funde, sorgfältig in Vitrinen angeordnet, deren Scheiben blitzten – hier fand sich nicht ein Staubkörnchen. Der Graf erklärte, Reuter hörte nur mit halbem Ohr zu: Er wartete sehnsüchtig auf Siemerling und Bahr.

Schließlich war es so weit, Radegast konnte besichtigt werden. Von großem Selbstgefühl durchdrungen, führte der Graf seine Besucher durch eine Flügeltür mit blinden Scheiben auf eine Terrasse, von der aus man einen Blick auf die Lieps genießen konnte. Mitten in die Blickachse hinein war eine übermannsgroße tönerne Figur gestellt worden, eine Art Krieger mit Schild und Streitaxt. Auf seinem Kopf hockte ein Vogel, die freie Hand hielt einen Stierkopf und präsentierte ihn dem Publikum. Die Plastik glich einer Nachbildung der Idole, nur war sie viel, viel größer. Aus ihrem Mund trat tatsächlich ein heller Rauch, der stark nach verbranntem Harz roch.

»Und diesem Gott wurden Kinder geopfert?«, fragte Louise mit einem Schauder in der Stimme.

»Soweit wir wissen. Thietmar von Merseburg, Helmold von Bosau und Adam von Bremen haben das alte Heiligtum Rethra beschrieben und auch von Opfern berichtet. Und es wurden nicht nur Tiere geopfert! Übrigens bin ich sicher, dass sich Rethra an den Ufern der Lieps befunden hat. Irgendwann entdecken wir schon die Stelle. Der Name der Lieps stammt vom slawischen ›lipa‹, was ›Linde‹ bedeutet. Alles hier deutet auf die Slawen.«

Reuter fragte: »Und gibt es viele, die sich für Ihren Radegast interessieren?«

Des Grafen Miene nahm einen betrübten Ausdruck an. »Ich will offen zu ihnen sein: Viele halten mich für einen Spintisierer und meine Figur für ein reines Fantasieprodukt. Herr Lisch aus Schwerin hat mir einen Brief geschrieben, der schon an Beleidigung grenzt. Aber ich gebe meine Überzeugungen nicht auf und freue mich über jeden, der zu mir kommt, um die Plastik zu betrachten und mein Wissen über die Slawen auszubeuten. Ich stelle es gern jedermann zur Verfügung.«

»Auch einem Papiermüller, nicht wahr?«

»Jedermann, Monsieur Reuter! Und dieser Mensch aus der Nähe von Neu-Brandenburg war außerordentlich interessiert. Übrigens am Thema Kinderopfer schlechthin. Er wollte auch etwas über den Ritualmord der Juden an Christkindern wissen.«

»Ach?« Reuter konnte seine Genugtuung kaum verbergen. »Was konnten Sie ihm dazu sagen?«

»Nicht mehr, als allgemein bekannt ist – und das mag ein Vorurteil sein. Ich gab ihm aber ein Buch, das noch unaufgeschnitten in meiner Bibliothek lag. Ich habe es von meinem Vater, der es auch nicht gelesen haben kann. Der »Judenspiegel« des Hartwig von Hundt-Radowsky, von 1819, glaube ich. Als es auf einem der Ständetage in Malchin um die Gewerbefreiheit und um die Judenemanzipation ging, wurde viel aus diesem Werk zitiert. Der Verfasser hat wohl vorgeschlagen, die Juden entweder zu vertilgen oder zum Lande hinauszujagen, und ›was für den Juden Gewerbe-, sei für die Christen Verderbe-Freiheit.‹« Er zuckte mit den Schultern. »Mir tun die Juden nichts.«

Die Sonne hatte längst den Zenit überschritten, als Siemerling und Bahr – der Reuter übrigens keines Blickes würdigte – auf dem Gut eintrafen. Der Graf ließ Radegast noch einmal ordentlich befeuern, damit Malabar schöne Aufnahmen machen könne, was die übliche Zeit in Anspruch nahm und Reuter immer ungeduldiger werden ließ. Mehrmals trat er an Bahr heran, um sich zu entschuldigen, aber dieser schien taub zu sein. Schließlich legte er dem Grafen Oelschlägel aber doch mehrere Fotografien vor, die er am Mühlenteich im Lindetal gemacht hatte, außerdem zwei Studioaufnahmen des alten Krüger mit seinem Junior, die er vor sechs oder sieben Jahren hergestellt und von deren Existenz Reuter bisher nichts gewusst hatte. Aber warum hätte er es auch wissen sollen? Der Graf sah sich alle Lichtbilder durch das Vergrößerungsglas an, das Malabar aus einem seiner Kästen hervorgezaubert hatte, dann deutete er auf den Rittmeister von Ritzerow. Reuter war völlig verwirrt, denn dieser war kein Papiermüller, gleichwohl konnte er sich natürlich für einen solchen ausgegeben haben.

Aber wenn von Ritzerow etwas über slawische Kinderopfer und die angeblichen Ritualmorde der Juden hätte in Erfahrung bringen wollen, wäre er zweifellos in eine Bibliothek gegangen und hätte nicht den verrückten Grafen konsultiert.

»Der hat sich mal erkundigt, ob ich ihm Remonten verkaufen könne«, erklärte Oelschlägel. Reuter atmete auf. »Die Pferdezucht habe ich vor Jahren aufgegeben. Ich widme mich nur noch meiner Leidenschaft.« Er schaute sich weitere Bilder an, bis er bei einer Aufnahme länger verharrte. Dann deutete er mit dem knöchernen und leicht verkrümmten Zeigefinger der rechten Hand auf die Person, die so angelegentliches Interesse am religiösen Kindsmord bekundet hatte. Reuter hatte mit diesem Ergebnis schon gerechnet: Es handelte sich um den Papiermüllermeister Paul Börner.

Dies wurde ein Tag der Vergebung: Auf der Fahrt von Prillwitz nach Fünfeichen versöhnte sich Reuter mit Malabar und auf dem Gut Fünfeichen wälzte er sich, im übertragenen Sinne, vor den Eheleuten Mieth im Staub. Es bedurfte seiner ganzen Wortgewandtheit, bis sie ihm ihren Ablass gewährten.

Daniel Davidson, seiner Familie und seinen Arbeiter wurde nach wie vor Asyl auf Fünfeichen gewährt, doch hatte der Wiederaufbau der Mühle begonnen: Ein Geselle und zwei Lehrjungen wohnten inzwischen in notdürftig wiederhergestellten Räumen und bereiteten mit Hilfe Neu-Brandenburger Handwerker andere Unterkünfte soweit vor, dass die Familie und weitere Arbeiter irgendwann im Frühsommer in Provisorien würden einziehen können. Davidson war frohen Mutes, und auch seine Gattin schien wieder schlafen zu können. Das Geld von der Brandkasse war ihnen in Aussicht gestellt worden. Beide hofften, in einem Jahr die Mühle wieder in Betrieb nehmen zu können.

Frau Mieth kümmerte sich um Kaffee und Gebäck, während die Davidsons die neugierigen Gäste empfingen. Vor allem eine Frage brannten allen Vieren auf den Nägeln: Ob nicht doch jemand vom Gesinde Anzeichen für eine Schwangerschaft gezeigt hatte.

»Das haben Sie schon einmal gefragt«, sagte Frau Davidson, »und ich habe auch darüber nachgedacht. Auch über die Frage, warum sich Börner während des Feuers ausgerechnet in Marthe Kliefoths Zimmerchen aufgehalten hat, haben mein Mann und ich gesprochen. Wir haben auch unseren Sohn und das Gesinde inquiriert«, sie lächelte flüchtig, dann zuckte sie mit den Achseln. »Marthe war eine recht dralle Person.«

»Höflich ausgedrückt«, ergänzte ihr Mann.

»Sie hat gern und viel gegessen.«

»War, mit Verlaub, ein Vielfraß«, sagte er.

»Aber es ist schon etwas Wahres daran, dass sie ein Kind unter dem Herzen getragen haben könnte. Oder zwei? Wer weiß. Denn man kann mit Fug und Recht sagen, dass ihr Appetit in den letzten Monaten exorbitant zugenommen hat. Und damit«, erneutes kurzes Lächeln, »nahm auch sie zu.«

»Esslust während der anderen Umstände?«, fragte Louise.

»Eher Fresslust«, meinte Davidson. »Es gab regelrechte Fressattacken.«

Reuter sagte: »Wenn ich einmal die Vermutung äußern dürfte, dass Paul Börner ein heimliches Verhältnis zu Marthe Kliefoth hatte, ihr beischlief und dieser Beischlaf Früchte trug – teilen Sie diesen Verdacht?« Herr und Frau Davidson nickten. »Dann haben Sie auch erwogen, dass Marthe insgeheim Zwillinge zur Welt gebracht hat, die beide aber nicht wollten. – Oder vielleicht wollte sie auch nur Börner nicht?«

»Auch daran haben wir inzwischen gedacht«, sagte die Frau. »Nur trauen wir es ihnen nicht zu, die Kinder getötet zu haben. Wir können uns das einfach nicht vorstellen. Und vielleicht ist es auch nur ein Zufall, dass fast gleichzeitig zwei tote Kinder gefunden wurden.« Ihre Augen wurden feucht. »Die armen Kleinen! Wir wissen nicht mehr, was wir denken sollen.«

»Vor allem sollten wir an die Zukunft denken«, sagte Davidson und nahm die Hand seiner Frau. Der Kaffee und das Gebäck wurden gebracht, aber Reuter hatte Hummeln im Hintern; er wollte so schnell wie möglich mit Stadtrichter Müller sprechen, also brach man nach Anstandsschluck und Anstandsbissen gen Neu-Brandenburg auf.

Hofrat Doktor Müller war Reuters Argumentation gefolgt. Er hatte zwei Stadtdiener losgeschickt, einen nur quer über den Markt zum Palais, den zweiten nach Stargard zum Oberlanddrost. Auf Veranlassung des Staatsministers von Bernstorff – in seiner Eigenschaft als Chef der Großherzoglichen Specialcommission – hatten sich drei Landgendarmen auf den Weg nach Strelitz gemacht, um Hagen Piepenbrook in Gewahrsam zu nehmen und der Kommission vorzuführen.

Von Kamptz traf vor dem Delinquenten ein. Als er Reuters ansichtig wurde, war er zugeknöpft wie eh und je. Auch war er dagegen, dass Reuter beim Verhör dabei sein durfte. Stadtrichter Müller hatte es angeregt, »da unser Herr Schriftsteller sich Verdienste um die Namhaftmachung etwaiger Verbrecher erworben habe«, wie er sich auszudrücken beliebte. Von Bernstorff war geneigt, Reuters Anwesenheit zu dulden, während er selbst wenig Neigung verspürte, einem trunksüchtigen Subjekt gegenüberzutreten. Stattdessen wollte er der Exhumierung der Leichen von Paul Börner und Marthe Kliefoth beiwohnen, die er angeordnet hatte; außerdem hatte er Professor Virchow gebeten, gemeinsam mit Brückner beide zu sezieren – er war eben Staatsmann und Diplomat.

Das Verhör sollte in Müllers Arbeitszimmer stattfinden. Reuter wurde aufgefordert, den Raum zu verlassen, aber im Ratskeller zu warten. Dort hatten sich die Freunde versammelt: die Gebrüder Boll, Viktor Siemerling und Malabar. Lowising saß als einzige Frau zwischen den Männern, denn auch sie wollte es sich nicht nehmen lassen, aus erster Hand zu erfahren, wie sich die Dinge entwickelten.

Nach Stunden zäher Gespräche, während der Reuter geschwankt hatte, ob er sich nicht ein Glas Wein genehmigen solle, geschah ein kleines Wunder: Staatsminister von Bernstorff betrat den Gastraum. Er kam aber nicht an den Tisch, sondern winkte Reuter zu sich.

»Monsieur Piepenbrook ist eingetroffen«, sagte er. »Man möchte Sie doch bei dem Verhör als Schreiber dabeihaben. Gehen Sie hinauf!« Von Bernstorff reichte Reuter die Hand. »Schicken Sie mir gelegentlich eines Ihrer Werke«, verlangte er, dann ging er ohne ein weiteres Wort von dannen.

Im Bureau des Stadtrichters hatte man mehrere Petroleumlampen angezündet, aber eine behagliche Atmosphäre vermochte das Licht in dem nüchternen Raum nicht zu erzeugen. Das war auch nicht beabsichtigt. Mitten in dem Zimmer stand ein Stuhl dem Schreibtisch des Stadtrichters gegenüber, aber mindestens zwei Ellen von ihm entfernt: Hier saß Piepenbrook, dem man wohl signalisieren wollte, wie weit er sich von der übrigen Menschheit abgesondert hatte. Müller hatte hinter dem Schreibtisch Platz genommen, der Oberlanddrost saß seitlich von Piepenbrook an der Wand, und zwar so, dass dieser ihn nicht sehen konnte. Für Reuter war ein Stuhl neben dem Schreibtisch reserviert, auf dem Feder, Tintenfass und Papier für ihn bereitlagen. Damit der Inquisit nicht auf dumme Gedanken kam, war an der Tür ein Gendarm postiert. Obwohl man das Fenster weit geöffnet hatte und die kühle Nachtluft einströmte, roch es durchdringend nach Branntwein.

»Herr Piepenbrook«, begann Müller in freundlichem Ton, »was haben Sie uns zu berichten?«

»Nix«, erwiderte der Inquisit. Sein Oberkörper schwankte leicht wie Riedgras in sanfter Brise.

Müller schmunzelte. »Das ist ja nicht viel.«

»Nö.«

»Möchten Sie uns denn nichts über die Juden erzählen?«, fragte von Kamptz.

Piepenbrook schaute über die Schulter, seine Hände verkrampften sich.

»Das sind wahre Verbrecher«, sagte er hastig. »Man sollte sie alle totschlagen wie die Ratten. Denn sie nagen an der Wurzel aller gesunden … Sie stehlen uns … Sie betrügen, lügen, raffen …« Seine Stimme geriet ins Trudeln, offenbar hatten sich seine Gedanken verwirrt.

»Na, der Jude Börner ist ja nun tot«, sagte von Kamptz geschäftsmäßig.

Piepenbrook zuckte zusammen. »Wer?«

»Paul Börner, Ihr Schwager. Der war doch wohl Jude?«

»Was reden Sie da?« Hagen Piepenbrook schoss in die Höhe. Der Gendarm kam und drückte ihn auf den Stuhl zurück. »Paul hat die Juden gehasst wie die Pest. Und … sie sind ja ehedem auch Pestbringer gewesen.«

»Aber er hat bei einem Juden gearbeitet«, sagte Müller. »Ein Christ hält das doch gar nicht aus.«

»Hat er auch nicht. Er litt daran, unter einem konvertierten Knoblauchfresser zu arbeiten. So hat er Davidson genannt: ›einen konvertierten Knoblauchfresser‹. Aber wohin hätte er sich denn wenden sollen? Nach Wanzka? Dort stinken auch alle Wände nach Knufflook.«

»Sie müssen es wissen«, meinte Müller.

»Ich weiß es ganz genau. Ich weiß, wie der Jude schachert und Christenmenschen ausnutzt und lästert und stiehlt und lügt …«

»Und kleine Christenkinder schlachtet«, ergänzte von Kamptz.

Piepenbrook musste abermals den Kopf wenden. »Ja, das auch.«

»Ach, das haben Sie auch gesehen?«

»Nein. Sie drehen mir das Wort im Munde um.«

»Exzellenz!«, herrschte von Kamptz ihn an.

Piepenbrook erschrak. »Wie?«

»Es heißt: ›Sie drehen mir das Wort im Munde um, Exzellenz.‹«

»Jawohl, Exzellenz!«

Hofrat Müller fragte: »Wie eng war Ihr Verhältnis zum Schwager Börner?«

»Nicht sehr eng.«

»Haben Sie sich nicht mit ihm getroffen?«

»Selten.«

»Und wo?«

»Mal hier, mal da.«

»Wo genau befindet sich mal hier, mal da?«

»Ich weiß nicht …«

In diesem Augenblick erhob sich der Oberlanddrost langsam und von dem Inquisiten unbemerkt und ging leise auf diesen zu. Müller betrachtete irgendein Papier auf dem Schreibtisch, Reuter beobachtete.

»Piepenbrook!«, brüllte von Kamptz dem heruntergekommenen Säufer ins Ohr. »Erzähl Er keine Läuschen un Rimels! Er wird wohl wissen, wo Er seinen Schwager getroffen hat. Oder soll ich die Gendarmerie von Gasthaus zu Gasthaus schicken? Also, heraus mit der Sprache!«

Hagen Piepenbrook war kalkweiß geworden, seine Hände zitterten heftig. Er nannte mehrere Wirtshäuser, darunter auch das bei der Hintersten Mühle, ebenso eines in Alt-Strelitz sowie in Stargard. Allein die Aufzählung ließ den Verdacht aufkommen, er habe seinen Schwager öfter getroffen als zugegeben, aber von Kamptz wollte es genau wissen.

Piepenbrook wurde in eine Zelle im Keller des Rathauses gebracht, der Oberlanddrost schickte Gendarmen und Gerichtsdiener aus, damit sie die Angaben überprüften. Das würde viele Stunden in Anspruch nehmen, also lud der Hofrat den Oberlanddrost zu einem Nachtimbiss ein, während Reuter in den Ratskeller zurückkehrte. Mit Wiesings Erlaubnis bestellte er sich ein Glas Mosel und auch sie nahm eines. Sie stießen an, wie sie es lange nicht getan hatten, und ernteten dafür den Beifall der Freunde.

Es war um Mitternacht, da gesellten sich Professor Virchow und Doktor Brückner zu ihnen. Beide wirkten müde, aber zugleich aufgeräumt. Während sie ihre Hüte an die Garderobehaken hängten, setzten beide eine Unterhaltung fort, die sie bereits außerhalb des Ratskellers begonnen haben mussten. Man hörte den berühmten Mediziner sagen: »Es ist ein Fluch des Menschengeschlechts, dass es durch Gewöhnung auch das Schreckliche ertragen lernt, dass es an der alltäglichen Schändlichkeit das Schändliche vergisst und dass es kaum begreifen kann, wenn Einzelne die Vernichtung desselben anstreben.«

»Wahr gesprochen«, entgegnete Brückner und fügte, sehr zur allgemeinen Überraschung, ein »mein Freund« hinzu.

»Sie präsentieren mir morgen die Hünengräber bei Ramelow?«, vergewisserte sich der Professor.

»Natürlich. Es interessiert mich doch auch.«

Die beiden näherten sich dem Stammtisch, unterbrachen ihre Rede aber nicht.

»Ich werde mich auf jeden Fall näher über die Dreiperiodenlehre belesen … auch wenn Archivrat Lisch ihr anhängt, mit dem ich derzeit wegen der Prillwitzer Idole über Kreuz bin.«

Reuter blickte in die Runde, studierte die Mienen: Allein die Gebrüder Boll schienen zu wissen, was es mit der Dreiperiodenlehre auf sich hatte. Franz erklärte: »Vor etwa zwanzig Jahren hat der Däne Christian Thomsen, ein an der Altertumsforschung interessierter reicher Autodidakt und Direktor der Königlichen Sammlungen in Kopenhagen, die vorgeschichtlichen Funde in einem damals noch anonymen Museumsführer nach drei Perioden gegliedert: Steinzeit, Bronzezeit, Eisenzeit.«

»Exactement«, sagte Virchow, der sich mittlerweile zwischen Louise und Malabar niedergelassen hatte. »Und genau in dieser Zeit, nämlich 1836 gelangte der Gymnasialdirektor Danneil aus Salzwedel bei seinen Grabungen zu einem ähnlichen Resultat. Ebenfalls in diesen Jahren benutzte auch Archivrat Lisch Grundbegriffe dieser Lehre, so wie in Flensburg der Justitiar Jasperson und in Rostock Professor Schröter.«

»Apropos Resultate«, warf Reuter ein.

»Ich weiß schon.« Brückner hatte neben Siemerling und Ernst Boll Platz genommen. »Wir haben die exhumierten Brandleichen untersucht. Man kann wirklich sagen, das Feuer hat sie getötet. Aber was uns ja vor allem interessiert …« Er warf Virchow einen Blick zu. »Wollen Sie?«

Der Angesprochene machte eine generöse Handbewegung. »Nein, Sie waren an unserem Triumph genauso beteiligt wie ich, also tragen Sie vor.«

Brückner atmete tief durch. »Wir haben zweifelsfrei festgestellt«, erklärte er, »dass die Magd Kliefoth unlängst wenigstens ein Kind ausgetragen hat.«

Reuter war zum Bureau des Stadtrichters hinaufgestiegen, wo man sowohl das Autopsie-Ergebnis vorliegen hatte wie auch den ersten Bericht eines Gendarmen: Piepenbrook und Börner waren des öfteren, wenn auch in größeren zeitlichen Abständen im Wirtshaus der Hintersten Mühle eingekehrt, um dort Karten zu spielen, zumeist Pinakel oder Kohswanz, manchmal aber auch Pharao. Doktor Müller war dafür, Piepenbrook sofort mit diesen Erkenntnissen zu konfrontieren, von Kamptz riet zum Warten, bis auch die anderen Gendarmen und Gerichtsdiener wieder in Neu-Brandenburg seien. Mit ihrem Eintreffen konnte allerdings nicht vor dem Morgen gerechnet werden.

Es war Hagen Piepenbrook selbst, der die Entscheidung fällte. Reuter war schon drauf und dran, Louise aus der Gaststube zu holen und mit ihr nach Hause zu gehen, als lautes Geschrei aus den Tiefen des Rathauses drang. Wenig später waren Schritte im Treppenhaus zu hören, es wurde an die Tür geklopft, nach Müllers Aufforderung trat ein Ratsdiener ein, der auch die Inquisitenzelle hütete.

»Der Mann dort unten tobt«, meldete er, nach Atem ringend.

»Was veranlasst sein Toben? Die Enge der Zelle oder …?«

»Er will Branntwein, Exzellenz! Er schlägt den Kopf an die Wände und schreit, dass er umkommen werde ohne Branntwein. ›Nur ein Tröpfchen, ein klitzekleines Tröpfchen …‹«

Reuters Gesicht überzog sich mit Schamesröte. Er wandte sich dem Fenster zu, damit niemand es sehen konnte: Auch er bekam manchmal einen Tobsuchtanfall, wenn Wiesing ihm während seiner Kämpfe mit den Dämonen den Wein verweigerte.

»Wenn er nur ein Tröpfchen bekommt, will er alles gestehen, was man von ihm verlangt«, fuhr der städtische Dienstbote fort.

»Gehen Sie in den Ratskeller und schaffen Sie eine Kruke Schnaps herbei«, befahl Müller. »Und dann bringen Sie den Gefangenen. Ich glaube, er ist reif.«

Es war eine entsetzliche Geschichte, die Hagen Piepenbrook zu erzählen hatte und die Reuter den Freunden zum Besten gab, denn außer Brückner und Virchow, die früh nach Ramelow aufbrechen wollten, hatten diese auf ihn gewartet. Kellerwirt

Adolf Ahlers hatte sich inzwischen zu ihnen gesellt. Wenn jemand eine Bestellung hatte, bediente jetzt seine Frau. Aber auch sie saß die meiste Zeit am Nachbarstisch, stickte und hörte zu.

»Papiermüller Börner hatte also ein Verhältnis mit der Magd Kliefoth. Zugleich war er schon lange scharf darauf, die Papiermühle zu übernehmen. Das war sein Traum: Als Papiermüller auf eigenen Beinen zu stehen und dann Marthe zu heiraten. – Wobei, hätte er sie wirklich geehelicht? Als Besitzer einer Papiermühle? Das hieße ja unter seinem gesellschaftlichen Stand heiraten.« Reuter hob die Schultern. Er labte sich an seinem Wein, bevor er seinen Bericht fortsetzte: »Vor allem hasste er Daniel Davidson und seine Familie, weil er es als ungerecht empfand, dass diese ›konvertierten Knoblauchfresser‹ – seine Worte! – eine Mühle besaßen, er jedoch nicht. Und er war ja Deutscher und Christ! Ihm hätte doch wohl eine Mühle zugestanden.«

»Es war also abgrundtiefer Neid im Spiel«, konstatierte Ernst Boll.

»Wie so oft, wenn es gegen echte oder vermeintliche Juden geht«, meinte Malabar.

»Dann kam es zu einer für das heimliche Paar unangenehmen Wendung«, sagte Reuter. »Adebar hatte Marthe ins Bein gebissen. Ein Kind passte beiden aber noch nicht in den Kram. Und dann mussten sie fürchten, wegen unsittlichen Lebenswandels aus der Mühle geworfen zu werden; Davidson und seine Gattin sind sehr sittenstreng. ›Christlicher als Christen‹, wie Piepenbrook es ausdrückte. Aber das sind die gewandelten Juden in seiner Anschauung ja alle.«

»Am liebsten würde ich noch einmal Humboldt zitieren!«, ließ Siemerling sich vernehmen.

»Dessen Wort habe ich noch laut im Ohr«, sagte Reuter. »Die Schwangerschaft wurde folglich verborgen. Es war ein Glück für die beiden, dass Marthe ohnehin ziemlich dick war und sie in Folge der Schwangerschaft an ständigem Hunger litt, sodass alle annahmen, ihr wachsender Körperumfang sei auf die Fressattacken zurückzuführen …«

»Die aber auch vorgetäuscht sein könnten«, warf Siemerling ein.

Reuter nickte. »Börner hat bei einem Kartenspiel seinen Schwager ins Vertrauen gezogen, weil er auf dessen Hass auf die Juden zählte. Die beiden kamen dann auf die abgefeimte Idee, das unerwünschte Kind sofort nach der Geburt umzubringen und die Tat den Juden als Ritualmord in die Schuhe zu schieben. Da die Geburt um Ostern respektive Pessach zu erwarten war, rechneten sie sich gute Chancen aus. Börner hoffte sogar, damit vielleicht ein Pogrom entfesseln zu können, das die Juden aus dem Großherzogtum fegen würde; dann stünde der Übernahme der Davidsonschen Mühle nichts mehr im Wege. Piepenbrook sollte dort natürlich eine Arbeit erhalten.«

»Welche Perfidie!«, rief Louise.

»Als es dann soweit war, erwies sich allerdings, dass der teuflische Plan viele Lücken hatte. So hatten sich die Verbrecher nicht überlegt, was sie machen würden, wenn die Wehen einsetzten und Marthe so große Schmerzen litt, dass sie schreien würde. – Dann würden alle auf der Mühle zusammenlaufen und das Komplott wäre gescheitert. Als zu spüren war, dass das Ereignis unmittelbar bevorstand, überlegte sich Börner, dass er Marthe am besten zu Piepenbrook brächte. Aber sie konnte schon gar nicht mehr richtig laufen. Hätte er einen Wagen genommen, wäre es aufgefallen: Man hätte ihn gefragt, wohin er denn mit der Magd wolle? Also täuschte sie Kopf- und Halsweh vor und brachte das Kind in einem Gebüsch am Lindenbach zur Welt, vielleicht eine Zehntelmeile von der Mühle entfernt. Wie groß war der erste Schreck, als sich herausstellte, dass sogar zwei Knaben ans Licht der Welt drängten? Und dann … Marthe wollte sie plötzlich behalten! Legte sie an die Brust und stillte sie! Börner muss der Verzweiflung nahe gewesen sein.«

»Da ist die Liebe einer Mutter«, bemerkte Louise mit sehnsüchtigem Blick.

Reuter bekam einen Stich ins Herz und brauchte erst einmal etwas Wein, nicht nur, um die Kehle anzufeuchten.

»Marthe hatte aber nichts zu melden«, sprach er weiter. »Börner und Piepenbrook waren zuvor in Streit darüber geraten, wo sie die Kinderleiche loswerden wollten: Börner hätte es ausgereicht, den Mord den Davidsons anzulasten, das Kleine also bloß in den Mühlenteich zu werfen, während Piepenbrook die gesamte Judengemeinde treffen wollte und daher bereits die Synagoge ausgekundschaftet hatte. Nun waren aber plötzlich«, er schluckte, »zwei Neugeborene da. Marthe hatte aus der Küche einen Zuckerhut beschafft, der versteckt in ihrer Kammer lag, zusammen mit einem Jutesack und einem Hanfstrick. Börner holte die Utensilien und stieß dabei auf zwei wertlose Armbänder mit Kreuzanhänger, die Marthe als Kind von ihrer Großmutter geschenkt bekommen hatte und die sie sowieso nicht mehr tragen konnte. Sie gaben ihm die Idee ein, die Knaben noch extra als Christenkinder zu kennzeichnen. Dem einen band er also den Zuckerhut ans Bein und warf ihn in den Mühlenteich, wo er versank – aber wenn der Zucker sich im Wasser aufgelöst haben würde, sollte die Leiche wieder auftauchen – wie es dann auch geschah. Das zweite Kind ertränkte er kaltblütig im Papierbrei in der Bütte. Er tat es in den Jutesack, fuhr unter einem Vorwand nach Neustrelitz und überreichte es seinem Schwager. Marthe ließ alles geschehen, sie soll wie gelähmt gewesen sein. Wie es dann weiterging, wissen wir.« Reuter netzte abermals seine Kehle.

Für einen Moment schwiegen alle, tranken etwas oder betrachteten die Tischplatte. Dann hob Franz Boll den Kopf zur Decke der Gaststube, meinte aber Gottes Himmel, als er sagte: »Wir sehen hier auch das Wirken einer höheren Gerechtigkeit. Die Untaten entfesselten zwar kein Pogrom, aber sie waren die Ursache zu einem judenfeindlichen Brandanschlag. Und die geistigen Urheber kamen in den Flammen um.«

»Womit sie der irdischen Gerechtigkeit entzogen sind«, sagte Siemerling.

Die ganze Nacht hatten sich Reuter, seine Frau und die Freunde um die Ohren geschlagen. Als es vor den Fenstern des Ratskellers hell zu werden begann, wünschte Wirt Ahlers sich zur Ruhe zu betten – ein mehr als verständlicher Wunsch. Doch mochte man sich noch nicht voneinander trennen, und so unterbreitete Malabar den Vorschlag, zum Fürstenhof zu wechseln und dort zu frühstücken. Gesagt, getan. Sogar Lowising war bereit, mitzukommen, da der Tag ohnehin verdorben war.

Als sie den Markt überquerten, sahen sie mehrere Kutschen vor dem Palais stehen, die von der Dienerschaft beladen wurden: Der großherzogliche Hof würde also früh aufbrechen, vermutlich zum Jagdschloss bei Serrahn, wo Georg oft den Sommer verbrachte.

Der Fürstenhof war schnell erreicht. Zwei Pferde waren vor ihm angebunden, die schon gesattelt waren, also stand auch hier ein Aufbruch bevor.

In der Stube saßen, als wäre nichts gewesen, der Rittmeister von Ritzerow und sein Adjutant bei Rührei mit Speck. Nicht nur Reuter war fürbass erstaunt. »Sie?«, fragte er nur.

»Ja, mon cher. Mein letzter Morgen in Nigen-Bramborg«, er lächelte, »denn heute geht es zurück nach Preußen. Meine Aufgabe für dieses Frühjahr ist beendet. Und bei Ihnen? Man hört, der Fall sei gelöst?«

Reuter berichtete. Er erwähnte auch die Affäre Mieth, was dazu führte, dass von Ritzerow einen Blick mit seinem Adjutanten wechselte und leicht errötete. Aber Reuter war diskret genug, er huschte schnell darüber hinweg.

Schließlich ging es ans Abschiednehmen. Allerdings war da noch etwas, das Wilhelm Bahr dringend zu wissen wünschte: »Warum haben Sie gelacht, als Sie das arme tote Kind aus dem Mühlenteich gesehen haben?«

»Was habe ich?« Das klang entrüstet.

»Man kann es deutlich erkennen auf einem meiner Lichtbilder: Sie stehen am Teich und lachen verstohlen.«

»Das ist nicht wahr!« Der Rittmeister schlug mit der flachen Hand auf den Tisch. »Das Bild will ich sehen.«

Malabar machte sich sofort auf den Weg. Er brauchte nicht länger als eine Viertelstunde, kehrte nicht nur mit den Abzügen, sondern auch mit den Platten zurück. Er drückte von Ritzerow ein Vergrößerungsglas in die Hand, mit dem dieser die Aufnahme betrachtete. Dann reichte er beides weiter an den Adjutanten. Dieser schaute sich nicht nur die Fotografie an, sondern auch die Platte. Dann sagte er: »Das ist kein Lachen.

Da ist bloß ein kleiner Kratzer.«

»Was?« Bahr schaute sich die Sache an, Viktor schaute, Louise schaute, Reuter auch. Und tatsächlich: Es war ein Kratzer, der die Miene des Rittmeisters verunstaltete und ihn aussehen ließ, als ob er lache.

Ein Kratzer, ein ganz simpler Kratzer hatte Reuter in die Irre geführt. Ein lautloses Lachen schüttelte ihn, er musste sich setzen. Die Spannung war abgefallen. Er rief nach Wein.

Mecklenburg-Strelitz

(Ausschnitt aus: Mecklenburg-Schwerin und -Strelitz, um 1908, Maßstab 1:850000)

Verzeichnis der wichtigsten existierenden und *fiktiven* Personen des Romans

Fritz und Louise Reuter

Reuters Neu-Brandenburger Freunde:
Adolph Ahlers, Ratskellerwirt
Hermann Bahr, Künstler und Fotograf
Ernst Boll, Gelehrter
Franz Boll, Prediger und Lehrer, Bruder von Ernst Boll
Ludwig Brückner, Reuters Hausarzt
Viktor Siemerling, Apotheker, Kaufmann und Bankier

Weitere Protagonisten:
Wilhelm von Bernstorff, Staatsminister
Friedrich Blanck, Lehrer und Kantor zu Stargard
Paul Börner, Papiermüllermeister
Daniel Davidson, Besitzer einer Papiermühle, und seine Frau
Großherzog Georg von Mecklenburg-Strelitz
Hofrat Dr. Müller, Stadtrichter in Neu-Brandenburg
Bernhard Christoph Karl Joachim von Kamptz, Oberlanddrost zu Stargard
Meister Käding, Stellmacher in Stargard
Walter Kilian, Stellmachergeselle
Marthe Kliefoth, Magd bei Davidson
Wilhelm und Dorothea Mieth, Pächter des Gutes Fünfeichen
Anna Maria Mieth, beider Tochter
Hagen Piepenbrook, Einwohner von Alt-Strelitz
Rittmeister von Ritzerow, ein preußischer Offizier
Daniel Sanders, jüdischer Gelehrter in Alt-Strelitz
Rudolf Virchow, berühmter Berliner Mediziner

Glossar

Ahlers, Adolph Gustav Bernhard (1814–1864)
Inhaber des Ratskellers und Weinhändler in Neubrandenburg. Der Ratskeller gehörte zu Reuters Stammlokalen.

Bahr, Carl Wilhelm Theodor (1821–1876)
Der in Stargard gebürtige Bahr war der erste in Neubrandenburg ansässige Fotograf. 1857 eröffnete er sein Atelier. Er war auch als Maler tätig.

von Bernstorff, Joachim August Wilhelm (1800–1869)
Der aus dem Mecklenburger Uradel stammende Wilhelm von Bernstorff war von 1850 bis 1861 Staatsminister des Großherzogtums Mecklenburg-Strelitz.

Blanck, Friedrich (1809–1902)
Ab Oktober 1831 war Blanck als Lehrer, Kantor und Organist in Stargard tätig. 1845 Mitbegründer des Männergesangvereins, dessen erster Dirigent er bis 1880 war. 1881 Ehrentitel Musikdirektor, Ehrenbürger der Stadt Stargard.

Boll, Ernst Friedrich August (1817–1868)
Studium der Theologie und Naturwissenschaften, Privatgelehrter, auch als Privatlehrer tätig. Mitbegründer des Vereins der Freunde der Naturgeschichte in Mecklenburg. Verfasste als Regionalhistoriker die »Geschichte Meklenburgs mit besonderer Berücksichtigung der Culturgeschichte« (1855/56).

Boll, Franz Christian (1805–1875)
Bruder von Ernst Boll. Studium der Theologie, 1836–75 Pastor an St. Johannis und Lehrer an der Bürgerschule, ab 1866 Präpositus der Neubrandenburger Synode. Regionalhistoriker, Mitbegründer des

Neubrandenburger Museumsvereins, Veröffentlichungen u.a.: »Geschichte des Landes Stargard bis zum Jahre 1471« (1846/47), »Chronik der Vorderstadt Neubrandenburg« (1875).

Brückner, Friedrich Wilhelm Ludwig (1814–1902)
Dr. med. Brückner war ab 1840 praktischer Arzt in Neubrandenburg, betreute auch Fritz Reuter medizinisch. 1872 Gründungsmitglied des Neubrandenburger Museumsvereins, 1879 dessen Vorsitzender, besonders interessiert an der Prähistorie. Korrespondierte mit der anthropologischen Gesellschaft in Berlin (Rudolf Virchow).

Curiosité – Französisch: Neugierde

Coquin – Französisch: Spitzbuben, Schelm, Schlawiner

Déformation professionelle – Französisch: Berufskrankheit

Drost, Landdrost
Das vom mittelniederdeutschen »drossete« abgeleitete Wort »Drost« bezeichnete einen Vertreter des Landesherrn in einem bestimmten Verwaltungsbezirk, z.B. einem Amt. Es handelte sich also um eine Art Amtmann oder Landrat.

Galimathias – Unsinn, Unfug, Quatsch

Hagelschadens-Assekuranz-Gesellschaft
Am 2. März 1797 wurde in Neubrandenburg die Hagelschadens-Assekuranz-Gesellschaft gegründet, die lange Zeit ihren Sitz in der Kleinen Wollweberstraße hatte. Sie existiert noch heute als Mecklenburgische Versicherungsgruppe mit Hauptsitz in Hannover.

kalmieren – beruhigen

von Kamptz
Kamptz ist der Name eines alten mecklenburgischen Adelsge-

schlechtes, dessen Stammhaus in der Grafschaft Schwerin lag. Bernhard Joachim Ulrich von Kamptz (1781–1855), der Gründer des zweiten Zweiges, war Großherzoglich Mecklenburg-Strelitzer Kammerherr und Oberlanddrost. Er ist das Vorbild für den im Roman agierenden, aber fiktiven Stargarder Oberlanddrost von Kamptz.

Meile
Längenmaß: Die Mecklenburgische Meile maß 7532,485 Meter.

Neu-Brandenburg

veraltete Schreibweise im 19. Jahrhundert

Raabe, Heinrich Friedrich Wilhelm (1808–1858)
Der Advokat war ein Sammler von Volksliteratur. Zeitweilig lebte er in Ludwigslust und gab über mehrere Jahre »Mecklenburg. Ein Jahrbuch für alle Stände heraus«. Außerdem verfasste er ein »Allgemeines plattdeutsches Volksbuch« (1854 bei Hinstorff). Nicht zu verwechseln mit dem berühmten Romancier Wilhelm Raabe.

Rute
Längenmaß: Die Mecklenburgische Rute (Mecklenburg-Schwerin) wurde als Längenmaß (und in Mecklenburg auch als Feldmaß) verwendet und maß 16 Mecklenburgische Fuß (4,66 Meter).

Sanders, Daniel Hendel (1819–1897)
Der Strelitzer Kaufmannssohn studierte u.a. Philologie und Philosophie und leitete ab 1842 die Schule der israelitischen Gemeinde in Alt-Strelitz. Nach deren Schließung im Jahre 1852 war er als Privatgelehrter und Sprachforscher publizistisch tätig; so verfasste er ein »Wörterbuch der deutschen Sprache« in drei Bänden (1859–65).

Schliemann, Ferdinand Friedrich Johann (1825–1899)
Louise Reuters Schwester Caroline Kuntze heiratete den in die USA ausgewanderten und dort als Farmer ansässigen Ferdinand Schlie-

mann am 16. April 1857 in Roggenstorf, Louises Heimatort. Ferdinand Schliemann war ein Cousin Heinrich Schliemanns aus Ankershagen, des Troja-Entdeckers.

Siemerling, Viktor Julius Friedrich (1823 - 1879)
Dem Neubrandenburger gehörte die Neue Ratsapotheke sowie ein Kaufmannsgeschäft, er betätigte sich aber auch als Bankier. Der enge Freund Reuters zählte zu den einflussreichsten Männern der Stadt, engagierte sich z. B. für den Eisenbahnbau und den Durchbruch der Stadtmauer zum Bahnhof hin (»Eisenbahntor«). Er wurde 1872 Mitbegründer des Museumsvereins.

Stieber, Wilhelm Johann Carl Eduard (1818 - 1882)
Der studierte Jurist ermittelte u. a. gegen den Bund der Kommunisten und wurde 1853 als Polizeidirektor Leiter der Sicherheitsabteilung des Berliner Polizeipräsidiums. Er arbeitete im Untergrund und verhinderte das von dem Polen Anton Bereszewski geplante Attentat auf den Preußenkönig Wilhelm I. Ab 1871 widmete er sich dem Aufbau und der Leitung des Central-Nachrichten-Bureaus, des ersten deutschen Geheimdienstes.

Strelitzer Elle – Längenmaß: Sie maß 0,691 Meter.

Vorderstadt
Als Vorderstadt (bereits 1708 erwähnt) vertrat Neubrandenburg alle anderen Landstädte des Stargarder Kreises auf den Landtagen.

Wermuth, Karl Georg Ludwig (1804 - 1867)
Der promovierte Jurist wurde 1846 in die Polizeidirektion Hannover berufen, wo er zum Polizeidirektor aufstieg. Danach wurde er Landdrost in Hildesheim. Nach dem Anschluss des Königreichs Hannover an Preußen wurde er suspendiert und musste sogar das Land verlassen. Wermuth verfasste zusammen mit Wilhelm Stieber »Die Communisten-Verschwörungen des neunzehnten Jahrhunderts« (1853/54).

Weitere OSTSEEKRIMIS von Frank Goyke

Mörder im Zug
352 Seiten | Euro 9,95
ISBN 978-3-356-01422-8

Mörder im Gespensterwald
400 Seiten | Euro 9,99
ISBN 978-3-356-01483-9

Mörder im Chat
336 Seiten | Euro 12,99
ISBN 978-3-356-01574-4

Die drei Kriminalfälle des Rostocker Ermittlerduos Barbara „Dampframme" Riedbieste und Jonas Uplegger.